mtb

Zum Buch:

Ein Roman, der Mut macht und auch unsere Welt etwas weniger grau erscheinen lässt.
Zum ersten Mal in ihrem Leben wünscht sich Belle, dass die Weihnachtszeit schnell vorübergehen möge. Ihre geliebte Pflegetochter ist zu ihrer leiblichen Mutter zurückgekehrt, und nach einem heftigen Streit darüber mit ihrem Mann hatte er einen Autounfall, an dem Belle sich die Schuld gibt. Weihnachten ist also gestrichen. Und überhaupt würde es ihren Liebsten viel besser gehen, wenn sie nie in ihr Leben getreten wäre, glaubt sie. Doch der Weihnachtsengel, der Belles Wunsch erhört, ist der Meinung, dass auch sie ein Fest der Liebe verdient …

Zur Autorin:

Carmel Harrington glaubt an Happy Ends, weil sie ihr eigenes gefunden hat. Sie lebt mit ihrem Ehemann und ihren zwei Kindern in Irland, und ihr Leben ist erfüllt von Geschichten, Spielen, Spaziergängen am Strand, Schokolade und Liebe in Hülle und Fülle.

Umwelthinweis:
Dieses Buch wurde auf chlor- und säurefreiem Papier gedruckt.

Carmel Harrington

Ist die Liebe nicht schön?

Roman

Aus dem Englischen von
Inken Kaulstorft

mtb

MIRA® TASCHENBUCH
Band 25966
1. Auflage: Oktober 2016

MIRA® TASCHENBÜCHER
erscheinen in der HarperCollins Germany GmbH,
Valentinskamp 24, 20354 Hamburg
Geschäftsführer: Thomas Beckmann

Deutsche Erstveröffentlichung

Titel der englischen Originalausgabe:
Every Time a Bell rings

erschienen bei: HarperImpulse, London

Konzeption/Reihengestaltung: fredebold&partner GmbH, Köln
Umschlaggestaltung: büropecher, Köln
Redaktion: Laura Oehlke
Titelabbildung: 4Max, Selezneva Kseniia, Oleg_P, DutchScenery,
M.V. Photography / Shutterstock
Satz: GGP Media GmbH, Pößneck
Druck und Bindearbeiten: GGP Media GmbH, Pößneck
Printed in Germany
Dieses Buch wurde auf FSC®-zertifiziertem Papier gedruckt.
ISBN 978-3-95649-600-4

www.mira-taschenbuch.de

Meiner Familie,
den Harringtons,
Roger, Amelia, Nate und Eva

PROLOG

Heiligabend 2005

„Glück ist …“ Ich seufze zufrieden, und mein warmer Atem steigt in die Winterluft.

„Dieses Jahr ist die Weihnachtsbeleuchtung so schön wie noch nie.“

Ich weiß, jedes Jahr sage ich dasselbe, an genau demselben Ort, zu genau derselben Zeit. Und wahrscheinlich werde ich es auch nächstes Jahr wieder sagen.

Etwas Vollkommeneres habe ich nie zuvor gesehen. Der Weihnachtsschmuck in viktorianischem Stil hüllt die Menschen in den Glanz verblasster Tage. Ja, das klingt verdammt kitschig. Aber an Weihnachten ist das okay. Da kann ich gar nicht genug Kitsch kriegen.

Dublin, meine geliebte Heimatstadt, erstrahlt in voller Festbeleuchtung. Ganz Irland wartet in stiller Vorfreude auf Weihnachten.

Dieses Jahr bin ich früh beschenkt worden. Allerdings ist es dasselbe Geschenk, das ich auch als Achtjährige bekam. Das weiß ich nur zu genau. Zufall, Schicksal, ein Wunder? Welche Mächte da ihre Hand im Spiel haben, weiß ich nicht. Dankbar bin ich ihnen auf jeden Fall.

Noch vor zwei Wochen war ich Single, ein glücklicher Single wohlgemerkt. Ich habe ein gutes Leben, unterrichte an einer Schule in St. Colmcille. Ehrlich, ich bin nicht jeden Tag mit dem Gefühl aufgewacht, dass ich etwas verpasse, mir ein Freund oder die große Liebe fehlt. Denn mir ging es gut. Dann und wann hatte ich eine Beziehung. Eines Tages werde ich den Richtigen schon finden, dachte ich mir. Jetzt, da er da ist, kann ich mir nicht mehr vorstellen, auch nur einen Tag ohne ihn an meiner Seite verbracht zu haben.

Hier stehe ich nun, in der Fußgängerzone der Grafton Street. Mit Jim Looney. Hätte mir das jemand noch vor wenigen Wochen gesagt, hätte ich bestimmt „Wer's glaubt, wird selig" gemurmelt.

Jim Looney.

Ich seufze noch einmal, als ich ihn neben Molly Malone, dem Wahrzeichen von Dublin, stehen sehe. Er lacht über das Lametta, das jemand dem Denkmal der viel besungenen Fischerin über den üppigen Busen gehängt hat.

Mir schießt ein Bild von Jim auf dem Laufsteg durch den Kopf, und bei der Vorstellung muss ich lachen. Er könnte locker mit jedem männlichen Model mithalten. Aber ich glaube, er würde eher jede Folter ertragen, als zu modeln.

Mit meinem Handy knipse ich ein Foto von ihm. Heute Abend muss ich mindestens schon ein Dutzend Bilder von ihm gemacht haben. An ihm könnte man die Herrenkollektion der neuen Wintermode vorführen, so gut sieht er aus. Ihm steht selbst der bunte Schal à la Doctor Who, den er sich um den Hals geschlungen hat. An Jim sieht der sogar cool und hip aus.

Und jetzt der Part, den ich immer noch nicht recht begreife.

Ich bin mit ihm zusammen. Er gehört mir ganz allein.

Gewöhn dich gar nicht erst daran, Belle. Das hält doch nie.

Schnell verscheuche ich die Stimme in meinem Kopf. *Verschwinde, fiese kleine Stimme.*

Nur zu gut weiß ich, dass ich eigentlich in einer anderen Liga spiele. Herrje, selbst sein Kinn sieht aus wie gemeißelt. Im Ernst: Er ist einfach umwerfend. Mir fehlen die Worte, ihn zu beschreiben, ohne dass es lächerlich klingt. Aber er ist ein wahrer Schatz – oder wie wir in Dublin einen gut aussehenden Mann nennen: ein Goldjunge.

Ein Blick in seine großen blauen Augen, und es ist um mich geschehen. Mir entfällt, was ich gerade sagen will, wenn er mich aus seinen himmelblauen Pupillen ansieht.

Und erst sein Haar! Dafür hatte ich schon immer eine Schwäche. Seine Haare wecken meinen Beschützerinstinkt und meine ganze Liebe. Sie fallen ihm immer übers rechte Auge. Wahrscheinlich würde man sie als rot, rotblond oder rotbraun bezeichnen. Aber ich nenne es fuchsrot.

Jim McFoxy Looney.

Wenn ihm eine Strähne ins Gesicht fällt, scheinen meine Hände ein Eigenleben zu entwickeln und fahren unwillkürlich hoch, um sie ihm aus der Stirn zu streichen. Nicht dass ich mich beschweren würde, schließlich brauche ich keinen Vorwand, um Jim anfassen zu dürfen. Und wenn ich ihn berühre, hat das einen herrlichen Dominoeffekt. Kaum streife ich sacht seinen Unterarm, schon küssen wir uns.

Bei der Erinnerung daran, was erst heute Morgen passiert ist, als ich ihn auf dem Weg ins Bad zufällig berührte, läuft mir ein wohliger Schauer über den Rücken.

Was heute Morgen *zwei* Mal passiert ist.

Wer hätte gedacht, dass Jim Looney so sexy ist? Im Ernst, er ist umwerfend.

Er ist ein wahrer Goldjunge. Und ja, das kann ich gar nicht oft genug sagen. Jim Looney. Ein wahrer Goldjunge. Mein Freund.

Der Gedanke macht mich immer noch ganz schwindlig. Wie wenn man nachmittags schon einen Schwips hat. Und das, obwohl ich seit Wochen kaum getrunken habe. Jim trinkt nicht viel, was gut ist. Denn alle Männer, mit denen ich in letzter Zeit ausgegangen bin, entwickelten größeres Interesse an ihrem Bier als an mir. Da ist es mal schön, einen Freund zu haben, der mehr mit seinem Leben anzufangen weiß, als nur in Pubs zu hocken.

„Woran denkst du gerade?", fragt Jim und zieht eine Augenbraue hoch.

„Das wüsstest du wohl gern", erwidere ich lächelnd.

Gott sei Dank kann er keine Gedanken lesen. Wenn ich ihm

sagen würde, was mir durch den Kopf geht, würden wir mir nichts, dir nichts im Taxi sitzen und zu mir nach Hause fahren, noch bevor ich den Satz zu Ende gesprochen hätte. So verführerisch diese Vorstellung ist – das muss warten.

Denn es ist Heiligabend, und wir stehen auf der Grafton Street in all ihrer weihnachtlichen Pracht.

„Also, was hat es mit dieser Tradition von dir auf sich? Was machst du hier jedes Jahr an Heiligabend?“, will Jim wissen.

„Dies ist mein zehntes Mal. Angefangen hat alles mit Joyce O'Connor“, antworte ich.

„Na, das fängt ja gut an“, bemerkt Jim trocken.

„Und es wird noch besser. Joyce fragte mich, ob ich am 24. mit ihr in die Stadt fahren will. Ich war damals fünfzehn.“

Was Joyce heute wohl macht? Wir haben schon vor längerer Zeit den Kontakt verloren. Aber sie gehört untrennbar zu meiner Weihnachtstradition dazu, und immer wenn ich hier stehe, muss ich an sie denken.

Dabei war sie gar keine enge Freundin von mir. Ehrlich gesagt war sie eine ganz schöne Zicke. Ich weiß noch nicht einmal, warum ich überhaupt mitgekommen bin. Schließlich war sie immer fies und gemein und hat andere Schüler gepiesackt. Sie war groß darin, abfällige Bemerkungen hinter meinem Rücken zu machen, getarnt als Komplimente, von denen aber alle wussten, dass sie als Beleidigung gemeint waren.

Fast meine gesamte Schulzeit habe ich damit zugebracht, Joyce und ihrer Clique aus dem Weg zu gehen, um nicht blöd angequatscht zu werden.

„Ja, ich glaube, ich erinnere mich an Joyce. Klein und blond? Sie hatte so was Fieses an sich, oder? Sie und ihre Clique haben dir damals das Leben ganz schön schwer gemacht“, sagt Jim.

Ich muss lachen. Genau, das ist sie. „Du hast ein super Gedächtnis. Gut, sie hatte auch was für sich. Sie hat mich an dem Tag nur deshalb gefragt, weil niemand sonst konnte. Ihre

Clique hatte was anderes vor, und ich war ihr Lückenbüßer. Ihre Eltern hätten sie nie im Leben allein mit einem Jungen in die Stadt fahren lassen. Aber mit einer Freundin war das ein harmloser Ausflug."

„Verstehe. Du solltest den zotteligen alten Anstandswauwau spielen", sagt Jim.

Ich nicke. „Ich hatte nichts Besseres vor. Da dachte ich, warum nicht? Außerdem war Tess froh, dass ich mich amüsieren ging. Sie hat sich immer Sorgen gemacht, dass ich zu viel allein sei."

„Und?", fragt Jim, „hat es dir Spaß gemacht? Vielleicht war Joyce gar nicht so zickig, wie du dachtest."

„Nein, wir haben nicht über einer heißen Schokolade unsere Freundschaft besiegelt oder dergleichen. Sie war zickig wie eh und je. Aber abgesehen davon hatte ich großen Spaß", antworte ich.

Der Bus war proppenvoll mit Leuten, die dieselbe Idee hatten und mit der 16B in die Stadt fuhren, um dort die Weihnachtsstimmung zu genießen.

„Joyce hielt es nicht einmal für nötig, so zu tun, als wären wir zusammen unterwegs. Kaum waren wir in den Doppeldeckerbus gestiegen, rannte sie nach oben und knutschte mit einem pubertierenden, pickligen Jungen. Billy Doyle hieß er. Sie hatte sich noch nicht mal hingesetzt, da steckte er ihr schon die Zunge in den Hals", erzähle ich.

„Ein Gentleman war der nicht", sagt Jim kopfschüttelnd.

„So ein Mistkerl!", scherze ich, und Jim stimmt in mein Lachen ein. „Die beiden hatten noch nicht einmal einen Platz für mich freigehalten. Weil es oben so voll war, musste ich wieder nach unten. Wie ein begossener Pudel bin ich abgezogen und musste die ganze Fahrt über stehen. Joyce hat sich nicht einmal mehr nach mir umgesehen. Was für ein Luder!", sage ich.

Ich staune selbst, dass ich mich so schlecht behandeln ließ.

„Als wir an der O'Connell Street ankamen, rannten die zwei Turteltauben zu McDonald's und teilten sich einen Erdbeershake. Mich wollten sie ganz offensichtlich nicht bei ihrem Tête-à-Tête dabeihaben, also ließ ich sie allein. Wahrscheinlich hätte ich Joyce böse sein sollen, aber letztlich war es mir egal."

Mitfühlend sieht Jim mich an. Schnell versichere ich ihm: „Ich habe damals eh die meiste Zeit allein verbracht und fand das gut so."

Komisch war bloß, dass die beiden in einem lauten Schnellrestaurant auf Plastikstühlen sitzen wollten, obwohl sie doch draußen die Weihnachtsatmosphäre hätten genießen können.

„Selbst schuld. So konnte ich auf eigene Faust Dublin entdecken. Es dämmerte bereits. Die Stadt ändert sich im Dämmerlicht. Sie kam mir wie verzaubert vor."

Peinlich berührt schweige ich. „Vielleicht klingt das albern, aber mir kam es vor, als sähe ich meine Heimatstadt plötzlich mit anderen Augen."

„Das klingt überhaupt nicht albern", erwidert Jim. „Soll ich dir sagen, was ich dachte, als wir vorhin in die O'Connell gebogen sind? Das hat jetzt was von Bedford Fall. Du weißt schon, die Stadt aus dem Film ‚Ist das Leben nicht schön?'."

Ich muss lächeln und nicke. Denselben Gedanken hatte ich auch. „Ich liebe den Film."

Ich zucke zusammen, als ein schlecht verkleideter Weihnachtsmann in unsere Richtung grölt: „Frohe Weihnacht, ho, ho, ho!" Dabei läutet er eine Glocke und rasselt mit einer Spendenbüchse. Er scheint ganz versessen darauf, Passanten zu erschrecken, und freut sich jedes Mal, wenn einer erschrocken beiseitespringt.

Ich werfe eine Handvoll Münzen in seine Büchse. Dann sagt Jim: „Los, erzähl mir von deiner Tradition!"

„Seit jenem Tag komme ich jedes Jahr an Heiligabend hierher. In der O'Connell Street fange ich an, dann gehe ich zur

Liffey, am Trinity College vorbei, sage Molly Mallone Hallo, bummel die Grafton Street rauf, gehe zur Ha'penny Bridge und dann nach Hause", erzähle ich.

„Und du änderst nie deine Route?", erkundigt sich Jim.

„Um Gottes willen, nein! Die Reihenfolge ist immer dieselbe", erwidere ich. „Ich vergaß zu erwähnen, dass ich vorher noch bei Captain America's einkehre und eine heiße Schokolade trinke und ein Stück Kuchen esse. Der Mississippi Mud Pie dort ist köstlich. Nicht dass ich noch vom Fleische falle." Ich grinse wie ein Kleinkind.

„Was für ein schöner Brauch." Jim lächelt. „Und wie schön, dass ich ihn dieses Jahr mit dir zusammen erlebe."

„Ich finde es auch schön, dass du dabei bist. Über all die Jahre bin ich hier mit Freunden oder Freundinnen, mit Klassenkameraden und manchmal ... manchmal auch allein unterwegs gewesen." Schüchtern sehe ich ihn an. „Dieses Jahr ist es etwas Besonderes. Weil du da bist, Jim."

Er greift nach meiner Hand und lacht. „Welch Ehre! Na dann, Fräulein Bailey, dann zeigen Sie mir doch, was die Stadt Tolles zu bieten hat."

Sehnsüchtig schaue ich die Grafton Street entlang. Rot flackernde Lichter winden sich um üppige grüne Zweige, die von einer Straßenseite zur anderen reichen. In der Mitte sind große viktorianische Laternen angebracht, die das Kopfsteinpflaster in rötlich warmes Licht tauchen. In den Schaufenstern leuchten Lichterketten und bunte Christbaumkugeln.

Die Atmosphäre ist einfach ... märchenhaft.

Aber nicht nur ich empfinde so. Den Menschen, die uns entgegenkommen, steht die Vorfreude auf Weihnachten förmlich ins Gesicht geschrieben.

Gut, diesem Mann nicht, denke ich und muss schmunzeln, als ein etwa Vierzigjähriger an mir vorbeihetzt. Der muss wohl auf den letzten Drücker noch Geschenke besorgen. Armer

Kerl. Ich habe meine schon seit Oktober unter Dach und Fach. Nie im Leben würde ich das bis zur letzten Minute aufschieben. Aber von diesem einen Griesgram abgesehen, wimmelt die Straße von glücklich strahlenden Menschen.

„Guck mal!", rufe ich begeistert, als ich in einem Schaufenster eine Herde Rentiere entdecke, die an dem künstlichen Rasen unterm Schnee äst. Dann sehe ich auf der Seite gegenüber eines andere Schaufensterszene und haste, Jim im Schlepptau, über die Straße.

„Als du vorhin sagtest: Glück ist …" Jim deutet auf die Postkartenidylle in dem Schaufenster vor uns. „… meintest du das hier?"

„Na ja, viele Dinge machen mich glücklich. Und das hier steht ganz oben auf der Liste. Ich liebe Weihnachten. Du nicht auch? Kommt es dir nicht auch so vor, als seien wir mitten in einem Weihnachtsfilm gelandet?", frage ich.

„Und zwar in einem Blockbuster", murmelt er. „Gut, du hast eine Schwäche für blinkende Lichter. Was macht dich noch glücklich?"

Seine Hand in meiner, hier inmitten der überschwänglichen Menschenmenge – das steht ganz oben auf der Liste der Dinge, die mich glücklich machen. Aber eine Frau sollte nie alle Trümpfe auf einmal ausspielen. Also schweige ich.

„Komm, sag schon. Was macht dich glücklich, Belle?", hakt Jim nach.

„Alles Mögliche. Am Wochenende den Wecker nicht stellen zu müssen. Eine Scheibe Toast mit Erdnussbutter. Aber kein ungetoastetes Toast! Schlabberiges, kaltes Toastbrot kann ich nicht ausstehen!", antworte ich.

„Ungetoastetes Toast – ein unverzeihlicher Fehler?", fragt Jim. Als ich nicke, sagt er: „Gut, das nehme ich zu Protokoll."

„Dann schreib auch auf, dass die Erdnussbutter gleichmäßig über alle Ecken auf der Toastbrotscheibe verteilt sein muss.

Einfach husch, husch die Butter quer übers Toast streichen – das geht gar nicht", erkläre ich.

„Ist notiert. Erdnussbutter ordentlich aufs Toast streichen. Auf warmes Toast. Was noch? Was macht die Dame sonst noch glücklich?", fragt er.

„Ich liebe es, ein neues Buch aufzuschlagen. Und dann festzustellen, dass es ein gutes Buch ist. Eins von denen, die nicht enden sollen", antworte ich.

Ich überlege einen Augenblick. „Und tanzen. Egal, was für ein Tanz. Mit dem Allerwertesten zu wackeln macht mich einfach glücklich."

Jim lüpft eine Augenbraue, also wackel ich demonstrativ mit dem Hintern.

„Guck, und dich macht es auch glücklich, wenn ich tanze", necke ich ihn. Jim lacht laut auf.

„Und ob dein Po mich glücklich macht!", ruft er und gibt mir einen sanften Klaps darauf. Gott sei Dank habe ich diesen Sommer zig Kniebeugen im Fitnessstudio gemacht.

„Schaukeln hast du vergessen", bemerkt Jim.

„Schaukeln?! Wo denkst du hin? Ich bin eine erwachsene Frau!" Ich tue empört. Dabei weiß ich genau, was er meint. Aber es macht Spaß, ihn zu triezen.

Verlegen stottert Jim, bevor er merkt, dass ich ihn auf den Arm nehme.

„Du hast recht, Jim Looney, ich mag immer noch schaukeln. Ich kann an keinem Spielplatz vorbei, ohne mich zumindest kurz auf die Schaukel zu setzen und zu testen, wie hoch ich wohl komme", gestehe ich. „Beim Schaukeln, wenn ich den Wolken hinterherblicke, habe ich immer die besten Ideen."

„Das hast du schon damals gern getan", sagt er. „Ich mochte die Rutsche ja lieber."

Ich erinnere mich, wie er früher immer die Rutschbahn hinaufklettern wollte, anstatt die Leiter zu benutzen, und wie er mir auf der Schaukel Schwung gegeben hat, höher und immer höher. Aber das ist sehr lange her.

Er zieht mich zur Seite, weg von dem Gedränge auf der Straße, und sieht mir in die Augen. „Und was ist mit mir? Mache ich dich glücklich?“

Erstaunt stelle ich fest, dass mein sonst so selbstbewusster Freund plötzlich unsicher wie ein zehnjähriger Junge wirkt.

Ohne zu zögern, nehme ich seine Hände in meine und sage ernst: „Du, Jim Looney, machst mich am allerglücklichsten.“

Meine Freundinnen wären entsetzt, wenn sie wüssten, dass ich meinem Freund so früh in der Beziehung mein Herz zu Füßen lege. Vielleicht sollte ich besser ein wenig zurückhaltender sein, ihn ein wenig hinhalten. Aber ich konnte mit meinen Gefühlen noch nie gut hinterm Berg halten.

„Meine Belle ist, wie sie ist. Sie trägt ihr Herz auf der Zunge“, hat Tess immer gesagt.

Und jetzt steht in meinem Gesicht in Großbuchstaben geschrieben, wie hoffnungslos verliebt ich in ihn bin.

Seinen Blick kann ich nicht recht deuten. Mist, bestimmt habe ich ihn verschreckt.

„Du steckst voller Überraschungen“, sagt er nach einer quälend langen Weile und mit einem Blick, als sehe er mich zum ersten Mal.

„Alles in Ordnung?“, frage ich, und mir wird ganz flau im Magen. Jetzt guckt er wieder so komisch. Das macht mir Angst.

„So vieles hat sich verändert, seit ich weggegangen bin. Aber vieles ist auch so wie damals“, murmelt er. „Das ist merkwürdig.“

„Du wirst alt und neigst zu Grübeleien“, necke ich ihn und stupse ihn in die Seite. „Komm, gib’s zu, das Schaufenster von Thomas Brown schlägt das von Macy’s.“

„Es ist nicht übel“, schnarrt er in seinem schleppenden, halb amerikanischen, halb irischen Akzent. Wir bleiben vor dem reich geschmückten Fenster stehen.

„Ich glaube wirklich, dass dies die schönste Straße der Welt ist", flüstere ich. „Wenn ich hier stehe, komme ich mir vor wie ein kleines Kind."

Während wir von Kaufhausfenster zu Kaufhausfenster schlendern, habe ich das seltsame Gefühl, in einem Weihnachtsmärchen gelandet zu sein. Schaufensterpuppen in viktorianischen Kleidern mit glitzernden Perlen und glänzenden Juwelen sitzen und stehen in der mit Schnee, Lichterketten und Christbäumen geschmückten Auslage. Ich lasse mich in Jims Arme sinken und lege meinen Kopf in seine Halsbeuge.

Ah, wie ich seinen Geruch liebe! Ich habe lange darüber nachgedacht und bin zu dem Schluss gekommen, dass er nach einer Mischung aus Piment, Zimt und rauchigem Leder riecht. Jim duftet geradezu nach Weihnachten.

Dann spüre ich, wie er seine Arme um mich legt, und ich denke: Er ist so … so … Dann fällt mir das Wort ein, und ich muss kichern. Er ist so männlich. Genau, das ist es: männlich.

In dem Fenster sehe ich unser Spiegelbild, beobachte, wie ich kichere und Jim mich anlächelt, obwohl er nicht weiß, warum ich kichere. Nie war ich glücklicher.

Einige Passanten sehen uns an. Aber daran bin ich gewöhnt, an das Angestarrtwerden. Der rothaarige Ire mit dem amerikanischen Akzent und die exotische Frau mit dem karamellfarbenen Teint, der Afro-Frisur und dem Dubliner Akzent. Ja, wir geben ein ungewöhnliches Paar ab, aber wir passen perfekt zueinander.

An seiner Seite fühle ich mich schöner als je mit einem anderen Mann. Es ist auch nicht schlimm, dass ich mit meinen ein Meter siebzig neben seinen eins neunzig geradezu zierlich wirke. Gut, *zierlich* ist ein bisschen übertrieben.

Egal, wie gut er aussieht, was mich umhaut, ist, was er mit

meinen Gefühlen anstellt. Seit unserem ersten Kuss bin ich regelrecht verrückt nach ihm. Total verrückt!

Die letzten zehn Jahre bin ich auch ganz gut ohne ihn klargekommen, vielen Dank auch. Aber jetzt mag ich nicht mehr ohne ihn sein.

Ist das wahre Liebe? Ist es das, was Aschenputtel und ihr Märchenprinz empfunden haben? Das hoffe ich sehr.

Aber was, wenn er nach Weihnachten zurück nach Indiana in die USA geht?

Da ist sie schon wieder, die fiese kleine Stimme. Schweig! Ich weigere mich, über diesen Augenblick hinauszudenken. Wie zum Beweis drehe ich mich zu ihm um und küsse ihn voller Leidenschaft und Hingabe. Mir egal, ob uns jemand sieht. Als seine Zunge meine berührt, merke ich, dass auch ihm das gleichgültig ist.

„Ähem." Wir vernehmen ein Räuspern neben uns und lösen uns voneinander, um zu sehen, wer unsere Aufmerksamkeit fordert. Ein adretter Kaufhausportier von Thomas Brown. Mahnend hebt er den Zeigefinger, aber dabei lächelt er. Seine Zurechtweisung hat nichts Boshaftes. Er bedeutet uns, wir sollen den Eingang zum Kaufhaus freihalten.

„Entschuldigung." Jim nickt ihm zu, und wir wenden uns zum Gehen. „Lass uns die Schokotorte essen gehen, von der du so schwärmst. Schließlich muss ich bei Kräften bleiben, seit ich mit dir zusammen bin."

Fröhlich winke ich dem Portier zum Abschied, er lüftet seinen Hut zum Gruß und ruft: „Frohe Weihnacht den Turteltauben!"

Die Schokoladentorte schmeckt genauso köstlich, wie ich es in Erinnerung hatte. Jim schlägt vor, dass wir uns ein Stück Torte teilen. Das rede ich ihm augenblicklich aus.

„Ich nehme das in meine Liste mit auf: Süßigkeiten nicht teilen", scherzt er.

Satt vor lauter süßem Glück verlassen wir Captain America's. Draußen lauschen wir eine Weile dem Klirren, das in der Luft liegt.

Langsam schlendern wir in Richtung St. Stephen's Green und spazieren durch den Park. Hier herrscht Stille. In einvernehmlichem Schweigen wandern wir durch die Grünanlage.

„Wo geht's jetzt hin?", fragt Jim, als wir eine Runde gedreht haben.

„Wie schon gesagt, als Nächstes kommt die Ha'penny Bridge, dann die O'Connell Street, und schließlich geht's zurück zu Tess", antworte ich.

„Muss ich wirklich im Gästezimmer schlafen?", nörgelt Jim.

„Und wag es ja nicht, dich nachts in mein Zimmer zu schleichen! Tess trifft sonst der Schlag."

Bevor wir weiter über die Bettenverteilung reden können, weht der Gesang eines jungen Mädchens zu uns herüber. „Wie wunderschön!" Ich zeige zur Ha'penny Bridge. „Es kommt von dort drüben."

„Sie singt dein Lieblingsweihnachtslied", sagt Jim.

Dass er das weiß, berührt mich zutiefst. Er sieht das und streicht mir über die Wange. „Ich sage doch, dass ich mich an alles erinnere, Belle."

Wir gehen der Stimme entgegen. Sie ist so rein und schön, dass die Passanten stehen bleiben, einer nach dem anderen. Wir schieben uns durch die Menge. Fast erwarte ich, einen CD-Spieler und Lautsprecher zu sehen. Aber zu meiner Überraschung gehört die Stimme tatsächlich einem Mädchen, das mitten auf der Brücke steht.

„Sie ist höchstens zehn oder elf", sage ich, ohne meine Augen von ihr abwenden zu können.

„Sie ist bezaubernd!", bemerkt eine Frau neben uns, und wir nicken beide. Das Mädchen trägt einen roten Wollmantel mit zweireihiger Knopfleiste. Ihre halblangen schwarzen Haare fallen seidig glänzend auf den schwarzen Samtkragen.

Das Licht der Brückenlampen bricht sich funkelnd auf dem ruhig fließenden Wasser der Liffey. Der Widerschein hüllt das Mädchen in ein Lichtermeer.

Das ist der schönste Moment meines Lebens. Die Stimme, das Mädchen, die Brücke strahlen Reinheit und Unschuld aus.

„Was für eine Stimme!“, sagt Jim andächtig, als sie „Stille Nacht, Heilige Nacht“ anstimmt wie eine Profisängerin.

„Sie hat eine Stimme wie ein Engel“, flüstere ich, und mir wird ganz warm ums Herz. Ich bin den Tränen nahe, aber weinen geht an Weihnachten natürlich nicht.

„Alles schläft, einsam wacht“, singe ich mit und ergreife Jims Hand. Er umschließt sie fest. Die altbekannten Worte rühren mich wie nie zuvor. Einsam, genauso habe ich mich noch vor drei Wochen gefühlt. Dann kam Jim in mein Leben, und alles hat sich geändert.

Ein Beben geht durch meinen Körper, ich muss mich zwicken, um nicht schluchzend auf die Knie zu sinken. Geht es nur mir so, oder ist Jim genauso ergriffen wie ich? Ich reiße die Augen von dem Mädchen los und werfe Jim einen Blick zu. Gott sei Dank geht ihm die Stimme so nah wie mir. Seine Augen schimmern in der klaren Nachtluft, und ich lehne mich an ihn.

Plötzlich trifft mich die Erkenntnis wie ein Schlag: Ich bin angekommen, endlich bin ich angekommen. Hier in den Armen dieses Mannes bin ich zu Hause.

Dabei sind wir doch erst seit drei Wochen zusammen.

Aber es fühlt sich bereits wie eine Ewigkeit an. Wie kann das sein?

Ich weiß, warum. Wir sind füreinander bestimmt. Ich habe ihn mir gewünscht, und er ist mir geschenkt worden. Wenngleich nicht in buntem Papier und Schleife.

Ich betrachte die Menge, die sich um das Mädchen versammelt hat. Familien, Pärchen, Gruppen von Freunden, sie alle sind verzaubert von der wunderschönen Stimme.

In dem Moment beschließe ich, diesen Augenblick nie zu vergessen. Es gibt nicht viele Momente im Leben, die so vollkommen und rein sind, dass einem fast das Herz zerspringt. Dies ist so ein Augenblick.

Das Mädchen singt die letzte Zeile des Liedes und trifft die hohen Töne mit Leichtigkeit. Plötzlich ist die Menge ganz still, wie gebannt lauschen alle ihrer klaren Stimme.

Wie lange stehen wir da und staunen? Es kommt mir wie eine Ewigkeit vor, dauert aber nur wenige Augenblicke.

Der Stille folgt das Klimpern von Geld. Einer nach dem anderen drängen sich die Zuhörer nach vorn, um eine Münze in die rote Samtmütze des Mädchens zu werfen. Das fröhliche Klingeln der Geldstücke tönt hell durch die klare Luft.

„Als läuteten die Glocken“, sage ich entzückt.

„Jingle Bells? Die Glocken läuten für dich, Belle“, sagt Jim.

Jetzt bin ich an der Reihe und werfe eine Handvoll Euros in die Mütze. Das Mädchen blickt auf und mir direkt in die Augen, ein breites Lächeln auf dem Gesicht. Mich überkommt ein seltsames Gefühl. Als kenne ich das Mädchen. Am liebsten würde ich es in den Arm nehmen. Aber das ist lächerlich.

Seine Eltern sehen bestimmt zu und müssen denken, ich sei eine verrückte alte Frau. Also lasse ich es.

„Jetzt müsste ein Talentscout vorbeischneien. Das ist doch ein Nummer-eins-Hit, dieser Weihnachtssong“, sage ich und will mich zu Jim umdrehen. Aber wo ist er? Mit Blicken suche ich die Brücke ab, gucke nach links, nach rechts. Ich ärger mich, dass ich eben einen Schritt nach vorn, weg von ihm getan habe. Die Menschenmenge, die sich jetzt wieder in Bewegung setzt, ist dicht, und ich kann Jim nirgends erblicken.

Dann fasst er plötzlich meine Hand, und ich bin erleichtert und schäme mich gleichzeitig für meine alberne Panik.

„Da bist du ja!“, rufe ich. Aber was, um Himmels willen, macht er da? Entsetzt beobachte ich, wie er mitten auf der Ha'penny Bridge auf sein Knie sinkt.

„Suchst du was?“, frage ich und denke, dass er womöglich seine Brieftasche verloren hat. Schon beuge ich mich über das Pflaster, um bei der Suche zu helfen.

„Guck mal, er will ihr einen Antrag machen“, ruft ein Mann in der Menge hinter mir. Mir wird ganz flau, obwohl ich weiß, dass das nicht sein kann. Jim wird mir doch keinen Heiratsantrag machen.

Ich drehe mich um. „Antrag, so ein Quatsch!“, platzt es aus mir heraus.

Ich bin doch erst seit drei Wochen mit Jim zusammen, so schnell macht man doch keinen Heiratsantrag. Das passiert nur in Büchern oder Filmen. Nicht in Dublin, und vor allem passiert das anderen, nicht mir, Belle Bailey.

Aber als ich zu ihm hinabblicke, lacht er nicht, sondern sieht mich eindringlich an. Er macht auch nicht den Eindruck, als hätte er irgendetwas verloren. Traurig sieht er auch nicht aus. Im Gegenteil, er wirkt regelrecht glücklich.

„Ich hab nichts verloren, Belle. Ganz im Gegenteil, ich habe etwas sehr Wertvolles gefunden.“ Jemand hinter mir hält hörbar den Atem an. Ich drehe mich um und sehe in ein Meer von Gesichtern – die Gesichter, die kurz zuvor verzückt dem Gesang des Mädchens gelauscht haben. Jetzt sind sie genauso verzückt angesichts des Schauspiels, das sich live und in Farbe vor ihnen abspielt. Die werden nachher zu Hause beim Festmahl was zu erzählen haben.

„Und sie lebten glücklich bis ans Ende ihrer Tage – das will ich mit dir, Belle. Ich will mit dir zusammen alt werden und werde dich nie wieder gehen lassen. Ich will dich so innig lieben, dass du nie wieder traurig bist“, erklärt Jim.

Träume ich das?

Das klang gerade nach einem Heiratsantrag. Gefragt, ob ich ihn heiraten will, hat er aber nicht, oder? Ich presse die Lippen aufeinander. Auf gar keinen Fall werde ich mit Ja auf eine Frage antworten, die keine ist, sondern eher eine Liebeserklärung.

Und doch bahnt sich ein Kribbeln durch meinen Körper.

„Ich will dich heiraten. Ich will meine beste Freundin heiraten", sagt er ernst.

Oha, das war unmissverständlich.

Die Menschenmenge, die noch einen Moment vorher im Begriff war, sich aufzulösen, bildet nun einen Kreis um uns. Als hätten sie sich untereinander abgesprochen, schützen sie uns vor den eilig vorbeihastenden Passanten. Ich höre sie „Ah" und „Pst!" wispern, während Jims Worte in der klaren kalten Luft zu schweben scheinen.

„Ich habe das nicht geplant. Was Unsinn ist, weil ich seit Tagen an nichts anderes denken kann. Noch nicht einmal einen Ring habe ich", sagt er geknickt.

Mein ganzes Leben lang habe ich von diesem märchenhaften Moment geträumt, wenn der Prinz auf die Knie sinkt und mit einem Diamantring in der Hand um seine Angebetete anhält. So ein Ring schert mich überhaupt nicht, merke ich jetzt. Ich lächle Jim an, um ihm zu zeigen, wie unwichtig mir ein Ring in diesem Moment ist.

„Dafür habe ich das hier", fährt er breit grinsend fort und langt in die Innentasche seines Mantels.

Was, um Himmels willen, mag das sein? Er hält eine in rotes Papier gewickelte Schachtel mit einer weißen Schleife in der Hand.

„Eine Mordsverpackung!", sage ich.

„Das habe ich vorhin besorgt. Das ist nur ein Teil deines Weihnachtsgeschenks. Keine Sorge. Später kommt der Rest. Eigentlich wollte ich es bei Tess unter den Christbaum legen. Aber jetzt geht's auch." Er reicht mir die Schachtel.

Meine Hände zittern so sehr, dass ich das Geschenkpapier kaum aufgerissen bekomme. Ich halte den Atem an, als ich die Schachtel öffne. Ein Ring ist es nicht, das hat Jim klargemacht. Was mag da drinnen versteckt sein?

Ein winziges silbernes Glöckchen. Gebettet auf rotem Samt liegt es in der Schachtel, ein rotes Band ist daran befestigt. Nie habe ich etwas Vollkommeneres gesehen.

„Oh, Jim!", hauche ich. Und könnte schwören, die Menge seufzt ebenfalls.

„Eine silberne Glocke für meine Belle", sagt er.

Ich nehme sie aus der Schachtel und läute. Einmal, zweimal. Das Klingeln erfüllt die Nachtluft. Die Menge seufzt wie aus einem Munde, diesmal lauter.

Ich kann es ihnen nicht verdenken. Mein Gott, die Schönheit dieses Augenblicks droht auch mich zu überwältigen. Von solchen Momenten habe ich bislang nur gelesen oder sie zu Weihnachten im Fernsehen gesehen. Jetzt bin ich selbst Teil davon. *Ich!*

Er nimmt mir die Glocke aus der Hand und knotet das rote Band auf.

„Es ist kein Ring. Aber ein Versprechen auf einen Ring, wenn du Ja sagst", erklärt er.

„Der Juwelier Appleby hat noch auf, junger Mann!", ruft jemand hinter mir, und die Umstehenden lachen über den typischen Dubliner Humor.

In meinem Kopf dreht sich alles. Als sei dort ein Kreisel. Blut schießt in meinen Kopf, und mir wird schwindelig. Ich greife hinter mich und halte mich an dem schmiedeeisernen Brückengeländer fest.

Für jemanden, der in seinen ganzen fünfundzwanzig Lebensjahren kein einziges Mal der Ohnmacht nahe gewesen ist, halte ich mich dieser Tage ganz gut. Ich atme dreimal tief durch, bis das Schwindelgefühl nachlässt.

Vielleicht habe ich das alles nur geträumt? Ich blicke mich um und erwarte, nichts als die roten Backsteinbauten längs der Liffey zu sehen.

Stattdessen sehe ich Jim, meinen Freund, der, immer noch auf Knien, zu mir aufschaut. Und ich sehe nichts als Liebe in seinen Augen.

„Wir … wir kennen uns doch erst seit drei Wochen", stammle ich. Das musste jetzt einfach gesagt werden. Einer muss hier schließlich die Verantwortung übernehmen. Schockiert schnappt die immer größer werdende Menschenmenge um uns herum nach Luft.

Jim steht auf und nimmt meine Hand. „Meine geliebte, meine wunderschöne, tapfere Belle, du weißt, dass das nicht stimmt. Wir kennen uns schon unser ganzes Leben lang."

ERSTER TEIL

1. KAPITEL

Dezember 1988

Sie hat die ganze Zeit kein einziges Wort gesagt. Das ist doch nicht normal. Sie sollten sie besser untersuchen lassen. Vielleicht stimmt etwas nicht mit ihr", sagt Mrs. Gately, meine Noch-Pflegemutter, und tippt sich mit dem Finger vielsagend an die Stirn.

„Das ist nicht das erste Mal. Dass sie nicht spricht, meine ich", erwidert Mrs. O'Reilly in ähnlich verächtlichem Ton.

Mrs. O'Reilly ist die Frau vom Jugendamt, die für mich zuständig ist, solange ich denken kann. Sie scheint jetzt nicht gerade glücklich über mich zu sein. Aber sie soll nicht böse sein. Ich bin doch immer ganz lieb. Trotzdem ärgern sich die Erwachsenen ständig über mich. Vor allem meine Mutter hat dies fortwährend getan.

Ich drücke Dee-Dee, meine Puppe, fester an mich und streichle ihr übers schwarze Haar. Ich will nicht an meine Mutter denken.

„Frohe Weihnachten, Belle", sagt Mrs. Gately extra laut. Sie macht einen Schritt in meine Richtung, als wollte sie mich umarmen. Aber im letzten Moment überlegt sie es sich anders und streicht mir stattdessen über den Kopf.

Ein Glück! Sie riecht nämlich so komisch. Ihr Parfüm kitzelt mir in der Nase, ich muss davon immer niesen. Sie ist offensichtlich froh, mich los zu sein. Vorhin hörte ich, wie sie zu ihrem Mann sagte, dass es das nicht wert sei. Und obwohl ich erst acht bin, wusste ich sofort, dass sie mit „es" mich meint.

„Schnall dich an, Belle!", sagt Mrs. O'Reilly über die Schulter. Oje, sie ist böse auf mich. Aber als sie mich im Rückspiegel anschaut, wird ihr Ausdruck sanfter. Mit einer seltsam hohen Stimme erklärt sie: „Wart's ab. Es wird dir gefallen. Tess ist sehr nett. Und diesmal ist es für immer. Ist das nicht schön? Ein neues Zuhause? Für dich und deine sieben Sachen?“

Ich senke den Blick. Zu meinen Füßen liegt ein kleiner Rucksack. Da ist alles drin, was ich besitze.

„Belle!“ Sie klingt gereizt. Oh, sie will, dass ich antworte.

Ich nicke und verziehe den Mund zu einem Lächeln. Obwohl mir überhaupt nicht zum Lachen ist.

Sie scheint zufrieden zu sein. Jedenfalls wendet sie den Blick vom Rückspiegel ab und guckt wieder auf die Straße vor uns.

Was glaubst du, Dee-Dee? Ist das neue Zuhause wirklich für immer? Dee-Dee lügt nie. Ich glaube, sie ist das einzige Wesen auf der ganzen Welt, das immer die Wahrheit sagt.

Aus ihren dunkelbraunen Augen guckt sie mich an. „Na ja, bei Joan und Daniel sollten wir doch auch für immer bleiben.“

Stimmt. Tatsache ist, dass Mrs. O’Reilly denselben Satz schon zigmal gesagt hat.

Wie jedes Mal, wenn ich an Joan und Daniel denke, kriege ich Angst. Ich will zurück nach Dun Laoghaire, zurück in das Haus, in dem ich die letzten Jahre gelebt habe. Nur dass Joan und Daniel nicht mehr da sind. Das Haus steht leer, es soll verkauft werden. Meine ehemaligen Pflegeeltern sind jetzt woanders, „Silicon Valley“ heißt es. Ich weiß nicht, wo das ist. Es muss weit weg sein, denn sie sind mit dem Flugzeug geflogen.

Warum haben sie mich nicht mitgenommen, Dee-Dee? Mir wird übel.

Dee-Dee guckt mich traurig an. Ich weiß, wie sie sich fühlt.

Alle verlassen sie uns. Am Ende lassen sie uns immer allein.

„Hey, mach dir nichts draus. Solange wir zu zweit sind, wird alles gut“, sagt Dee-Dee.

Ich drücke ihr einen Kuss auf die Stirn und nicke. Ja, alles wird gut.

Mrs. O’Reilly plappert munter weiter. Wie toll das neue Haus in Drumconda ist. Wie gut es mir dort gefallen wird. Wie aufregend, was für ein Abenteuer. Das sagt sie jetzt schon zum zweiten Mal. Und obwohl ich nicht in einem Flugzeug fliegen muss, weiß ich ganz genau, dass es weit weg ist von meinem alten Zuhause.

„Deine neue Pflegemutter, Tess, nimmt seit dreißig Jahren Kinder bei sich auf. Du kriegst ein eigenes Zimmer. Ganz für dich allein. Ist das nicht toll? Und du kannst jeden Tag zu Fuß zur Schule gehen. Wie vorher bei Joan und Daniel."

Sie lächelt mir im Rückspiegel zu.

Ihre Augen – ihre Augen lächeln nicht. Wenn mich jemand anlächelt, gucke ich den Leuten immer in die Augen, um zu sehen, ob sich da Falten bilden. Wenn ja, ist das Lachen echt. Viele Menschen tun nur so, als würden sie lachen. Mrs. O'Reilly zum Beispiel.

Jetzt bremst sie. Und fährt dann mit einem Ruck an, in den Feierabendverkehr hinein. Mir ist ein bisschen schlecht. Also schließe ich die Augen und versuche, die Übelkeit zu unterdrücken.

„Bald beginnen die Weihnachtsferien. Die Schule fängt für dich aber erst im Januar an. Dann hast du Zeit, dich einzuleben. Neujahr, ein neuer Anfang. Das ist doch super! Und so aufregend, nicht wahr? Dir wird's gefallen, glaub mir. Wart's nur ab", sagt sie mit dieser falschen Stimme.

Ich traue ihr nicht. Obwohl ich erst acht bin, weiß ich, dass man niemandem trauen darf. Ständig lügen die Leute.

Dee-Dee glaubt das auch.

„So viel Verkehr heute Abend." Mrs. O'Reilly schaut nervös auf die Uhr.

Die Scheibe ist beschlagen. Mit meinem Arm wische ich darüber und sehe aus dem Fenster. Wir halten, schon wieder Rot. Bei Grün dürfen wir fahren. Das habe ich in der Schule gelernt. Was Gelb bedeutet, kann ich mir nie merken. Soll man da halten oder gehen?

Jetzt fahren wir weiter. Aber nur ein bisschen, dann bremsen wir wieder.

Als mein Magen sich zusammenzieht, sagt Dee-Dee: „Du darfst nicht in Mrs. O'Reillys Auto spucken!" Ich spüre Magensäure in meiner Kehle und schlucke. Mrs. O'Reilly würde so wütend werden, wenn ich mich in ihrem Auto übergeben muss. Vielleicht bringt sie mich dann nicht zu diesem neuen Zuhause. Und was dann? Wo soll ich dann hin?

Verzweifelt versuche ich, an irgendetwas anderes zu denken. Irgendetwas, jetzt bloß nicht spucken!

Ein rotes Auto hält neben uns. Um mich abzulenken, zähle ich die Insassen. Eins, zwei, drei, vier. Kinderleicht. Im Rechnen bin ich gut. Ich kann bis eintausend und neunundzwanzig zählen. Bestimmt schaffe ich auch zweitausend. Aber letztes Mal habe ich kurz nicht aufgepasst und bin durcheinandergekommen. Vielleicht schaffe ich's jetzt.

Ein Mädchen guckt zu mir rüber und winkt. Ich winke zurück. Zu ihr und ihrer Familie. Jedenfalls glaube ich, dass es eine richtige Familie ist. Der Vater fährt, die Mutter sitzt neben ihm auf dem Beifahrersitz. Sie dreht sich nach hinten, zu ihren Kindern, einem Jungen und einem Mädchen. Ich kann nicht hören, was sie sagt. Aber es muss lustig sein, denn alle lachen.

Die Mutter hat ein schönes Gesicht. Freundlich und sehr fröhlich sieht sie aus.

Wie kann man nur so blöd sein? Verschwinde! Hau ab, du blödes Gör!

Tränen schießen mir in die Augen, wenn ich mich daran erinnere. Es tut weh, wie Seitenstechen, wenn ich zu schnell laufe. Ich hauche an die Fensterscheibe, damit sie beschlägt und ich die lachende Familie nicht mehr sehen muss.

Bis tausend zählen mag ich auch nicht mehr.

„Nicht weinen!", sagt Dee-Dee, als sie sieht, wie traurig ich bin. „Die Erwachsenen regen sich nur auf, wenn du weinst."

Ich seufze, kneif mir in den Arm und senke wieder den Blick. Still streichle ich Dee-Dees Kopf.

„Was wünschst du dir dieses Jahr vom Weihnachtmann, Belle?“, fragt Mrs. O’Reilly, und ich erschrecke.

Traurig zucke ich mit den Schultern. Mir doch egal. Der Weihnachtsmann weiß noch nicht mal, wo ich wohne. Die letzten zwei Jahre war er bei Joan und Daniel. Und davor? Davor ist er, glaube ich, gar nicht gekommen.

„Der Weihnachtsmann kann Wunder vollbringen. Bestimmt findet er dich“, sagt Dee-Dee. „Ganz bestimmt.“ Ich drücke ihr einen Kuss auf die Stirn. Nur Dee-Dee kann mich immer aufmuntern.

„So, jetzt muss ich nur noch einen Parkplatz finden“, meint Mrs. O’Reilly.

Auf beiden Straßenseiten stehen rote Backsteinhäuser. Es ist jetzt fast ganz dunkel. Große Bäume werfen Schatten auf die Vorgärten. In einigen der Fenster sehe ich Weihnachtsbäume und Lichterketten in der Auffahrt.

„Belle, sieh mal! Die rote Tür da vorn, da wohnst du.“ Mrs. O’Reilly zeigt auf ein Haus auf der gegenüberliegenden Straßenseite.

In dem Fenster sehe ich keinen Weihnachtsbaum.

Das Haus sieht … es sieht düster aus und bedrohlich. Ich glaube nicht, dass ich mich da wohlfühlen werde.

„Nicht weinen!“, ermahnt mich Dee-Dee, als wir die Auffahrt hochgehen. An der Tür klingelt Mrs. O’Reilly. Mir stockt der Atem, und ich halte Dee-Dee ganz fest. Ein Schatten nähert sich der Tür, das erkenne ich durch die dicken Glasscheiben.

„Du zitterst ja“, sagt Mrs. O’Reilly und drückt mich an sich. „Gleich hast du’s schön warm und kuschelig.“

Jemand öffnet die Tür. Ich schnappe nach Luft und weiche einen Schritt zurück. Vor mir steht der große böse Wolf … in einem hellgelben Kleid.

Der Wolf sieht aus, als würde er mich gleich fressen wollen.

„Sie ist dick!“, sagt Dee-Dee.

Sei lieb, schimpfe ich. Das sagt man doch nicht. Allerdings habe ich noch nie jemanden so Dickes gesehen.

„Wahrscheinlich ist sie so dick, weil sie alle Kinder auffrisst, die zu ihr kommen.“ Dee-Dee hört einfach nicht auf.

Echt toll, Dee-Dee. Das hilft mir gar nicht. Schnell werfe ich einen Blick zurück auf das Auto.

Bevor ich zurückrennen kann, lächelt der Wolf breit. Reißzähne hat sie nicht. Nur leicht gelbliche Schneidezähne. Und sogar Dee-Dee findet, dass sie sich darüber zu freuen scheint, uns zu sehen. Sie bittet uns ins Haus und sagt, sie hätte Süßigkeiten für uns.

„Okay.“ Dee-Dee ist einverstanden. Wir beide lieben Süßigkeiten.

Ich setze mich an einen großen Tisch in der Küche. Das Tischtuch ist gelb-rot gemustert und leicht abzuwischen, falls man mal kleckert.

Die Frau, Tess, hat mir ein Glas Milch und ein paar Schokoriegel hingestellt.

„Lang zu, Kleines“, sagt sie und lächelt mich mit ihren großen Zähnen an. Aber sie macht mir keine Angst mehr. Außerdem gefällt mir ihr gelbes Kleid. Es sieht schön aus. Dann verschwinden sie und Mrs. O’Reilly im Flur und unterhalten sich flüsternd über mich.

„Spitz die Ohren!“, fordert Dee-Dee mich auf. Mal hören, was die sagen.

„Sie spricht immer noch kein Wort. Seit Wochen schweigt sie.“ Mrs. O’Reilly seufzt. „Ich weiß einfach nicht mehr, was ich mit ihr machen soll.“

„Wen wundert das? Die Kleine muss fürchterlich verängstigt sein. Andauernd wird sie herumgeschubst und kommt vom Regen in die Traufe. Bei wie vielen Pflegeeltern war sie schon?“, fragt Tess. „Sie wird sicher wieder reden. Aber erst, wenn sie so weit ist, vorher nicht."

Mrs. O'Reilly antwortet nicht auf die Frage. Ich könnte sie beantworten. Bei vier Pflegeeltern war ich, seit meine Mutter mich weggegeben hat. Aber ich bin ja erst acht und weiß vieles nicht. Vielleicht waren's auch mehr als vier Familien. Was ich weiß, ist, dass Erwachsene ungern über meine Vergangenheit sprechen. Immer wenn ich meine Mutter erwähne, werden sie nervös.

„Ich habe schon alles versucht, um sie zum Reden zu bringen. Ich weiß wirklich nicht mehr weiter", erklärt Mrs. O'Reilly und stöhnt. „Sie werden eine Engelsgeduld mit ihr aufbringen müssen, Tess."

„Es ist wie mit dem Schmetterling. Je mehr man versucht, ihn zu fangen, desto weniger wird man ihn bekommen. Wartet man ruhig ab, setzt er sich vielleicht leise auf deine Schulter", erwidert Tess.

Keine Ahnung, was sie damit sagen will. Fragend schaue ich Dee-Dee an. Die weiß es auch nicht. Aber Dee-Dee mag Tess, und auf Dee-Dees Meinung ist Verlass.

„In ihrer alten Schule wurde sie gehänselt. Vielleicht ist es ganz gut, dass sie jetzt die Schule wechselt und da wegkommt", erzählt Mrs. O'Reilly. „Rassistische Bemerkungen waren das vor allem."

Was genau „rassistische Bemerkungen" sind, weiß ich nicht. Aber die anderen Kinder haben mich manchmal geärgert. Sie haben schlimme Schimpfworte benutzt und gesagt, ich soll nach Hause gehen, zurück nach Afrika. So was in der Art.

Das verwirrt Dee-Dee und mich jedes Mal. Ich war ja noch nie in Afrika. Ich war nie fort aus Irland. Meine Heimat ist Dublin. Eigentlich bin ich also schon zu Hause. Oh, Mann, ist das kompliziert.

„Ach, die Ärmste, wie schrecklich." Tess seufzt. „Dabei

sollte man meinen, wir wären heutzutage ein wenig toleranter. Wir schreiben das Jahr 1988, um Himmels willen."

„Sie fällt halt auf. Hier leben einfach nicht so viele farbige Kinder wie vielleicht in England", erwidert Mrs. O'Reilly.

Farbig. Schon wieder sagen die „farbig" zu mir, Dee-Dee.

„Außerdem hat sie Albträume. Sie will nicht darüber reden. Aber seien Sie darauf gefasst, dass sie nachts schreiend aufwacht", fährt Mrs. O'Reilly fort.

Mir wird ganz flau im Magen. Ich habe Angst, dass Tess mich jetzt nicht mehr haben will. Besonders gute Dinge erzählt Mrs. O'Reilly ja nicht gerade von mir.

Was sie noch alles sagen, verstehe ich nicht, da sie flüstern. Nach einer Weile streckt Mrs. O'Reilly den Kopf zur Küchentür herein. Sie hat wieder ihr falsches Lächeln aufgesetzt.

„Ich komme nächste Woche und schaue, wie es dir geht, Belle." Und schon ist sie gegangen. Einfach so.

„Wir können es kaum erwarten, Mrs. O'Reilly", sagt Dee-Dee, „wir werden Sie bestimmt vermissen."

Ich kichere. Dee-Dee ist so lustig.

„Das muss Dee-Dee sein, deine Lieblingspuppe." Erschrocken horche ich auf, als Tess in die Küche kommt. „Wie schön sie ist! Und was für ein hübsches Kleid sie trägt! Mrs. O'Reilly hat mir bereits von ihr erzählt und dass du nirgends ohne Dee-Dee hingehst."

Ich nicke, froh, dass Tess Bescheid weiß.

„Wollt ihr, du und Dee-Dee, dein Zimmer sehen?" Ohne auf eine Antwort zu warten, bedeutet sie mir winkend, ihr zu folgen. Schnaufend steigt sie die Treppe hinauf.

Hinter einer weißen Holztür steht in einem kleinen Zimmer ein Bett. Die Bettdecke ist rosa, darauf liegen überall kleine lila Kissen. Auf dem Nachttisch aus hellem Holz steht eine rote Lampe. Tess zeigt mir, wie man sie an- und ausschaltet.

Die Tapete ist super. Rosa Blüten ranken da an grünen Blättern. Und der Kleiderschrank … Der sieht aus wie der in dem Buch „Die Chroniken von Narnia".

Tess öffnet die Schranktür. Ein Pelzmantel ist da zwar nicht drin, aber stattdessen hängen ein paar Kleider auf Bügeln, und in den Fächern liegen ordentlich gefaltet ein paar Oberteile.

„Ich habe vorhin in der Stadt ein paar Sachen gekauft. Unterwäsche, Socken, einen Schlafanzug, T-Shirts und eine Jeans. Alles, was du sonst noch brauchst, werden wir morgen besorgen. Ich weiß ja nie, was ein Kind alles benötigt. Bis zu dem Augenblick, in dem es durch meine Tür tritt. Ich fürchte, ich habe deine Kleidergröße falsch eingeschätzt. Sieh nur, was für wunderbar lange Beine du hast. Da müssen wir wohl eine größere Hose kaufen."

Schüchtern blinzle ich sie an. Sie ist bestimmt böse wegen meiner Beine. Aber im Gegenteil, sie lächelt, als sie einen Bademantel aus dem Schrank holt und einen nigelnagelneuen Schlafanzug, der noch verpackt ist. Er ist ebenfalls rosa und ganz weich, verziert mit roten Herzen. Den mag ich.

„Der müsste dir passen. Willst du ihn dir gleich anziehen und es dir bequem machen?", fragt Tess. „Das mache ich abends auch gerne. Wenn sich kein Besuch angekündigt hat, dann gibt es doch nichts Schöneres, als es sich im Schlafanzug vorm Fernseher mit einer Tasse Tee gemütlich zu machen. Und wir zwei beiden machen es uns heute besonders schön, um deinen Einzug zu feiern." Erwartungsvoll lächelt sie mich an.

Zögerlich nicke ich. Ich bin überwältigt. Sie ist so nett zu mir, und ich weiß nicht, was ich sagen soll. Am liebsten würde ich weinen. Aber Dee-Dee muss mir gar nicht erst sagen, dass das nicht angebracht ist. Sonst kriegt Tess es nur mit der Angst zu tun. Und sie ist doch so nett. Aber ich weiß nicht, wie ich ihr das sagen soll. Die Worte scheinen in meiner Kehle festzustecken.

„Komm mal her zu mir", sagt Tess und lässt sich auf dem

Bett nieder. Sie klopft auf den Platz neben sich, und ich setze mich zu ihr.

„Ich weiß, du hast Angst, Belle. Das hätte ich an deiner Stelle auch. Aber ich verspreche dir, dass wir es hier gut haben werden, wenn du es zulässt. In diesem Haus bist du sicher und behütet. Das verspreche ich dir. Wer weiß, wie viel Spaß wir zusammen haben werden. Wart's nur ab." Sie blickt mir in die Augen und lächelt. Ich bin überglücklich. Ihr Lachen reicht bis in die Augenwinkel. Das habe ich schon ganz lange nicht mehr gesehen.

Ich mag sie, flüstert Dee-Dee mir zu.

Ich mag sie auch.

2. KAPITEL

Dezember 1988

Vier Stunden lang haben wir Tess' Haus geschmückt. Den Flur, die Küche, das Wohnzimmer, sogar das Bad – nirgends ist ein Fleckchen übrig, das wir nicht weihnachtlich dekoriert hätten.

Währenddessen erzählt und erzählt Tess. Zu jedem Weihnachtsschmuck hat sie eine Geschichte parat. Wann sie den Schmuck gekauft hat, wer dabei war, was sie gerade tat. Sie hat darauf bestanden, dass wir beim Schmücken rote Mützen tragen. Dabei singt sie die Weihnachtslieder mit, die aus dem Kassettenrekorder in der Küche kommen. Wieder und wieder läuft die Kassette durch. Tess ist echt lustig. Wenn sie den Text nicht kennt, denkt sie sich selbst die Worte dazu aus. Das ist wirklich sehr komisch.

In ihrem Wohnzimmer stehen jetzt zig Spieluhren und Weihnachtsfiguren. Und Schneekugeln, in denen kleine Männchen Schlittschuh laufen, während sacht die Schneeflocken auf den See rieseln, wenn man die Kugel schüttelt. Und ein Stoffrentier, das von roten Nasen singt, wenn man das Geweih berührt. Die Spieluhren spielen sämtliche Weihnachtslieder, die ich kenne.

Mein Lieblingsspielzeug ist der Weihnachtsmann im Schaukelstuhl. Er trägt ein grün kariertes Hemd, knallrote Hosen und schwarze Stiefel. Sein Bart sieht aus wie Schnee. Auf seiner Nase sitzt eine kleine Brille. Wenn man ihm eins dieser kleinen Bücher in die Hand drückt, beginnt der Stuhl zu schaukeln, und der Weihnachtsmann liest eine Geschichte vor.

Am liebsten würde ich ihm den ganzen Tag lang zuhören. Wenn ich einen Opa hätte, müsste seine Stimme genau so klingen. Er würde mir jeden Abend eine Gutenachtgeschichte vorlesen, wenn ich zu Besuch bei ihm bin. Leider habe ich keinen Großvater. Nur eine Mutter.

Meine Eltern wollen nichts mehr mit mir zu tun haben. Sie haben mich enterbt. Und weißt du auch, warum? Wegen dir, Belle! Du hast mein Leben zerstört.

Die Stimme meiner Mutter schwirrt mir ständig im Kopf herum. Und plötzlich wird sie laut und trifft mich völlig unerwartet. Dass ich keinen Opa habe, ist meine Schuld, und ich schäme mich dafür.

All der Weihnachtsschmuck ... Ich stelle alle Spieluhren an, alle gleichzeitig. Damit ich ihre Stimme nicht mehr hören muss.

„Willst du mir beim Backen helfen?“ Erschrocken zucke ich zusammen. Tess steht in der Tür. Sie hat mich die ganze Zeit beobachtet. Gleich schimpft sie bestimmt wegen des Lärms. Doch stattdessen streckt sie mir die Hand entgegen. Als ich sie ergreife, zieht Tess mich an sich und gibt mir einen Kuss. Das macht sie oft. Sie küsst mich ohne Grund.

Backen mag ich, also folge ich ihr in die Küche.

Aufgereiht auf dem Tisch stehen Schüsseln voller Rosinen, Korinthen, Eiern, Semmelbrösel, Mehl, Zucker, Sirup, etliche Gläser mit Gewürzen und sogar eine Flasche Guinness für den traditionellen Plumpudding.

„Dieses Jahr bin ich spät dran, aber ich habe extra auf dich gewartet, damit du mir helfen kannst“, erklärt Tess. „Einige ziehen die leichtere Variante vor, ich mag den dunklen, schweren Pudding am liebsten.“

Wir vermengen nach und nach alle Zutaten in einer großen Rührschüssel aus Keramik. Abwechselnd rühren wir den Teig. Zwischendurch probiert Tess die klebrige Masse und sagt „Na!“ oder „Ah“ und würzt nach.

„Der darf uns nicht misslingen. Schließlich ist der für Weihnachten“, sagt sie. „Und jetzt kommt Arthur Guinness.“ Tess kichert und ich auch, obwohl ich null Ahnung habe, warum Herr Guinness kommen soll. Sein Bier ist doch schon hier. Tess nimmt die Flasche und gießt das Schwarzbier in die Schüssel.

Ein letztes Mal taucht sie ihren kleinen Finger in den Teig, leckt ihn ab und verkündet stolz: „Perfekt." Dann holt sie ihren Geldbeutel hervor und nimmt eine Münze.

„Kannst du das in Folie einwickeln?", bittet sie mich.

Keine Ahnung, warum, aber ich fühle mich wahnsinnig geehrt. Ich darf die Münze in Folie wickeln! Also sehe ich zu, dass ich es ordentlich mache, und umwickle auch den Rand sehr sorgsam.

„Jetzt leg die Münze in den Teig, und rühr gut um. Dabei schließt du die Augen und wünschst dir etwas." Aufmunternd lächelt sie mir zu.

Ich schließe die Augen und denke mit aller Kraft an meinen Wunsch.

„Und jetzt eine schöne Tasse Tee. Das war anstrengend heute, meinst du nicht auch?" Tess setzt den Kessel auf. „Heute dürfen wir uns den ersten Mincepie genehmigen. Letzte Nacht, als du geschlafen hast, habe ich eine Fuhre gebacken. Ich wärme sie nur schnell in der Mikrowelle auf, und dann kommt ein Klacks Sahne oben drauf."

Wenig später, mein Mund ist noch voll mit der leckeren Füllung des Gebäcks und dem süßen Mürbeteig, da sehe ich, wie Tess mich beobachtet.

„Kannst du mir einen Gefallen tun, Belle?", fragt sie.

Hastig nicke ich. Ich würde alles für sie tun. So viel Spaß wie heute hatte ich schon lange nicht mehr. Ich mag Tess und möchte, dass sie mich auch mag.

„Dann schreib doch bitte dem Weihnachtsmann. Ich habe dich schon ein paarmal gebeten, einen Wunschzettel zu schreiben. Bitte schreib einen, auch wenn du keine Lust dazu hast. Der Weihnachtsmann ist zwar auch recht gut im Raten, aber ihm sind Wunschzettel lieber. Und zufällig weiß ich, dass er jeden einzelnen Brief mit großer Freude liest."

Sie gibt mir Zettel und Bleistift und rückt näher zu mir an den Tisch.

„Ich kann auch schreiben, wenn du mir sagst, was", bietet sie mir hilfsbereit an.

Ich schüttle den Kopf. Briefe schreiben kann ich. Meiner Mutter habe ich unzählige Briefe geschrieben. Nur hat sie die nie beantwortet.

Außerdem weiß ich nicht, was ich mir wünschen soll. Joan und Daniel haben immer gesagt, dass ich mir nichts zu Teures wünschen darf, weil der Weihnachtsmann kein Geld hat. Also habe ich gesagt, dass ich mir eine Überraschung wünsche. Damit waren sie anscheinend zufrieden.

Tess aber scheint der Meinung zu sein, dass ich mir etwas Bestimmtes vom Weihnachtsmann wünschen soll. Fragend schaue ich Dee-Dee an.

Eine neue Puppe? Das findet sie überhaupt nicht lustig.

„Du weißt genau, was du willst", sagt Dee-Dee.

Sehr witzig. Das kann ich mir doch nicht wünschen.

„Warum nicht?", fragt sie. „Der Weihnachtsmann kann zaubern, er kann dir jeden Wunsch erfüllen. Das weiß doch jedes Kind."

Ich setze den Stift aufs Papier. Dabei gebe ich sehr acht, dass die Schrift gerade wird. Manchmal gerät ein Buchstabe zu groß, und das sieht doof aus. Der Brief muss perfekt werden. Schließlich ist dies der wichtigste Brief meines Lebens.

Endlich bin ich fertig.

Ich falte ihn zusammen und schiebe ihn schüchtern über den Tisch zu Tess.

„Darf ich ihn lesen?", fragt sie. Ich zucke mit den Schultern, was sie als Zustimmung auffasst. Vorsichtig öffnet sie den Brief.

„Mal sehen, was da steht." Sie setzt ihre Brille auf und ruft: „Was für eine schöne Handschrift!"

Ich bin erleichtert und froh, mir so viel Mühe gegeben zu haben. Sie liest den Brief vor, und ich spreche lautlos mit. Ich kann ihn auswendig.

Lieber Weihnachtsmann,
ich heiße Belle und bin acht Jahre alt. Ich bin umgezogen und lebe jetzt bei einer Frau, die Tess heißt. Ich wohne nicht mehr bei Joan und Daniel, die sind weit weggezogen. Ich mag Tess, sie ist nett und gibt mir Kekse. Magst du auch Kekse? Dann bitte ich Tess, dir an Weihnachten welche zu geben.
Dieses Jahr wünsche ich mir zu Weihnachten eine Freundin, mit der ich spielen kann. Es kann auch ein Freund sein, aber ein Mädchen wäre mir lieber. Außerdem wünscht Dee-Dee sich ein neues Kleid. Ihre Lieblingsfarbe ist Gold.
Vielen Dank
Deine Belle Bailey

Ich schaue Tess an, während sie liest, und mir wird flau. Oh nein, Dee-Dee, ich war nicht brav. Tess sieht mich so besorgt an.

„Du hättest dir kein Kleid für mich wünschen sollen", schimpft Dee-Dee, „das ist zu viel."

„Mehr wünschst du dir nicht?", fragt Tess. Sie blickt noch einmal auf den Brief, dann in meine Augen.

Ich nicke. Tess fächelt sich mit einer Zeitschrift, die auf dem Tisch lag, Luft zu. Dann nimmt sie ein Geschirrtuch und tupft sich ihr Gesicht unter den Augen.

„Soso. Das ist der schönste Wunschzettel, den ich je gelesen habe … Bestimmt findest du nach den Weihnachtsferien eine Freundin in der neuen Schule. Da habe ich gar keine Zweifel, so ein nettes Mädchen wie du. Aber ich werde ein Wörtchen mit dem Weihnachtsmann wechseln, dass er noch eine kleine Überraschung unter den Baum legt. Vielleicht ein Spielzeug, wie findest du das? Ich weiß ja, dass du sehr brav warst und ein Geschenk verdienst. Sicherlich findet er auch ein Kleid für Dee-Dee … und für dich auch. Und natürlich Süßigkeiten! Weihnachten ohne Süßigkeiten ist kein Weihnachten, stimmt's?", fragt Tess, und als ich sie anlächle, sieht sie glücklich aus, nicht so aufgebracht wie eben.

Sie geht zur Anrichte und holt einen Servierteller. Darauf ist der Weihnachtsmann abgebildet. Er lacht, seine großen blauen Augen zwinkern, er sieht aus wie der Weihnachtsmann in dem Schaukelstuhl, den Tess in ihrer guten Stube hat.

„Das ist ein ganz besonderer Teller, nur für das Weihnachtsgebäck", erklärt sie mir. „Du darfst dieses Jahr so viel auf den Teller legen, wie du magst."

Ich fahre mit dem Finger über den Bart des Weihnachtsmannes, und mein Grinsen wird breiter und breiter.

„Ho, ho, ho", sagt Dee-Dee.

Wenn Tess wirklich ein Wörtchen mit dem Weihnachtsmann wechseln kann, wie sie sagt, dann kann sie ihm auch erzählen, wo ich wohne. Mit einem Mal fallen alle meine Sorgen, dass der Weihnachtsmann mich womöglich gar nicht findet, von mir ab.

Vielleicht wird dieses Weihnachten wirklich anders.

3. KAPITEL

Heiligabend 1988

„Weißt du, was ich mir am meisten zu Weihnachten wünsche?“, fragt mich Tess.

Den ganzen Vormittag lang stehen wir schon in der Küche, um Pasteten und Törtchen zu backen. Es riecht wie in einer Bäckerei, und ich bekomme Hunger. Im Ofen schmort der Braten, und im Spülbecken taut der Truthahn auf.

Tess stellt mir einen Teller mit Würstchen und Brot auf den Tisch, was mein Magen freudig grummelnd begrüßt.

Mir läuft schon das Wasser im Mund zusammen, aber als mir klar wird, was Tess gerade gesagt hat, werfe ich Dee-Dee einen panischen Blick zu. Was sollen wir bloß tun? Wir haben doch kein Geld und können Tess kein Geschenk kaufen. Dabei verdient sie ein wirklich schönes Geschenk, so nett, wie sie ist. Gerade mal 40 Pence habe ich in meinem Sparschwein. Davon kriege ich nicht viel. Vielleicht noch nicht einmal eine Tafel Schokolade.

„Sie mag Schokolade, so viel ist sicher“, sagt Dee-Dee. „Und du hast ein Bild gemalt.“

Es hat ewig gedauert, bis ich alles ausgemalt hatte. Außerdem kann ich Weihnachtsbäume nicht so gut. Er ist windschief und sieht eher aus wie ein Knallbonbon.

„Ich verrat’s dir, Belle“, sagt Tess. „Am meisten wünsche ich mir, deine Stimme zu hören. Ich wette, die ist genauso schön wie du.“

Oh.

„Los, sag was!“, raunt Dee-Dee mir zu.

Ich nicke. Das würde ich ja, aber mein Mund scheint mir nicht zu gehorchen. Andererseits will ich Tess nicht verärgern.

Als wir gestern zusammen ferngesehen haben, wollte ich

etwas sagen, weil mich die Geschichte über das fast vereitelte Weihnachtsfest so aufgeregt hat. Aber ich habe die Worte einfach nicht rausgebracht.

„Vielleicht wirft sie uns raus, wenn wir nicht reden", sagt Dee-Dee. Mich schüttelt's bei dem Gedanken. Wo sollen wir dann hin? frage ich Dee-Dee. Darauf weiß sie keine Antwort, und ich drücke sie fester an mich.

„Mach dir keine Sorgen", meint Tess, als könne sie meine Gedanken lesen. „Ich habe große Geduld, mein kleiner Schmetterling. Du redest selbstverständlich erst dann, wenn du so weit bist. So lange kann ich warten." Sie küsst meine Stirn und geht zurück zum Herd, um sich ein zweites Frühstück zuzubereiten.

Vielleicht geht das in Ordnung. Ich male einfach einen Schmetterling auf ihr Bild. Mit ganz bunten Flügeln. Vögel scheint sie zu mögen, sie nennt mich immer „kleiner Schmetterling".

„Wer ruft denn jetzt an?", will Tess wissen, als der schrille Klingelton des Telefons durchs Haus schrillt. In ihren Pantoffeln schlurft sie in den Flur, um abzuheben.

Die Würstchen schmecken lecker. Ich frage Dee-Dee, ob sie probieren will, und halte ihr ein Stückchen an den Mund, damit sie abbeißen kann.

Als Tess wenige Minuten später zurückkommt, singt sie „Have yourself a merry little Christmas", bloß klingt das viel schräger als bei Judy Garland. Ich summe mit, denn ich mag das Lied sehr.

„Du musst dieses Jahr besonders brav gewesen sein, Belle. Der Weihnachtsmann bringt dein Geschenk schon früher, und zwar gleich heute Nachmittag. Iss dein Frühstück auf, wir haben viel zu tun! Gleich muss ich noch in den Supermarkt und einiges für unsere besondere Überraschung nachher besorgen." Tess strahlt und steckt mich mit ihrer Vorfreude an.

Ein vorzeitiges Weihnachtsgeschenk habe ich noch nie bekommen. Glücklich strahle ich Tess zurück an.

„Vielleicht ist es mein Kleid“, sagt Dee-Dee. „Ein goldenes Kleid mit Glitzer.“

„Sei so lieb und öffne die Tür“, ruft Tess, als es läutet. Dabei springt sie auf und drückt rasch ihre Zigarette aus. Dann wedelt sie mit ihrer Illustrierten, um den Rauch zu verscheuchen. Während ich zur Tür gehe, versteckt sie den Aschenbecher unter der Spüle.

„Was Mrs. O'Reilly nicht weiß, macht sie nicht heiß“, sagt Tess und zwinkert mir verschwörerisch zu.

Ob jetzt mein Geschenk kommt? Schon den ganzen Tag habe ich darauf gewartet. Aber was hat Mrs. O'Reilly damit zu tun? Und warum erwähnt Tess sie überhaupt? Die Antwort steht vor der Tür: Mrs. O'Reilly.

Das Problem ist, dass Mrs. O'Reilly nie allein auf der Bildfläche erscheint, sondern immer schlechte Nachrichten im Schlepptau hat.

Oh nein! Sie kommt, um uns wieder mitzunehmen, Dee-Dee! Ich weiche zurück, pralle gegen Tess und will schreien: Nein, lass mich bei dir bleiben! Mir gefällt es hier. Aber Tess lächelt und deutet nickend zur Tür. Sie will, dass ich dort hinschaue. Außerdem zeigt ihr Gesicht nicht diesen Ausdruck, den ich mittlerweile nur zu gut kenne. Den Ausdruck, den Erwachsene nämlich immer dann aufsetzen, wenn sie mir sagen wollen, dass es Zeit ist zu gehen.

Sie legt mir die Hände auf die Schultern und zwingt mich, zur Tür zu gucken. Und dann sehe ich hinter Mrs. O'Reilly einen Jungen stehen.

Ein schlaksiger, dünner Junge mit fuchsrotem Haar, das ihm ins Gesicht fällt. Er blickt zu Boden, und seine Hände sind zu Fäusten geballt. Er sieht unglücklich aus. Mein Herz zieht sich zusammen. Ich weiß, wie er sich fühlt.

„Hallo, Jim!“, sagt Tess und geht auf ihn zu. Sie bittet beide herein und schließt die Tür hinter ihnen. „Belle, komm her und sag Jim Hallo. Er wird eine Weile bei uns wohnen. Er ist acht Jahre alt, wie du, na so was!"

Triumphierend sieht sie mich an, und ich verstehe. Noch bevor Dee-Dee sagen kann: „Das ist unser Weihnachtsgeschenk!", hab ich's kapiert.

„Leider ist er kein Mädchen …", wiegelt sie ab. Ja, schade. Aber für einen Jungen ist er ganz okay, denke ich.

Er blinzelt durch seinen Pony hindurch, und ich blicke in die blauesten Augen, die ich je gesehen habe. Sommersprossen gruppieren sich dicht an dicht über seiner Nase.

Dann hebt er den Blick und schaut mir direkt in die Augen, als würde er sagen: Was starrst du mich so an? Er mustert mich und verzieht verächtlich den Mund.

„Er sieht wütend aus", bemerkt Dee-Dee zu Recht.

„Na, da ist ja kein Gramm zu viel an dir", bemerkt Tess mit Blick auf den Jungen. Ich sehe ihn mir genauer an.

Ja, er ist wirklich dünn.

„Mal sehen, was ich da machen kann, wie schnell wir dir ein wenig Speck auf die Rippen zaubern, nicht wahr, junger Mann? Ich habe Vorräte da, die für eine halbe Ewigkeit reichen", erklärt Tess und deutet in die Küche.

„Mein Junge ist auch so, lange Beine, aber sonst nix dran. Aber er frisst mir das letzte Haar vom Kopf", sagt Mrs. O'Reilly zu Tess, und beide schütteln den Kopf über so viel Unglück.

„Und ich muss Essen nur angucken, und schon …" Tess lässt den Satz unvollendet, was ich mit einem lautlosen Kichern quittiere.

„Sie guckt das Essen ja nicht nur an …", witzelt Dee-Dee.

„Möchtest du dein Zimmer sehen?", fragt Tess den Jungen. „Dein Schlafzimmer ist oben, die erste Tür links."

Er blickt die Treppe rauf, und plötzlich sieht er nicht mehr wütend aus, sondern nur noch ängstlich.

Ich kenne das. Wieder zieht sich mein Herz zusammen. Voller Mitgefühl gehe ich einen Schritt auf ihn zu.

Ohne dass ich es will oder darüber nachdenke, scheinen mir die Worte nur so aus dem Mund zu purzeln. „Soll ich dir dein Zimmer zeigen?"

Bevor er antworten kann, stürmt Tess auf mich zu, reißt mich in die Arme und drückt mich an ihren weichen Busen. Das fühlt sich schön an, obwohl ich kaum noch Luft kriege. Ich atme ihren Geruch ein, den Tess-Geruch, eine gar nicht mal üble Mischung aus Zwiebeln, Würstchen, Schokolade und Tabak.

„Ich wusste, dass du eine wunderschöne Stimme hast, mein kleiner Schmetterling", sagt Tess. Ich will mich von ihr loseisen. Aber in ihren Armen fühle ich mich so geborgen und sicher. Also lege ich die Hände um ihre Taille, so weit rum, wie es geht. Jetzt will ich, dass dieser Moment nie aufhört.

„Wusste ich doch, dass es dir hier gefallen würde", mischt Mrs. O'Reilly sich selbstgefällig ein.

„Mir gefällt es hier sehr gut", antworte ich und drehe mich zu Jim, der die Szene verblüfft verfolgt hat.

Er soll wissen, dass ich nachfühlen kann, wie es ihm geht. Er hat Angst, was ich gut verstehe, weil ich mich oft genauso fühle. Er soll wissen, dass alles gut wird. Dass Tess gut ist. Mehr als gut sogar. Sie ist spitzenklasse, finde ich.

„Du brauchst keine Angst zu haben", flüstere ich und sehe ihm in die Augen. Unsere Blicke treffen sich. Stumm schauen wir uns an, und ich glaube, er versteht, dass ich ihm etwas Wichtiges mitteilen will.

„Okay", flüstert er zurück, und ein Lächeln huscht über sein Gesicht. Ich laufe die Treppe hoch und höre ihn hinterherkommen, er nimmt immer zwei Stufen auf einmal.

Als wir oben sind, sage ich: „Du bist mein Weihnachtsgeschenk. Dich habe ich mir gewünscht. Und der Weihnachtsmann hat dich gebracht."

Er muss mich für total bekloppt halten. Aber er sagt kein Wort und wendet den Blick ab. Wahrscheinlich ist ihm peinlich, was ich gesagt habe. Aber das ist mir egal.

„Meins ist da." Ich zeige auf das Zimmer auf der anderen Seite des Flurs und öffne dann die Tür zu seinem. Vorhin hat Tess hier stundenlang geräumt. Ich wusste nicht, was sie da gemacht hat. Jetzt sehe ich, dass sie das Zimmer für Jim hergerichtet hat. Es sieht aus wie meins, aber die Bettdecke ist blau statt rosa. Und es gibt hier nicht so viele Kissen, stattdessen einen Bettvorleger in Form eines Autos. Die Tapete ist blau gestreift.

Das sieht richtig cool aus.

„Ein Jungszimmer", erkläre ich ihm, während er sich aufs Bett setzt. „Ich habe ein Mädchenzimmer. Meins ist rosa."

Er neigt den Kopf zur Seite und sieht mich an. Endlich scheint er aus mir schlau geworden zu sein und sagt: „Musst du auch hier wohnen?"

„Ja", erwidere ich, „ich glaub, das muss ich."

„Wie lange?", will er wissen.

Ich zucke mit den Schultern. „Ich hoffe, für immer."

Meine Antwort scheint ihm allerdings nicht zu gefallen. Denn er schüttelt den Kopf und bekommt wieder diesen wütenden Ausdruck im Gesicht. Ich will ihn nicht aufregen, weiß aber nicht, was ich Falsches gesagt habe.

„Ich gehe bald wieder nach Hause zurück. Vielleicht in ein, zwei Tagen, mal sehen. Meine Ma hat gesagt, sie holt mich, wenn es ihr besser geht. Das kann nicht lange dauern."

„Du bist nur übergangsweise hier", sage ich. Das habe ich oft erlebt. Mädchen oder Jungen, die nur wenige Tage bleiben, manchmal nur eine Nacht. Dann kommt jemand von der Familie und holt sie ab.

Solche wie mich kenne ich nicht so viele. Solche, die lange bleiben.

„Das ist schön für dich. Ich habe keine Mutter."

„Jeder hat eine Mutter", sagt er und guckt mich skeptisch an.

„Ich nicht", behaupte ich. Da schießt mir das Bild meiner Mutter durch den Kopf und straft mich Lügen.

Bin gleich zurück. Verlass ja nicht das Haus! Und mach nichts kaputt!

Nein, geh nicht! Lass mich nicht allein. Ich habe Angst, Mama!

Ich will nicht mehr über Mütter reden. „Willst du einen Keks? Tess hat tonnenweise Kekse ..."

Er nickt. Zum Glück will auch er nicht weiter über Mütter reden. Also springen wir die Treppe runter. Tess hat die Keksdose bestimmt schon rausgeholt.

Tschüss, Dee-Dee, rufe ich zur Tür zurück. Meine alte Freundin lacht und winkt und wünscht uns viel Spaß.

„Di di, dü dü, da da daa!" Jim und ich lachen uns schlapp. Ich habe Senso zu Weihnachten bekommen, und jetzt drücken wir schon seit Stunden abwechselnd auf den vier bunten Tasten des Elektrospielzeugs herum.

Senso ist das schönste von den Geschenken, die gestern unter dem Baum lagen. Jim wundert sich immer noch, dass der Weihnachtsmann so schnell seine neue Adresse herausgefunden hat. Und dass er ihm genau das Lego gebracht hat, das er sich gewünscht hat.

Der Weihnachtsmann kann Wunder vollbringen, sage ich ihm immer wieder. Wenn er hier wäre, würde ich ihn am liebsten umarmen. Hoffentlich haben ihm die Kekse geschmeckt, die ich ihm hingestellt habe. Jedenfalls hat er fast alle aufgegessen.

Wir spielen schon den ganzen Tag lang Senso, nur zum Abendbrot haben wir eine kurze Pause gemacht. Die Reihenfolge der Tasten und Töne kann ich mir besser merken als Jim, in jeder Runde schlage ich ihn, was ihn ganz wahnsinnig macht.

„Jetzt bist du dran!“, rufe ich zu Tess rüber, die auf dem Sofa sitzt und beinahe eingenickt ist. Ihr Kinn sinkt immer wieder auf ihre Brust.

„Ich weiß gar nicht, wie das geht“, nuschelt sie schlaftrunken.

„Es ist ganz einfach. Die vier Felder haben unterschiedliche Farben. Du musst sie in der Reihenfolge drücken, in der Senso es vormacht. Das ist kinderleicht“, erkläre ich und zeige ihr, wie das geht.

Sie versucht es und hat nach wenigen Minuten verloren. Jim und ich kichern.

Plötzlich reicht sie mir ganz aufgeregt das Gerät zurück.

Im Fernsehen beginnt ein Film. Er ist schwarz-weiß. Und das Lied „Buffalo Gals“ schallt durch das Wohnzimmer.

„Kein Weihnachten ohne diesen Film! ‚Ist das Leben nicht schön?‘ ist mein absoluter Lieblingsfilm. Was täte ich nicht, wenn George Bailey ins Zimmer käme und hier Zuflucht suchte! Ich würde ihm sicher nicht die Tür weisen“, sagt sie seufzend. „Kommt her, ihr beiden! Ihr mögt den bestimmt auch.“

Doch noch bevor Tess ihren Satz beendet hat, springt Jim auf, stößt dabei seinen Saft um und rennt aus dem Zimmer.

„Jim?“, rufe ich ihm hinterher.

„Ich will nicht mehr spielen!“, ruft er zurück.

Was habe ich getan? Ich höre ihn die Treppen rauflaufen und stehe auf, um ihm hinterherzugehen.

„Ich sehe nach ihm“, meint Tess und legt mir die Hand auf die Schulter. Was ist los? Ich verstehe das nicht.

Tess scheint eine halbe Ewigkeit da oben zu sein. Ich mag auch nicht mehr spielen. Mit einem Auge sehe ich den Film, bin aber nicht recht bei der Sache. Ich blättere durch mein neues „Wendy“-Heft, aber selbst das fesselt mich nicht.

Endlich kehrt Tess zurück. „Jim kommt auch gleich“, sagt

sie. „Mach dir keine Sorgen. Er vermisst seine Mutter. Offenbar ist ‚Ist das Leben nicht schön?' auch ihr Lieblingsfilm. Sie haben ihn immer zusammen gesehen. Deswegen hat Jim jetzt Heimweh."

„Wo ist seine Mutter?", frage ich. „Was hat sie denn?" So wie Jim von ihr erzählt, ist sie die perfekte Mutter. Aber warum ist sie dann nicht hier bei ihm?

„Ihr geht es nicht gut." Tess senkt die Stimme. „Ihre Nerven. Die Ärmste. Bald wird es ihr besser gehen." Tess seufzt und wischt mit dem Geschirrtuch, das sie immer zur Hand zu haben scheint, den Saft auf.

„Weißt du was? Wir machen uns jetzt über die Pralinen her. Vielleicht vertreiben sie die Sorgenfalten auf deiner Stirn", versucht sie mich aufzumuntern.

Ich beschließe, Pralinen für Jim zur Seite zu legen. Während ich an der Schokolade lutsche, frage ich mich, was schlimmer ist: gar keine Mutter zu haben oder eine zu haben und sie dann zu verlieren.

Ich finde keine Antwort.

4. KAPITEL

Mai 1988

Du bist die einzige Schwarze, die ich kenne", sagt Jim und fläzt sich auf sein Kissen. Wir sitzen in unserem Versteck und machen uns über die Schokolade her, die wir aus Tess' Geheimvorrat gemopst haben.

„Und du bist der einzige Junge mit roten Haaren, den ich kenne", erwidere ich und strecke ihm die Zunge raus. Jim lacht.

„Wie ist es, schwarz zu sein?", hakt er nach.

„Wie ist es, ein Vollidiot zu sein?", frage ich und werfe eine Packung Chips nach ihm.

Aber mir machen seine Fragen nichts aus. Schon wenige Wochen nachdem er zu uns gekommen ist, sind wir beste Freunde geworden. Genau so, wie ich es mir vom Weihnachtsmann gewünscht habe.

„Danke für vorhin", sage ich.

Er zuckt mit den Schultern. „Hab denen das Maul gestopft."

„Hundert pro."

Joyce O'Connor und ihre Clique hatten mich geschubst, und ich war hingefallen. Dann hatten sie auf mich gezeigt und mich ausgelacht. Offenbar bin ich eher der Opfer-Typ.

„Was glotzt ihr so?", hatte Jim mich verteidigt.

„Was glotzt du so?", äffte Joyce ihn nach, und ihre Freundinnen johlten.

„Jetzt glotz ich grad nichts Gutes an!", konterte Jim.

„Wo kommt deine Freundin her? Aus Takatukaland?", fragte Joyce.

„Hab ich dir doch gesagt! Ich bin aus Dublin, genau wie du!", stieß ich hervor und sammelte meine Brotdose auf. Ich wollte nur schnell weg. Weil ich merkte, wie wütend ich wurde.

Und wenn ich wütend werde, endet das meistens in einem Streit. Und das geht nie gut für mich aus.

„Lügnerin!", rief ein Schüler, und auf einmal sangen alle: „Bimbo, Bimbo, Bimbo!"

„Nimm das sofort zurück! Sie ist keine Lügnerin! Ihr seid doch doof!" Jim ballte seine Hände zu Fäusten und ging auf die Gruppe von Schülern zu.

„Oh, ich zitter vor Angst", sagte Joyce, die Anführerin.

„Aufgeblasene Hühner seid ihr! Aber zu eurem Glück kloppe ich mich nicht mit Mädchen", erklärte Jim.

„Ach, lass doch. Ist doch nicht so schlimm", versuchte ich ihn zu beschwichtigen und gähnte, in der Hoffnung, er würde mir nicht in die Augen sehen und die unterdrückten Tränen entdecken.

Die Hände lässig in den Hosentaschen, schlenderte Jim zu der Clique hinüber. „Wisst ihr überhaupt, wer sie ist? Das Mädchen, das ihr ärgert?", sagte er und zeigte auf mich.

„Wer? Die Königin von Saba?"

„Ihr wisst doch, wer Paul McGrath ist, oder?", fragte Jim. Alle nickten. Jeder Ire kennt Paul McGrath, den großen Fußballspieler, Sohn einer Irin und eines Nigerianers. Paul McGrath ist so etwas ein Nationalheld.

„Belle ist seine Nichte. Ich an eurer Stelle würde sie lieber in Ruhe lassen. Denn wenn Paul McGrath erfährt, wie ihr mit seiner Lieblingsnichte umgeht …" Jim wandte sich von den Schülern ab, die mich nun mit offenem Mund anstarrten.

„Aber Jim", warf ich ein, „ich bin doch gar nicht …"

Er zwinkerte mir zu. „Sicher? Wer weiß. Könnte doch sein. Du hast selber gesagt, dass du nicht weißt, wer dein Vater ist."

„Bis ich vier war, wusste ich nicht mal, dass ich schwarz bin", sage ich ihm jetzt. „Bis dahin war mir gar nicht klar, dass ich anders bin als die anderen."

„Wie meinst du das?", fragt er. „Wenn du in den Spiegel

geguckt hast, musst du doch deine komische Fratze gesehen haben."

Ich suche etwas, das ich nach ihm werfen kann, aber er hat sich schon über meine Chips hergemacht. Und da geht mir ein Licht auf: Er ärgert mich absichtlich, um an meine Naschis zu kommen.

„Ich hab dich durchschaut", sage ich, greife nach einem Milky Way und öffne langsam die Packung. Das ist seine Lieblingsschokolade. Genüsslich beiße ich ein großes Stück von dem Riegel ab. Das wird ihm eine Lehre sein. Eigentlich wollte ich die Schokolade mit ihm teilen, aber jetzt ...

„Ich meine, mit vier habe ich zum ersten Mal das Wort ‚schwarz' gehört. Also, dass man Menschen so nennt. Das war bei meinen letzten Pflegeeltern, Joan und Daniel, in diesem großen Haus in Dun Laoghaire, nicht weit von Dublin. Drei Stockwerke hatte das Haus", erzähle ich ihm.

Befriedigt stelle ich fest, dass Jim das beeindruckt.

„Außerdem hatten sie einen Keller, den sie als Kinderzimmer ausgebaut haben. Da durften alle ihre Pflegekinder spielen."

„Cool", sagt Jim.

Ja, das war sehr cool.

„Also hast nicht nur du da gelebt, sondern auch noch andere Kinder?", will Jim wissen.

„Ja, ganz viele. Die kamen und gingen, wie im Taubenschlag. Einige blieben für eine Nacht oder zwei, andere für eine Woche oder einen Monat. Ich war am längsten da", erzähle ich.

„Hast du sie Mama und Papa genannt? Wo du doch so lange da warst?"

„Nein", antworte ich schnell.

„Warum nicht?"

„Weil sie nicht meine Mutter und mein Vater sind, du Blödie!" Manchmal ist Jim echt doof.

Was ich ihm allerdings nicht erzähle: Joan und Daniel haben mir nie gesagt, dass ich sie Mama und Papa nennen soll.

„Ich will auch so ein Spielzimmer haben“, sagt Jim. „Wenn ich groß bin, baue ich mir ein riesiges Spielzimmer.“

„Mit einer Rutsche“, füge ich hinzu. Jim rutscht immer überall runter.

„Logo.“ Er grinst. „Und eine Schaukel für dich.“

„Logo.“ Das ist unser neues Lieblingswort. Dicht gefolgt von „cool“. Das sagen wir andauernd.

„Dir hätte der Keller bestimmt auch gefallen“, erzähle ich weiter. „Der war cool. An den Wänden hingen Regale in allen möglichen Farben, wie ein cooler Regenbogen. Darauf lag alles voller Spielzeug.“

„Was für Spielzeug?“

„Lego, Bücher, Puzzles, Puppen, Autos – eben alles, wie in einem Spielzeugladen“, prahle ich.

„Boah!“ Jim ist jetzt wirklich beeindruckt.

„Ja.“ Als ich das Spielzimmer zum ersten Mal sah, blieb mir auch die Spucke weg. Ich war überwältigt von der Größe des Hauses, von meinem neuen Zuhause, das mir fremd und angsteinflößend erschien.

Ich sehe Jim an und entschließe, mich ihm anzuvertrauen. „Manchmal mag ich nicht reden.“

Jim hört auf, sich Chips in den Mund zu stecken, und richtet seine Aufmerksamkeit auf mich.

„An meinem ersten Tag bei Joan hatte ich auch so einen Anfall und wollte nicht reden“, erzähle ich.

Halb erwarte ich eine schlaue Bemerkung von Jim. Stattdessen fragt er: „Warum redest du nicht? Warum schweigst du?“

„Ich weiß nicht. Ich weiß oft einfach nicht, was ich sagen soll“, erwidere ich. Allerdings erzähle ich ihm nicht, was ich schon als kleines Kind gelernt habe, nämlich dass es oft sicherer ist, nichts zu sagen.

Hör auf zu jammern! Ich hab dein ewiges Gejammer satt. Halt endlich den Mund!

„Okay." Jim scheint mit meiner Antwort zufrieden. Und ich versuche nicht mehr an *die* zu denken.

„Aber Joan war nett. Sie hat mich zum Lachen gebracht. Es hat nicht lange gedauert, und ich habe mit ihr und den anderen Kindern geredet." Ich schließe die Augen und erinnere mich an die ersten Tage dort.

„Es gab da ein ganzes Regal voller Puppen", erzähle ich.

„Hast du Dee-Dee daher?", will Jim wissen.

Ich nicke und bin in Gedanken bei unserer ersten Begegnung.

Joan bückt sich, um einen Korb aus dem untersten Regal hervorzuziehen. Dabei fällt eine Puppe aus dem Korb. Es ist eine Barbie-Puppe, aber sie sieht anders als die anderen aus. Sie hat eine braune Gesichtsfarbe und kurze schwarze Locken. Darunter lugen an beiden Ohren rote Creolen hervor. Die Puppe trägt ein langes rotes Kleid und darüber eine goldene Kette. Sie sieht exotisch aus und ist wunderschön. Ich kann kaum meine Augen von ihr wenden.

In dem Moment halte ich Dee-Dee zum ersten Mal in der Hand und weiß, dass ich sie nie mehr loslassen werde.

„Sie sieht dir ähnlich", sagt Joan und lässt den Blick zwischen mir und der Puppe hin und her wandern.

Ich schaue Jim an. „Joan meinte, dass ich auch schwarz bin, so wie Dee-Dee." Jim lässt das unkommentiert, und ich bin froh darüber.

Schwarz. Ich weiß nicht, was das heißen soll, und kriege es mit der Angst zu tun. Ich will doch keinen Ärger bekommen. Auf der Fahrt zu Joan hat die Sozialarbeiterin mir eingeschärft, ich solle mich ja nicht schmutzig machen. Und ich war doch so vorsichtig.

Auf dem Weg hierher muss ich mich irgendwo dreckig ge-

macht haben. Ich gucke auf meine Hände und Finger. Aber die sind sauber, sogar unter den Nägeln. Ich bin doch brav und ganz sauber. Ich weiß wirklich nicht, wovon Joan redet.

„Sie ist schön, nicht wahr? Daniel hat sie in den USA gekauft. Sie heißt Dee-Dee", erklärt Joan. „Ab heute gehört sie dir."

Ich schaue Dee-Dee an und mag nicht glauben, dass sie mir gehören soll. Fest drücke ich sie an mich und lächle Joan dankbar an.

In der Nacht höre ich, wie meine Pflegeeltern sich vor meinem Kinderzimmer unterhalten.

„Wahrscheinlich ist das die erste schwarze Puppe, die sie zu Gesicht bekommt. Wie schön, dass sie jetzt eine Puppe hat, die aussieht wie sie", sagt Daniel.

Dee-Dee sieht aus wie ich?

Stimmt das, Dee-Dee?

Ich streife Dee-Dee das rote Kleid von ihrem Körper aus Kunststoff. Dann schiebe ich die Ärmel meines Schlafanzugs hoch. Was soll an uns ähnlich sein? Und warum nennen sie uns „schwarz"?

„Du bist braun", stelle ich fest. Dee-Dee lächelt zustimmend. „Du auch", sagt sie. „Wir sind beide braun."

Endlich hatte ich verstanden, was meine Pflegeeltern meinten.

„In der folgenden Zeit habe ich immer wieder gehört, dass andere mich ‚schwarz' nannten. Seitdem halte ich in der Schule und auf der Straße ständig nach jemandem Ausschau, der die gleiche Hautfarbe hat wie ich."

„Ist deine Mutter auch schwarz?", fragt Jim mich.

Seufzend schüttele ich den Kopf. Nein. Sie ist blond und blass. Wir könnten unterschiedlicher nicht sein.

„Ich habe ein Foto von ihr", erzähle ich. „Willst du es sehen?"

Jim nickt. Also laufe ich in mein Zimmer und hole es aus

dem Versteck. Das Bild liegt in meinem Lieblingsbuch – „Der Zauberwald“ von Enid Blyton – hinten im Regal.

Verlegen reiche ich Jim das Foto. Ich habe es noch nie jemandem gezeigt. Jim wirft einen Blick auf das Bild, dann auf mich und pflichtet mir bei: „Ihr seht euch überhaupt nicht ähnlich.“

Meine Mutter sieht mich direkt an. Sie lächelt, aber es wirkt unecht. Ihre blauen Augen sind leb- und freudlos. Das aschblonde Haar trägt sie zu einem Pferdeschwanz zurückgebunden. Ihr Haar ist dünn und glatt. Ganz anders als mein dichter, lockiger Schopf.

„Vielleicht siehst du deinem Vater ähnlich“, meint Jim.

„Paul McGrath, geh vor, noch ein Tor!“, versuche ich einen Witz, aber es ist nicht witzig, und keiner lacht.

„Ich habe Mrs. O’Reilly nach einem Foto von ihm gefragt. Aber sie hat sich merkwürdig benommen, und ihre Stimme ist wieder so komisch geworden“, erzähle ich.

„So komisch hoch, als würde sie jemand ausdrücken wie eine Zitrone?“, fragt Jim. Genau. Ich nicke. Ich wusste, dass er mich verstehen würde.

„Mrs. O’Reilly hat versucht, das Thema zu wechseln. Als ich nachgebohrt habe, sagte sie, sie hätten keine Unterlagen über meinen Vater“, fahre ich fort.

„Das ist doof“, kommentiert Jim. „Ich weiß auch nicht, wer mein Vater ist. Jedes Mal, wenn ich meine Mutter frage, fängt sie an zu weinen. Ich versuche es lieber nicht mehr. Wer braucht schon einen Vater? Versager sind das.“

„Ja, Versager“, stimme ich ihm zu.

Dennoch bin ich ein kleines bisschen eifersüchtig auf ihn. Seine Mutter hat zwar einen Sprung in der Schüssel, aber wenigstens kommt sie ihn hin und wieder besuchen. Der Gedanke an meine Mutter versetzt mir einen Stich mitten ins Herz.

„Ruft sie dich manchmal an?“, erkundigt sich Jim.

Ich schüttele den Kopf. „Ich habe ihr ein paarmal geschrieben und habe mir sehr viel Mühe gegeben. Die Briefe waren perfekt und fehlerlos.“

Ich war so stolz auf die Briefe.

Voller Scham denke ich jetzt daran zurück, wie naiv ich war.

„Deine Handschrift ist schöner als meine“, sagt Jim. „Bestimmt sind das wunderschöne Briefe gewesen.“

Was er über seine Schrift sagt, stimmt. Er verwechselt ständig „b“ und „d“, außerdem sind die Buchstaben viel zu groß. Ich werde ihm das wohl beibringen müssen, sonst kriegt er Ärger in der Schule.

„Ich habe Joan gebeten, ein Foto von mir zu machen, für den Brief, damit meine Mutter sieht, wie groß ich geworden bin. Ich habe mein schönstes Kleid angezogen und mich neben die Rosen in den Garten gestellt. Joan hat eine Polaroidkamera“, flüstere ich.

„Was ist denn passiert?“, fragt Jim so leise, dass ich ihn kaum verstehe.

Das Schweigen, das jetzt in unserer Höhle aus weiß-blau gestreiften Laken herrscht, ist Antwort genug.

Jim bricht das Schweigen nicht, er sagt kein Wort, fragt nicht nach. Stattdessen greift er hinter sich in seinen Schokoladenvorrat und reicht mir ein Milky Way. Das hat er sich extra bis zum Schluss aufgehoben, wie ich sehr wohl weiß. Die mag er nämlich am liebsten. Ich schiebe die Schokolade zurück in seine Richtung. Ich mag nichts essen. Doch Jim besteht darauf und drückt mir das Milky Way in die Hand.

Noch immer sagt keiner von uns ein Wort. Schweigend essen wir unsere Schokoladenriegel und hängen unseren Gedanken nach.

Wochenlang habe ich jeden Tag voller Hoffnung auf den Postboten gewartet und bin sofort zum Briefkasten gerannt. Wenn in der Post ein weißer Umschlag lag, hat mein Herz jedes Mal einen Satz gemacht. Doch es war nie ein Brief für mich dabei.

Keine Antwort. Noch nicht einmal eine Postkarte. Kein Anruf. Nichts.

Ich sehe Jim an und halte ihm Dee-Dee hin. „Bevor du kamst, hatte ich nur Dee-Dee. Sie war meine beste Freundin."

Ich hole tief Luft. Ich würde ihm gerne etwas sagen, aber ich habe Angst, dass er sich darüber lustig macht. „Es ist gut, dass du jetzt da bist."

Offenbar ist ihm das peinlich. Er schiebt seinen Spider-Man-Laster auf dem Laken vor und zurück. Immerhin lacht er nicht. Ich sehe, wie er mich von der Seite anschielt, und glaube, er freut sich, dass ich ihm das gesagt habe.

Und obwohl er es nicht ausspricht, weiß ich, dass er dasselbe denkt.

„Warum lebst du nicht mehr bei denen? Du hast doch gesagt, dass es da so schön ist", greift Jim nach einer Weile den Faden wieder auf.

„Es ging nicht anders", antworte ich. „Joan und Daniel haben Irland verlassen."

„Echt?", fragt er mit großen Augen.

„Ich habe sie angefleht, dass sie mich mitnehmen sollen. Daniel hat einen Job in den USA. Silicon Valley heißt das. Aber sie sagten, das geht nicht, man könne keine Pflegekinder dorthin mitnehmen."

„Echt?", fragt er noch mal und macht ein Gesicht wie im Comic, wenn am Ende des Kapitels was Blödes passiert.

Was er wohl erst für ein Gesicht machen würde, wenn er wüsste, wie ich sie in der Nacht, bevor Mrs. O'Reilly mich abholen kam, angefleht habe, bleiben zu dürfen. Mir selber treibt es immer noch die Schamesröte ins Gesicht, wenn ich daran zurückdenke, wie ich sie gebeten und angebettelt habe. Genützt hat das überhaupt nichts. Ich musste trotzdem gehen.

„Ihr könntet mich adoptieren", wispere ich. „Dann könnt ihr mich mitnehmen, dann bin ich kein Pflegekind mehr, sondern gehöre zu euch. Ich werde auch ganz brav sein. Versprochen!"

Ich wage kaum zu atmen, als Joan ein paar Blicke mit Daniel wechselt. Daniel rutscht unruhig auf dem Sofa hin und her, und Joan kann mir nicht in die Augen sehen.

Noch bevor sie antworten, stehe ich auf und verlasse das Zimmer. Ich weiß schon Bescheid. Auf Joans verzweifeltes Rufen, dass sie wünschte, die Dinge wären anders, höre ich gar nicht mehr.

„Uns sind die Hände gebunden", versucht Daniel zu erklären.

Doch obwohl ich erst acht bin, weiß ich ganz genau, dass sie mich mitnehmen könnten, wenn sie es wirklich wollten. Wenn sie mich *wirklich wollten.*

Das erzähle ich Jim lieber nicht. Auch nicht von dem Tag, als Mrs. O'Reilly mich abholen kam.

Joan weint und sagt, sie sei immer für mich da. Aber ich antworte nicht. Mein Schweigen verletzt sie. Und ich weiß, dass es sie trösten würde, wenn ich ihr sagte, dass ich verstehe, warum sie mich nicht mitnehmen können.

Aber ich will es ihnen nicht leichter machen. Ich hasse Joan. Daniel hasse ich auch. Hoffentlich stürzt ihr Flugzeug ab, und sie sterben beide.

Gleichzeitig schäme ich mich für meine schlechten Gedanken. Außerdem ist es meine Schuld, dass sie mich nicht wollen.

Wer will mich schon haben? Meine eigene Mutter will mich nicht.

Mrs. O'Reilly verfrachtet mich in ihr Auto, und wir fahren davon. Ich spüre die Blicke der beiden in meinem Rücken, aber ich drehe mich nicht um. Ich sehe stur nach vorn.

Vielleicht überlegen sie es sich noch, sagt Dee-Dee. Aber wir beide wissen, dass das nicht passieren wird. Stattdessen werden wir zu neuen Pflegeeltern auf Zeit gebracht, die mein Schweigen brechen und mich zum Sprechen bringen wollen.

Aber ich bin es leid. Was bringen Worte? Auf mich hört eh niemand. Sie machen, was sie wollen, und schicken mich weg.

Ich wende Jim den Rücken zu und greife mir das Senso-Spiel. Ich will nicht, dass er sieht, dass ich weine.

„Warum hast du mit mir am ersten Abend geredet?", fragt Jim, und seine Stimme klingt rau. Ich kann nicht anders und drehe mich zu ihm zurück.

Weil du die Erfüllung meines Wunsches warst. Weil ich spürte, wie traurig und voller Angst du warst, und ich das nur zu gut nachempfinden kann. Und weil …, denke ich.

Laut sage ich: „Weiß nicht. Du hast mir leidgetan. Deshalb. Du Knalltüte", in der Hoffnung, mit der lustigen Bemerkung meine Tränen zu überspielen.

Einen Augenblick lang sieht er mir direkt in die Augen. Auch ohne Worte versteht er mich. Er bedankt sich bei mir. Und auch ich bin ihm so dankbar.

„Dafür, dass du nur ein Mädchen bist, bist du in Ordnung", sagt er schließlich.

Dann wendet er den Blick ab und schleudert sein Spider-Man-Auto in die Ecke.

„Gleich tust *du* mir leid, Belle Bailey, weil ich dich nämlich bei deinem doofen Senso schlagen werde. Zieh dich warm an!", sagt Jim und schnappt sich das Elektrospielzeug.

„Träum weiter, Jim Looney!", erwidere ich.

5. KAPITEL

Juli 1990

Es ist einer dieser seltenen Tage, an denen es so heiß ist, dass die Luft zu flimmern scheint. Und an denen es sogar zu anstrengend ist, eine Seite im Buch umzublättern.

„Das ist ein Babybuch", sagt Jim und klappt im Vorbeigehen den Buchdeckel zu.

„Hau ab!", rufe ich und ärgere mich, dass mir keine schlauere Antwort einfällt. „Aschenputtel ist auch was für Erwachsene."

In Wahrheit ist mir sehr wohl bewusst, dass ich meine Prinzessinnenphase schon vor fünf Jahren hätte hinter mir lassen sollen. Aber egal, wie alt ich bin, von Aschenputtel kriege ich nicht genug. Das Buch ist arg ramponiert und hat Eselsohren vom vielen Herumblättern.

„Also ich lese keine Märchen", meint Jim. „Die sind voll öde." Um zu demonstrieren, wie „öde" er sie findet, gähnt er theatralisch.

Ich unterdrücke ein Lachen. Das würde ihn nur noch mehr anstacheln.

„Schlaumeier. Du bist ja auch nicht erwachsen, sondern erst zehn", erkläre ich seufzend und schlage mein Buch wieder auf. Manchmal nervt er wirklich. Ich sollte nach oben gehen und mich vor seinen Kindereien verstecken. Aber dazu ist mir einfach zu heiß.

„Und am Ende kriegt die Prinzessin ihren Prinzen", sagt Jim, als ich meine Nase wieder in das Buch stecken will.

Ich strafe ihn mit vernichtenden Blicken. Die habe ich extra vorm Spiegel geübt, und mittlerweile gelingen sie mir ganz gut. „Natürlich", erwidere ich. „So ist das in Märchen, du Idiot."

„Und jetzt glaubst du, dass eines Tages ein Prinz auf einem Schimmel nach Drumcondra angeritten kommt und dich heiratet?", fragt er, während er einen Ball auf seinem Fuß balanciert.

„Quatsch!" Ich schüttle den Kopf. Manchmal ist er echt zu blöd. „Das hatten wir doch schon zig Mal. Und du weißt, wie es endet."

Er hält sich eine imaginäre Knarre an die Schläfe. „Nicht schon wieder!"

„Sehr witzig", erwidere ich. „Aber ändern kannst du es nicht."

Als er nach draußen rennt, rufe ich ihm hinterher: „Eines Tages werde ich dich heiraten, Jim Looney. Wart's nur ab! Dann wirst du wie der Prinz im Märchen vor mir auf die Knie fallen."

Jim lacht. Das macht er an dieser Stelle immer. Sicherlich wären die meisten anderen Frauen von seinem Lachen gekränkt. Mir macht seine Reaktion aber nichts aus. Erstens weil er ein Junge ist. Zweitens weil er erst zehn Jahre alt ist. Gut, ich bin auch nur zwei Monate älter als er. Aber drittens ist es wissenschaftlich erwiesen, dass Mädchen Jungs in dem Alter weit voraus sind.

Und überhaupt: Ich sage ihm schon seit Jahren, dass ich ihn heiraten werde. Er lacht zwar jedes Mal, aber Nein sagt er auch nicht!

Ich überlege, ob ich eine Runde mit ihm kicken soll. Aber es ist heute einfach zu heiß. Tess muss sich sogar für ein Stündchen hinlegen. Sie schmelze förmlich dahin, meinte sie.

Ich spiele gar nicht mal so schlecht Fußball. Jim meint, Paul McGrath würde sich ganz schön umgucken. Die vielen „Paul McGrath, geh vor, noch ein Tor"-Rufe überall in Irland haben mir mein Leben in den letzten Jahren beträchtlich erleichtert.

Der beste Verteidiger, der je für Irland gespielt hat, findet

Jim. Vor allem ist es dank ihm neuerdings cool, schwarz zu sein. Paul McGrath ist mein Held, und wenn ich ihn irgendwann mal treffe, werde ich ihm das sagen.

„Du hast nichts als Unsinn im Kopf von all deinen Märchen“, meint Tess, die gerade in die Küche kommt. Ich fahre zusammen. Trotz ihres Körperumfangs hat sie die unheimliche Gabe, sich lautlos durch das Haus zu bewegen und plötzlich irgendwo aufzutauchen.

„Was? Du meinst, es gibt gar keine Feen und Elfen?“, frage ich gespielt entsetzt.

„Die einzige Fee, von der ich weiß, sitzt Weihnachten auf der Christbaumspitze“, gibt sie lachend zurück.

„Märchen handeln von Wundern. Ich glaube an Wunder und habe auch schon welche erlebt. Du glaubst nicht mehr dran. Aber das ist nicht deine Schuld. Kein Erwachsener tut das, da kannst du gar nichts für“, erkläre ich.

„Meinst du wirklich?“, fragt Tess.

„Ja, das ist eine Tatsache“, erwidere ich. „Nur ich werde auch als Erwachsene nie aufhören, an Wunder zu glauben, egal, wie alt ich bin.“ Und egal, was andere denken.

„Dann sei doch so gut und vollbringe das Wunder, mir meine Zigaretten zu reichen.“ Sie ist echt komisch, meine Pflegemutter. „Und eines Tages kommt auch ein Prinz für mich angeritten, oder wie?“

Sie lacht sich halb schlapp über ihre Bemerkung. Das verstehe ich nicht. Warum sollte sie denn nicht die große Liebe finden? Mit ihrer Meinung zur Liebe hält sie nicht hinterm Berg. Sie glaubt nicht daran. Die gebe es nicht. Zumindest nicht zwischen Mann und Frau. Tatsächlich hat sie sich in den zwei Jahren, die ich hier lebe, kein einziges Mal mit einem Mann getroffen.

„Liebe existiert nur im Märchen und im Kino. Im echten Leben, hier in Dublin, gibt es sie nicht“, klagt sie.

Ich gehe besser nicht darauf ein. Das bringt meist nicht viel, ihre Meinung scheint unerschütterlich zu sein.

Tess lässt sich auf einen Küchenstuhl sinken, und ihr Hintern ragt auf beiden Seiten über die Sitzfläche hinaus. Ob der Stuhl gleich entzweibricht? Ich höre ihn förmlich unter ihrem Gewicht ächzen. Sie zündet sich eine Zigarette an und atmet zufrieden lächelnd den Rauch aus. Ich nehme den Kessel und setze Wasser auf. Zu ihrer Zigarette trinkt sie mit Vorliebe einen Tee.

Mit der Zigarette zwischen den Fingern winkt sie in meine Richtung. „Märchenprinzen gibt es nicht, Belle, nicht für jemanden wie mich."

„Warum denn nicht, Tess?" Ich will ihr einfach nicht glauben. „Es könnte doch sein, dass du an der nächsten Ecke einem über den Weg läufst."

Sie prustet vor Lachen, dabei wackelt ihr Bauch auf und ab wie eine Schüssel Wackelpudding. Ich kicher und reiche ihr eine Tasse extrastarken schwarzen Tee. Drei Mal häuft sie einen Berg Zucker auf den Teelöffel und schüttet ihn in den Tee.

„Das ist zu viel", belehre ich sie. In der Schule hatten wir vor Kurzem das Thema Ernährung. Und Zucker steht nicht auf der Liste der gesunden Lebensmittel.

Sie hört nicht hin, rührt um und nimmt einen großen Schluck. „Nicht dass ich nie einem Prinzen begegnet wäre. Ich habe sogar einen geheiratet. Prinz Lügner." Ihre blassgrünen Augen werden feucht, und mit ihrem Geschirrtuch tupft sie sich das Gesicht. Ich weiß nicht, ob es eine Träne oder Schweiß ist. Sie schwitzt ja sehr stark. Jim meint, das liege daran, dass ihr Körper unter dem Gewicht leide und über die mindestens hundert Kilogramm weine, die Tess mit sich herumträgt.

Das macht mir Sorgen. Außerdem raucht sie zu viel. Ich beschließe, die Kekse zu verstecken. Demonstrativ schiebe ich die Schüssel mit Obst in ihre Richtung. Ich möchte, dass Tess ihren Märchenprinzen bekommt. Sie ist so liebenswürdig, und schließlich sollte jeder einen geliebten Menschen haben. So wie ich Jim.

Irgendwie muss ich es schaffen, dass auch sie daran glaubt.

Ich nehme mein Buch und schlage die letzte Seite auf. Dort steht Aschenputtel in ihrem wallenden weißen Brautkleid und dem Blumenkranz in ihrem goldenen Haar und strahlt voller Bewunderung ihren Prinzen an. Er neigt den Kopf über ihren, als würden sie sich gleich küssen.

Bäh! Das fällt mir jetzt erst ein. Küssen könnte ein Problem sein. Wie jeder weiß, will ich Jim heiraten. Aber ich will ihn auf keinen Fall küssen! Das ist voll eklig!

Ein weißes Kleid, Blumen im Haar, das Schloss – das ja. Aber nicht küssen! Auf gar keinen Fall werde ich Jim küssen. Besser, ich sag ihm das. Nicht dass er sich falsche Hoffnungen macht und denkt, wir würden unsere Lippen so merkwürdig aufeinanderdrücken.

„Und sie lebten glücklich bis ans Ende ihrer Tage." Mit dem Finger fahre ich die geschwungene Schrift am Ende des Buches entlang. Plötzlich habe ich eine Erleuchtung. Genial!

„Das Glück kommt immer am Ende, Tess!", rufe ich und zeige auf die letzte Seite im Buch. „Du bist bloß noch nicht auf deiner letzten Seite angelangt."

Echt genial! Und meine Worte scheinen tatsächlich Eindruck zu machen. Der verächtliche Ausdruck, der immer dann auf ihrem Gesicht erscheint, wenn sie über die Liebe nachdenkt, verschwindet für einen Moment, und so etwas wie ein Hoffnungsschimmer erhellt ihre Züge. Aber nur kurz, dann verschwindet der Ausdruck hinter dem blauen Dunst ihrer Zigarette.

„Ach, hör mir auf damit!", krächzt sie und schwenkt das Geschirrtuch in meine Richtung. Dann stemmt sie sich aus ihrem Stuhl und murmelt irgendwas von „albernem Mädchenkram", während sie aus der Küche geht.

Durch das Fenster sehe ich Jim Fußball spielen. Er hat die Blumentöpfe in einer Reihe aufgestellt und versucht, im Zickzack drumherum zu dribbeln. Egal, was Tess sagt, solange ich daran glaube, kann es geschehen. In all den Büchern, die ich gelesen habe, steht, dass der Glaube das Wichtigste ist bei dem „Glücklich bis ans Ende ihrer Tage"-Mädchenkram. Wenn man allerdings nicht glaubt, geht alles den Bach runter.

Naiv bin ich nicht. Ich weiß sehr wohl, dass nicht alles rosarot ist. Bei der Sache mit dem Elternhaus zum Beispiel, da sind Jim und ich nicht so gut weggekommen. Andererseits hätten wir es auch sehr viel schlimmer treffen können.

Und es war schon sehr viel schlimmer gewesen. Schnell kratze ich mich am Bein, als könne ich damit die Erinnerungen an meine frühe Kindheit ausradieren.

Nee, daran denke ich jetzt *nicht*. Ich konzentriere mich ganz auf das Hier und Jetzt. Denn seit ich bei Tess bin, geht es mir gut. Sie steht ganz oben auf meiner Liste der guten Dinge im Leben. Trotz ihrer Kettenraucherei. Noch einmal nehme ich mir vor, sie davon abzubringen. Die Zigaretten zu verstecken hilft nicht, dann kauft sie sich einfach eine neue Packung.

Sie sagt dann, sie gönne sich so wenig, ihr Leben sei so trostlos, wie könne ich ihr da einfach eins ihrer Trostpflaster nehmen? Vor allem wo sie doch so gut zu uns ist?

Vor ein paar Monaten durften Jim und ich uns neue Tapeten aussuchen. Das war das erste Mal, dass ich mir mein Zimmer selber einrichten durfte. Stundenlang haben wir drei uns im Baumarkt verschiedene Tapeten und Wandfarben angeguckt. Jim ist natürlich total einfallslos und will überall Fußbälle haben – auf den Wänden, auf dem Bettbezug, auf dem Teppich. Ich kriege schon Kopfschmerzen, wenn ich nur in seinem Zimmer sitze.

Ich habe mir die Farben sehr genau angeschaut und lange überlegt. In meinem Kopf purzelten die Bilder von allen Zimmern, in denen ich gewohnt habe, durcheinander. Ein Wirrwarr aus sämtlichen Tönen des Regenbogens. Plötzlich hatte ich eine Eingebung und wusste haargenau, was ich wollte.

Weiß. Alles in meinem Zimmer soll weiß sein. Rein weiß.

Tess sagte, ich sei verrückt. Ein Albtraum, das zu putzen! Aber ich habe mir Weiß so sehr gewünscht. Also hat Tess es erlaubt. Sie hat sogar meinen Kleiderschrank und den Nachttisch weiß lackiert und neue Bücherregale angebracht – in Weiß.

Meine Bettwäsche ist mit weißen Spitzen besetzt und wunderschön. Mir gefällt mein Zimmer jetzt so sehr. Und selbst Tess muss zugeben, dass ich mein Zimmer immer schön sauber und ordentlich halte.

Gute Idee, ich gehe gleich wieder nach oben und lese „Herr der Ringe" zu Ende. Bis zum Abendbrot dauert's eh, und ich bin noch pappensatt vom Mittag. Es gab Tess' Lieblingsgericht: frittiertes Allerlei und dazu Pommes.

Jim merkt, dass ich ihn durchs Fenster beobachte, und legt sich so richtig ins Zeug. Mit seinen dünnen Beinen dribbelt er den Ball geschickt hin und her. Ein Büschel roter Haare fällt ihm ins Gesicht. Er streicht sich die Strähne von der Stirn und zielt auf den Zaun.

„Er zielt, schießt … uuund Tooor!", jubelt er zusammen mit seinen unsichtbaren Zuschauern. Dann dreht er sich zu mir: „Und die Fans flippen aus!" Lachend zieht er sich sein Trikot über den Kopf und rennt durch den Garten.

„Du Vollidiot!", rufe ich und lache ebenfalls, als er sich vor mir verbeugt.

Ich habe so viel Glück. In meinem Leben vor Tess und Jim kannte ich keine Wärme und Geborgenheit. Aber seit Jim da ist, ist schlagartig alles gut. Mit ihm ist so viel Freude, so viel Spaß und Liebe in mein Leben getreten. Manchmal kann ich mich kaum daran erinnern, wie schlecht es mir vorher ging. Und ich will mich auch gar nicht erinnern. Eigentlich gelingt es mir ganz gut, das auszublenden. Eigentlich.

Hin und wieder spüre ich wieder diese Angst, die Angst, die so groß ist, dass ich mich am liebten einigeln und in einer Ecke verstecken möchte.

Mehr noch als an die Angst erinnere ich mich an die Einsamkeit. Was, wenn Tess mich vergisst und allein lässt? Allein in dem Zimmer? Und nie mehr zurückkommt?

Schnell nehme ich einen Keks und stecke ihn in den Mund, während ich Jim weiter durchs Fenster beobachte. Alles, was ich je wollte, war ein Freund. Jemand, mit dem ich spielen kann. Und habgierig wie ich bin, wollte ich, dass dieser Freund mich zurückliebt.

Jim Looney. Mein bester Freund.

Lesen kann ich später. Frodo und Samweis müssen jetzt warten.

Beim Rausrennen rufe ich: „Pass auf, jetzt geht's rund!" Jim ist abgelenkt, sodass ich ihm den Ball aus der Hand reißen kann und dann auf den Zaun, unser Fußballtor, schieße.

„So geht das!", rufe ich triumphierend, und wir beide laufen zum Ball.

6. KAPITEL

Dezember 1990

Ich kann es nicht mehr hören. Er macht mich wahnsinnig mit seinem Gerede vom „hohen Besuch". Man könnte meinen, der Papst persönlich käme vorbei. Natürlich ist es eine große Sache. Jim hat seine Mutter seit Wochen nicht mehr gesehen. Und natürlich ist er aufgeregt. Aber echt – jetzt reicht's.

Vor allem ist es jedes Mal dasselbe. Genau genommen kommt das neuerdings ziemlich oft vor. Ich glaube, diesen Monat schon zum dritten Mal. Davor kam sie höchstens einmal im Monat zu Besuch.

Ja, sie ist ganz in Ordnung – dafür dass sie einen gewaltigen Sprung in der Schüssel hat. Und sie liebt Jim, allein deshalb ist sie in meinen Augen okay. Bloß weiß man nie, in welcher Verfassung sie hier aufschlägt. Manchmal ist sie die ach so liebevolle Mutter, manchmal ist sie durchgeknallter als Michael Jackson und sein Schimpanse.

Eigentlich geht es ihr immer besser. Aber bei ihrem letzten Besuch war sie wieder ihr verrücktes Ich und Jim noch tagelang danach vollkommen fertig.

Wir waren oben im Flur. Auf die breite Fensterbank haben wir Kissen gelegt. Dort oben sitzen wir oft, gucken raus und lassen die Welt unterm Fenster an uns vorbeiziehen. Tess meint, wir würden da bald Wurzeln schlagen.

Da saßen wir also und warteten auf seine Mutter. Als Erstes hörten wir sie oder vielmehr das Klackern ihrer absurd hohen Absätze auf dem Gehweg. Wir mussten nämlich gerade eine Spinne beim Erklimmen der Wand beobachten.

Schnell blickten wir auf die Straße. Jim war furchtbar aufgeregt und hüpfte beinahe auf und ab. Plötzlich jedoch erstarb sein Lächeln. Da wusste ich, auch ohne auf die Straße zu gucken, dass die verrückte Version seiner Mutter im Anmarsch war. Und dann sah ich sie in ihren irren Stöckelschuhen auf unsere Haustür zutänzeln.

Wie eine Ertrinkende drückte sie eine Plastiktüte an ihre Brust. Ihr Blick huschte von links nach rechts über die Straße, als fürchte sie, jeden Moment könne etwas Schreckliches passieren.

„Was macht sie da?", fragte ich ungläubig. So etwas Verrücktes wie die Szene unter unserem Fenster hatte ich noch nie gesehen.

„Sie hat Angst vor den Rissen im Pflaster", erklärte Jim. „Ich dachte allerdings, sie sei darüber hinweg. Das habe ich sie schon lange nicht mehr machen sehen."

Schlagartig veränderte sich sein Gesichtsausdruck. Die Vorfreude war verschwunden, stattdessen standen ihm Sorge und Angst ins Gesicht geschrieben.

Augenblicklich hörte ich auf zu lachen. Mit hängenden Schultern ging Jim nach unten, ich hinterher. Leichenblass erreichte Jims Mutter unsere Tür, Schweiß stand ihr auf der Stirn und verklebte ihren Pony.

„Geht es Ihnen nicht gut?", fragte Tess besorgt.

„Ich glaube, ich konnte sie alle umgehen", antwortete Jims Mutter. „Überall sind Risse. Sie sollten das ausbessern lassen. Das ist gefährlich. Nicht auszudenken, was alles passieren könnte." Dabei warf sie einen gehetzten Blick zurück auf unsere Auffahrt, als habe sie gerade ein Minenfeld überquert.

„Was passiert, wenn Sie auf einen Riss treten?", wollte ich wissen. Tess trat gegen meinen Knöchel. „Au!" Das tat weh. Dabei war meine Frage ernst gemeint. Das interessiert mich wirklich. Ich meine, das muss ja wirklich schlimm sein, wenn sie so viel Aufwand betreibt.

„Das bringt Unglück. Wenn du auf einen Riss im Asphalt

trittst, bricht großes Unglück über dein Leben. Nur ein falscher Schritt genügt!", sagte sie und starrte auf einen Punkt an der Hauswand hinter mir.

Das Verrückteste an ihrem Besuch jedoch war, dass sie – nach all dem schweißtreibenden Gestöckel hierher – nur ganze fünf Minuten blieb, um dann wieder über den rissigen Gehweg nach Hause zu staksen.

Komplett durchgeknallt! Deshalb habe ich jetzt keine allzu großen Hoffnungen. Sie war seit Wochen nicht mehr hier. Ich glaube, heute wird sie wieder in ihrer verrückten Version auftreten.

Und ich bin diejenige, die hinterher aufräumen muss. Nachdem sie letztes Mal gegangen war, hat sich Jim stundenlang in seinem Zimmer verkrochen. Selbst ich durfte nicht rein. Obwohl ich meinen inneren Klugscheißer draußen gelassen hätte. Ich wusste, dass er am Boden zerstört war und nicht darüber reden wollte. Ich war auch traurig, seinetwegen. Ich wollte zu ihm, ihn trösten und ihm sagen, wie leid er mir tat.

„Lass ihn eine Weile in Frieden", sagte Tess, als sie sah, wie ich in Jims Zimmer wollte. Mit dem Zeigefinger tippte sie sich dreimal an die Schläfe. „In ihrem Oberstübchen ist nicht alles in Ordnung. Jims Mutter, der Armen, geht es nicht gut." Besorgt schüttelte sie den Kopf und stieg schwer schnaufend die Treppe hinab, einen angebrochenen Schokoriegel in der Hand.

Vor lauter Mitleid hätte ich beinahe geweint. Aber das hätte Jim nur noch trauriger gemacht, also habe ich die Tränen unterdrückt. Stattdessen habe ich mich vor seiner Tür auf den Teppichboden gesetzt und gewartet. Und gewartet. Bis mein Hintern taub war und meine Beine gekribbelt haben. Auf keinen Fall wollte ich aufstehen. Ich wollte dableiben und da sein, wenn Jim herauskam. Damit er weiß, wie sehr ich ihn mag.

Das Oberstübchen seiner Mutter kann ich nicht in Ordnung bringen, aber ich kann für ihn da sein, als seine beste Freundin.

Als er endlich rauskam, sah er mich schweigend an. Das hat mir nichts ausgemacht. Schließlich weiß ich wahrscheinlich besser als jeder andere, dass einem manchmal die Worte fehlen.

Er war ganz still und bedrückt. Und ich wusste, warum. Sein Herz war wieder einmal in tausend Stücke gebrochen.

Ich habe gar nicht versucht, ihn zum Reden zu bringen. Stattdessen bin ich ihm einfach hinterhergegangen. Die Treppe runter. In den Garten. Dort haben wir eine halbe Ewigkeit Fußball gespielt. Im Garten herrschte Stille. Nur unser Atem war zu hören, während wir über den Rasen rannten.

Bis Tess uns zu Tisch rief. Sie hat Jims Lieblingsgericht gekocht, um ihn aufzumuntern. Als wir nach dem Abendessen im Wohnzimmer vor dem Fernseher saßen, lächelte Jim schon wieder ein bisschen.

Jetzt warten wir also wieder, dass seine Mutter – in welcher Verfassung auch immer – hier auftaucht. Obendrein denkt der Trottel – wie jedes Mal –, dass sie ihn diesmal nach Hause holt. Immer wieder dasselbe. Und immer endet es in Tränen.

Tess hat mir mal erzählt, dass ihre Großmutter es auch mit den Nerven hatte. Und dass sie oft wochenlang nicht aus dem Bett kam, als Tess klein war. Ich habe Tess gefragt, ob ihre Oma jemals gesund worden ist, und Tess hat traurig den Kopf geschüttelt. Vielleicht erholt sich Jims Mutter, vielleicht wird sie – im Gegensatz zu Tess' Oma – wieder gesund.

Ich will nur, dass Jim glücklich ist. Aber ich weiß, dass er genau wie ich an ihren letzten missglückten Besuch denken muss. Auch wenn er nicht müde wird zu sagen, dass dieses Mal alles anders wird.

„Wie sehe ich aus?", fragt er, als er ins Zimmer kommt. Offensichtlich hat er sein Haar mit einer ganzen Tube Gel platt zur Seite gescheitelt. Voll peinlich. Er trägt ein blau gestreiftes Hemd, das aussieht wie der Schlafanzug eines Opas. Was denkt er sich bloß dabei? Sein T-Shirt steht ihm viel besser.

„Doof siehst du aus“, erkläre ich, und sein Lächeln erlischt. Warum habe ich das gesagt? Es tut mir schrecklich leid. Ich würde die Worte am liebsten zurücknehmen, wieder in den Mund stecken und runterschlucken. Zu spät.

„Kann ich das rauswaschen?“, fragt er, während er hektisch mit dem Ärmel über sein Haar reibt. Ich könnte heulen, so schäme ich mich.

Tess sagt immer, Eifersucht sei eine schlimme Sache. Sie hat recht. Ich bin nur deshalb so ätzend zu Jim, weil ich eifersüchtig bin. Ich muss mich nie für den Besuch meiner Mutter zurechtmachen. Nicht dass ich das wollte. Aber trotzdem bin ich traurig.

Obwohl Mrs. Looney komplett durchgeknallt ist, kommt sie Jim wenigstens besuchen. Zumindest gibt sie sich alle Mühe. Sie hält den Kontakt. Und es ist nicht zu übersehen, dass sie ihn liebt. Das steht ihr buchstäblich ins Gesicht geschrieben.

Ich bin Jim keine gute Freundin, wird mir bewusst.

„Lass mal. Ich mach das. Du siehst nicht doof aus. Das war nur ein Spruch. Vielleicht hast du ein bisschen zu viel Gel benutzt, das ist alles.“ Mit den Fingern fahre ich durch sein klebriges Haar und knete seine Locken zurecht, sodass er halbwegs vernünftig und wie der alte Jim aussieht. „Das ist gut, das wird deiner Mutter gefallen. Mach dir keine Sorgen“, sage ich.

„Es darf nicht schiefgehen“, sagt er zum x-ten Mal und zieht sein Hemd glatt. Dabei wirft er einen Seitenblick auf die Blumen im Flur, die er ihr von seinem Taschengeld gekauft hat. Hoffentlich weiß sie das zu schätzen. Und hoffentlich weiß sie, wie lieb Jim sie hat.

„Es wird gut gehen“, ermutige ich ihn, obwohl ich es selbst nicht glaube. Höchstwahrscheinlich wird sie auf ihren Stöckelschuhen angetanzt kommen und ihren Sohn wieder einmal enttäuschen und zurück nach Hause tippeln.

Ich schwöre mir, ihm auch diesmal beizustehen, wenn das

passiert. Für den Fall habe ich bereits seine Lieblingsschokolade als Trostpflaster für ihn in meiner Nachttischschublade gebunkert.

Nach dem letzten Mal hat Tess uns verboten, oben am Fenster nach ihr Ausschau zu halten. Also sitzen wir jetzt am Küchentisch und hören, wie Jim mit den Fingern nervös gegen sein Knie trommelt.

Tess raucht mittlerweile ihre dritte Zigarette. Es ist bitterkalt, weil Fenster und Türen zum Lüften offen stehen.

Ich muss ihr wirklich das Rauchen abgewöhnen. Nicht nur, weil wir uns hier sonst den Kältetod holen, sondern auch, weil das Rasseln in ihrer Lunge immer lauter wird.

Dann klingelt es an der Tür. Wir springen auf und sehen uns an. Tess drückt die Zigarette aus und lässt den Aschenbecher unter der Spüle verschwinden. Jim streicht zum gefühlt tausendsten Mal sein Hemd glatt, und ich hole tief Luft.

Jim und ich stehen nebeneinander, als Tess die Tür öffnet. Gespannt warten wir, in welcher Verfassung Mrs. Looney das Haus betreten wird.

Sie macht einen etwas nervösen, aber keinen gehetzten Eindruck. Anscheinend hat sie heute keinen irren Stöckeltanz über den Gehweg hingelegt. Ohne ihn ansehen zu müssen, spüre ich, wie erleichtert Jim ist.

Ich betrachte sie von oben bis unten. Sie trägt einen grellen rosa Pulli mit weiten Flügelärmeln und eine knallenge weiße Jeans, dazu weiße hohe Schuhe. Die würde ich auch gerne haben. Ihr Haar ist frisch frisiert, es glänzt und fällt ihr schwungvoll auf die Schultern wie bei den Models in der L'Oréal-Werbung. Letztes Mal hatte sie Strähnchen und dunkle Haaransätze und trug einen hässlichen blau-grauen Jogginganzug aus Nylon.

Ich erkenne sie kaum wieder.

Dies muss eine gänzliche neue Version von ihr sein. So sah sie die letzten Male jedenfalls nicht aus.

Sie strahlt, und als sie Jim zur Begrüßung in den Arm nimmt, könnte ich vor Glück glatt platzen.

Aber warum bereitet mir das dann Bauschmerzen?

„Bist du groß geworden!“, erklärt sie staunend und macht große Augen. „Fast schon ein Mann! Bis zur Schulter reichst du mir.“

„Die beiden schießen ins Kraut wie nix“, klagt Tess. „Ständig wachsen sie aus ihren Kleidern raus. Ich komme kaum nach. Nicht dass mir das was ausmachen würde“, fügt sie schnell hinzu.

„Natürlich nicht“, sagt Jims Ma genauso betreten.

„Was ist in der Tüte?“, frage ich, um das Thema zu wechseln. Ich bin mir nicht sicher, ob sie letztes Mal dieselbe Plastiktüte dabeihatte. Die sie an die Brust gedrückt hielt, als hinge ihr Leben davon ab. Was sich darin befand, konnten wir nicht herausfinden. Sie blieb ja nur fünf Minuten.

Jims Ma wirft mir ein Lächeln zu und drückt Jim die Tüte in die Hand. „Die ist für euch beide.“

Breit grinsend öffnet Jim die Plastiktüte, und wir gucken hinein: verschiedene Schokoriegel und in buntem Knisterpapier verpackte Süßigkeiten. Ein köstlicher Kakaoduft steigt uns entgegen.

„Weil ich nicht wusste, was ihr am liebsten mögt, habe ich von allem etwas besorgt“, erklärt sie.

„Jim mag Milky Way am liebsten“, belehre ich sie. Eins zu null für mich, denke ich, ich kenne Jim besser als du. Das sage ich aber nicht laut.

„Belle mag am liebsten die mit Karamell“, erzählt Jim.

„Oh, ausgerechnet Milky Way habe ich nicht gekauft“, meint Mrs. Looney traurig.

„Macht nichts. Die hier mag ich auch“, erwidert Jim und fischt einen Schokoriegel aus der Tüte.

Bevor er ihn aufreißen kann, nimmt Tess die Tüte in Gewahrsam. „Ich lege viel Wert auf gute Ernährung. Schokolade gibt es nur am Wochenende. Fünf Portionen Obst und Gemüse am Tag, Vollkorn, eine ausgewogene Ernährung und so weiter."

Jim und ich kichern leise. Fünf Portionen Süßes und Vollmilchschokolade statt Vollkorn treffen es besser.

Dasselbe macht Tess auch immer, wenn ein Betreuer kommt. Dass sie meint, super perfekt rüberkommen zu müssen. Dabei ist sie doch perfekt! Sie bräuchte nicht so zu tun als ob.

Jetzt erzählt sie Jims Ma, dass sie uns jeden Tag einen Schokoriegel aus der Tüte geben wird. Doch Jim und ich wissen, dass das Blödsinn ist.

„So, jetzt lassen wir Jim und seine Ma mal allein", sagt sie und sieht mich streng an. Sie weiß, dass wir uns über sie lustig machen. Entschlossen scheucht sie mich nach oben in mein Zimmer. „Mrs. Looney, machen Sie es sich im Wohnzimmer bequem, ich bringe gleich Tee."

„Das klingt, als hätte sie Bedienstete", flüstere ich Jim zu. „Viel Glück! Deine Ma macht einen entspannten Eindruck. Das ist bestimmt ein gutes Zeichen." Kurz drücke ich seine Hand und renne nach oben.

Meine ich wirklich, was ich da sage? Ich weiß es nicht. Natürlich will ich, dass Jim glücklich ist. Aber was sein Glück für mich bedeuten würde, macht mir Angst. Es ist alles so verdammt kompliziert! Jedenfalls scheint es seiner Mutter besser zu gehen als bei ihrem letzten Besuch. Und das ist doch eine gute Sache, oder?

Die fiese Stimme in meinem Kopf sagt allerdings etwas anderes.

Wenn Jim seine Ma heute bittet, ihn mit nach Hause zu nehmen, und sie Ja sagt, was mache ich dann?

Dann wäre ich wieder allein.

Mir wird übel. Ich schlucke. Ich will nicht, dass er geht.

Gleichzeitig schäme ich mich, dass ich so selbstsüchtig bin und mir meine Wünsche wichtiger sind als seine. Er ist mein bester Freund. Ich sollte ihm beistehen. Und damit basta. Seit seinem ersten Tag hier hat Jim davon geredet, wieder zurück nach Hause zu gehen. Er liebt seine Mom, ganz gleich, wie verrückt sie sein mag.

Schnell drücke ich die Daumen, dass sie wirklich wieder gesund ist, und schwöre, dass ich ganz brav sein werde, wenn Jims Wunsch in Erfüllung geht. Dass ich nicht maulen werde und nicht weinen. Ich werde ihn umarmen und ihm sagen, wie sehr ich mich für ihn freue. Dass es total in Ordnung ist, wenn er geht, und dass ich ja noch Tess habe.

Dee-Dee sitzt am Kopfende meines Bettes zwischen den Stofftieren. Mit ihr habe ich schon lange nicht mehr gespielt. Sie redet nicht mehr mit mir. Ehrlich gesagt rede ich auch nicht mehr mit ihr. Jetzt drücke ich sie an mich, aber das tröstet mich nicht so wie früher.

Jetzt, da ich einen echten Freund habe, will ich keine Puppe mehr als Freund.

Ich lasse mich in die Kissen auf unserer Fensterbank sinken und blättere in einem alten „Wendy"-Heft. Obwohl es von 1983 ist, lese ich es immer noch gerne. Ich beneide das Mädchen und stelle mir oft vor, ich wäre wie sie.

Dann lebte ich in einem großen Haus, wäre blond und hübsch, hätte rosige Wangen und führte ein normales, sorgloses Leben mit Mutter, Vater und einem kleinen Bruder.

Ich vertiefe mich in Wendys Abenteuer in den schneebedeckten Bergen und vergesse Jim und seine Mutter für eine Weile.

Wobei ich nicht weiß, ob ich mit ihren schicken Skiern zurechtkäme. Ich bin so groß, meine Beine scheinen immer zu lang zu sein. Tess macht es ganz verrückt, wenn ich schon wieder eine größere Größe brauche. Es sei unmöglich, eine Jeans zu finden, die mir passt, sagt sie und muss dann jedes Mal Nadel und Faden zücken, um den Saum zu nähen.

Die Haustür fällt ins Schloss. Ich blicke nach unten und sehe Jims Ma das Haus verlassen. Das ging ja mal wieder schnell. Er begleitet sie nach draußen, und sie hat ihren Arm auf seine Schulter gelegt. Über die Risse im Gehweg geht sie tatsächlich ganz gerade. Auch das ist ein gutes Zeichen.

Sie umarmen sich eine halbe Ewigkeit lang. Ich kann den Blick nicht abwenden, obwohl es mir vorkommt, als spioniere ich sie aus. Aber es ist ein zu schöner Anblick. Und ich bin wieder eifersüchtig. Jim grinst dümmlich übers ganze Gesicht, und wenigstens das macht mich glücklich.

Erleichtert atme ich auf. Wenn ich mich darüber freue, ihn lachen zu sehen, kann ich kein schlechter Mensch sein. Schnell renne ich nach unten und nehme dabei immer zwei Stufen auf einmal. Ich bin gespannt, was er zu erzählen hat.

„Na, Jimmy Boy, wie fand sie dein Haar?“, erkundige ich mich.

Noch bevor er antworten kann, weiß ich Bescheid. So glücklich habe ich ihn noch nie gesehen. Dabei haben wir in den letzten zwei Jahren extrem viel gelacht. Einmal sogar so sehr, dass ich mir in die Hose gemacht habe.

„Sie holt dich nach Hause“, sage ich.

Er sieht mir lange in die Augen, dann nickt er. Ich ringe mir ein Lächeln ab, um ihn davon zu überzeugen, wie sehr ich mich für ihn freue. Es scheint zu funktionieren. Er ist drauf reingefallen, denn jetzt grinst er wieder so dämlich.

„Sie hat eine Zweizimmerwohnung in Ranelagh gemietet, und der Vermieter sagt, ich darf mein Zimmer streichen, wie ich will.“

Grün. Grün soll es sein. Das ist seine Lieblingsfarbe.

Ich höre Tess seufzen und dann ihr Feuerzeug, mit dem sie sich eine Zigarette anzündet.

Ich werde ihn verlieren. Tess weiß das, doch Jim ist das noch nicht klar.

„Wann? Wie viel Zeit haben wir noch?“, frage ich und staune, dass meine Stimme so normal klingt, obwohl ich am liebsten heulen würde.

„Das klingt so dramatisch, Belle“, lacht Jim. „Ich ziehe doch nur um. Mehr nicht. Sonst ändert sich nichts. Wir werden immer beste Freunde bleiben. Keine Sorge.“

7. KAPITEL

Dezember 1990

Erschrocken fahre ich hoch und reiße in der Dunkelheit die Augen auf. Mein Herz rast wie wild, ich will schreien, aber kein Laut kommt über meine Lippen. Ich muss die anderen im Haus warnen.

Mein Mund lässt sich nicht öffnen. Als wäre er zugeklebt. Ich versuche, die Beine über die Bettkante zu hieven, aber sie gehorchen mir nicht. Wie versteinert liege ich da.

Alle im Haus werden sterben, und das ist allein meine Schuld, weil ich mich nicht bewegen und nicht sprechen kann. Dicker Rauch brennt in meiner Kehle und nimmt mir die Luft zum Atmen. Die Hitze versengt meine Haut und färbt sie rosa.

Die Vorhänge brennen lichterloh. Flammen züngeln gierig nach allen Seiten und greifen nach ihrem nächsten Brandopfer: meine Bücher auf dem Regal links unter dem Fenster.

Ich zwinkere – einmal, zweimal und noch einmal – und sage mir, dass es nur ein Albtraum ist, dass es nicht real ist.

Als ich die Augen ein weiteres Mal öffne, ist das Feuer verschwunden, und es herrscht vollkommene Dunkelheit in meinem Schlafzimmer. Es war nur ein Albtraum. Derselbe, der mich seit Jahren immer wieder heimsucht. Stets läuft er so oder so ähnlich ab.

Das Haus steht in Flammen, ich wache in meinem Bett auf, spüre den Rauch und die Hitze und bin unfähig, die anderen vor der Gefahr zu warnen. Alle sterben, verbrennen bei lebendigem Leibe.

Erde zu Erde, Asche zu Asche, Staub zu Staub.

Um mich zu beruhigen, wiederhole ich diesen Satz mantraartig. So lange, bis mein Atem gleichmäßig geht und mein Herz langsamer schlägt.

So, jetzt noch ein Versuch, die Beine aus dem Bett zu strecken. Gott sei Dank kann ich sie bewegen. Obwohl ich weiß, dass es nur ein Albtraum war, habe ich immer noch fürchterliche Angst und setze die Füße nur zögerlich auf den Boden.

Die Dunkelheit macht mir größere Angst als die Vorstellung, mir die Füße zu verbrennen. Schnell renne ich über den Teppich und schalte das Licht an. Ich kann wieder sehen. Die letzten Schatten des Albtraums verschwinden beim hellen Schein der Deckenlampe in meinem Zimmer.

Ich gehe zurück ins Bett, obwohl ich weiß, dass ich nicht einschlafen werde. Ich schließe die Augen und lausche den Stimmen in meinem Kopf.

Sosehr ich mich auch anstrenge, gelingt es mir nicht, die schlimmen Erinnerungen zu verdrängen. In Gedanken bin ich wieder bei Dolores, meiner Mutter. Sie verlässt die Wohnung und schließt mich ein. Rauch kriecht langsam in das Zimmer, in dem ich gefangen bin. Die Erinnerung daran, das Eingeschlossensein lässt mich nicht los …

„Aufstehen, Schlafmütze!“, ruft da jemand.

Ich wache davon auf, dass Jim mich in die Seite knufft. Ich muss doch weggedöst und im Schlaf den Erinnerungen entronnen sein.

„Au!“, rufe ich verwirrt und müde. „Wie spät ist es?“

„Gleich neun. Tess steht Kopf. Wir sollen geschniegelt und gestriegelt sein. Um zehn kommt Mrs. O’Reilly“, klärt mich Jim auf.

Mrs. Looney hat also nicht lange gefackelt und sich offensichtlich schon mit dem Jugendamt kurzgeschlossen. Für Jims „Rückführung“ müssen bestimmte Vorkehrungen getroffen werden, vermute ich. Das kenne ich. Alles schon gehabt. Gut, ich selbst zwar nicht, aber ich habe das bei all den anderen mitgekriegt.

Ich setze ein Lächeln auf. Irgendwann vor Sonnenaufgang,

kurz bevor mir die Augen zufielen, habe ich mir geschworen, Jim unter allen Umständen zu unterstützen, egal, wie schwer mir das fällt. Schließlich geht es hier um ihn, nicht um mich.

„Vielleicht bist du schon Weihnachten zu Hause“, sage ich so begeistert wie nur irgend möglich.

Dabei ist sein Zuhause doch hier, bei mir, nicht in dieser armseligen Bude in Ranelagh bei seiner verrückten Mutter.

Nur dass sie natürlich nicht mehr verrückt ist, sondern in Hochglanz und weißen High Heels daherkommt.

Und sie nimmt mir Jim weg, kurz vor Weihnachten. Das weiß ich genau.

Letztes Jahr an Weihnachten haben wir im Wohnzimmer eine Höhle gebaut und dort in unseren Schlafsäcken übernachtet. Wir wollten den Weihnachtsmann auf frischer Tat ertappen. Leider haben wir ihn nicht erwischt, wie er durch den Schornstein steigt und die Geschenke bringt, weil wir schlappgemacht haben und eingeschlafen sind. Dieses Jahr wollen wir die ganze Nacht wach bleiben und Jims neue These überprüfen. Er meint nämlich, den Weihnachtsmann gibt es gar nicht. Ich will ihm das Gegenteil beweisen. Natürlich gibt es den Weihnachtsmann, erkläre ich ihm zum hundertsten Mal. Weil er mir dich gebracht hat, als ich mir einen Freund gewünscht habe.

„Ich konnte nicht schlafen“, sagt Jim. Er nimmt meine Hand und schaut mir so fest in die Augen, dass mir schwummrig wird. „Ich habe eine echt geniale Idee. Pass auf. Ich rufe sie an und sage ihr, dass sie dich adoptieren soll.“

„Das geht nicht“, erwidere ich. Oder doch?

„Warum nicht? Sie kann doch einfach uns beide mitnehmen. Null Problemo“, erklärt Jim voller Stolz auf seine Idee.

„Will sie mich denn haben?“, frage ich atemlos. Ein neues Leben, mit Jim? Adoptieren? Eine echte Familie?

„Klar! Frauen wollen immer eine Tochter haben. Bestimmt mag sie Mädchen lieber als Jungs. Du kannst bei mir im Zimmer schlafen. Du darfst dir auch die Farbe aussuchen. Aber kein Rosa! Geht gar nicht. Lila auch nicht."

„Weiß nicht", sage ich. Ich mag ja Grün. Unser Zimmer könnte meinetwegen grün sein.

Jim grient. „Sie mag dich. Das hat sie gestern erst gesagt."

Ich weiß nicht, ob ich das glauben soll. Sein linkes Lid flattert immer so komisch, wenn er lügt. Ehrlich gesagt war ich nicht immer sehr freundlich zu ihr.

Siehste, das hast du jetzt davon, Belle.

Wenn ich gewusst hätte, dass sie mich womöglich adoptiert, wäre ich natürlich immer total liebenswürdig zu ihr gewesen, selbst an ihren verrückten Tagen.

Ich schwöre, dass ich bei ihrem nächsten Besuch so nett sein werde, dass sie vergisst, dass ich vorher manchmal frech war.

„Ich rufe sie gleich an", sagt Jim. „Hier habe ich ihre Telefonnummer von der neuen Wohnung. Du wirst sehen, das wird ein Riesenspaß, Belle." Er zieht einen Zettel aus seiner Hosentasche, auf dem in seiner krakeligen Schrift ihre Telefonnummer steht.

Ich bin total aufgeregt. „Dann fahren wir jeden Tag mit dem Bus zur Schule, das wird voll lustig", sage ich.

„Voll lustig", bestätigt Jim und rennt lachend aus dem Zimmer.

Dann ziehe ich mich jetzt lieber schnell an. Ich weiß auch schon, was. Meinen roten Pullover. Das ist der schönste, den ich habe. Tess sagt, er steht mir besonders gut und dass meine Hautfarbe sie dann an Toffee erinnert. Außerdem binde ich mein Haar zurück. Tess sagt immer, ich soll das Haar zurücknehmen, dann sehe ich hübscher aus.

Jims Ma wird mich bestimmt mögen. Ganz sicher sogar.

8. KAPITEL

Dezember 1990

Im Grunde genommen wussten wir beide, dass das niemals geschehen würde. Jims Ma hatte sich doch gerade erst wieder gefangen. Ihre verrückte Phase lag erst wenige Wochen zurück. Es war schon eine große Sache, dass sie ihren Sohn zu sich nach Hause nehmen durfte. Ein weiteres Kind zu adoptieren, noch dazu jemanden wie mich, wäre zu viel gewesen.

Trotzdem hat es uns Spaß gemacht, Vogel Strauß zu spielen und den Kopf in den Sand zu stecken. Wir haben einfach so getan, als würden wir nichts hören. Bis heute.

Selbst als Tess anfing, vor lauter Aufregung über Jims Adoptionspläne Kette zu rauchen, haben wir Augen und Ohren verschlossen und Tess nicht beachtet.

Je näher der Besuch von Mrs. O'Reilly rückte, desto stiller wurde Tess. Sie war traurig und lange nicht mehr so fröhlich wie sonst.

„Sie macht sich über alles Mögliche Sorgen", sagte Jim, und ich nickte entschlossen, obwohl ich wusste, dass das nicht stimmte.

„Sie fühlt sich am wohlsten, wenn sie sich Sorgen machen kann", pflichtete ich ihm bei.

Wie versprochen, hatte er seine Mutter angerufen. Das Telefonat endete sehr viel schneller, als es meiner Meinung nach hätte dauern sollen. Ein erstes schlechtes Vorzeichen, dass die Dinge nicht nach Jims Plan liefen. Ich schüttelte die böse Vorahnung ab und sagte mir, dass es doch eher ein gutes Zeichen sei. Wahrscheinlich hat sie ohne Zögern Ja gesagt. Weil es vollkommen unnötig ist, die Angelegenheit lang und breit zu besprechen.

„Sie wird sich schon mit dem Gedanken anfreunden", erklärte Jim, als er mir gestand, dass sie ein wenig baff gewesen sei, als er ihr seinen Plan erläuterte.

Auch dass das Funkeln in Jims Augen immer blasser wurde, wollte ich einfach nicht wahrhaben.

Doch Jims Ma war nicht unser einziges Problem. Wir hatten bereits geahnt, dass auch Mrs. O'Reilly uns Steine in den Weg legen würde. Selbst im Normalfall verbreitet unsere Betreuerin vom Jugendamt keine allzu gute Stimmung. Unserer Erfahrung nach kann sie sich für gar nichts begeistern. Immer hat sie diese ausdruckslose, leere Miene aufgesetzt. Auch Tess mag sie nicht besonders. Sie sagt, Mrs. O'Reilly sei eine Paragrafenreiterin, eine typische Beamtin und so nützlich wie ein Regenschirm bei Sonne.

Seit Jahren muss ich dieselbe Prozedur über mich ergehen lassen. Sie absolviert ihre Hausbesuche, setzt sich mir gegenüber, sieht mich dabei aber nicht an und stellt mir eine Reihe dummer Fragen. Sie will nur ihre Formulare ausfüllen, Antworten ankreuzen und Häkchen setzen. Was ich sage, interessiert sie nicht die Bohne.

Jim meint allerdings, das könnte diesmal zu unseren Gunsten laufen. „Sie hakt einfach die Adoption ab, ohne mit der Wimper zu zucken. Ist doch super für sie, zwei auf einen Schlag. Das ist doch ein Pluspunkt für sie. Sie kann uns beide auf einmal aus ihrem System streichen. Vielleicht wird sie dann befördert!", posaunt Jim.

Daran hatte ich nicht gedacht. In diesem Spiel ist Jim der Schlauere von uns beiden. Er sieht Zusammenhänge, die mir verborgen bleiben.

Als Mrs. O'Reilly auf der Matte stand, haben wir sie mit unserem breitesten Lächeln begrüßt. Sofort wurde sie misstrauisch. Ich habe ihr Tee und unsere besten Kekse serviert. Tess hat unablässig zu dem Küchenschrank geschielt, in dem sie zurzeit ihre Zigaretten versteckt. Was das Aufhören angeht, versagt sie auf ganzer Linie. Heute Morgen habe ich zwei leere Schachteln im Abfalleimer gefunden.

Jim holte tief Luft und legte Mrs. O'Reilly klar und deutlich seinen Plan dar. „Sehen Sie, es ist außerordentlich sinnvoll, wenn Belle und ich zu Ma ziehen", schloss er.

Ich war so stolz auf ihn.

Mrs. O'Reilly sagte erst mal gar nichts. Sie starrte Jim bloß mit dieser ausdruckslosen Miene an, die sie so perfekt draufhat. Dann brach sie in schallendes Gelächter aus. Ich sah zu Jim hinüber, was er mit einem Schulterzucken quitterte. Wir hatten keine Ahnung, ob ihr Gelächter ein gutes oder schlechtes Zeichen war.

„Das ist nicht dein Ernst", sagte sie und wischte sich die Lachtränen aus den Augen. „Ihr nehmt mich auf den Arm."

Da wusste ich, dass wir geliefert waren. Sie zog noch nicht einmal die Möglichkeit einer Adoption in Betracht.

„Wir können unsere Zöglinge doch nicht mir nichts, dir nichts irgendwelchen dahergelaufenen Leuten überlassen", sagte sie und gestikulierte aufgebracht.

„Warum nicht?", fragte ich. „Genau das haben Sie doch immer mit mir gemacht." Wut überkam mich, als ich an all die fremden Menschen dachte, zu denen ich über die Jahre gebracht worden war.

„Sei nicht so naseweis", fuhr Mrs. O'Reilly mich an. „An deiner scharfen Zunge wirst du dich eines Tages noch verschlucken. Halt sie besser im Zaum!"

„Jetzt machen Sie mal 'nen Punkt!" Mit erhobenem Zeigefinger ging Tess dazwischen. „Reden Sie nicht so mit ihr! Die beiden sind wie siamesische Zwillinge. Sie sind unzertrennlich. Das ist sehr schwer für die beiden … für uns alle", sagte sie und musste ein Schluchzen unterdrücken.

Dankbar sah ich zu Tess auf und drückte mich an ihre Seite.

„Wie dem auch sei. Belle bleibt bei Ihnen. Jim kommt zu seiner Mutter. Und damit basta. Schluss, aus mit dem Unfug.“ Dann nahm sie einen von den guten Schokoladenkeksen und tauchte ihn in ihren Tee, als könne sie kein Wässerchen trüben.

In dem Augenblick hasste ich sie mehr als in all den Jahren zuvor. Als ich sie genüsslich ihren Keks essen sah, war mir glasklar, dass sie sich keinen Deut um uns scherte, dass wir ihr vollkommen gleichgültig waren.

„Allein die Vorstellung, dass eine psychisch kranke Frau, die knapp genesen ist, sich nicht nur um ein, sondern gleich um zwei Kinder kümmern soll …“ Genervt schüttelte sie den Kopf und nahm noch einen Keks.

Ab da wurde es richtig schlimm.

„Im Januar wirst du auf eine neue Schule gehen“, sagte sie und steckte ihren Kopf in den grauen Aktenordner, sodass sie nicht sehen konnte, was ihre Worte mit uns anrichteten.

Der letzte Nagel im Sarg der unzertrennlichen siamesischen Zwillinge.

„Ich will auf keine neue Schule! Ich fahre jeden Tag mit dem Bus hierher!“, protestierte Jim.

Verächtlich stieß Mrs. O’Reilly Luft durch die Nase und sah Tess fragend an, als wolle sie sagen: „Spinnen die Kleinen jetzt komplett?“

„Das geht nicht. Ich bin eure gesetzliche Betreuerin und nicht der Weihnachtsmann.“

„Das ist uns nur zu bewusst“, sagte Tess ungehalten.

Ich mochte Jim nicht in die Augen sehen. Ich wusste, was er für ein Gesicht ziehen würde und dass ich es nicht ertragen könnte.

Fluchend stand Tess auf: „Zum Teufel auch.“

Mrs. O’Reillys Gesicht sprach Bände, als Tess zum Schrank ging, ihre Zigaretten holte und sich im Garten eine anzündete.

Immerhin war sie klug genug, ihren Mund zu halten und Tess in dem Moment keine Vorhaltungen zu machen.

Mit jedem Zug, den Tess draußen rauchte, steckte Mrs. O'Reilly ein weiteres Stück von Jims Zukunft ab. Eine Zukunft, die weit, weit von meiner entfernt lag. Ihr Missfallen darüber, dass Jim keine Begeisterung für ihre Pläne aufbrachte, war ihr deutlich anzusehen.

„Du wolltest das doch, Jim", grantelte sie, „und jetzt tust so, als sei ich die Böse. Wenn du lieber hierbleiben willst ..."

Jims Gesicht spiegelte Trauer, dann Wut und bei ihren letzten Worten schließlich Angst wider. Auch ich bekam es mit der Angst zu tun. Was, wenn unser Plan Jims Heimkehr zu seiner Mutter gefährdete? Das durfte ich nicht zulassen.

„Du wärst fix und fertig, wenn du jeden Tag mit dem Bus zur Schule und wieder zurück fahren müsstest", warf ich schnell ein und gab mir alle Mühe, dass man meiner Stimme nicht anhörte, wie schwer mir das fiel.

„Ich wär nicht fix und fertig", sagte Jim trotzig.

„Wärst du doch. Und wann willst du Fußball spielen, wenn du so viel Zeit im Bus verbringst?", fragte ich.

Der Einwand stimmte ihn nachdenklich.

„Wir werden uns trotzdem ganz oft sehen, das wird schon klappen", versicherte ich ihm.

Er blickte zwar immer noch skeptisch drein, schluckte aber ohne Widerworte Mrs. O'Reillys Pläne. Endlich nahm sie ihren grauen Aktenordner, erhob sich und ging, sichtlich empört darüber, mit Bälgern wie uns zu tun haben zu müssen.

Seitdem lege ich Tag für Tag die größte schauspielerische Leistung meines Lebens hin. Ich versichere Jim immer wieder, dass wir ständig miteinander telefonieren werden. Dass ich ihm schreiben werde. Natürlich wird er mir nicht zurückschreiben, das ist einfach nicht sein Ding, aber das ist okay.

Heute Morgen hat Tess uns einen Fahrplan gegeben, und

wir haben die Busfahrzeiten an den Wochenenden rausgesucht.

„Wir treffen uns samstags in der Innenstadt, dann gehen wir in den Park und füttern Enten. So einen Mädchenkram magst du doch", sagt er zu mir.

In letzter Zeit seufzt Tess andauernd. Und mittlerweile raucht sie eine Schachtel am Tag. Ich habe aufgehört, sie davon abbringen zu wollen. Dafür habe ich im Augenblick einfach keine Kraft.

„Du bist mein bester Freund, und das wirst du immer bleiben", sage ich Jim.

„Mädchen!", ruft er. Aber er lacht dabei. Und das Lachen ist echt, es reicht bis in seine Augenwinkel.

Die Zeit verfliegt viel zu schnell, wie immer, wenn man es am wenigsten brauchen kann. Jim verlässt uns. Seine Mutter ist da. Mrs. O'Reilly auch. Seine Ma umarmt Tess.

„Ich kann Ihnen gar nicht genug danken", sagt sie immer und immer wieder.

Beide weinen und drücken sich noch fester.

„Keine Ahnung, warum die so traurig sein müssen", sage ich zu Jim. Statt zu antworten, versetzt er seinem Koffer einen Tritt. Ich sehe ihm an, wie peinlich ihm die Tränen und die Umarmungen sind. Also strecke ich ihm die Zunge raus, verdrehe die Augen und ziehe eine Fratze, bis er zu lachen anfängt.

„Ich werde dich vermissen", sagt Tess. „Komm, lass dich umarmen, Jimmy Boy."

„Danke … für … eben dafür", stottert Jim. Wenn es um „Mädchenkram" geht, wird er immer so schroff. Aber Tess weiß, dass er das nur macht, weil er eigentlich einen weichen Kern hat und nahe dran ist zu weinen.

„Sag auch Belle Auf Wiedersehen", fordert Mrs. Looney ihn auf.

Ich werfe ihr einen Blick zu, aber sie weicht meinem schnell aus. Da wird mir klar, dass das derselbe Blick ist, den Joan und Daniel aufgesetzt haben, als sie mich vor vier Jahren zurückließen.

Schuldgefühle. Es sind Schuldgefühle, die aus diesem Blick sprechen. Ich bin es so leid, das will ich nie wieder sehen müssen.

„Du kannst uns jederzeit besuchen kommen“, fiepst sie mit sich überschlagender Stimme. Dabei ringt sie die Hände, als würde sie Wäsche waschen.

Jim beäugt sie voller Angst, dass sie wieder verrückt werden könnte und ihn nicht mitnimmt.

Deshalb gehe ich zu ihr und sage: „Es wird alles gut, Mrs. Looney.“

Schließlich ist sie Jims Ma. Und sosehr ich sie die letzten Wochen verabscheuen wollte, es geht nicht. Ich kann sie nicht hassen, denn schließlich macht sie Jim glücklich.

„Danke, Belle“, sagt sie und nimmt mich in den Arm.

Ich renne in den Flur, um das Päckchen zu holen, das ich dort im Schrank versteckt hatte, und gebe es Jim. „Tut mir leid wegen des Geschenkpapiers. Es gab nur Alufolie oder das rosa Papier mit der Schleife, is’ noch von meinem Geburtstag.“

„Ich hab kein Geschenk für dich“, gesteht Jim geknickt, als er das Päckchen entgegennimmt. „Coole Verpackung.“ Breit grinsend reißt er die Alufolie auf.

„Das kann ich nicht nehmen! Das ist doch dein Lieblingsspielzeug!“, sagt er, als er Senso sieht.

Ich zucke lässig mit den Schultern. „Wenn du mich schlagen willst, musst du halt üben.“

„Klar schlage ich dich. Ich lass dich nur immer gewinnen, weil … na, weil du ein Mädchen bist.“

„Quatschkopf.“

„Selber“, kontert er, und wir lachen, wobei mein Lachen eher wie Schluchzen klingt.

„Danke, Belle", flüstert er und rückt näher.

„Los, mach schon, nimm sie in den Arm!", sagt Tess und tupft sich mit ihrem Geschirrtuch eine Träne aus dem Auge. Verlegen sehen wir uns einen Augenblick lang an. Aus dem Kuschelalter sind wir eigentlich längst raus.

Ich mache einen Schritt nach vorn und lege meine Arme um ihn. „Ich muss *dir* Danke sagen", flüstere ich.

„Wofür?", fragt er.

„Dass du mein Freund bist."

Wir lassen uns los und sehen uns in die Augen. Und ich weiß, dass er sich genau wie ich an alles erinnert. Wie wir zusammen Senso gespielt haben und Fußball, wie wir durch unsere zitternden Finger vorm Gesicht den Horrorfilm „Aliens" gesehen haben, wie wir uns beim Schaukeln gegenseitig angespornt haben und höher und höher schaukelten, wie wir in der Schule voneinander abgeschrieben und hinter Tess' Rücken Grimassen geschnitten haben, bis wir uns vor Lachen nicht mehr halten konnten.

„Alles in Ordnung?", fragt er, und die Sorge steht ihm ins Gesicht geschrieben.

Ich will tapfer sein und „Klar, null Problemo" sagen, aber meine Mundwinkel zucken verräterisch.

„Wir verabreden uns ganz oft", verspricht er.

Ich sage nichts, und er fragt: „Glaubst du mir nicht, Belle? Fang bloß nicht wieder an zu schweigen. Bitte nicht!"

„Was, wenn sie mich wieder wegbringen? Dann weißt du nicht, wo ich bin." So, jetzt habe ich es gesagt, das, wovor ich am meisten Angst habe.

„Dann suche ich dich. Ich werde dich finden. Ich werde dich überall finden", verspricht er. Ich sehe in seine blauen Augen und nicke. Ja, er wird mich finden, egal, wo ich bin.

Tess' Feuerzeug geht an, und der Augenblick ist vorüber. Seit ihrer letzten Begegnung verheimlicht Tess Mrs. O'Reilly nicht länger, dass sie raucht. Jetzt zieht sie den blauen Dunst tief in ihre Lunge und tupft mit dem löchrigen Tuch ihr Gesicht.

Als Jim aus der Tür geht, renne ich nach oben zu unserer Fensterbank. Vor unserem Haus haben sich ein paar Menschen versammelt, Nachbarn und Freunde. Sie wollen Jim Auf Wiedersehen sagen.

Er ist beliebt. Alle mögen Jim. Jetzt wünschen sie ihm alles Gute. Vermutlich wird er rot vor Verlegenheit, aber ich weiß, dass er sich insgeheim über die guten Wünsche freut. Eine Nachbarin hat ihren Arm um Tess' Schulter gelegt. Sie sackt in den Armen der Nachbarin zusammen und weint.

Ich sollte Wasser aufsetzen. Tess braucht gleich eine schöne Tasse Tee.

Doch dann fällt mein Blick auf ein Mädchen, das ein wenig abseits steht und zu mir ins Fenster sieht, direkt in meine Augen. Ich kenne sie nicht, sie gehört nicht zu unseren Freunden. Vielleicht ist sie über Weihnachten zu Besuch bei jemandem. Sie hat kurze schwarze Haare, die sie in einem Bob mit einem Fransenpony trägt. Ihr Mantel gefällt mir, er ist knallrot und hat große schwarze Knöpfe. So einen hätte ich auch gern, dazu weiße Stöckelschuhe wie Jims Ma. Und hautenge weiße Jeans.

Jim steigt auf den Rücksitz, gleich wird er davonfahren. Ich halte den Atem an und winke.

Dreh dich um, bitte dreh dich um, und sieh mich an. Geh nicht weg, ohne zu winken. Und natürlich wendet Jim den Kopf und winkt mir zu.

Und plötzlich, als wäre er nie hier gewesen, ist er verschwunden.

ZWEITER TEIL

9. KAPITEL

Juli 2005

Du meinst also wirklich, es besteht nicht die geringste Chance, dass die Dolores auf diesem Foto meine Mutter ist?", frage ich und werfe noch einen Blick auf das Bild. Die Frau in der Zeitung hält freudig strahlend einen überdimensional großen Barscheck in die Kamera.

„Ich fürchte nicht, Belle. Sie hat lediglich denselben Vornamen, das ist alles. Obwohl es nur zu schön wäre", antwortet Tess.

„Aber du hast meine Mutter nie zu Gesicht bekommen", wende ich ein.

Vor zweiundzwanzig Jahren habe ich meine Mutter zum letzten Mal gesehen. Ich erinnere mich zwar an gemeinsame Erlebnisse – obwohl ich die meisten davon am liebsten für immer vergessen würde –, aber nicht daran, wie sie aussah. Ihr Gesicht ist in meiner Erinnerung ganz pixelig geworden, so wie auf einem unscharfen Foto. Ich halte das Polaroidbild – das einzige, das ich von ihr habe – neben die Zeitung. Mist, sie sehen sich nicht im Entferntesten ähnlich. Auch mit zusammengekniffenen Augen kann ich beim besten Willen keine gemeinsamen Züge entdecken.

Ehrlich gesagt habe ich selbst nicht daran geglaubt. Es war in erster Linie ein Scherz, und Tess weiß das. Es macht mir aber Spaß, so zu tun als ob. Außerdem habe ich mir angewöhnt, bei der Erwähnung des Namens Dolores aufzuhorchen und mir vorzustellen, es könnte meine Mutter sein. Und als ich den Artikel in der Zeitung über eine Dolores las, die mehrere Millionen Euro gewonnen hat, musste ich meinen Tagträumen nachhängen.

Das Verrückte daran ist, dass ich sie noch nicht einmal sehen will.

Manchmal frage ich mich, ob es nicht doch auch gute Erinnerungen an unsere gemeinsame Vergangenheit gibt, die irgendwo in meinem Gedächtnis unter den schlechten Erinnerungen vergraben sind. Aber sosehr ich mich auch bemühe, mir fällt keine einzige gute ein.

Schemenhaft erinnere ich mich an braune Samtsofas und -kissen und an den braunen Teppich. Ich sehe meine Mutter von hinten, wie sie die Wohnung verlässt. Ich hocke auf meinem Bett, starre hungrig zur Tür und warte, dass sie zurückkommt und mir zu essen gibt. Außerdem erinnere ich mich daran, wie ich einen Stuhl an den Schrank gestellt habe und raufgekrabbelt bin. An die Handvoll Konservendosen und wie ich geweint habe, weil ich nicht wusste, wie man sie öffnet. Dann hocke ich wieder auf meinem Bett, diesmal mit trockenen Cornflakes. In der Milch im Kühlschrank hatten sich merkwürdige Klumpen gebildet.

Abgesehen von diesen unschönen Erinnerungen besitze ich bloß das Foto, das Mrs. O'Reilly mir vor Jahren gegeben hat. Früher habe ich davon geträumt, dass meine Mutter zu Verstand kommt und einsieht, dass ich zu ihr gehöre. In diesen Träumen ist sie mich holen gekommen und hat mich mit zu sich nach Hause genommen. Das Haus war wunderschön und groß, es hatte einen Garten, in dem eine Schaukel in einer alten Eiche hing. Ich hatte ein rosa gestrichenes Zimmer mit einem Himmelbett und weißen Vorhängen, unzähligen Kissen und Decken. Wahrscheinlich stünde im Stall nebenan sogar ein Pony, und mein Leben wäre einfach perfekt.

Mir ist nicht klar, warum ich solche Träume hatte, warum ich meine Mutter nicht vielmehr hasse, nach allem, was sie mir angetan hat. Aber ich kann sie nicht hassen. Jetzt als erwachsene Frau frage ich mich eher, warum sie so ist, wie sie ist, und was sie dazu gebracht hat, sich so mies zu verhalten.

Ob es ihr heute gut geht? Ob sie ohne mich glücklich ist?

Trotz der schlimmen Dinge, trotz all der Angst und Einsamkeit in meinen ersten Lebensjahren wünsche ich ihr, dass sie glücklich ist.

Irgendwann ist mir klar geworden, dass ich meine Mutter nicht in meinem Leben haben will, ja, dass sie sich von mir fernhalten soll. Vor allem ist mir klar geworden, dass Tess meine Familie ist. Ohne Wenn und Aber. Tess ist die einzige Mutter, die ich je hatte und die ich je wollte.

Liebevoll lächle ich meine Pflegemutter an. Sie wird dieses Jahr siebzig. Gedankenverloren sieht Tess mich an.

„Gut, angenommen dieses Frauenzimmer wäre wirklich deine Mutter. Was dann?", sagt sie und zeigt auf das Foto der frischgebackenen Millionärin in der Zeitung.

„Dann könnte ich ihr vielleicht verzeihen, dass sie mich damals im Stich gelassen hat. Gegen die Zahlung einer kleinen Summe, versteht sich", scherze ich.

Tess bricht in ihr typisches Lachen aus. Obwohl sie seit Jahren nicht mehr raucht, ist ihre Stimme immer noch kehlig.

„Reich mir mal die Pralinen", sagt sie und langt in die Schachtel, um sich ihre Lieblingssorte zu angeln.

In der Stunde meines größten Triumphes konnte ich sie dazu bewegen, mit dem Rauchen aufzuhören. Von ihrer Nascherei konnte ich sie hingegen nicht abbringen. Auch nicht von dem fettigen Essen. Mit siebzig hat sie es wohl redlich verdient, sich hin und wieder eine Praline oder ein paar Chips zu gönnen, wenn sie darauf Appetit hat.

„Wenn du es unbedingt willst, kannst du sie ausfindig machen", erklärt Tess wie nebenbei. Dabei weiß sie, dass das ein Reizthema ist.

Ich sehe sie an und seufze. „Ich weiß, als Kind habe ich mir das genauso vorgestellt: Wenn ich achtzehn bin, ziehe ich los und suche sie. Ich klingle bei ihr an der Tür und sag Hallo. Weißt du noch?"

„Und ob. Jetzt bist du fünfundzwanzig und erwachsen und Herrin deines Schicksals. Was also hält dich auf?“, fragt Tess.

„Gute Frage. Na ja, wenn sie etwas von mir gewollt hätte, hätte sie mich ja schon längst finden können, stimmt’s?“

„Stimmt. Aber vielleicht hat sie auch Angst. Angst davor, was du sagst, wie du auf sie reagierst?“, gibt Tess zu bedenken.

„Wovor sollte sie denn Angst haben? Dass ich ihr vorwerfe, selbstsüchtig und verantwortungslos gewesen zu sein? Dass sie mich alleingelassen, sich nicht um mich gekümmert hat, dass sie sich einen Dreck um mich geschert hat und ich ihr vollkommen gleichgültig war? Ich glaube nicht, dass sie auch nur ansatzweise bereut, was sie getan hat. Ich war ein kleines Kind, verdammt, wie konnte sie mir das bloß antun?“, rufe ich und wundere mich selbst, dass ich so verbittert klinge. Ich dachte, ich wäre längst darüber hinweg.

Nach einer Weile sagt Tess: „Ich will sie nicht entschuldigen. Aber vielleicht war sie einfach unfähig, dir eine gute Mutter zu sein. Vielleicht war ihr Leben schlicht zu schwierig. Manche Menschen nehmen das Leben sehr schwer. Was sie getan hat, ist unverzeihlich. Aber vielleicht hilft es dir, mit ihr zu reden. Vielleicht hilft es dir, Antworten auf deine Fragen zu bekommen.“

„Vielleicht“, antworte ich. „Ich bin mir nicht sicher, ob ich das will.“

„Unsinn“, erwidert Tess.

„Lass ein paar Pralinen übrig!“, ermahne ich sie und nehme die Schachtel an mich, um sie vom Thema abzulenken.

„Ich finde, du solltest noch mal darüber nachdenken“, meint Tess. „Ich glaube, es täte dir gut, Kontakt mit ihr aufzunehmen, um … wie sagen die immer in den Talkshows im Fernsehen? Um das Thema abzuschließen?“

„‚Tess am Mittag‘“, sage ich lachend. „Nein, du bist meine Familie, Tess. Ob du willst oder nicht, mich wirst du nicht mehr los. Mehr brauche ich nicht. Ich will Dolores nicht in meinem Leben haben, vielen Dank auch."

Das stimmt, halbwegs zumindest. Die ganze Wahrheit ist es allerdings nicht. Denn manchmal liege ich nachts wach und muss an sie denken. Ich frage mich, wo sie sein mag und was sie macht. Ob sie womöglich in just dieser Sekunde auch an mich denkt?

Unwahrscheinlich.

„Na hör mal, ob ich will oder nicht. Damit das klar ist: Ich wollte dich", sagt Tess gespielt empört.

Das weiß ich. Mit den Jahren sind wir uns nähergekommen, als Mutter und Tochter es je täten.

Nachdem der Junge, Jim, uns verlassen hatte, hat sie kein neues Pflegekind mehr aufgenommen. Wir waren ab da zu zweit, das hat uns zusammengeschweißt. So würden die das vermutlich auch in der Talkshow sagen. Tess war an jenem Weihnachten besonders gut zu mir, weil sie ahnte, wie sehr ich Jim vermisste.

Das Blatt wendete sich, als ich sie mit Mrs. O'Reilly im Flur reden hörte. Das war, kurz nachdem Jim zu seiner Mutter gezogen war. Ich werde das nie vergessen.

„Tess, Sie werden dieses Jahr sechzig. Sie sagten, Sie wollten sich mit sechzig zur Ruhe setzen und keine Pflegekinder mehr aufnehmen. Deshalb kann ich Ihnen heute mitteilen, dass ich eine neue Familie für Belle gefunden habe. In dem Haushalt lebt bereits ein fünfzehnjähriges Mädchen, das ihr Gesellschaft leisten kann. Außerdem ist es in der Nähe. Sie müsste also nicht die Schule wechseln", sagte Mrs. O'Reilly. „Ich bin ehrlich gesagt sehr zufrieden. Es war gar nicht so einfach, ein passendes Zuhause zu finden."

Mir stockte der Atem. Ich hatte keine Ahnung, dass Tess in Rente gehen wollte. Ich will nicht wieder wegmüssen. Nicht jetzt. Noch einmal kann ich nicht von vorn anfangen. Mitten auf der Treppe bin ich zusammengebrochen, und dicke Tränen liefen mir über die Wange. Das war einfach zu viel. Ich wollte abhauen und mich nie mehr auf andere verlassen müssen. Ganz auf mich allein gestellt würde es mir nicht so schlimm ergehen.

Doch dann polterte Tess: „Nur über meine Leiche. Das Kind nimmt mir niemand weg."

Ich mochte meinen Ohren kaum trauen. Sie wollte mich. Tess wollte mich bei sich haben.

„Sie möchten, dass sie bei Ihnen bleibt?", fragte Mrs. O'Reilly erstaunt nach.

Diese dumme Tusse. Warum sollte mich nicht jemand bei sich behalten wollen?

„Das arme Kind wurde schon genug herumgeschubst, von einer Familie zur nächsten. Jetzt bleibt Belle, wo sie ist. Dies hier ist ihr Zuhause. Wenn sie es will. Ich habe das Mädchen liebgewonnen. Sie ist mir ans Herz gewachsen, sie ist wie eine Tochter für mich. Ich setze mich zur Ruhe, wenn sie volljährig ist", erklärte Tess. „Und jetzt will ich nichts mehr davon hören."

Mir war es gleich, dass Mrs. O'Reilly da war, auch, dass ich eigentlich in meinem Zimmer hätte bleiben sollen. Ich rannte zu Tess und warf mich ihr in die Arme. Ich schmiegte mich eng an ihren warmen, weichen Bauch. Ich hatte sie noch nie von mir aus umarmt. Deshalb war sie ein wenig überrascht. Aber ich ließ sie nicht los, und dann legte sie die Arme um mich und zog mich noch fester an sich.

„Ich darf bei dir bleiben?", brachte ich schluchzend und bebend vor Erleichterung hervor.

„Natürlich darfst du bleiben", sagte sie. „Du bist doch mein Mädchen, mein kleiner Schmetterling. Das wirst du immer bleiben. Ich habe dich so lieb wie eine eigene Tochter."

Ab dem Zeitpunkt hat sich mein Leben verändert. Endlich hatte ich ein richtiges, ein dauerhaftes Zuhause. Mit dieser Erkenntnis änderte sich mein Blick auf die Welt. Auch Tess nahm ich mit anderen Augen wahr. Für mich war sie jetzt wie eine Mutter und nicht nur jemand, der mir Essen hinstellte.

Im Rückblick war der Tag, an dem Daniel den Job annahm und er mit Joan in die USA auswanderte, der glücklichste meines Lebens. Ich mag mir gar nicht vorstellen, wie mein Leben verlaufen wäre, wenn ich weiter mit ihnen in diesem riesigen Haus gelebt hätte. Die beiden waren nett, sie waren gute Menschen, aber eben keine richtige Familie für mich. Sie haben mich nicht geliebt, zumindest nicht so, wie Tess mich liebt.

Ich sehe auf, als Tess mich aus meinen Erinnerungen reißt. „McDreamy! Wäre ich doch zwanzig Jahre jünger", sagt sie seufzend und sieht schmachtend Dr. Derek Christopher Shepherd auf dem Bildschirm an. Ich muss lachen. Montagabends sehen wir immer „Grey's Anatomy" zusammen. Das ist unser gemeinsames Ritual, obwohl ich längst nicht mehr bei Tess wohne. Montags gehe ich immer direkt von der Arbeit zu ihr, wir essen zusammen und sehen dann fern. Manchmal frage ich mich, warum ich Miete für meine kleine Bude zahle, wo ich doch so oft bei Tess bin.

„Hoffentlich kommen sie heute zusammen", sage ich. „Ich halte dieses Hin und Her zwischen Meredith und Derek kaum noch aus. Sie sind doch füreinander bestimmt."

„Du und deine Märchen." Tess lacht. „Du willst immer ein Happy End."

Mein Finger schwebt über der Enter-Taste. Ich habe den Namen meiner Mutter gegoogelt, Dolores Freeman. Jetzt starre ich seit einer Ewigkeit auf den Bildschirm und versuche den Mut aufzubringen, auf Enter zu drücken.

Seit dem Gespräch mit Tess bin ich den Gedanken an meine Mutter nicht mehr losgeworden.

Was, wenn Tess recht hat und meine Mutter darauf gewartet

hat, dass ich den ersten Schritt mache? Vielleicht ist sie verheiratet und hat Kinder. Mein Gott, dann hätte ich Geschwister.

Schon geht meine Fantasie mit mir durch, und ich male mir eine rosige Zukunft aus. Aber was mich wirklich interessiert, ist die Wahrheit. Warum wollte sie mich damals nicht haben? Warum hat sie mich so gehasst?

Mist, jetzt habe ich auf Enter gedrückt, bevor meine Fantasie noch mehr Kapriolen schlägt. Google zeigt mir 673.000 Treffer an.

Gut. Ich seufze. Das wird etwas länger dauern.

Offensichtlich ist Dolores Freeman kein seltener Name. Ich klicke die ersten Webseiten auf der Trefferliste an, eine nach der anderen. Offenbar leben überall auf der Welt Frauen mit dem Namen meiner Mutter. Eine Masseurin in Nordengland, eine Krankenschwester in Texas, eine achtzehnjährige Studentin aus Dublin – und das sind nur meine ersten drei Treffer. Meine Augen fangen an zu brennen, während ich suche und suche und dabei eine Seite nach der anderen – Facebook- und Xing-Profile und so weiter – öffne und wieder schließe.

Nein, leider kenne ich keinen Privatdetektiv. Nur mit einem Wachmann hatte ich letztes Jahr ein Date. Allerdings schüttelt es mich bei der Erinnerung, wie er sich zu mir herüberbeugte, um mich zu küssen. Selbst um an seine Datenbank zu kommen, würde ich mich nicht noch einmal mit ihm treffen wollen.

Sei mal schlau, sage ich mir, und ändere die Suchoption auf „Bilder“. Vielleicht erkenne ich sie, wenn ich ein Foto von ihr sehe. Oder enge so zumindest die Auswahl der zu checkenden Seiten ein.

Aber wie das so ist, da hat man eine schlaue Idee, funktionieren tut es trotzdem nicht richtig. Zunächst scheint mein Plan aufzugehen. Durch die Bilder scrolle ich deutlich schneller. Aber plötzlich, nachdem ich zwei Seiten überflogen habe, halte ich abrupt inne. Da ist es: ein Foto meiner Mutter.

Meine Dolores Freeman.

Ein bisschen älter natürlich. Mehr Falten im Gesicht und graue Strähnen in ihrem blonden Haar, aber eindeutig meine Mutter. Endlos lange starre ich auf das Bild.

Will ich das hier wirklich? Es kommt mir vor, als stünde ich an einem Abgrund, als würde ich springen, wenn ich das Bild anklicke.

Ich atme tief durch und fasse mir ein Herz. Todesmutig klicke ich die Seite an. Das Bild führt auf eine Zeitung, den „Northside Chronicle". Ich halte die Luft an, während sich die Seite öffnet. Der Artikel ist vor zwei Jahren erschienen. Schnell überfliege ich Überschrift und Bildunterschrift.

Wie in einem Comic klappt mir beim Lesen die Kinnlade herunter.

Dolores Freeman, 46, aus Dublin ist gestern wegen Betrugs in zwei Fällen zu einer Haftstrafe von fünf Jahren verurteilt worden.

Meine Mutter sitzt im Knast. Ich bin die Tochter eines Knackis. Na toll. Wenn Tess das hört …

So viel also dazu.

Aber warum schreibe ich mir dann den Namen des Anwalts, Aidan Turner, auf?

10. KAPITEL

Oktober 2005

Liebe Dolores,
hallo. Seit Stunden sitze ich an diesem Brief und weiß beim besten Willen nicht, wo ich anfangen soll. Meine Worte klingen gestelzt und falsch, und all meine angefangenen Briefe enden zerknüllt im Papierkorb.
Was soll's, ich schreibe einfach drauflos. Ich bin's, Belle, deine Tochter Belle.
Hoffentlich ist es okay für dich, dass ich dir schreibe. In den letzten Jahren habe ich oft an dich gedacht und mich gefragt, was du machst, wo du bist, wie es dir geht. Und vielleicht fragst du dich dasselbe über mich. Tess jedenfalls vermutet das.
Ich habe keine Ahnung, ob du weißt, was mit mir passiert ist, nachdem ich in Pflege gegeben wurde. Hat Mrs. O'Reilly dich auf dem Laufenden gehalten? Falls sie das nicht getan hat: Tess ist meine Pflegemutter. Nach einigen schwierigen Anläufen und Aufenthalten bei verschiedenen Familien bin ich mit acht zu ihr gekommen. Tess ist eine wunderbare Frau, die ich aufrichtig mag. Ich bin sehr froh, dass es sie gibt.
Vor Kurzem habe ich erfahren, dass du im Gefängnis sitzt. Das tut mir furchtbar leid für dich. Ich kann mir kaum vorstellen, wie das ist. Dein Anwalt war sehr freundlich. Als ich ihn anrief, schlug er mir vor, ich solle dir schreiben. Er bot mir an, dir den Brief zu überbringen.
Jetzt weiß ich nicht recht, was ich dir sagen soll. Ich bin fünfundzwanzig Jahre alt und lebe immer noch in Dublin. Ich habe eine kleine Wohnung, sehr bescheiden, aber sie

reicht mir. Außerdem ist es nicht weit zu Tess, sodass ich jederzeit zu ihr kann.
Ich unterrichte Englisch und Geschichte. Mein Studium habe ich vor ein paar Jahren abgeschlossen. Ich lege ein Foto von meiner Abschlussfeier an der Universität bei. Das war ein schöner Tag. Tess meinte, das Foto könnte dir gefallen.
Ich möchte dich wissen lassen, dass es mir trotz allem, trotz meines schweren Starts als Pflegekind, trotz deiner Entscheidung, mich wegzugeben, gut geht, dass ich glücklich bin und ein erfülltes Leben habe. Und bitte sei gewiss, dass ich nichts von dir will.
Ich möchte nur, dass du mir einige Fragen beantwortest. Ich möchte unbedingt verstehen, warum du mich damals so schlecht behandelt hast. Und ich möchte wissen, wer mein Vater ist. Ich habe ein Recht darauf, wenigstens das zu erfahren.
Ich hoffe, du schreibst mir zurück.
Viele Grüße
Belle

11. KAPITEL

Meine Hände zittern. Schnell schiebe ich sie unter meine Schenkel. Sonst gehorchen sie nicht. Dann starre ich wieder auf den Briefumschlag, der vor mir auf dem Tisch liegt. Ich traue mich nicht, ihn zu öffnen.

Noch heute Morgen hätte ich Stein und Bein geschworen, dass ich nie im Leben die Handschrift meiner Mutter erkennen würde – ganze zwanzig Jahre nach unserer letzten Begegnung. Als ich sie das letzte Mal sah, war ich doch erst fünf. Aber ich hätte ahnen können, dass ich ihre elegante Schrift unter Tausenden herauserkennen würde.

Es herrscht eine merkwürdige Stille. Normalerweise höre ich den Lärm der Straße unter meinem Fenster. Heute jedoch kommt es mir vor, als hätte die ganze Welt eine Schweigeminute für das kleine Mädchen eingelegt, dessen Mutter endlich Kontakt zu ihm aufgenommen hat.

Ich sehe zu der großen Uhr und dem schwarzen Sekundenzeiger, der sich langsam über das Zifferblatt bewegt. Schließlich nehme ich den weißen Umschlag in die Hand. Wie sie mich in dem Brief wohl anredet, frage ich mich.

Hat sie wie ich Stunden über dem leeren Blatt Papier gesessen und sich gefragt, was sie schreiben soll? Wollte sie wie ich, dass der Brief perfekt wird? Hatte sie Angst, etwas Falsches zu sagen? Viele Passagen habe ich gestrichen, weil sie zu überheblich klangen. Oder spitzfindig, so als wolle ich sie kritisieren.

Vielleicht hat sie einen Besucherausweis beigelegt, damit ich sie im Gefängnis treffen kann. Würde ich das machen?

Ja, das würde ich tun.

Bei dem Gedanken zittern meine Hände nur noch mehr. Den einzigen Einblick, den ich bislang in ein Gefängnis hatte, verdanke ich der Fernsehserie „CSI New York“.

Aber wir sind nicht in Hollywood, sondern in Dublin. Und es geht hier um mein Leben. Bevor ich noch länger albernen Gedanken nachhängen kann, gebe ich mir einen Ruck. Entschlossen öffne ich den Briefumschlag.

Ich komme mir trotzdem vor wie im Film, wenn plötzlich alles in Zeitlupe abläuft.

Es ist bedrückend still, als ich den weißen Bogen entfalte. Mich beschleicht ein so merkwürdiges Gefühl wie noch nie zuvor in meinem Leben. Und das soll was heißen, schließlich habe ich schon viel Schlimmes durchlebt.

Dieses Blatt Papier hat meine Mutter berührt, schießt es mir durch den Kopf. So engen Kontakt wie über diesen einsamen DIN-A4-Zettel hatten wir seit zwanzig Jahren nicht. Was für ein ernüchternder Gedanke!

Ich wünschte, Tess wäre hier. Beklommen frage ich mich, ob ich den Mut habe, den Brief zu lesen.

Es kommt mir vor, als hätte ich mein ganzes Leben lang auf diesen Moment gewartet. Mist, mir sitzt ein faustgroßer Kloß im Hals. Ich zwicke mir in den Arm, um die Tränen zurückzuhalten – mein alter Trick, der eigentlich immer funktioniert.

Was willst du? Nichts, sagst du. Was für'n Blödsinn! Alle wollen immer irgendetwas von einem. Du lügst, wenn du etwas anderes behauptest.
Und weißt du was? Ich habe dir nichts zu geben. Ich hab kein Geld. Also zieh Leine, mach weiter. Das ist es doch, was du willst.
Du willst wissen, wie's mir geht? Königlich! Was glaubst du, wie's mir in diesem beschissenen Knast geht?! Was für eine beknackte Frage! Da hast du so eine gute Ausbildung genossen und dann so eine dumme Frage.
Offenbar hattest du ein nettes Leben. Zusammen mit

deiner Tess. Eine Lehrerin, toll! Zufällig war ich auch immer gut in Englisch. Ich wäre auch Lehrerin geworden, aber leider konnte ich nicht studieren, weil ich schwanger wurde.

Du hast mein Leben verpfuscht.

Was deinen Vater angeht … Wer weiß, vielleicht war's Eddie Murphy?

Als ich merkte, dass ich schwanger war, dachte ich zuerst, Don Fields sei der Vater. Er hatte ein Auto, das war praktisch, er verdiente gut und war verrückt nach mir. Ich sagte ihm, dass das Baby von ihm sei. Was durchaus möglich war. Er freute sich wahnsinnig, hat in einer Tour von Kinderwagen und Windeln gefaselt, hat sich Namen überlegt und Babysachen gekauft.

Aber dann hast du alles kaputt gemacht.

Dass du nicht sein Kind sein konntest, war offensichtlich. Du hättest sein Gesicht sehen sollen, als die Hebamme dich nach der Entbindung im Arm hielt. Es war so komisch, dass ich laut lachen musste. Aber dann ging alles den Bach runter. Dons Familie wartete im Aufenthaltsraum der Klinik. Alle wollten das Neugeborene sehen.

Er sah mich an, als sei ich das Letzte. Da wusste ich, dass es aus ist. Seine Mutter, diese blöde Kuh, beschimpfte mich, und Don löste noch im Kreißsaal die Verlobung.

Klar war er ein Langweiler, aber er hätte mir ein gutes Leben bieten können. Doch dann kamst du.

Ein für alle Mal: Auf deine Kontaktversuche in der Vergangenheit habe ich mich nicht gemeldet, weil du mein Leben gründlich zerstört hast. Für immer.

Weißt du, was ich mir jeden Tag wünsche? Dasselbe, was meine Mutter sich gewünscht hat und was du dir eines Tages auch wünschen wirst. Denn die Geschichte wiederholt

sich, und du kannst deinem Schicksal nicht entrinnen. Ich wünschte, du wärst nie geboren.
Ich hätte dich loswerden sollen, solange es noch ging. Verstehst du das? Du wolltest das doch verstehen. Ständig hast du geweint und gejammert und wolltest Aufmerksamkeit. Mann, hat das genervt! Ich war so erleichtert, als die vom Amt dich geholt haben.
Ich wollte dich damals nicht, und ich will dich auch jetzt nicht. Also verschwinde aus meinem Leben, und lass mich in Frieden.
Dolores.

Der Brief gleitet mir aus der Hand und segelt langsam zu Boden. Dort liegt er nun neben meiner zerstörten Hoffnung und meinem gebrochenen Herzen.

Ich kann kaum atmen. Mir ist heiß. Das Zimmer ist plötzlich viel zu eng. Mit Mühe gelingt es mir, die Beine zu bewegen und aufzustehen. Tollpatschig, wie ich bin, stoße ich mit meinen riesigen Füßen gegen den Stuhl, der mit einem lauten Knall zu Boden fällt.

Sie hat noch nicht einmal meinen Namen genannt.

Immer nur „du, du, du".

So ein kleines Wort, das so giftig ist, wenn es ohne Liebe gesagt wird. Die Tinte schreit mir ihren Hass und ihre Abscheu geradezu entgegen.

An meiner Wohnungstür bleibe ich stehen und lasse mir die kühle Winterluft ins Gesicht wehen. Die beißende Kälte tut mir gut.

Ich wollte eine Antwort. Jetzt habe ich eine.

Sie ist ein Ungetüm. Gemein, verletzend, fies, rachsüchtig. Meine Mutter, mein Fleisch und Blut. Beschämt sehe ich zu Boden. Ich sage mir, dass ich keinen Grund habe, mich schuldig zu fühlen. Dennoch werde ich das schreckliche Gefühl der Scham nicht los.

„Du.“ Ihre Worte schreien mich förmlich aus dem Brief an. „Du, du, du.“

Sie hätte mich ebenso gut links liegen lassen können. Dass sie dazu in der Lage ist, hat sie in den letzten Jahren ja zur Genüge bewiesen.

Ich wünschte, du wärst nie geboren.

Mir zittern die Hände. Herrje, warum setzt mir das so zu?

Ich hätte ihr nicht schreiben sollen. Ich hätte diese Tür fest verschlossen lassen sollen. Was habe ich mir bloß dabei gedacht? Inzwischen weiß ich doch, dass es mir im Leben nicht einfach gemacht wird und dass mein Weg immer beschwerlich ist.

Ich will Tess sehen. Ich brauche ihre Wärme, ihre Umarmung und dass sie mir sagt, dass alles gut wird.

Ich wünschte, du wärst nie geboren.

Kalorien sind mir jetzt auch egal. Tess soll uns unser Lieblingsessen machen. Pommes und alles, was ihre Fritteuse hergibt. Das spülen wir dann mit Wein runter, mit viel Wein. Ich werde bei Tess übernachten, sodass wir die ganze Nacht lang „Grey's Anatomy“ gucken können. Ich werde in meinem alten Kinderzimmer schlafen und diese andere Frau vergessen. Und ich werde nie wieder an sie denken.

Ich wünschte, du wärst nie geboren.

Ich schließe die Augen und versuche zum hundertsten Mal, ihre hasserfüllten Worte zu verbannen.

Als ich die Tür zu Tess' Haus aufschließe, höre ich Stimmen in ihrer Küche. Wer mag das sein? Neugierige Nachbarn wären das Letzte, was ich jetzt gebrauchen könnte.

„Belle, bist du's?“, ruft Tess, als sie das Türschloss hört. „Hast du meine SMS bekommen?“

Ich schüttle den Kopf. „Ich habe seit ein paar Stunden nicht mehr auf mein Handy gesehen. Ist was passiert?“

„Du ahnst nicht, wer hier ist.“ Die Aufregung steht Tess ins

Gesicht geschrieben. Als sie mich sieht, hält sie inne. „Liebes, was ist los?“

„Du zuerst“, sage ich. „Wer ist da?“

Mit großen Augen flüstert sie aufgeregt: „Jim Looney.“

12. KAPITEL

Ihn da stehen zu sehen, den erwachsenen Jim, nach all der Zeit, und das nach dem Brief von meiner Mutter, das ist zu viel.

Ein hoher Summton schrillt in meinen Ohren, mir verschwimmt die Sicht. Tess' Küche sieht plötzlich aus wie in einem verstaubten Schwarz-Weiß-Film. Es rauscht und knistert auch so wie in einem alten Film. Das Rauschen wird lauter, und meine Knie geben nach. Bevor ich zusammensacke, höre ich Tess und Jim meinen Namen rufen. Dann wird es schwarz um mich herum.

„Meine Güte, was hast du uns für einen Schrecken eingejagt!" Tess tupft mit einem kalten Waschlappen mein Gesicht ab. Der Lappen ist seit jeher ihr Allheilmittel. Wehklagend sitzt sie auf meiner Bettkante.

Mein Bett? Was, zum Geier …?

„Wie bin ich hierhergekommen?"

„Jim hat dich raufgetragen", sagt sie wie eine stolze Glucke. „Stell dir vor, er ist da!"

Das habe ich also nicht geträumt. Er ist wirklich hier. „Er hat mich getragen? Er muss sich einen Bruch gehoben haben."

„Er hat dich hochgehoben, als seist du leicht wie eine Feder. Ich hab's selbst gesehen."

Danke. Tess weiß, was eine Frau hören will.

„Soll ich einen Arzt holen?", fragt sie. „Du bist plötzlich aus den Latschen gekippt."

„Nicht nötig. Ich hatte einen beschissenen Tag. Dolores hat geschrieben."

„Ah, Grundgütiger! Die Geister der Vergangenheit, und gleich zwei an einem Tag mit dem Knaben da unten." Sie runzelt die Stirn, dann schließt sie mich in die Arme. So verharren wir einen Augenblick lang, und die Wärme, die sie ausstrahlt, tut wie immer ihre Wirkung. Der Nebel in meinen Kopf lichtet sich, ich fühle mich besser.

„Was verschlägt ihn hierher?“, frage ich mit Blick auf den Flur.

„Er hat dich gesucht. Vor etwa einer Stunde kam er hier an, plötzlich stand er vor der Tür. Es hat einen Moment gedauert, bis ich ihn erkannt habe. Er hat sich ganz schön verändert, findest du nicht? Ich hätte fast einen Herzinfarkt gekriegt, als ich ihn da stehen sah.“

Für mich sieht er aus wie immer. Ein Blick, und ich wusste sofort, wer er ist.

„Was sagt er?“, frage ich. „Was will er hier?“

„Er hat mich nach deiner Adresse gefragt“, antwortet Tess.

„Hallo …“ Seine tiefe Stimme dringt über den Flur nach oben, und Tess und ich zucken bei dem Klang zusammen.

„Lass uns runtergehen. Du erzählst mir später von deiner Mutter“, meint Tess. „Es war nicht so, wie du es dir erhofft hast?“

„Sie ist nicht meine Mutter“, erwidere ich. „Dolores, mehr nicht. Und es gibt wenig zu sagen. Aber das erzähle ich dir später. Geh schon mal runter und setz den Kessel auf. Ich komme gleich.“

Ich gehe ins Bad und benetze mein Gesicht mit kaltem Wasser. Während ich mich abtrockne, betrachte ich mein Spiegelbild. Meine Augen sind leicht gerötet. Der Schaden hält sich in Grenzen. Das wird so gehen müssen.

Auf dem Treppenabsatz halte ich inne. Genau hier haben Jim und ich als Kinder so oft gesessen. Ich teile unzählige Erinnerungen mit dem Mann dort unten in der Küche. Der Mensch, der jetzt ein Fremder ist. Nur jemand, den ich früher kannte. Jemand, der geschworen hat, dass wir uns nie aus den Augen verlieren werden. Und der doch genau das zugelassen hat.

Ich habe keine Ahnung, warum er zurückgekehrt ist. Nicht

die leiseste. Wenn ich den Grund dafür herausfinden will, habe ich wohl keine Wahl.

„Wie geht es dir?“, fragt er sofort, als ich die Küche betrete. Tess hat Tee gekocht und reicht mir eine Tasse.

Ich nicke und spüre, wie mir die Röte ins Gesicht steigt. „Normalerweise falle ich nicht in Ohnmacht. Das ist mir noch nie passiert. Tut mir leid.“

„Du brauchst dich nicht zu entschuldigen. Es ist meine Schuld. Ich hätte nicht unangekündigt bei euch reinplatzen dürfen“, sagt er und scheint aufrichtiges Bedauern zu empfinden.

Er spricht mit einem merkwürdigen Akzent. Er klingt amerikanisch, der Dubliner Einschlag von früher ist verschwunden.

„Ich hatte einen schweren Tag und kaum etwas gegessen“, erkläre ich. Mir sträubt sich alles bei dem Gedanken, er könne glauben, ich wäre ohnmächtig geworden, nur weil er auf der Bildfläche erscheint.

Wie aufs Stichwort greift Tess nach einer Pralinenschachtel. „Die hat Jim mitgebracht“, sagte sie strahlend. Mit wenigen Handgriffen hat sie die Schachtel geöffnet und reicht sie mir. „Such dir als Erste eine Praline aus. Du bist so hungrig. Das ist gut für deinen Blutzucker.“

In dem Moment sieht Jim mich an, und wir müssen lächeln. Normalerweise lässt Tess niemandem den Vortritt bei der Pralinenwahl.

„Du musst dich sehr erschrocken haben, als ich umgekippt bin“, sage ich ungerührt und überlege, ob ich die Nougatpraline nehmen soll, nur um sie zu ärgern.

„Keine Witze, oder ich ziehe mein Angebot zurück!“, erklärt sie lachend. „Ich mache uns gleich was zu essen. Jim, bleibst du zum Abendbrot?“

Er sieht mich an, als warte er auf meine Erlaubnis. Ich zucke mit den Schultern. Es ist sicher kein Beinbruch, wenn er zum Essen bleibt.

Kein Beinbruch? Da lüge ich mir selbst in die Tasche.

Neugierig bin ich trotzdem. Warum klingt er wie ein drittklassiger amerikanischer Schauspieler, der vergeblich einen Iren mit irischem Akzent nachahmt?

„Es gibt ‚Alles mit allem', wie früher", sagt Tess fröhlich. „Pommes, richtig gute, meine selbst gemachten."

„Wie früher." Jim grinst. Er entdeckt die neue Fritteuse neben dem Herd. „Nur die ist neu."

„Die hat Belle mir geschenkt. Neumodischer Kram. Angeblich braucht die weniger Frittierfett", sagt Tess. „Aber ich kriege die nicht zum Laufen."

„Wo hast du den Akzent her?", frage ich, unfähig, meine Neugier noch länger zu zügeln.

„Ich habe lange in Indiana gelebt. Ma hat einen Amerikaner geheiratet. 1991 sind wir in die USA gezogen", erzählt Jim. „Ich habe noch lange mit irischem Akzent gesprochen, aber irgendwann ging er verloren."

Das sind mal Neuigkeiten!

Fragen über Fragen schießen mir in den Sinn. Aber ich schweige. Ehrlich gesagt bin ich ganz schön angefressen und will das Spiel nicht mitspielen. Nur weil er auf Urlaub in Dublin ist und meint, in seiner Vergangenheit blättern zu müssen wie in einem Poesiealbum. Dafür hat er sich den falschen Tag ausgesucht. Ich habe heute mit meiner Vergangenheit abgeschlossen.

„Wie geht es deiner Mutter?", frage ich schließlich.

„Gut. Ich habe zwei kleine Brüder und eine Schwester. Mein Stiefvater, Sam, ist ein netter Typ. Er hat mich adoptiert", erzählt er.

Für Jim ist es also gut ausgegangen. Das freut mich für ihn. „Du hast dein Happy End bekommen", flüstere ich.

Er sieht mir in die Augen. „Beinah. Nur beinah", sagte er und steckt sich eine Praline in den Mund.

Ich nehme auch noch eine, und wir sehen uns an.

„Du magst also immer noch Karamell“, bemerkt er und deutet auf die zähflüssige braune Masse, die aus der Schokoladenhülle über meine Finger rinnt.

Ertappt. Sein Blick ruht auf meinen Lippen. Ich spüre, wie mir die Röte ins Gesicht steigt. Was ist bloß mit mir los?

„Ma engagiert sich in der Schule, in der Elternvertretung. Sie ist eine richtige Bilderbuchmutter geworden.“ Er lacht.

Wenn ich die Augen schließe, sehe ich ihn und mich in Tess' Garten Fußball spielen. Jim hat gerade ein Tor geschossen. Triumphierend und seinen unsichtbaren Fans zujubelnd, rennt er über den Rasen. Ich versuche das Bild mit dem des Mannes, der mir in diesem Moment gegenübersitzt, ein Einklang zu bringen.

Es gelingt mir nicht recht. Jim ist nicht mehr der schmächtige, schlaksige Junge. Er ist groß, mindestens eins achtzig, ich musste vorhin zu ihm aufschauen, als er in der Küche stand. Er hat breite Schultern. Kräftig ist er, eben hat er mich mit meinen knapp achtzig Kilo die Treppen hochgeschleppt und ins Bett getragen.

Mir steigt immer noch die Schamesröte ins Gesicht. Wie peinlich!

Doch dann fällt mein Blick auf sein Haar. Es ist immer noch dasselbe. In roten Locken fällt es ihm in die Stirn und über das linke Auge, von wo er es sich mit einer lässigen Handbewegung zurückstreicht.

Und seine Augen. Die würde ich überall ohne jeglichen Zweifel wiedererkennen. Vielleicht hat er sich doch nicht so sehr verändert.

Ich merke, dass ich ihn schweigend anstarre. Ich sollte etwas sagen. „Das freut mich für deine Mutter. Schön, dass es ihr so gut geht. Hast du Fotos dabei?“

Er zieht sein Portemonnaie hervor und zeigt mir ein Porträt

der Familie. Das Foto wurde offensichtlich an Weihnachten geschossen. Alle tragen lustige Pullis in Rot und Grün und stehen vor einem festlich geschmückten Kamin.

„Wie schön!", rufe ich. „Wie eine Postkarte."

„Es ist eine Postkarte", sagt er peinlich berührt. „So macht man das da drüben, die übertreiben immer ein wenig, die Amis, besonders zu Weihnachten."

„Belle übertreibt Weihnachten auch immer", mischt Tess sich ein. „Mein Baum steht schon, und meine Wohnung ist auch voll mit Weihnachtsschmuck."

Der Geruch nach Würstchen und Speck, die in der Pfanne brutzeln, erfüllt die Küche. Ich stehe auf, um den Tisch zu decken. Irgendwie muss ich mich beschäftigten. Dabei spüre ich, wie Jim mir mit Blicken durch die Küche folgt, und werde nervös.

Ohne nachzufragen, nehme ich das gute Besteck und das Geschirr, das Tess sonst nur an Feiertagen benutzt. Sie nickt zustimmend, als ich die Teller aus der Anrichte hole.

Für sie ist unser unerwarteter Besuch genauso seltsam wie für mich. Ich werfe einen Blick zu Jim, und mir wird bewusst, wie unterschiedlich unser Leben sein muss. Diesen Jim hier kennen wir nicht. Uns kennt er allerdings auch nicht.

„Warum bist du in Irland?", frage ich ihn.

„Ich habe Urlaub", antwortet er. „Ach, dieser Geruch, Tess, wie früher! Zu Hause gibt es diese Würstchen nicht."

„Das sind auch ganz besondere. Die einzigen, die ich esse. Andere kommen mir nicht ins Haus!", erklärt Tess und hebt mahnend den Pfannenwender.

„Es riecht köstlich", lobt er sie. Zufrieden sehe ich, dass er es ernst meint.

„Bist du nicht verheiratet?", fragt er mich und deutet auf meinen Ringfinger.

„Nein, bin ich nicht", antworte ich ein wenig zu abwehrend,

als müsse ich mich rechtfertigen. Dabei bin ich erst fünfundzwanzig und deshalb auch als unverheiratete Frau noch lange keine alte Jungfer.

Die Namen meiner Verehrer liegen mir schon auf der Zunge. Doch bevor ich mit ihnen vor Jim angeben kann, kommt Tess mir zu Hilfe und hilft mir aus der Patsche.

„Sie ist viel zu wählerisch“, sagt sie und wedelt diesmal mit dem Pfannenwender in meine Richtung. „Dabei könnte sie jeden haben. Sieh sie dir an! Was für ein hübsches Mädchen sie ist! Aber bei Männern ist sie sehr pingelig.“

„Das glaube ich. Dass du jeden haben könntest, meine ich“, sagt Jim. „Du bist wunderschön, Belle.“

Überrascht sehe ich ihn an. Flirtet er mit mir? Vielleicht. Tess lächelt und wendet dann den Speck in der Pfanne. Als Nächstes gibt sie die Kartoffelstücke in die Fritteuse. Das knisternd zischende Crescendo der Fritteuse ist mir so vertraut wie der Gesang der Vögel in Tess’ Garten.

„Bist du verheiratet, Jim?“, erkundige ich mich. Das ist nur fair, er hat zuerst gefragt. Einen Ring trägt er nicht. Allerdings tragen viele verheiratete Männer keinen Ring.

Er schüttelt den Kopf und zwinkert mir zu: „Bislang hat mich noch keine Frau geangelt.“

Tatsächlich: Er flirtet mit mir. Mir wird wieder schwindelig, das Rauschen in meinen Ohren kehrt zurück. Er langt über den Tisch und legt seine Hand auf meinen Unterarm. „Alles in Ordnung? Geht es dir nicht gut?“

Am liebsten hätte ich gesagt: Gar nichts ist in Ordnung. Du gehörst zu meiner Vergangenheit, und plötzlich tauchst du hier auf. Obendrein siehst du so umwerfend aus mit deinem roten Haar. Und außerdem ist mir schwindelig.

Stattdessen erkläre ich: „Alles bestens. Ich bin nur hungrig. Vielleicht esse ich schnell noch ein Stück Brot.“ Ich nehme eine Scheibe und bestreiche sie mit einer dicken Schicht goldgelber

Butter. Er tut es mir nach, und so sitzen wir beide und kauen unser Brot.

„Ein herzerwärmender Anblick, ihr zwei an meinem Küchentisch“, sagt Tess und lächelt. „Wie früher. Butterbrot mochtet ihr beiden früher schon so gerne.“

„Ich denke oft an damals zurück.“ Jim lächelt. „Du hast dich so liebevoll um mich gekümmert, Tess.“

„Wusstest du, dass Belle Lehrerin geworden ist?“, versucht Tess ihn abzulenken. Aber man sieht ihr an, wie sehr sie sich über seine Worte freut. „Sie hat studiert und nebenbei im Supermarkt an der Kasse gearbeitet.“

„Cool“, sagt Jim.

Ich lache, und diesmal wird er rot. „Du klingst so amerikanisch, ‚cool‘, also echt, Jim Looney!“

„So hast du mich auch schon immer aufgezogen, als wir Kinder waren.“

„Tut mir leid.“

„Nein, nein, ich mag das. Du bringst mich zum Lachen.“

Jetzt werde ich wieder rot.

„Was unterrichtest du?“, fragt Jim. Als ich es ihm sage, sieht er beeindruckt aus.

„Und du? Was machst du?“

„Ich bin Sportlehrer. Hauptsächlich unterrichte ich Fußball. An einer Schule. Der Ort heißt Mishawaka“, erklärt er.

Ich sage laut: „Mishawaka.“ Mir gefällt das Wort und wie es mir über die Lippen kommt.

„Es klingt indianisch“, sage ich.

„Womöglich ist es indianisch. Dort leben auch viele Iren. Es ist ganz nett da“, erwidert er.

„Cool!“, sage ich, um ihn zu necken. Als er auflacht, ist es, als sei er wieder der kleine Junge von damals. Und plötzlich schießt mir eine Erinnerung ins Gedächtnis, so lebhaft, als sei es gestern gewesen.

„Die hier", sage ich und zeige auf irgendeine Nummer im Telefonbuch.

Jim wählt die Nummer, und wir halten den Hörer zwischen unsere Köpfe. Als es am anderen Ende klingelt, kann ich mein Lachen kaum unterdrücken. Ich presse mir die Hand vor den Mund. Als sich jemand meldet, fragt Jim: „Wohnt bei Ihnen ein Maurer?"

Der Mann in der Leitung sagt: „Nein, hier gibt es keinen Maurer." Darauf rufen wir beide in den Hörer: „Und wer hat Ihre Mauer gebaut?"

Wir kringeln uns vor Lachen und lassen den Hörer fallen. Noch Stunden später lachen wir uns schlapp über unseren Streich. Niemand ist so lustig wie wir beide.

Als Tess nachschauen kommt, was bei uns los ist, lachen wir noch mehr. Wir prusten, bis uns die Augen tränen und die Nase läuft.

Ob er sich auch noch daran erinnert? „Hier gibt's keinen Maurer", sage ich, und er zieht die Mundwinkel hoch.

„Und wer hat Ihre Mauer gebaut?", piepst er mit Kinderstimme, und wir beide brechen in Lachen aus.

„Und niemand außer uns findet das komisch", sagt er.

„Nee, man muss dabei gewesen sein, um das komisch zu finden", sage ich, und wir gucken uns lange an.

„Ihr seid also beide Lehrer. Was für ein schöner Zufall", bemerkt Tess und stellt Teller vor uns auf den Tisch, die sie randvoll mit Würstchen, Speck, Eiern und Pommes gefüllt hat. „Ihr wart euch schon immer so ähnlich. Deshalb wundert es mich nicht, dass ihr jetzt dasselbe macht."

Als ich den köstlichen Geruch von Tess' Essen rieche, bekomme ich so einen großen Appetit wie selten zuvor. Ich spieße ein Würstchen auf meine Gabel und zerkaue das salzige Schweinefleisch genüsslich mit geschlossenen Augen.

„Himmlisch", sagt Jim mit vollem Mund und strahlt Tess

an. „Wir Amerikaner können vieles, aber richtige Würstchen machen nur die Iren."

„Es ist so eine Freude, euch als erwachsene Menschen in meiner Küche zu haben und essen zu sehen." Tess seufzt.

Nach dem Mahl lehnen wir uns satt und zufrieden zurück und trinken Tee.

„Tess, du rauchst ja gar nicht", ruft Jim plötzlich. „Irgendwas fehlt, ich wusste nur nicht, was."

„Na endlich! Hat ja ewig gedauert, bis du merkst, dass es hier nicht mehr nach Rauch riecht", necke ich ihn.

„Vor ungefähr zehn Jahren habe ich aufgehört", erzählt Tess stolz. „Manchmal vermisse ich meine Zigaretten, zum Beispiel jetzt, nach einer guten Mahlzeit."

„Ich hätte nicht gedacht, dass du je aufhören würdest", sagt Jim erstaunt. „Ich bin beeindruckt. Glückwunsch!"

Tess zeigt auf mich und sagt: „Sie war's. Sie hat mich bearbeitet. Hat mich belehrt und genervt. Bis es mir keinen Spaß mehr gemacht hat, zu rauchen, wenn sie mich mit ihren großen Augen anklagend angesehen hat. Da war aufhören leichter, als das zu ertragen."

„Dass ich das noch erleben darf", sagt Jim schelmisch.

„Ah, ich kann sehr überzeugend sein, wenn ich will", erkläre ich.

„Das glaube ich sofort." Er lächelt mich an, und wie auf Bestellung kribbelt mein Bauch so komisch, und mir wird ganz anders. Hunger kann es jetzt nicht mehr sein. Vielleicht habe ich mir was eingefangen?

Wir sitzen noch etwa eine Stunde lang zusammen und reden. Dann schaut Jim auf die Uhr und springt auf. „Ich muss los. Bin schon länger hier als geplant. Ich will euch nicht zu sehr zur Last fallen."

Da ist er wieder, dieser Schmerz in meiner Brust. Natürlich muss er gehen. Er wird wohl kaum die ganze Nacht hier sitzen und mit uns plaudern. Wir begleiten ihn zur Tür. Tess umarmt ihn und sagt, er sei jederzeit willkommen. Das bringt ihn ein wenig aus der Fassung. Damals haben wir uns nicht ständig in den Armen gelegen. Aber das waren auch andere Zeiten, und wir haben uns verändert.

„Ja, wir kuscheln jetzt öfter", erkläre ich ihm scherzend, „und stehen zu unseren Gefühlen."

Das scheint er als Einladung verstanden zu haben, denn er bewegt sich auf mich zu. Unbewusst weiche ich jedoch einen Schritt zurück. Ich weiß nicht, warum. Ein Reflex, aus Selbstschutz, wer weiß. Jedenfalls mache ich einen Schritt nach hinten, und er sieht das.

„Komm gut nach Hause", sage ich und gönne ihm als Wiedergutmachung wenigstens mein schönstes Lächeln. Dann strecke ich ihm die Hand entgegen. Mir ist unwohl dabei, ihm hier in diesem Flur noch einmal Auf Wiedersehen sagen zu müssen.

Das scheint ihn zu belustigen. Doch er nimmt trotzdem meine Hand und schüttelt sie. Ich kann nicht erkennen, ob sein Lachen echt ist und bis in die Augenwinkel reicht. Das Licht im Flur ist zu schwach.

„Ich gehe nicht zurück nach Mishawaka, *noch* nicht jedenfalls. Eigentlich bin ich gekommen, um dich wiederzusehen, Belle. Hast du morgen Abend etwas vor? Darf ich dich zum Essen ausführen?"

„Klar darfst du", sagt Tess und gibt mir einen Schubs, sodass meine Nase fast Jim Looneys Nase berührt – zum ersten Mal nach fast fünfzehn Jahren.

Wieder ertönt dieses Klingeln im Ohr.

„Gib ihm deine Telefonnummer, Belle", sagt Tess und stubst mir in den Rücken. Ich könnte sie umbringen! Als ich mich umdrehe und sie böse angucke, spielt sie die Unschuldige.

Also stapfe ich zum Beistelltisch, schnappe mir einen Notizblock, kritzle meine Nummer drauf und reiche Jim den Zettel.

„Und wie lautet deine Antwort?“, fragt er. „Gehst du morgen mit mir aus?“

„Ja, sie geht morgen mit dir aus“, mischt sich Tess lachend ein. An mich gewandt sagt sie: „Du hast doch morgen sonst nichts vor, oder?“

„Morgen?“, quietsche ich. Das geht mir alles viel zu schnell.

„Gleich morgen, natürlich! Ihr zwei habt so viel nachzuholen. Was gäbe es Wichtigeres für euch zu tun als das?“

„Das stimmt. Also morgen“, sagt Jim und lächelt. Beim Rausgehen führt er seine Hand zum Gruß an seine Schläfe. Das ist so alte Schule, so liebenswert, dass es mir einen Stich versetzt. Ich schwöre, es ist ein beinahe körperlicher Schmerz, als hätte sich etwas in meiner Brust gelöst.

Verdammt, Jim Looney, was tust du mir an?

Als die Tür ins Schloss fällt, lasse ich mich erschöpft dagegensinken. „Der bringt mich ganz durcheinander, Tess“, stöhne ich. „Ich muss mich setzen. Mir ist schon wieder schwindelig.“

„Ach Mädchen, der Junge bringt dich durcheinander, seit du ihn zum allerersten Mal gesehen hast.“

13. KAPITEL

Dezember 2005

Weißt du noch, wie wir davon geträumt haben, berühmt zu werden, wenn wir groß sind? Und dass eines Tages ein Foto von uns hier in diesem Restaurant hängt?“, fragt Jim.

„Klar. Wir saßen in unserer Höhle, die wir aus Decken und Kissen gebaut hatten“, antworte ich.

„Tess war gar nicht begeistert, dass wir ihre gute Bettwäsche benutzt haben.“

„Dass du dich daran erinnerst. Erst dachte ich, es wäre Zufall, dass wir in diesem Restaurant gelandet sind.“

„Nein, das ist kein Zufall“, erwidert Jim. „Und ich sag doch, dass ich mich an alles erinnere. Wenn du dich an alles erinnerst, warum sollte ich das nicht tun?“

Bei seinem Geständnis wird mir ganz flau im Magen. Es fühlt sich immer noch merkwürdig an, ihm nach all der Zeit jetzt hier gegenüberzusitzen. Ich hatte mich schon daran gewöhnt, dass er bloß ein Teil meiner Vergangenheit ist. Na, das stimmt nicht ganz. Er war ein großer Teil meiner Vergangenheit. Ein sehr glücklicher noch dazu. Aber auch einer, der vorbei ist und mit dem ich abgeschlossen hatte.

„Weißt du noch, wie du davon geträumt hast, dass eines Tages dein Foto hier hängen wird?“, fragt Jim und zeigt auf die Bilder von irischen Berühmtheiten, die hier im Trocadero an der Wand hängen.

„Ich hatte viele Träume damals“, sage ich und komme mir ein wenig blöd vor. „Ich wollte Sängerin werden. Das Ganze hatte nur einen Haken: Ich kann nicht singen.“

„Du hast mich immer genervt und wolltest mit mir im Duett singen.“

„‚I've had the time of my life …'", singen wir beide und müssen lachen.

„Von wem ist der Song noch mal?" Fragend sieht Jim mich an.

„Von Bill Medley und Jennifer Warnes. Er kommt bei ‚Dirty Dancing' vor", sage ich. „Manchmal höre ich ihn mir noch an. Manchmal auch öfter", gebe ich zu.

„Ich denke oft an unsere Höhle zurück. Und an Tess' Gesicht, als sie vom Einkaufen zurückkam und entdeckt hat, dass wir ihre Bettdecken zweckentfremdet hatten."

Unwillkürlich stelle ich mir vor, wie wir uns in meinem Bett wälzen. Mist, reiß dich zusammen! ermahne ich mich.

„Du hast damals immer Tess' Illustrierte gewälzt", sagt Jim. „Und die Schönen und Reichen bewundert. Ich hätte fast gedacht, dass du mit einem berühmten Fußballspieler verheiratet wärst."

„Ich? Mit einem Fußballspieler?" Der Gedanke amüsiert mich, und ich muss lachen. „Dafür bin ich viel zu anspruchslos! Immerhin sitze ich jetzt in diesem Restaurant unter all den Fotos. Du hattest damals versprochen, mich hierher auszuführen. Ein Versprechen, das du gehalten hast."

Er stellt das Glas vor sich ab und sieht mich unverwandt an. Die Intensität seines Blickes raubt mir den Atem. Hilflos wende ich mich ab und trinke einen Schluck meines Mojitos. Ich merke, dass er mich noch immer ansieht. Also studiere ich aufmerksam die Speisekarte, bevor mich die Schamesröte in meinem Gesicht verrät.

„Ich sage dir doch, Belle, dass ich mich sehr gut an die zwei Jahre bei euch erinnere. Eigentlich hätten es die schlimmsten zwei Jahre meines Lebens sein müssen, getrennt von meiner Mutter, stattdessen war es die beste Zeit meines Lebens."

Was will er mir damit sagen?

„Und? Entspricht das Trocadero deinen Erwartungen?",

frage ich ihn. Dabei sehe ich mich in dem Restaurant um in dem Versuch, die Unterhaltung in sichereres Fahrwasser zu steuern.

Ich werde ihm einfach nicht mehr in die Augen sehen, beschließe ich. Denn wenn ich das tue, fängt sich wieder alles an zu drehen.

Jim sieht sich um. Wir sitzen in einer der abgetrennten Ecken des Restaurants, die mit rotem Samt ausgelegt sind. Die Schauspieler Grace Kelly, Brenda Fricker und Stephen Fry sehen auf uns herab. Sie scheinen wissend zu lächeln. Mir kommt es vor, als wollten sich die Porträts über mich lustig machen und rufen: Gib's zu, du stehst auf ihn!

Ach, haltet den Mund! Das tue ich nicht.

„In meiner Erinnerung ist das Restaurant noch gediegener", sagte er. „Aber jetzt hier mit dir ist es genau richtig. Mit gefällt der Laden. Eine lustige Mischung aus Alt und Neu. Es ist gemütlich und trotz des kitschigen Krimskrams nicht überladen. Schickimickiläden mag ich nicht. Wo ich andauernd das Gefühl habe, Schlips und Jackett zurechtzupfen zu müssen."

Ich nicke. Geht mir ähnlich. „Die Cocktails sind leider auch nicht überladen", scherze ich und proste ihm zu.

In dem Moment, als er mit mir anstößt, ertönt „I'll be home for Christmas" von Tony Bennett. Unsere Blicke treffen sich, und dieses Mal gelingt es mir nicht, wegzusehen. Es tut weh, und gleichzeitig ist es wunderschön.

Ich will gar nicht mehr weggucken, aber wenn ich ihn weiter anschaue, muss ich weinen.

Nicht weinen!

„Das Lied passt so gut, das ist schon unheimlich", sagt Jim mit belegter Stimme. Ihn lässt das also auch nicht kalt, das Lied von jemandem, der Weihnachten nach Hause zurückkehrt. Dass wir beide zusammen hier in diesem Restaurant sitzen, bedeutet ihm etwas. Ich bilde mir das also nicht ein, was auch immer „das" ist, ich bin nicht die Einzige, die es spürt.

„‚Home für Christmas‘? Aber dein Zuhause ist doch nicht mehr hier“, sage ich.

„Egal, wo ich bin, Dublin wird immer meine Heimat sein. Und wie sagt man so schön? Ich bin da zu Hause, wo mein Herz ist“, sagt Jim fast flüsternd.

Und warum bist du dann weggegangen?

„Ich habe nach dir gesucht.“ So, jetzt habe ich's ausgespuckt. So viel zu meinem Plan, die Kühle und Unnahbare zu spielen. Darin war ich noch nie gut. Ich muss ihn unbedingt wissen lassen, wie sehr es mich verletzt hat, als er damals verschwand und wie vom Erdboden verschluckt war. Ich weiß, dass ich nicht das Recht habe, einen zehn Jahre alten Jungen zu verurteilen und ihm Vorwürfe zu machen. Und doch tue ich es. Hoch und heilig hat er geschworen, sich bei mir zu melden. Und das hat er nicht getan.

Dazu sagt er nichts. Er sieht mich bloß immer weiter mit seinen großen blauen Augen an.

„Du hast gesagt, dass du dich melden wirst. Und ich habe dir geglaubt“, füge ich hinzu.

Er nickt kaum merklich.

„Aber ich habe nie wieder etwas von dir gehört. Ich habe mir solche Sorgen gemacht. Tess meinte, ich soll dir Zeit lassen, du wirst dich schon melden.“

Obwohl das bereits etliche Jahre zurückliegt, kommt es mir heute so vor, als sei es erst gestern gewesen.

„Aus Tagen wurden Wochen, aus Wochen Monate, und du hast dich nicht bei mir gemeldet.“

Ich erzähle ihm nicht, wie ich oben auf unserer Fensterbank saß und Ausschau hielt. Wie ich die Straße mit Blicken abgesucht habe, in der Hoffnung, dass er zurückkommt, mit seinem Fußball unterm Arm und dem breiten Grinsen auf seinem Gesicht.

Tess kam immer wieder kopfschüttelnd die Treppe rauf und

hat versucht, mich mit Keksen und Schokolade in die Küche zu locken, damit ich endlich mit dem Warten aufhöre.

„Noch ein Jahr nachdem du weggegangen bist, bin ich samstags mit dem Bus nach Ranelagh gefahren. Dort bin ich ziellos umhergestreift, im Park und in den Cafés. Weil ich hoffte, dir über den Weg zu laufen. So groß konnte der Stadtteil doch nicht sein!" Jetzt, da ich in Fahrt bin, kann ich kaum wieder aufhören.

„Ach Belle!"

Ich gebe ein erbärmliches Bild ab, ich weiß. Aber ich habe das so lange mit mir herumgeschleppt, jetzt muss ich es loswerden. Wenn er nicht damit umgehen kann, dann ist das eben so.

„Ich habe mir vorgestellt, was ich dir sage, wenn ich dich treffe. Ich wäre natürlich wütend gewesen, weil du dich nicht gemeldet hast. Aber wir hätten gelacht, und dann wäre wieder alles gut gewesen", erzähle ich weiter. Mist, ich spüre die Tränen in meinen Augen, dabei hatte ich mir doch fest vorgenommen, nicht zu weinen.

Er beugt sich über den Tisch zu mir rüber und streicht die Träne von meiner Wange. Eine Weile sitzen wir schweigend da und starren den feuchten Fleck auf seinem Finger an.

„Es tut mir so leid", sagt er schließlich. „Lass es mich erklären. Lass es mich dir bitte erklären."

„Ja", sage ich. Als könnte ich ihm je eine Bitte ausschlagen.

„Am Anfang, als ich zurück zu Ma gezogen bin, war alles ganz ungewohnt. Auf eine gute Art ungewohnt. Sie war glücklich, und ich war es auch. Sie hatte jeden Tag verplant, jeden Tag etwas anderes vor. Wir sind ins Kino gegangen, ins Museum, wir sind durch halb Dublin spazieren gegangen. Sie hat mit mir Fußball im Park gespielt, wir waren schwimmen. So ging das Tag für Tag."

Er zuckt mit den Schultern. Ich sehe ihm an, wie unangenehmen ihm die Geschichte ist.

„Du hattest keine Zeit, an mich zu denken, Jim, das verstehe ich, das macht nichts."

„Dann, ein paar Tage vor Weihnachten, habe ich Ma gefragt, ob ich dich anrufen und dich besuchen darf. Weil ich dich vermisst habe. Ich hab dich wirklich vermisst. Ich konnte es kaum abwarten, dir alles zu erzählen. Aber dann ist was Komisches passiert. Kaum erwähnte ich dich, fing Ma an, sich merkwürdig zu verhalten. Sie hatte diesen abwesenden Ausdruck auf dem Gesicht, und sie schluckte wieder diese Pillen. Sie meinte, sie hätte Kopfschmerzen. Ich habe eins und eins zusammengezählt. Es war klar, dass sie nicht wollte, dass ich dich anrief. Also ließ ich es bleiben, um sie nicht aufzuregen. Ich dachte, ich lasse das Thema ein paar Tage ruhen", sagt Jim.

Der Ober kommt an unseren Tisch, scheint aber zu bemerken, dass wir in eine ernste Unterhaltung vertieft sind, und will sich wieder zurückziehen.

„Noch zwei hiervon", ruft Jim ihm hinterher und zeigt auf unsere Mojitos.

„Nach Weihnachten habe ich das Thema noch mal angesprochen, und es ist wieder das Gleiche passiert. Da habe ich verstanden. Sie wollte nicht, dass ich dich und Tess wiedersehe", fährt Jim fort.

Aha. Und damit hatte sich das?

„Letzte Woche haben wir darüber geredet. Ich habe ihr gesagt, dass ich nach Irland gehe und dich sehen will."

„Erinnert sie sich an mich?", frage ich.

„Ja, natürlich erinnert sie sich an dich. Sie hat sogar zugegeben, dass es ihr leidtut, uns damals im Weg gestanden zu haben", meint Jim.

„Ich kann sie verstehen. Tess und ich haben bei ihr schlechte Erinnerungen hervorgerufen. Wir haben ihr vor Augen geführt, was in ihrem Leben schlecht lief", sage ich, und er sieht mich erstaunt an.

„Ja, genau das hat sie auch gemeint."

Ich hole tief Luft. „Du hast das Richtige getan, als du damals die Verbindung zu uns abgebrochen hast. Deine Mutter hatte eine schlechte Zeit hinter sich. Sie musste tun, was für sie und dich das Beste war, um euch beiden eine zweite Chance zu geben."

Er zuckt mit den Schultern. „Ich dachte nicht, dass es für immer so sein würde, Belle. Ich dachte, es geht nur ein paar Tage oder Wochen so, bis sie sich wieder gefangen und sich an mich gewöhnt hat. Ich wollte einfach verhindern, dass sie wieder krank wird und verschwindet", räumt Jim ein.

Als ich ihn über meine Hand streicheln spüre, senke ich erstaunt den Blick. Augenscheinlich halten wir jetzt irgendwie Händchen überm Tisch. Keine Ahnung, wie das gekommen ist. Ich kann mich nicht daran erinnern, meine Hand in seine Richtung bewegt zu haben. Zurückziehen tue ich sie aber auch nicht. Es kommt mir so selbstverständlich vor, als gehörten meine Hände in seine.

„Und wie bist du in Mishawaka gelandet?", frage ich ihn.

„Kurz nach Weihnachten kam Ma nach Hause und sagte, dass sie diesen Typ wiedergetroffen habe. Ein alter Freund, der seit Jahren in Indiana lebt. So hatte ich sie noch nie erlebt, so aufgedreht und mädchenhaft, sie hat die ganze Zeit gelächelt. Sie hat ihn mir vorgestellt, und wir mochten uns auf Anhieb", erzählt Jim. „Im Handumdrehen haben die beiden geheiratet, und wir sind zu Sam in die USA gezogen. Das ging alles sehr schnell."

„Oha", sage ich. Das muss sehr aufregend für ihn gewesen sein. In Gedanken sehe ich ihn ins Flugzeug steigen, sehe, wie aufgeregt er ist. Er muss außer sich gewesen sein. Ich erinnere mich, wie wir als Kinder im Garten aus einem Pappkarton ein Flugzeug gebastelt haben.

„Abflug!", rufe ich, und er lacht: „Stimmt. Das haben wir damals im Garten gespielt."

Wieder schweigen wir eine Weile. Wir sehen uns in die Augen und halten uns an den Händen. Ich könnte ewig so sitzen bleiben.

„Warst du glücklich?", frage ich.

„Ja, das war ich. Es ist schön dort drüben. Die Schule war gut. Ich war da eine Attraktion, der Neue aus Irland. Die Leute haben mich zu sich nach Hause eingeladen. Sie mochten meinen Akzent. Und ich habe viel Fußball gespielt. Konnte den Amis noch das ein oder andere beibringen", erzählt er.

„'türlich", sage ich.

„'türlich", wiederholt Jim und lacht. „Das haben wir beide immer gesagt, als wir klein waren."

„'türlich ham wir das."

„Nach dem Studium bin ich von zu Hause ausgezogen und lebe jetzt in einer kleinen Wohnung nicht weit von Ma und Dad entfernt. Das ist ganz cool", sagt Jim.

Warum bist du dann hier? denke ich. Wenn das so „cool" ist, warum kommst du dann zurück?

„Ich möchte, dass du weißt, wie sehr ich die ganze Zeit an dich gedacht habe. Das mag schwer zu glauben sein, weil ich mich nicht mehr gemeldet habe, aber es ist die Wahrheit", betont er.

Er sagt tatsächlich die Wahrheit, das kann ich sehen. Es ist ihm ernst. Ich will das nicht weiter vertiefen und sollte ihn besser erlösen.

„Um ehrlich zu sein, war ich damals sehr verletzt. Aber wir waren Kinder. Du warst erst zehn. Außerdem ist es lange her, und wir haben uns seitdem verändert. Ich bin froh, dass du gekommen bist und mir alles erklärt hast. Das hilft mir", sage ich ihm.

„Vergibst du mir?"

„Ich brauche dir nichts zu vergeben, Jim", antworte ich. „Lass es gut sein."

„Und du? Bist du glücklich, Belle?"

Gute Frage. Ich trinke einen großen Schluck von meinem Mojito und überlege. Schließlich sage ich: „Ja. Am Ende ist alles gut geworden. Ich bin glücklich."

Er sieht mich an, als erwarte er eine Erklärung. Aber ich weiß nicht, was ich erklären soll. Es ist schwer, die vergangenen fünfzehn Jahre in Worte zu fassen. Wo soll ich anfangen?

„Nachdem du weg warst, dachte ich, Tess würde mich weggeben. Mrs. O'Reilly kam, und ich belauschte ein Gespräch zwischen ihr und Tess, in dem es um Tess' Ruhestand ging. Ich dachte, ich müsste wieder zu einer neuen Pflegefamilie, in ein neues Zuhause. Zum Glück stimmte das nicht", erzähle ich.

„Mrs. O'Reilly, die alte Schachtel. Ach Gott, wie ich sie gehasst habe!", sagt Jim. „Hast du manchmal noch mit ihr zu tun?"

„Nein. Das ist längst vorbei."

„Und du musstest nicht von Tess weg? Sie ist nicht in Rente gegangen?"

„Sie hat mir gesagt, dass ich für immer bei ihr bleiben kann. Und sie hat Wort gehalten. Als ich achtzehn wurde und auf die Uni ging, ließ sie mich bei sich wohnen. Ohne dass ich Miete zahlen musste", erzähle ich.

„Sie hat ein gutes Herz."

„Sie ist die Beste. Ich weiß nicht, was ich ohne sie täte. Sie war mir die Mutter, die meine leibliche Mutter nicht ist und nie sein wird. Und ohne ihre Unterstützung hätte ich nicht studieren können."

„Hat deine Mutter dich je besucht?", fragt er so einfühlsam, dass mir die Tränen kommen. „Hast du Kontakt zu ihr?"

Ich schüttele den Kopf. „Ich möchte nicht über Dolores reden. Das hat nichts mit dir zu tun. Ich werde dir alles erzählen, aber ich will nicht, dass sie mir diesen Abend verdirbt."

„Okay. Lass uns das Thema wechseln. Hast du immer noch diese komische Puppe? Wie hieß sie gleich?"

„Dee-Dee. Und sie ist nicht komisch! Und 'türlich habe ich sie noch!", erkläre ich lachend. „In einem Schuhkarton im Kleiderschrank."

„Aber du redest hoffentlich nicht mehr mit ihr", erwidert er trocken. „Damals hast du endlos mit ihr gesprochen."

„Mit ihr hatte ich bessere Unterhaltungen als mit irgendjemand sonst. Nur dass du's weißt. Heute schweigt sie meistens."

Ich sehe ihm ins Gesicht und entschließe mich, aufs Ganze zu gehen. „Jim, darf ich dich etwas fragen?"

„Klar. Schieß los!"

„Warum bist du hier? Warum wolltest du mich sehen? Das kommt so plötzlich", gestehe ich ihm. Plötzlich für mich jedenfalls. Womöglich plant er das seit Jahren.

„Ja, das ist eine merkwürdige Geschichte. Ich musste immerzu an dich denken. An uns. Wie viel Spaß wir zusammen hatten. Ich gebe zu, dass ich jahrelang nicht an dich gedacht habe. Aber vor ein paar Monaten war ich mit dieser Frau zusammen, sie war ganz nett", sagt er.

Die Eifersucht trifft mich wie ein Schlag. Erstaunt registriere ich, wie sehr es wehtut. Aber dann denke ich verächtlich: nett. Wenn man jemanden, mit dem man ausgeht, nett nennt, ist es nichts Ernstes.

„Eines Abends, als wir im Restaurant saßen, hat sie mir von ihrer Kindheit erzählt. Von ihren Freunden, was sie alles zusammen gemacht hatten. So was in der Art. Und natürlich hat sie mich über meiner Kindheit und nach meinen Sandkastenfreunden ausgefragt. Wer mein bester Freund war, wollte sie wissen. Im Geiste bin ich all die Kumpels aus der Schule, der Uni und der Nachbarschaft durchgegangen, mit denen ich früher abhing. Aber der einzige Name, der mir über die Lippen kam, war deiner, Belle", erzählt Jim.

„Oh." Mehr weiß ich nicht zu sagen.

„Und seitdem muss ich ständig an dich denken. Wenn ich im Park eine junge Frau mit dunklen Locken sehe und dieser wunderschönen karamellfarbenen Haut, denke ich sofort an dich. Wenn ich jemanden lachen höre, fällt mir sofort ein, wie wir zusammen gelacht haben, selbst über meine blödesten Witze."

„Wunderschön"? Hat er „wunderschön" gesagt? Ja, das hat er, wunderschön. Ich kann nicht anders, ich seufze.

„Schließlich dachte ich, zum Teufel, ich muss dich finden. Deshalb bin ich hier." Er hebt die Hände und neigt sich zu mir. „Ist es okay, dass ich hier bin?"

„Ja", hauche ich und wünschte, mir fiele etwas Schlaueres ein. Früher war ich schlagfertiger. Im Augenblick habe ich nur dieses „Ja". Am liebsten würde ich über den Tisch klettern, Teller, Schüssel und Gläser umwerfen und ihn wie von Sinnen küssen. Grace Kellys Bild links über mir scheint mich anfeuern zu wollen. Ihre Schauspielerkollegin Brenda Fricker hingegen blickt streng auf mich herab. Aufsehen in einem gut besuchten Restaurant zu erregen, das ist nicht ihr Ding.

Verdammt, Brenda behält die Oberhand.

„Wir hätten fifty-fifty machen sollen", sage ich und mag mir kaum vorstellen, wie hoch die Rechnung wohl gewesen ist, bei all den Cocktails, die wir getrunken haben.

„Ich weiß ja nicht, mit was für Männern du ausgehst. Ich weiß noch nicht einmal, ob ich das überhaupt wissen will", sagt er. „Aber bei mir ist das so: Wenn ich eine Frau ausführe, dann zahle ich."

Ich schmelze dahin. Zum einen, weil er das offensichtlich für ein richtiges Date hält, und zum anderen, weil er eifersüchtig auf andere Männer zu sein scheint. Wärme durchströmt meinen Körper vom kleinen Zeh bis ins Ohrläppchen.

Nebeneinander gehen wir zu den Taxen. Unsere Schultern berühren sich beinahe.

„Es ist kalt“, sage ich fröstelnd, als ein Windstoß um meine Wangen weht. Jim bleibt stehen, fasst mich am Arm, sodass ich ebenfalls stehen bleibe, nimmt dann seinen Schal und wickelt ihn mir um den Hals. Der Schal ist so lang, dass er ihn mir mehrmals um den Hals schlingt. Das fühlt sich unglaublich schön an.

„Belle …“, flüstert er.

Ich kann nichts sagen, mich nicht bewegen. Ich bin in diesem vollkommenen Augenblick gefangen.

Er rückt ein Stück näher. Ich spüre seinen warmen Atem auf meinen Lippen, die vor Vorfreude prickeln.

„Darf ich?“, flüstert er sanft, und sein Atem streicht über meine Wange.

Mein Blick muss ihm Antwort genug gewesen sein, denn nun beugt er sich über mich. Seine Lippen berühren meine, und ich weiß mit Sicherheit, was ich immer schon wusste.

Ich liebe Jim Looney.

14. KAPITEL

Heiligabend 2005

Als du zehn warst, hast du gesagt, ich würde dich eines Tages auf Knien darum bitten, mich zu heiraten", sagt Jim. „Du hattest recht. Hier knie ich und bitte dich: Heirate mich, Belle!"

Oh, Mann.

„Ich kann keinen Tag mehr ohne dich leben", fährt er fort.

Ich auch nicht ohne dich, denke ich. Du bist mein Ein und Alles, wie früher.

„Diesmal soll es für immer sein. Diesmal soll uns nichts und niemand mehr trennen können. Wir werden nie wieder voneinander Abschied nehmen müssen", sagt er.

Nur noch Hallo, nie mehr Tschüss sagen. Nichts täte ich lieber.

„Ich liebe dich schon so lange. Ich habe dich schon geliebt, bevor ich überhaupt wusste, was Liebe ist", fügt Jim hinzu.

Es kommt mir vor, als habe ich mein ganzes Leben lang auf diesen Augenblick gewartet. Und jetzt, da er endlich da ist, soll er nicht vorübergehen. Verweile doch, du bist so schön, schießt mir die Gedichtzeile in den Sinn. Diesen Augenblick will ich nie vergessen.

Er holt tief Luft, sammelt sich und sagt: „Belle, willst du mich heiraten?"

Die Menschen um uns herum halten den Atem an und warten auf meine Antwort.

„Ja", rufe ich, „ja, ja, ja!"

Die Menge auf der Ha'penny Bridge jubelt uns zu, als wir uns umarmen. Jim steht auf und hebt mich auf seine Arme.

Ich beuge mich zu ihm, bis sich unsere Nasenspitzen berühren, um den Heiratsantrag mit einem Kuss zu besiegeln. Aber er sagt: „Warte!“ und setzt mich sanft auf den Boden.

Behutsam streift er mir den Handschuh von der linken Hand und bindet das rote Band mit der silbernen Glocke um meinen Ringfinger. Es ist der albernste und zugleich schönste Ring, den ich je gesehen habe.

Ich halte den Finger in die Höhe, damit die Menge ihn sehen kann. Die Menschen jubeln und klatschen, als die Glocke an meiner Hand klingelt.

Und dann küsst er mich.

15. KAPITEL

Juni 2007

„Belle, wach auf! Belle!"

Im Halbschlaf schlage ich um mich und treffe Jim.

„Wach auf. Es ist nur ein Albtraum. Los, wach auf!"

Ich sehe mich im Zimmer um, die Flammen und der Rauch verschwinden, mein Albtraum verblasst.

Jim zieht mich in die Arme, hält mich und wiegt vor und zurück, bis ich aufhöre zu zittern und mein Herzschlag sich normalisiert hat.

„Derselbe Traum wie immer?", fragt Jim.

Ich nicke.

Den Traum hatte ich schon lange nicht mehr. Aber dies ist die dritte Nacht in Folge. Um den Grund dafür zu kennen, muss man noch nicht einmal sehr schlau sein.

Dolores wird in wenigen Wochen aus dem Gefängnis entlassen.

Nicht dass sie sich bei mir gemeldet hätte oder das je tun würde. Es kam nur dieser eine Brief von ihr. Ihr Anwalt hat mich in einer E-Mail von ihrer Entlassung in Kenntnis gesetzt, vermutlich mehr aus Höflichkeit als aus irgendeinem anderen Grund. Ich habe ihm zurückgemailt, ihm für die Mitteilung gedankt und ihn gebeten, von weiterer Korrespondenz abzusehen.

Nach außen habe ich mich gut geschlagen und mir nichts anmerken lassen. Ich rede mir ein, dass es mir nichts ausmacht. Dass mir ihre Worte und Taten nichts anhaben können. Aber im Schlaf bin ich meinem Unterbewusstsein ausgeliefert.

„Willst du darüber reden?", fragt Jim.

Ich schüttele den Kopf. Was gibt es da zu reden?

„Seit der Mail vom Anwalt bist du das reinste Nervenbündel. Außerdem glaube ich nicht, dass es dir guttut, ihren Brief aufzubewahren", fügt er hinzu.

Vorwurfsvoll sehe ich ihn an, bereit, ihn des Hochverrats zu bezichtigen. Hat er in meiner Handtasche geschnüffelt?

Doch Jim kommt mir zuvor. „Ich habe gestern gesehen, wie du den Brief gelesen und dann zurück in deine Handtasche gesteckt hast."

Oh.

„Schmeiß ihn weg! Hör auf, dich damit zu quälen. Es ist zwei Jahre her", beharrt er. „Ehrlich, du solltest den Brief wirklich wegwerfen."

„So einfach ist das nicht", sage ich seufzend. Wie soll ich das meinem Ehemann verständlich machen, wenn ich es selbst nicht verstehe?

„Sie kann dich nicht mehr verletzen", flüstert Jim in mein Haar und drückt mich fest an sich. „Ich bin hier. Ich lasse nicht zu, dass sie dich verletzt."

Ich beruhige mich ein wenig und lasse mich mit geschlossenen Augen gegen ihn sinken. „Sie hat mich oft allein gelassen." Niemandem sonst vertraue ich so wie meinem Ehemann. Es wird Zeit, dass ich ihm von damals erzähle.

Er bewegt sich nicht, sagt nichts, er hält mich nur. Ich spüre sein Herz im Takt mit meinem schlagen.

„Das war früher ganz normal für mich. Wenn sie sich schminkte, wusste ich, dass sie ausgehen würde. Ihr Lippenstift war knallrot. Ich muss immer noch zittern, wenn ich eine Frau mit knallroten Lippen sehe", gestehe ich. „Als ich noch ganz klein war, wusste ich noch nicht einmal, dass sie weg war, weil ich schlief."

„Das darf nicht wahr sein", sagt Jim und versteift sich vor Anspannung und Wut. „Wie kann eine Mutter nur so etwas tun?"

Aber es ist wahr. Es war meine Wahrheit.

„Als ich vier war, ich glaube jedenfalls, dass ich vier war, da bin ich eines Nachts aufgewacht. Ich hatte Angst, also stand ich auf und wollte zu ihr."

Heute weiß ich, wie naiv das war. Schließlich war sie nie sehr mütterlich gewesen. Sie hat mir nie die Tränen weggeküsst. „Ich konnte sie nirgends finden und habe es mit der Angst zu tun bekommen. Ich dachte, ihr sei etwas passiert. Also habe ich die Polizei gerufen."

„Das war sehr schlau für ein vierjähriges Kind", stellt Jim fest. „Und mutig."

„Mutig war ich nicht, ich hatte Angst. Die Polizei kam und auch ein Sozialarbeiter, der mich mitgenommen hat. Am nächsten Tag holte meine Mutter mich ab. Sie hat die Beamten angelächelt und gesagt, dass es ein einmaliger Vorfall gewesen sei, ein Versehen, das nie wieder passieren würde. Schon in jungen Jahren konnte ich erkennen, wenn jemand lügt. Ihr Lächeln war nicht echt."

Jim streichelt meine Hand. Abgesehen von seinem Herz, das gegen seine Brust hämmert, ist es still.

„Als wir nach Hause kamen, wurde sie so wütend. Ich kauerte in der Küche am Boden, und sie schrie mich an. Ich schwor, dass ich nie wieder die Polizei rufe. Dann lachte sie und sagte: ‚Richtig, du wirst niemanden mehr anrufen können.'"

„Wurde es dann besser?", fragt Jim behutsam. Ich sehe ihn an und schüttele den Kopf.

„Nein, das ist keine Geschichte, die ein gutes Ende nimmt." In diesem Moment wird mir bewusst, dass ich zum ersten Mal davon erzähle. Tess und Jim gegenüber hatte ich Andeutungen gemacht, aber die Einzelheiten, die entsetzlichen Einzelheiten, all die vielen Bösartigkeiten, habe ich ihnen verschwiegen. Die kommen nur in meinen Träumen vor. Es ist eine Erleichterung, Jim jetzt davon zu erzählen. Ich möchte, dass er erfährt, wie es mir ergangen ist. Ich möchte, dass er mich versteht.

„Danach hat sie mich in mein Zimmer eingeschlossen, wenn sie ausgegangen ist. Damit ich niemanden um Hilfe rufen konnte, wenn ich nachts aufwachte, und sie nicht in Schwierigkeiten mit dem Jugendamt bringen konnte."

„Das gibt's doch nicht …" Ich kann Jims Wut förmlich spüren.

Ich atme tief durch.

„Eines Nachts bin ich aufgewacht, weil ich Rauch gerochen habe. In der Küche brannte es. Aber ich war in meinem Zimmer eingeschlossen und konnte nicht raus. Dolores war nicht zu Hause." Erstaunt registriere ich, wie sachlich und emotionslos meine Stimme klingt. Müsste ich jetzt nicht weinen? Und laut schluchzen vor Erleichterung darüber, meine schlimmen Kindheitserlebnisse zu teilen? Stattdessen fühle ich nur Eiseskälte in meinem Inneren.

Jim spürt, wie ich zittere, und zieht die Decke über mich. Zum Glück sagt er nichts, sondern wartet, dass ich fortfahre.

„Der Rauch hat in meinen Augen gebrannt. Meine Lunge tat weh. Atmen tat mir weh. Es fühlte sich an, als würde meine Nase bluten. Ich wusste nicht, was ich machen sollte." Ich bebe bei der Erinnerung.

„Ich ging zum Fenster und habe dagegengeschlagen. Es war hoch, unsere Wohnung lag im dritten Stock, wir hatten diese alten Schiebefenster. Ich war nicht stark genug, um sie nach oben zu schieben und zu öffnen. Also habe ich weiter dagegengetrommelt. Ich habe geweint und geschrien und gehofft, jemand würde mich hören. Aber die Straße war menschenleer, niemand hat mich gesehen."

„Oh, Belle", sagt Jim. Ich rücke von ihm ab und sehe ihm in die Augen.

„Ich muss ohnmächtig geworden sein. Das Nächste, woran ich mich erinnere, ist der Rettungswagen, mit dem ich ins Krankenhaus gebracht wurde. Und dass ich schreckliche Angst hatte vor dem lauten Tatütata und dem flackernden Blaulicht." Ich zittere immer noch.

„Sie gehört bestraft für das, was sie dir angetan hat", betont Jim.

Ja.

„Ich wollte immer wissen, ob es ihr leidtut, was in jener Nacht geschehen ist. Ich weiß, dass sie mich nicht liebt. Ich verstehe sogar, warum sie denkt, ich hätte ihr Leben verpfuscht. Aber um ein Haar wäre ich in dieser Nacht gestorben! Fühlt sie sich schuldig? Berührt es sie überhaupt?"

Ich rücke näher an meinen Ehemann und schmiege mich an ihn.

„Ich glaube, sie ist unfähig, Schuld oder Liebe zu empfinden. Nach allem, was du mir erzählt hast, ist sie ein sehr schlechter, bösartiger Mensch."

Und was, wenn ich so werde wie sie? Wenn ich Kinder hätte und ihre grausamen Gene geerbt habe? Wenn sich die Geschichte wiederholt, wie sie gesagt hat?

„Was ist dann geschehen?", will Jim wissen.

„Das Jugendamt hat mich ihr weggenommen, und ich kam zu meinen ersten Pflegeeltern."

„Gott sei Dank. So unschön es sein mag, zu Pflegeeltern gegeben zu werden, aber da warst du besser aufgehoben als bei deiner verantwortungslosen Mutter", sagt Jim.

Mein Zittern hört nicht auf. Mir ist unendlich kalt, bis in die Knochen.

„Ich mache dir einen Tee." Verstohlen wischt Jim sich eine Träne aus den Augen. Sanft drückt er mir einen Kuss auf die Stirn. „Bin gleich zurück."

Seite an Seite sitzen wir auf unserem Bett und trinken Tee. Hin und wieder wechseln wir ein Wort, manchmal schweigen wir. Der Damm ist gebrochen, und ich erinnere mich an Begebenheiten aus meiner Kindheit, die ich lange vergessen glaubte. Irgendwann in den frühen Morgenstunden schlafen wir schließlich ein. Im Schlaf hält mich Jim eng umschlungen in seinen starken Armen.

Albträume habe ich keine mehr.

Am nächsten Morgen beschließen wir, zum Frühstück in das Café um die Ecke in unserem Stadtteil Artane zu gehen. Wir sind beide ausgehungert, wie man es oft ist, nachdem man sich emotional verausgabt hat.

Während ich meinen Scone esse, liest Jim über seinem herzhaften traditionellen Frühstück mit Speck und Eiern die Zeitung.

Herrlich, diese Vormittage, an denen wir nicht arbeiten müssen und einfach Zeit für uns haben.

Ich hatte nicht gedacht, dass wir uns noch näher kommen könnten, als wir es schon sind. Aber mein Geständnis letzte Nacht hat uns noch enger zusammengeschweißt. Warum hatte ich ihm nicht schon vorher davon erzählt? Natürlich hätte er mich verstanden. Natürlich wäre er für mich da gewesen. Ich hätte auch nicht gedacht, dass ich ihn mehr lieben könnte als am Tag unserer Hochzeit. Aber da habe ich mich geirrt: Unsere Liebe ist jetzt noch intensiver als vorher.

„Wir könnten das auch machen“, sagt er unvermittelt und zeigt auf einen Artikel im „Irish Independent“.

Die Schicksalsschläge einer Dubliner Pflegefamilie.

„Wir?“, frage ich und muss lachen.

„Ja. Wir kennen das doch. Wir haben das alles selbst erlebt“, sagt Jim.

„Kommt es oft vor, dass Pflegekinder später Pflegeeltern werden?“, überlege ich laut.

„Wollen wir es versuchen?“, fragt er ohne Umschweife.

Jetzt muss ich nur noch mehr lachen, weil ich das für einen Scherz halte. Doch dann legt Jim die Zeitung beiseite und sieht mir ernst in die Augen.

„Stell dir vor, wir könnten ein Kind glücklich machen und es zum Lachen bringen. Ein verängstigtes Kind ohne ein richtiges Elternhaus. So wie wir es damals waren. Wäre es das nicht wert? Wir könnten die Welt ein kleines bisschen besser machen."

Hoppla, das scheint sein voller Ernst zu sein. Daran hatte ich noch nie gedacht. Können wir das? Sollen wir das wirklich tun? Die Vorstellung ist irgendwie aufregend.

Und schon springe ich auf und setze mich neben ihn. „Ja, lass uns ein Kind glücklich machen", sage ich.

DRITTER TEIL

16. KAPITEL

Januar 2013

Die Ähnlichkeit ist beinah unheimlich!", flüstert Jim mir zu. „Siehst du das auch?"

In der Küche machen wir Lauren einen Happen zu essen. Lauren, unser neues Pflegekind, ist vor einer Stunde angekommen. Wie viele Kinder vor ihr, die in den letzten fünf Jahren bei uns gelebt haben, macht sie einen verängstigten und verlorenen Eindruck.

Lorcan vom Jugendamt ist gerade erst wieder zu Tür hinaus. Noch wissen wir nicht, wie lange Lauren bei uns bleiben wird. Womöglich für längere Zeit. Einen Vater oder Großeltern scheint es nicht zu geben. Ihre Mutter kann sie nicht nehmen, und daran wird sich voraussichtlich nichts ändern. Sie soll irgendeine Art Zusammenbruch gehabt haben.

„Und? Siehst du es auch?", hakt Jim nach.

Natürlich ist mir das auch sofort aufgefallen. Als ich ihr die Tür öffnete, sprang es mir gleichsam ins Auge.

„Ja, das sehe ich, Jim", antworte ich und lächle.

„Ich habe mich ganz schön erschrocken, ehrlich gesagt", fährt Jim fort. „Es war eine Zeitreise zurück in unsere Kindheit. Sie ist dein Ebenbild."

Lächelnd sieht er mich an. „Mir ist klar, dass es dich wahnsinnig macht, wenn andere dir sagen, sie kennen jemanden, der aussieht wie du. Und das liegt wahrscheinlich nur daran, dass die andere ebenfalls schwarz ist. Aber du weißt, dass ich das nicht mache."

„Ja. Rassismus gibt es auch in Irland, aber du hast keine Vorurteile. Würde ich jedes Mal einen Euro kriegen, wenn mir irgendein Knallkopf sagt, er habe neulich im Zug jemanden gesehen, der genauso aussieht wie ich, nur weil ich eine Afrofrisur habe, dann wäre ich jetzt reich."

Aber es ist nicht nur Laurens Hautfarbe. Sie hat denselben Gesichtsausdruck wie ich in dem Alter. Das ist wirklich unheimlich! Außerdem ist unsere Haut von dem gleichen Braunton, und unsere Haare, Lippen und Augen ähneln sich sehr.

„Sie könnte deine Tochter sein", sagt Jim, um gleich danach rot anzulaufen. „Entschuldige, das war nicht sehr feinfühlig von mir."

Dabei hat er nur gesagt, was ich dachte. Trotzdem tut es weh, es laut ausgesprochen zu hören.

Es ist, als würde das Schicksal mir einen bösen Streich spielen. Das erste Pflegekind seit … seitdem. Und wen schickt mir die Vorsehung jetzt ins Haus? Eine Miniaturausgabe von mir.

„Geht es dir nicht gut?", fragt Jim besorgt. „Du bist so still. Ich hasse es, wenn du aufhörst zu reden."

„Das ist so eine alte Angewohnheit", sage ich und lächle, um ihn zu beruhigen. Er macht sich Sorgen, und das hasse ich.

Mein Ehemann kennt mich einfach zu gut. Jim weiß, dass ich aufhöre zu reden, wenn ich mich in die Enge gedrängt fühle.

„Hier geht es nicht um mich, Jim, sondern um das kleine Mädchen hier. Sie hat Angst, sie ist verletzt, sie braucht uns." Ich nehme das Tablett mit der Milch und den Keksen und trage es ins Wohnzimmer.

Lauren sitz starr vor Angst auf der Kante des Sofas. Vor Mitgefühl zieht sich mein Herz zusammen.

Welche Geheimnisse mag sie mit sich herumschleppen? Was mag sie trotz ihrer jungen Jahre schon alles erlebt haben?

Ich weiß nur, dass ein Nachbar das Jugendamt alarmiert hat. Man fand eine vor Dreck starrende, hungrige und sehr verstörte Lauren. Sie hatte sich von trockenen Cornflakes ernährt, Milch gab es in der Wohnung nicht.

Ursprünglich wollten Jim und ich deshalb Pflegekinder aufnehmen, weil wir in der Lage sind, mit ihnen mitzufühlen, da wir Ähnliches durchgemacht haben.

Doch dieses Mädchen ist mir so ähnlich, dass es mich umhaut. Auch ich habe zwei Tage lang nur trockene Cornflakes gegessen, als meine Mutter mal wieder verschwunden war.

Laurens Mutter, so viel scheint gewiss, hat aufgegeben, ihr Leben und – so furchtbar das ist – ihre Tochter. Das ist grundsätzlich der Teil der Geschichte, den ich nicht verstehe.

Ich unterdrücke ein Seufzen und ermahne mich, keine Urteile über meine Mitmenschen zu fällen. Doch manchmal steigt kalte Wut in mir hoch, und ich möchte schreien, anschreien gegen diese Welt, die so grausam zu Kindern sein kann.

„Ist das dein Lieblingsteddy?", frage ich Lauren. Sie klammert sich an ihr Stofftier. Der Teddybär trägt einen Strampelanzug, der vor langer Zeit einmal rosa gewesen sein muss. Mittlerweile ist er vom jahrelangen Kuscheln arg ramponiert.

„Er heißt Rosie", sagt Lauren.

„Hallo, Rosie. Ist Rosie dein bester Freund?", will ich wissen.

Lauren nickt, und beinah huscht ein zaghaftes Lächeln über ihr Gesicht.

„Als ich so alt war wie du, hatte ich eine Puppe als Freundin. Sie hieß Dee-Dee. Ich habe sie überall mit hingenommen."

„Hast du sie immer noch?", fragt Lauren.

„Ja. Aber ich bewahre sie in einem Karton auf, wo sie sicher ist."

„Darf ich sie sehen?"

Im ersten Moment will ich Nein sagen, weil Dee-Dee mich an eine Zeit erinnert, die ich lieber verschlossen in dem Karton wissen möchte.

Aber ich will, dass Lauren Vertrauen zu mir fasst und weiß, dass ich auf ihrer Seite bin. Vielleicht kann Dee-Dee dabei helfen.

„Dann komm mal mit", sage ich und reiche ihr die Hand. Kurz zögert sie, dann ergreift sie sie und folgt mir ins Schlafzimmer. Als ich ihre kleinen Finger spüre, ist es um mich geschehen. Von dem Moment an habe ich das Mädchen in mein Herz geschlossen.

Aus dem Kleiderschrank im Schlafzimmer ziehe ich einen Schuhkarton. Es ist bloß ein alter Karton, nichts Besonderes, aber darin sind ein paar Dinge aufbewahrt, die ich nicht wegwerfen kann. Den Deckel habe ich mit einem grünen Band befestigt, das mittlerweile von einer dünnen Schicht Staub bedeckt ist. Ich öffne die Schleife und hebe den Deckel. Oben liegt ein weißes Schulhemd, das meine Klassenkameraden am letzten Tag alle unterschrieben haben. Auch meine Zeugnisse liegen hier mit den durchwachsenen Noten, die mir die Lehrer über die Jahre gegeben haben. Dazu Fotos von Pflegeeltern und den anderen Kindern, mit denen ich eine Zeit lang zusammengelebt habe.

„Bist du das?“, fragt Lauren, als sie ein Foto von mir als Vier- oder Fünfjährige entdeckt.

Ich hasse das Foto. Mein trauriger Gesichtsausdruck trifft mich immer noch und versetzt mich zurück in die Vergangenheit.

„Du siehst aus wie ich“, sagt Lauren.

„Stimmt.“

Auf dem Boden des Kartons liegen – das weiß ich, ohne es zu sehen – ein Foto und der Brief meiner Mutter. Er steckt nicht mehr in meiner Handtasche. Aber er ist immer noch da und brennt mit seinen hasserfüllten Worten ein Loch in den Karton. Doch heute bin ich nicht so selbstzerstörerisch, ihn zu lesen, und lasse ihn ganz unten liegen.

Stattdessen nehme ich Dee-Dee und drücke sie an mich, wie früher.

Hallo, meine alte Freundin, lange ist's her …

Doch Dee-Dee schweigt still. Schon vor vielen Jahren hat sie aufgehört, mit mir zu reden. Trotzdem kommen mit der Puppe im Arm die alten Gefühle wieder hoch, die Gespräche, die ich mit ihr hatte und die mir – davon bin ich überzeugt – das Leben gerettet haben.

Unzählige meiner Tränen müssen auf ihr Kleid getropft sein.

Ich atme einmal tief durch und halte Lauren die Puppe hin. „Hallo, Rosie, das ist Dee-Dee. Dee-Dee, das ist Rosie, Laurens Freundin."

Ich bewege die Hand der Puppe und schüttele damit dem Teddy die weiche Pfote.

Lauren kichert. „Die ist schön. Ich mag ihr Kleid."

„Ja. Für mich war sie immer die schönste Puppe der Welt."

„Von wem hast du sie?", fragt Lauren.

Wie viel soll ich ihr anvertrauen? Einigen unserer Pflegekinder habe ich von meiner Kindheit erzählt. Das hat ihnen geholfen und war richtig. Anderen hingegen, denen, die nur kurz bei uns geblieben sind, habe ich nichts davon preisgegeben.

Mein Bauchgefühl sagt mir, dass Lauren eine wichtige Rolle in unserem Leben spielen wird. Das spüre ich einfach.

Die Verbindung, die ich von dem Moment an zu ihr hatte, als sie ihre Hand in meine legte, wird mit jeder Minute, die sie neben mir sitzt, stärker.

„Als ich ein kleines Mädchen war, hatte ich auch Pflegeeltern. Und eine meiner Pflegemütter, bei der ich einige Jahre gelebt habe, gab mir Dee-Dee."

Erstaunt macht Lauren große Augen.

„Ich habe oft mit Dee-Dee geredet", sage ich.

„Ich rede mit Rosie", erwidert Lauren. „Und sie mit mir."

„Selbstverständlich. Immerhin ist sie deine beste Freundin", stimme ich ihr zu. „Für den Fall, dass du mit jemand anderem reden möchtest: Ich bin für dich da. Und ich kann ganz gut zuhören."

„Meine Mama konnte auch gut zuhören", sagt Lauren. „Aber jetzt hört sie mir überhaupt nicht mehr zu."

Am liebsten würde ich sie ausfragen und beschwichtigende Worte sagen. Aber ich unterdrücke den Impuls. Hier ist viel eher Geduld gefragt.

Traurig sieht Lauren ihren Teddy an. Was das Stofftier ihr wohl zugeflüstert haben mag, frage ich mich.

Behutsam lege ich den Arm um sie. Um sie nicht zu verängstigen, drücke ich sie nicht zu fest. Immerhin entzieht sie sich der Umarmung nicht. Und so sitzen wir, ich, Lauren und Rosie, eine Weile umschlungen auf dem Boden.

„Wollen wir jetzt die Kekse essen? Mag Rosie Kekse?", frage ich, als sie sich zurückzieht.

Sie nickt, und zum ersten Mal, seit sie das Haus betreten hat, lächelt sie.

Tess hat eindeutig ihre Spuren hinterlassen, was unsere Erziehungsmethoden angeht. Alle unsere Neuankömmlinge bekommen als Erstes Kekse und Milch.

Voller Sorge wartet Jim schon im Flur auf uns.

„Sie lächelt ja", freut er sich.

Im Vorbeigehen flüstere ich ihm zu: „Wir hören nicht eher auf, bis sie jeden Tag so lächelt. Hörst du?"

„Ja", sagt er und drückt mir einen Kuss auf die Stirn.

Gerade hat Lauren ihre zweite Schale Müsli verdrückt.

„Zwei Schalen Müsli? Unser Rekord sind drei Schalen. Bobby hat das geschafft", sagt Jim zu ihr.

„Wer ist Bobby?", fragt sie immer noch kauend.

„Den wirst du bald kennenlernen. Er war unser erstes Pflegekind. Er blieb bei uns, bis er achtzehn war", antworte ich.

„Eigentlich ist er nie ausgezogen. Fast der gesamte Inhalt seines Kleiderschranks liegt noch bei uns im Gästezimmer", meint Jim. „Der Kerl hat mehr Klamotten als David Beckham."

„Heute Nachmittag lernst du Oma Tess kennen", sage ich ihr. „Tess ist meine Pflegemutter. Bei ihr habe ich sehr lange gelebt. Tess kann es kaum erwarten, deine Bekanntschaft zu machen."

„Was machen wir heute?", fragt Jim. „Die Sonne scheint, obwohl wir doch Januar haben, und außerdem ist Wochenende."

„Sollen wir in den Park gehen? Und vergiss nicht, dass du heute Abend ins Jugendzentrum musst", erinnere ich ihn. „Aber bevor wir losgehen, wird gebadet."

Ich nehme Rosie und wende mich an Lauren: „Was hältst du davon? Während ich dich bade, badet Jim Rosie?"

„Und danach wird es Zeit für unseren Baum. Der wird dir gefallen", sagt Jim.

Verwirrt sieht Lauren uns an.

„Jedes Kind, das bei uns wohnt, hängt seinen Namen in den Baum im Garten", erkläre ich ihr lächelnd. Dabei zeige ich aus dem Küchenfenster in den Garten hinterm Haus, wo eine alte Eiche genau in diesem Augenblick im sanften Licht der Morgensonne erstrahlt.

Jim hält ein Holzschild hoch, in das er letzte Nacht Laurens Namen graviert hat.

„Lauren", liest sie entzückt. „Da steht ‚Lauren'. Ich kann schon meinen Namen lesen."

„Sehr gut", sagt Jim. „Und nach dem Baden gehen wir raus in den Garten und hängen dein Namensschild in den Baum zu all den anderen Schildern. Das sind mittlerweile ganz schön viele Namen."

„Oh ja!", ruft Lauren sichtbar begeistert von der Vorstellung.

Ich lächle meinen Ehemann an, der vor Jahren auf die schlaue Idee mit dem Baum und den Namensschildern gekommen ist. Jim erwidert mein Lächeln.

Am Abend fragt mich Tess bei einem Glas Wein: „Wie macht sie sich?"

„Sie ist so ein liebes Kind", antworte ich. „Vorhin habe ich ihr eine Gutenachtgeschichte vorgelesen, und wir haben zusammen gesungen. Offenbar liebt sie Taylor Swift. Schlaflieder singen wir also nicht."

„Ach, wie goldig." Tess lächelt gerührt. „Sag Bescheid, wenn du Hilfe brauchst."

„Sie hat die ganze Zeit von ‚Oma Tess' geredet. Sie scheint dich zu mögen."

„Ich hab's ja auch einfach, ich komme zu Besuch, spiele mit ihr, bringe ihr Süßigkeiten mit. Du und Jim, ihr habt den schweren Part zu meistern."

Es fühlt sich allerdings nicht schwer an. Kaum nachdem wir die Entscheidung getroffen und sämtliche Kurse absolviert und die Tests bestanden hatten, kam schon unser erstes Kind, Bobby. Seitdem geben sie sich sozusagen die Klinke in die Hand. Ich glaube, wir hatten nur wenige Wochen ohne ein Pflegekind im Haus.

Vor Kurzem erst sagte ich zu Jim, dass wir uns das vollkommen falsch ausgemalt hatten. Als wir anfingen, hatten wir eine völlig verdrehte Vorstellung. Naiv wie wir waren, dachten wir, es ginge um die Kinder und was wir ihnen bieten könnten. Aber das ist Blödsinn. Wir sind diejenigen, die sich ändern. Unser Leben ist so viel besser, seitdem wir diese kleinen Wesen bei uns aufnehmen.

Fünf verrückte und verflixt laute Pflegejahre voller Freude, aber auch Sorgen und Ängste. Dennoch möchte ich keinen einzigen Tag davon missen.

Tess meint, als Pflegemutter oder -vater lernt man jeden Tag dazu. Und sie hat recht.

„Erinnerst du dich an Erin?", frage ich sie.

„Oh ja! Die war ganz schön garstig."

„Tagelang war sie bockig. Außerdem hatte sie eine Linke, die sich gewaschen hatte. Dabei war sie erst acht. Ich hatte überall blaue Flecken. Sie lieb zu haben war nicht leicht", erinnere ich mich.

Mit ihr bin ich nicht sofort warm geworden wie mit den anderen drei Kindern vor ihr. Was mir schlimme Schuldgefühle bereitet hat. Schamerfüllt habe ich Jim davon erzählt. Es kam mir grausam vor, dass es mich so viel Mühe kostete, sie zu mögen, geschweige denn zu lieben.

Er gestand mir, dass es ihm ähnlich ging. Wir dachten, Mist, dann müssen wir wohl das Jugendamt benachrichtigen.

Aber bevor ich zum Hörer griff, um Lorcan anzurufen, traf mich die Erkenntnis. Ich war genau wie Erin, als ich so alt war wie sie. Garstig und verschlossen.

Also habe ich aufgelegt und gewartet. Ich hatte alle Zeit der Welt. Ein paar Tage später kam der Durchbruch. Erin hat sich mit ihren Hausaufgaben herumgeschlagen und ich versuchte, ihr zu helfen. Es lief nicht gut, und ich war mit meiner Weisheit am Ende. Frustriert stieß sie einen langen, schweren Seufzer aus. Mein Beschützerinstinkt war geweckt, und ich wollte nichts mehr, als sie von ihrem Frust zu erlösen.

Zum Geier mit der Garstigkeit und der Abwehr, dachte ich, ich kriege dich, Erin!

Ich schloss sie in die Arme und ließ sie nicht los, auch dann nicht, als sie nach mir schlug und sich aus meiner Umarmung winden wollte. Nach einer Weile, die mir wie eine Ewigkeit vorkam, ergab sie sich. Sie vergaß ihren Frust und ließ sich in meine Arme sinken.

In dem Augenblick fiel auch von mir die Anspannung ab.

Und mit ihr die Wut über meine Pflegeeltern, die nichts mit mir anzufangen wussten. Jetzt wurde mir klar, dass sie deswegen keine schlechten Menschen waren. Ich hatte es ihnen bloß verdammt schwer gemacht, mich kennenzulernen und mich zu mögen. Natürlich hatte ich guten Grund zu schweigen, dennoch muss es für meine Pflegefamilien sehr anstrengend gewesen sein.

Ich werfe einen bewundernden Blick zu Tess. Wie schon oft frage ich mich, wieso sie so unerschütterlich an mich geglaubt hat.

„Was wohl aus mir geworden wäre, wenn du mich damals, nachdem Jim uns verlassen hat, weggeschickt hättest“, sage ich. „Man hätte es dir noch nicht mal verübeln können, nach all dem, was du schon für mich getan hattest.“

„Du hättest dich auf jeden Fall gemacht, egal, wo du gelandet wärst. Du bist eine Kämpfernatur. Du bist stark und mutig. Aber ich hätte dich eh nicht gehen lassen. Schon als ich dich zum ersten Mal sah, wusste ich, dass du etwas Besonderes bist“, erklärt Tess.

„Genauso geht es mir mit Lauren“, sage ich. „Wir müssen nicht zu jedem Kind, das wir aufnehmen, eine besonders innige Beziehung haben. Wahrscheinlich ist es sogar besser, wenn die Beziehung nicht allzu eng ist. Aber mit ihr ist es anders …“

„Sei vorsichtig, Belle“, warnt Tess, „du weißt nicht, wie lange sie bei euch bleiben wird.“

Ich trinke einen Schluck Wein und beschließe, diese Tatsache zu verdrängen. Das Leben steckt voller Überraschungen. Was wissen wir schon mit Sicherheit?

Und wer sagt denn, dass Lauren nicht bei uns bleiben wird? So wie Bobby? Er gehört zur Familie. Mit Lauren kann es genauso werden.

„Träumst du?“, fragt Tess.

Ertappt. Tess würde meine davongaloppierende Fantasie nicht gutheißen. Schließlich hat sie recht. Wir wissen nicht, wie lange Lauren bei uns bleibt.

„Ja, meine Gedanken sind abgeschweift. Ich musste an all die Kinder denken, die in den vergangenen Jahren bei uns gelebt haben.“

„Bereust du es?“, fragt Tess besorgt.

„Nein, überhaupt nicht. Jim und ich haben am meisten davon profitiert, mehr als die Kinder selber. Wir können uns glücklich schätzen", sage ich schnell, um sie zu beruhigen. Aber es ist so wahr.

„Trotzdem muss man manchmal eingestehen, dass es eine Herausforderung ist", wirft Tess ein. „Und ich weiß, wovon ich spreche."

„Einige Male waren wir wirklich kurz davor, alles hinzuschmeißen. Aber Jim und ich wollen es durchziehen. Als wir anfingen, Kinder bei uns aufzunehmen, wussten wir sehr genau, auf was wir uns einlassen und dass es eine lebenslange Verpflichtung sein wird", sage ich.

Tess nickt zustimmend. „So ist es mir auch ergangen. Nach dem ersten Kind wusste ich, dass ich nicht aufhören würde. Oh Gott, so spät ist es schon! Schnell, schalt den Fernseher an, ‚Grey's Anatomy' fängt gleich an."

17. KAPITEL

Dezember 2015

„Wann will Bobby kommen?“, ruft Jim aus dem Nebenzimmer.

„In ungefähr einer Stunde. Aber du kennst Bobby. Er macht, was er will, und kann jederzeit hier auftauchen“, antworte ich.

Das habe ich immer an ihm bewundert. Dass er unbeirrt seinen eigenen Weg geht, bis heute. Obwohl es mich als seine Pflegemutter auch zur Verzweiflung getrieben hat.

Ich erinnere mich noch daran, wie wir ihn zum ersten Mal allein von der Schule nach Hause gehen lassen wollten. Jim und ich waren außer uns vor Sorge. Tun wir das Richtige? Wann ist es Zeit, dem Pflegesohn größere Freiheiten zu lassen? Vor allem wenn es sich um einen Teenager wie Bobby handelt, der wie eine angespannte Feder jederzeit zum Sprung bereit ist?

Ratlos haben wir schließlich Lorcan, den Betreuer vom Jugendamt, angerufen, um uns grünes Licht zu holen, bevor wir Bobby von der Leine lassen wollten.

„Da haben wir so viel Zeit in den Vorbereitungskursen verbracht, aber das haben wir da nicht gelernt“, scherze ich am Telefon.

„Pflegeeltern neigen meist dazu, sich größere Sorgen zu machen“, sagt Lorcan am anderen Ende und lacht. „Beruhigen Sie sich.“

„‚Chillen‘ heißt das, sagt Bobby“, erwidere ich. Seit Bobby in unser Leben getreten ist, sind Jim und ich Experten in Sachen Jungendsprache.

„‚Ey, chill ma’, Digga‘ …“ Jetzt lacht Lorcan noch lauter. „Ich würde das selbstverständlich nie sagen. Was Ihren Schützling angeht, er ist fünfzehn und keine fünf mehr. Selbstverständlich lassen Sie ihn allein nach Hause gehen. Er macht sich doch nur lächerlich vor seinen Kumpels, wenn Sie ihn abholen. Und das wird er Ihnen bestimmt nicht danken", belehrt Lorcan mich.

Also ließen wir unserem neuen Familienmitglied am nächsten Tag freien Lauf im Norden Dublins. Der Preis dafür war, dass wir zwei geschlagene Stunden auf den jungen Mann warten mussten. Schließlich kam er durch die Haustür geschlendert, als sei nichts gewesen. Alles, woran er denken konnte, war essen. Er sei völlig ausgehungert, meinte er.

Er zuckte bloß mit den Schultern, als Jims Sorge aus ihm herausbrach. Er hatte wirklich keine Ahnung, warum wir so einen Aufstand machten.

„Wie kannst du uns das antun? Wir waren verrückt vor Sorge!", rief Jim.

„Jetzt ma' ganz easy. Mach nich' so 'n Stress, Alter", gab Bobby ungerührt zurück. Ich musste kichern, als ich sah, wie Jim rot wurde. „Ich hab mit den Jungs ein bisschen gekickt, mehr nicht, Jimmy Boy."

Zum Glück haben wir irgendwann die Kurve gekriegt, und Bobby ist bis zu seinem achtzehnten Geburtstag bei uns geblieben. Irgendwann in der turbulenten Zeit ist er uns ans Herz gewachsen und seitdem zu einer Art Dauereinrichtung geworden. Und obwohl er vor Jahren ausgezogen ist, kommt er immer noch regelmäßig zu Besuch.

„Jetzt bin ich dran. Ich will auch mal", ruft Lauren, als sie in die Küche gestakst kommt. Sie trägt meine Stöckelschuhe und schleppt einen kleinen roten Schemel hinter sich her. „So!", sagt sie und stellt den Schemel neben mich an die Arbeitsfläche.

„Dann mal los, kleines Fräulein." Vorsichtig hebe ich sie auf den Schemel. „Du kannst das Gemüse in die Schüssel legen."

Sie lächelt zufrieden, als ich mich über sie beuge, um ihr einen Kuss auf die Stirn zu geben. Sorgfältig stapelt sie die Karotten und Zwiebeln, die ich klein schneide, und legt sie dann Stückchen für Stückchen in die Schüssel. Dabei streckt sie in höchster Konzentration die Zunge raus. Ich werde nie müde werden, sie anzusehen.

„Hier sind meine beiden Frauen also", sagt Jim lachend, als er in die Küche kommt. „Sie stehen am Herd und kochen. Das gefällt mir."

„Ich helfe Belle." Lauren strahlt.

„Das sehe ich. Was würden wir bloß ohne dich tun?" Er beugt sich zu ihr, küsst sie aufs Haar und stibitzt dann ein Stück Karotte.

„Bobby war lange schon nicht mehr hier. Ich bin gespannt, was er zu erzählen hat", sage ich.

„Ich freue mich auch auf ihn. Dann können wir wieder über Dumme-Jungen-Streiche fachsimpeln", scherzt Jim.

„Du warst doch ein braver Junge und hast niemandem Streiche gespielt", erwidere ich.

„Wenn du wüsstest! Ah, es gibt Bobbys Leibspeise?"

„Aber klar doch. Das Essen hier ist der Grund, warum er uns so gerne besucht", antworte ich Jim.

„Und rieche ich da einen leckeren Nachtisch?"

Ich deute mit dem Kopf in Richtung Ofen, in dem ein Kuchen bäckt.

„Bobby soll öfter kommen. Ein Auflauf als Hauptgericht, ein Apfelkuchen als Nachspeise, hm!"

„Tu nicht so, als kämst du zu kurz, Jim Looney", sage ich und zeige auf seinen Bauch, der sich seit ein paar Jahren ganz leicht nach vorn wölbt.

„Bestimmt nicht. Alles bestens. Danke." Grinsend wirft er mir einen Luftkuss zu.

„Bereust du's?", frage ich.

„Nein, ich liebe dich noch immer", antwortet Jim wie immer auf meine Frage.

Nach seinem plötzlichen Heiratsantrag haben wir noch ganze sechs Monate gewartet, bis wir geheiratet haben. „Das wird nicht halten", hat man uns ins Gesicht oder hinter unserem Rücken gesagt. Zehn Jahre später sind wir immer noch glücklich verheiratet und bereuen nichts.

Gut, das stimmt nicht ganz. Aber ich verdränge den Gedanken und konzentriere mich lieber auf die Zubereitung unseres gemeinsamen Mahls.

„Ist er immer noch mit der jungen Frau zusammen? Wie hieß sie gleich? Rachel oder Tricia? Bei ihm ist es nicht leicht, auf dem Laufenden zu bleiben", meint Jim.

„Tricia war seine letzte Freundin, aber mit ihr hat er Schluss gemacht, glaube ich. Mit Rachel hat er sich seit Ostern nicht mehr getroffen. So steht es jedenfalls auf Facebook", antworte ich.

Gott sei Dank gibt es Facebook und den Beziehungsstatus. Sonst würde ich nicht wissen, mit wem er gerade zusammen ist.

„Das ist vielleicht ein Bursche! Weißt du noch, wie er hier ankam? Er hat die ganze Zeit mit irgendwelchen Freundinnen telefoniert, und wie alt war er da? Gerade mal fünfzehn!" Jim schüttelt den Kopf und lacht.

Doch der Stolz spricht aus seinen Worten. Typisch Mann. „Und er sieht ja auch gut aus, unser Bobby. Was guckst du so kritisch?"

Gucke ich kritisch? Schnell lächle ich und sage: „Ach, ich mache mir bloß Sorgen. Er scheint es mit keiner länger auszuhalten. Er ist zwar noch jung, aber ich wünschte trotzdem, er wäre nicht so sprunghaft."

„Du machst dir zu viele Gedanken. Er wird schon noch die Richtige finden und sesshaft werden. Noch hat er Zeit", versucht Jim mich zu beschwichtigen.

„Apropos Zeit. Ich muss los. Tess wartet bestimmt schon. Bis gleich!“, ruft er und läuft aus dem Haus.

„Darf ich jetzt fernsehen?“, fragt Lauren. Sie hat keine Lust mehr, in der Küche zu helfen.

„Klar. Aber wenn Bobby und Tess kommen, schaltest du den Fernseher aus, okay? Keine Flimmerkiste, wenn Besuch kommt. Abgemacht?“

„Großes Indianerehrenwort!“, sagt sie und hebt die kleine Hand. Wir sagen beide „Hau“, und sie trabt zufrieden ins Wohnzimmer. Ich schichte das Lammfleisch, das Gemüse und das Kartoffelpüree zusammen mit der Bratensoße in die große Auflaufform und schiebe sie in den Ofen.

Höchste Zeit, mich aufzuhübschen und ein frisches Oberteil anzuziehen. Doch bevor ich ins Bad komme, rennt Lauren mit dem Telefon in der Hand in die Küche.

„Es klingelt!“, ruft sie.

„Danke, Herzchen. Oh, Lorcan ist dran“, sage ich und nehme das Gespräch an. „Hallo.“

„Hallo, Belle! Haben Sie einen Moment Zeit?“, fragt er.

„Sicher. Das klingt dringend. Was gibt's?“ Mir stellt sich das Nackenhaar auf. Ich frage mich, ob er einen Notfall unterzubringen hat. Wie erst letzte Woche das Kind, dessen Eltern bei einem Autounfall verunglückt sind. Angehörige aus Australien waren auf dem Weg nach Irland, aber bis dahin musste das Kind irgendwo unterkommen. Ich muss mich demnächst erkundigen, wie es ihnen allen geht.

„So weit ist alles in Ordnung. Ich muss mich mit Ihnen über Lauren unterhalten. Kann ich nachher vorbeikommen?“, fragt er.

„Ja. Bobby kommt zum Essen. Er will Sie sicher auch gerne sehen“, antworte ich. „Wollen Sie auch zum Essen kommen? Wir haben genug. Es gibt Auflauf.“

„Auflauf, da könnte ich mich reinlegen! Ich habe einen

fürchterlichen Tag hinter mir und noch nichts gegessen. Ich rufe Sie nach Feierabend noch mal an, dann komme ich auf dem Heimweg bei Ihnen vorbeigefahren."

„In Ordnung. Muss ich mir Sorgen machen?", erkundige ich mich.

„Ich erzähle Ihnen alles, wenn ich da bin. Aber habe ich Ihnen jemals Grund zur Sorge gegeben?", fragt er zurück.

Lorcan, der Schwindler. Ich höre es ihm doch an, wenn er schlechte Neuigkeiten hat.

„Tess ist da!", flötet Lauren aufgeregt durchs ganze Haus. „Belle, Tess ist hier! Schnell, komm! Und Bobby parkt gerade sein Auto in der Auffahrt. Sie sind da!"

Zeit zum Frischmachen bleibt leider keine. Es muss also so gehen. Schnell sprühe ich wenigstens etwas Deo unter meine Achseln. Dann binde ich mein Haar zu einem dicken Pferdeschwanz.

„Du hast abgenommen", sage ich zu Tess, als ich sie zur Begrüßung umarme. „Geht es dir gut? Isst du auch ordentlich?"

„Natürlich esse ich ordentlich. Zweimal die Woche gehe ich zum Sport ins Stadtteilzentrum", erzählt Tess stolz. „Das bringt vielleicht Spaß! Wir sitzen da auf Stühlen und machen Gymnastik. Der Trainer ist ein Prachtkerl. Er sieht ein bisschen aus wie McDreamy aus ‚Grey's Anatomy'."

Bei der Vorstellung von Tess im Trainingsanzug muss ich kichern. Ich hätte nicht gedacht, dass sie sich dazu aufraffen kann. „Das freut mich für dich, Tess."

Während Jim allen Wasser einschenkt, informiere ich ihn: „Lorcan kommt nachher auf dem Nachhauseweg bei uns vorbei."

„Schon wieder ein Notfall?"

„Vielleicht." Ich weiß es nicht. Damit Lauren mich nicht über ihre Mutter reden hört, flüstere ich: „Oder ob wieder etwas mit Alicia ist?"

„Du meinst, sie ist wieder verschwunden?", fragt Jim.

Ich zucke mit den Schultern. Die letzten Monate hat sich Alicia gut gehalten, das muss man sagen. Sie hat kein einziges Treffen mit ihrer Tochter verpasst. Aber jetzt können wir nicht weitersprechen, weil Bobby ins Wohnzimmer platzt.

„Hey, Leute! Wie geht's, wie steht's?" Sein Dubliner Akzent ist unverkennbar. Rasch drehe ich mich um und ziehe ihn in die Arme.

„Lass dich ansehen", sage ich und betrachte ihn von oben bis unten. Wie üblich trägt er eine Jogginghose und Sneakers. Ich sehe ihm ins Gesicht. Die Ringe unter seinen Augen verraten mir, auf wie vielen Partys er war. Er sieht verkatert aus. „Du bist ja hundemüde. Schläfst du überhaupt mal?"

„Mir geht's super! Könnte nicht besser laufen. Hey, Kleine, komm mal!", ruft er und hebt Lauren auf den Arm. „Ich habe ein Geschenk für dich mitgebracht."

„Ich habe dich vermisst!", ruft sie und schlingt ihre Ärmchen um seinen Hals. Ein Bild für die Götter! Sie verstehen sich so gut, sie könnten sich kaum besser vertragen, wenn sie echte Geschwister wären.

„Ich dich auch. Du bist groß geworden. Belle muss dir gut zu essen geben", sagt er. „Apropos, ich bin am Verhungern."

„Manche Dinge ändern sich nie!" Jim lacht. „Kommt, lass uns in die Küche gehen. Und du erzählst uns, was bei dir alles so los ist, Bobby."

„Dies und das. Du weißt schon", murmelt Bobby. Bobby ist ein echtes Stehaufmännchen. Den besten Start ins Leben hatte er nicht gerade. Seine Eltern sind beide heroinabhängig. Wir haben in den zwei Jahren, die er bei uns gelebt hat, alles darangesetzt, ihm einen anderen Lebensweg aufzuzeigen. Meine größte Angst ist, dass er nach seinen Eltern kommt. Aber er meint, er würde sich eher den Arm abhacken, als Drogen zu nehmen. Abgesehen von Zigaretten und Alkohol.

Aber, wie Tess immer sagt, man hört nie auf, sich Sorgen um seine Schutzbefohlenen zu machen. Das gehört halt dazu.

Ich mache eine Kanne Tee, und wir setzen uns alle an den Küchentisch. Lauren hockt mit dem Disney-Puzzlespiel, das Bobby ihr mitgebracht hat, auf dem Boden. Mit dem Geschenk ist er in ihrer Wahrnehmung vom Helden zum Halbgott aufgestiegen.

„Wie geht es deiner Familie?“, frage ich und wappne mich gegen die Neuigkeiten, die meistens eher durchwachsen sind.

„Ich hab Ma und Pa lange nicht gesehen. Will ich auch nicht. Sie sind immer noch voll drauf. Paul sitzt wieder. Ist wieder mal beim Dealen erwischt worden, so'n Blödmann“, berichtet Bobby.

„Das tut mir leid, Bobby“, sage ich voller Mitgefühl. Paul ist Bobbys älterer Bruder. Er hat sein Bestes getan und sich jahrelang um seinen kleinen Bruder gekümmert, während ihre Eltern high waren. Paul war Bobby Vater und Mutter zugleich. Doch am Ende hatte er Umgang mit den falschen Leuten und wurde zu einer Jugendstrafe wegen bewaffneten Raubüberfalls verurteilt. Daraufhin hat das Jugendamt Bobby zu Pflegeeltern gegeben. Ich bin dem Schicksal unendlich dankbar, dass er bei uns gelandet ist.

Mittlerweile hat Bobby sogar einen Hochschulabschluss in der Tasche. Nicht zuletzt weil Jim ihm mit großer Ausdauer geholfen hat, den Schulstoff nachzuholen.

Und das, obwohl wir zwischendurch befürchtet hatten, er würde noch nicht einmal die Schule schaffen. Er hat sich wirklich gemacht.

Manche Geschichten, die er uns erzählt hat, waren unglaublich schockierend. Und mich schockt so leicht nichts.

Wenige Wochen bevor er zu uns kam, hatte ihm jemand eine Knarre an den Kopf gehalten. Das muss man sich mal vorstellen. Ein Kind, das mit dem Tod bedroht wird. Mir gefriert bei dem Gedanken immer noch das Blut in den Adern.

Aber es kam noch schlimmer. Er musste mit ansehen, wie seine Eltern sich eine Überdosis spritzten. Er hat sie auf dem Fußboden in ihrer Wohnung liegend vorgefunden. Hätte Bobby keine Hilfe gerufen, wären sie jetzt tot.

Voller Stolz sehe ich ihn an. Hätte Bobby nicht so ein robustes Naturell, wäre er schon längst unter der Last seiner Geschichte zusammengebrochen. Aber Bobby ist unverwüstlich.

„Dabei hat Paul hoch und heilig versprochen, dass er aussteigt, als er letztes Jahr aus der Haft entlassen wurde. Ich dachte, er schafft es. Wegen Lulu. Er kann sich glücklich schätzen, dass er sie hat. Sie ist eine echte Perle“, erzählt Bobby.

„Wie alt ist sie jetzt?“, fragt Tess. Lulu ist Pauls Tochter.

„Drei“, sagt Bobby. „Die Arme, sie versteht nicht, was los ist und wo ihr Vater ist.“

Schweigend sitzen wir alle am Tisch. Ich sehe alle der Reihe nach an, und mir wird klar, dass wir alle hier dieses Gefühl kennen.

Unsere Stimmung verdüstert sich, also versuche ich, uns aufzuheitern.

„Sollen wir wichteln?“, frage ich. Die Antwort besteht aus begeisterten Jubelrufen.

Wir wichteln jedes Jahr. Dann ziehen wir einen Namen aus einem alten Marmeladenglas und sind den Dezember lang für denjenigen, dessen Namen wir gezogen haben, der Wichtel. Zwanzig Euro dürfen wir höchstens für das Wichtelgeschenk ausgeben. Dabei geht es allerdings weniger um das Geschenk als vielmehr darum, zu raten, wer wessen Wichtel ist.

In den letzten Jahren habe ich allerhand Dinge geschenkt bekommen. Meistens war eins der Kinder mein Wichtel, sodass die Geschenke … nun ja … sehr unterschiedlich waren. Am besten fand ich die Salatschleuder. Das ist eine Plastikschüssel, in die man einen Salatkopf legt und dreht, um das Wasser rauszuschleudern. Die Salatschleuder kam von Bobby.

Ich gehe das Marmeladenglas holen, in das ich bereits die gefalteten Zettel mit unseren Namen gelegt habe.

Singend, so wie jedes Jahr, komme ich zurück. Ich gebe eine sehr eigene Version von „Schneeflöckchen, Weißröckchen" zum Besten und weiß aus Erfahrung, dass gleich alle miteinstimmen werden.

„Schneeflöckchen, Wichtelröckchen,
wann kommst du geschneit?
Du wohnst hier im Ha-aus,
und ich weiß nicht, wie du heißt."

„Ich will zuerst!", ruft Lauren und hüpft auf und ab. Ich beuge mich zu ihr hinab und halte ihr das Glas hin.

Dann reiche ich das Glas reihum. Verstohlene Blicke gehen hin und her, als alle versuchen, die Namen auf den Zetteln der anderen zu erspähen.

Ich nehme als Letzte den übrig gebliebenen Zettel und falte ihn auf.

Jim.

Jim hatte ich noch nie. Das wird ein Spaß werden! Sofort schießt mir eine Idee in den Kopf. Ich könnte ihm ein Senso schenken, das Spiel, das wir als Kinder so gerne gespielt haben. Vielleicht finde ich sogar ein Modell aus dem Jahr 1988 bei eBay. Womöglich hat jemand seinen Dachboden entrümpelt und verkauft das Spiel im Internet. Das wäre toll.

„Ich weiß schon, was ich schenken werde", platzt Tess heraus.

„Will jemand mit mir tauschen? Scheiße, ich weiß echt nicht, was ich schenken soll", flucht Bobby.

„Na, na! Keine Schimpfwörter in diesem Haus!", ermahne ich ihn.

„'tschuldigung", nuschelt Bobby reuig.

„Tauschen darf man nicht. Oder, Belle?“, fragt Lauren mit Feuereifer.

„Nein, tauschen ist nicht erlaubt. Und vergesst nicht wieder, das Geschenk auch wirklich abzuliefern“, necke ich die Kinder.

Alle brechen in Lachen aus. Und Bobby sagt: „Ja, es war ein dummer Fehler, das geb ich zu. Ja, lacht ihr bloß.“

„Kauf … dir selber … ein Geschenk!“ Vor Lachen kriegt Jim den Satz kaum raus. Er lacht Tränen und hält sich die Seite.

„Und das Gesicht, das Tess gezogen hat …!“, sage ich.

„Na ja, ich war doch etwas … getroffen“, gesteht Tess. „Stellt euch vor, da öffne ich den Umschlag, und auf der Karte steht so ein Satz: Kauf dir selber ein Geschenk. Sehr liebenswürdig.“

„Da sollte noch ein Gutschein rein. Mit dem du das Geschenk kaufen solltest“, erklärt Bobby, aber seine Worte gehen im Gelächter unter. „Das habe ich euch doch schon x-mal erklärt.“

„Ich will aber ein richtiges Geschenk. Nicht nur ’ne Karte, Bobby!“, ruft Lauen, die offenbar Angst hat, ihr könne dieses Jahr dasselbe Schicksal wie Tess widerfahren.

„Ach Kleines, wenn ich dich gezogen hätte, würde ich dir ein Riesengeschenk machen“, beruhigt er sie.

Zufrieden puzzelt sie weiter.

„Gib mir ma’ ’n Keks, Belle, und hör auf, mich zu dissen, ich bin am Verhungern“, sagt Bobby.

„Ich will auch ’n Keks!“, flötet Lauren in ihrem typischen Singsang. So eine Gelegenheit lässt sie sich nicht entgehen.

„Nach dem Sport heute Morgen habe ich mir ein Stück Kuchen redlich verdient“, sagt Tess und schielt auf den Apfelkuchen, den ich zum Abkühlen ans Fenster gestellt habe.

„Was ist denn mit euch los? Essen gibt’s erst, wenn Lorcan kommt“, tadele ich.

„Echt streng“, sagt Bobby zu Lauren, die mit staatstragender Miene nickt.

„Nie darf ich ’n Keks essen“, klagt Lauren empört.

„Das war früher schon so“, meint Bobby. „Ein Wunder, dass ich nicht total abgemagert bin.“

„Als Kind war sie unmöglich“, fällt Tess in den Chor der Nörgler ein. „Ich konnte keine einzige kleine Pommes in Ruhe essen, wenn sie da war.“

Gerade als ich zur Verteidigung ansetze, klingelt es an der Tür. „Glück gehabt“, sage ich und hebe mahnend den Zeigefinger.

„Das riecht aber gut“, ruft Lorcan begeistert, als er das Haus betritt und seine Krawatte löst. „Hallo, Leute! Wie geht’s?“

„Hi!“, ruft Bobby.

„Tag, junger Mann.“ Lorcan nickt in Bobbys Richtung. „Schön, dich zu sehen. Immer noch ’ne weiße Weste, hoffe ich?“

„Klar, Mann.“ Bobby zwinkert ihm zu. „Brauchst du einen neuen Kühlschrank? Ich kann da einen beschaffen, über meine Kumpels, du weißt Bescheid.“

„Bobby!“, ermahne ich ihn. Er muss Lorcan jedes Mal reizen.

Lauren versteckt sich hinter Jim. Sie vertraut Lorcan einfach nicht. Für sie ist und bleibt er derjenige, der sie von ihrer Mutter getrennt hat.

„Hallo, Lauren. Wie geht’s?“, versucht er es trotzdem. Aber Lauren dreht sich weg und schmiegt sich an Jim.

„Ich beiße doch nicht. Zumindest keine Kinder.“ Lorcan grinst und nimmt das Glas Wein, das ich ihm reiche.

„Machen Sie ihr nicht noch mehr Angst“, sage ich. „Und nehmen Sie Laurens Verhalten nicht persönlich. Jim und ich hatten früher auch Angst vor unserer amtlichen Betreuerin, Mrs. O’Reilly. Sie war in Ordnung, aber wir konnten sie nicht ausstehen. Nein, vergessen Sie’s. Sie war eine alte Krähe. Nicht mit Ihnen zu vergleichen.“

„Ich gehöre also zu den Guten. Aber es gibt ein paar schwarze

Schafe in meinem Beruf, die uns in Verruf bringen", räumt Lorcan ein. Dann verdüstert sich sein Gesicht. „Ich muss mit Ihnen und Jim reden. Es geht um Lauren."

Ich tausche einen kurzen Blick mit Jim und deute in Richtung Wintergarten. „Lassen Sie uns das vor dem Essen hinter uns bringen", sage ich und schließe die Tür zur Küche hinter uns, wo die anderen sich weiter unterhalten.

„Wie ist es Lauren in letzter Zeit ergangen, jetzt, wo ihre Mutter wieder da ist?", fragt Lorcan.

„Es war nicht leicht, sie musste sich sehr umgewöhnen. Schließlich ist Alicia ihr weitestgehend fremd", antworte ich. Allein die Erwähnung ihres Namens macht mich nervös, unbewusst verspanne ich mich.

Seit Alicia wieder Teil von Laurens und damit auch von unserem Leben ist, hat das einiges durcheinandergebracht. Wie bei ihrem letzten Besuch. Vorher hatte Lauren stundenlang und mit größter Sorgfalt ein Bild für ihre Mutter gemalt. Beim Schreiben musste ich ihr helfen. Das habe ich natürlich gern gemacht, aber jedes liebevolle Wort, das Lauren ihrer Mutter schrieb, versetzte mir einen Stich ins Herz. Als Alicia dann kam und Lauren ihr in die Arme flog und Mutter und Tochter vor Wiedersehensfreude strahlten, war der Stich noch schmerzhafter.

Ich kann mir nicht helfen, es berührt mich einfach sehr.

Jim wirft mir einen besorgten Blick zu und ergreift das Wort: „Es läuft ganz gut, soweit wir das sehen. Mittlerweile freut sich Lauren auf Alicia. Ihre Besuche scheinen sie nicht mehr so aufzuregen wir früher."

Obwohl Jim die Wahrheit sagt, kommen mir seine Worte wie Verrat vor, Verrat an uns, an unserer Familie.

Sie ist nicht deine Tochter, flüstert eine Stimme in meinem Ohr.

Ja, schon klar.

„Wie Sie wissen, war Alicia psychisch krank. Sie hat eine schwere Zeit hinter sich, aber sie ist auf dem Weg der Besserung. Wir haben sie von einem Psychiater untersuchen lassen und sind mit den Fortschritten, die sie macht, sehr zufrieden", berichtet Lorcan.

Ich unterdrücke eine bissige Bemerkung und fühle mich schrecklich. Denn das Dumme ist, dass ich Alicia tatsächlich mag. Ich wollte, dass es ihr besser geht, dass sie sich erholt. Sie ist wirklich nett. Und vor allem will sie ihr Leben wieder in den Griff bekommen. Das kann man nicht von allen Eltern sagen, die wir im Laufe der Jahre kennengelernt haben.

Von Dolores kann ich das schon gar nicht behaupten.

Ich war überrascht, als Alicia Lauren zum ersten Mal besuchen kam. Meine Vorstellungen hatten sich als vollkommen falsch erwiesen. Ich hatte mir ausgemalt, dass Mütter, die ihre Kinder abgeben, alle ungepflegt, verwahrlost und verbittert seien. Dass ich in ihren Augen nur Irrsinn, aber keine Mutterliebe lesen würde. Ich hatte mir eingeredet, dass ich Alicia nicht mögen würde. Dass ich distanziert sein würde, professionell ja, aber letztlich unnahbar.

Aber sie war genau das Gegenteil von dem, was ich mir vorgestellt hatte. Damit hatte sich mein Vorurteil über die vermeintlichen Rabenmütter erledigt.

Sie war überhaupt nicht ungepflegt. Nach ihrem ersten Besuch meinte Jim sogar, sie sehe so geleckt aus wie die Frauen in der Werbung für ein Modelabel. Außerdem hatte sie auch noch eine hübsche Dose mit selbst gebackenen Keksen dabei. Fast kam sie mir vor wie die makellose Bree aus „Desperate Housewives".

Bei ihren Besuchen ist Alicia immer sehr freundlich und darauf bedacht, nirgends anzuecken. Jim und mir begegnet sie mit großem Respekt und dankt uns jedes Mal überschwänglich, dass wir Lauren aufgenommen haben.

Das macht es mir jetzt umso schwerer. Ich will Lauren nicht verlieren. Sie ist hier mit uns sehr glücklich. Sie liebt uns. Allerdings habe ich nicht damit gerechnet, dass ich Alicia aufrichtig mag.

Mehr als einmal ist mir der Gedanke durch den Kopf geschossen, dass das alles nur gespielt ist. Ich bilde mir ein, dass Zynismus gut ist. Weil ich schon so viele unmögliche Dinge erlebt habe, wenn es um Pflegekinder und ihre Eltern geht. Aber ich müsste schon blind sein, wenn ich nicht sehen würde, dass Alicia ihre Tochter unbedingt wieder bei sich haben will und alles daransetzt, das zu realisieren.

Als könne er meine Gedanken lesen, sagt Jim: „Alicia bemüht sich sehr. Sie ist immer pünktlich, hat großes Verständnis für Lauren und ihre Gefühle. Und auch für uns."

Obwohl ich genauso denke wie Jim, ärgert es mich, ihn das laut aussprechen zu hören.

Das wird kein gutes Ende nehmen. Das weiß ich ganz genau.

Lorcan und Jim sehen mir jetzt beide ins Gesicht. Sie haben diesen besorgten Ausdruck in den Augen. Am liebsten würde ich ihnen etwas entgegenschleudern.

Noch bevor Lorcan den Mund aufmacht, weiß ich, was er sagen wird.

„Die Zusammenführung war von Anfang an geplant. Wir wollten, dass Lauren wieder bei Alicia lebt."

Zusammenführung! Was für ein blödes Wort. Ich hasse es. Es klingt sperrig. Und das ist genau das, was passiert: Alles sperrt sich in mir.

„Wir glauben, dass jetzt die Zeit gekommen ist, dass Lauren zurück zu ihrer Mutter kann. Wir möchten, dass Sie in den kommenden Tagen mit Lauren darüber reden", sagt er.

Ich kann ihre bohrenden Blicke förmlich spüren.

Zur Hölle mit ihnen. Ich will sie nicht ansehen müssen. Auch wenn in Jims Augen Trauer darüber steht, dass Lauren uns verlassen wird. Aber von uns beiden war er schon immer derjenige, der praktischer veranlagt ist. Und das nervt mich jetzt wahnsinnig. Ich will, dass er um Lauren kämpft, dass er sich dafür einsetzt, dass sie bei uns bleibt.

Ich will, dass er dasselbe will wie ich.

„Was halten Sie davon?“, fragt Lorcan uns. „Glauben Sie, dass es der richtige Zeitpunkt ist?“

Nein, der Zeitpunkt ist nicht richtig. Der richtige Zeitpunkt wird nie kommen.

Schmerzlich erinnere ich mich an Alicias letzten Besuch. Wir tranken Kaffee und plauderten, während Lauren von einer zu anderen lief. Der Anblick von Lauren, wie sie auf dem Schoß ihrer Mutter saß, war schwer zu ertragen.

Lauren liebt mich. Das erkenne ich an ihrem Blick, wenn sie mich ansieht. Sie liebt mich abgöttisch. Genauso wie ich sie. Aber an dem Tag habe ich noch etwas anderes gesehen: Sie liebt auch ihre Mutter.

Ist die Zeit gekommen? Ja, ich glaube schon.

Manchmal hasse ich die Stimme in meinem Ohr.

Als Alicia letzte Woche gegangen war, stand Lauren eine Ewigkeit an der Tür und wollte partout nicht reinkommen zum Spielen oder Fernsehen. Sie hat ihre Mutter vermisst, obwohl sie gerade mal wenige Minuten weg war.

Sie vermisst ihre Mutter.

Ja, die Zeit ist reif.

Aber laut aussprechen kann ich das nicht. Es ist mir unmöglich, etwas zu tun, was das Weggehen des Kindes beschleunigt, das ich fest ins Herz geschlossen habe.

Verdammte Zusammenführung! Verdammtes Jugendamt!

„Sie wussten von Anfang an, dass sie irgendwann nach Hause zurückkehren wird“, meint Lorcan. „Belle, was sagen Sie dazu?“

Ach, verdammt, Lorcan Colter! Das denke ich! Den Auflauf

können Sie sich an den Hut stecken! Den Kuchen auch! Wenn Sie Hunger haben, gehen Sie doch zu McDonald's.

Das sage ich natürlich nicht. Fluchen gehört sich nicht. Obwohl mir danach zumute ist.

„Als Jim und ich beschlossen haben, Kinder in Pflege zu nehmen, haben wir uns geschworen, alle Kinder zu lieben, als wären sie unsere eigenen", antworte ich und wundere mich, wie klar meine Stimme klingt. Denn es kommt mir vor, als kriegte ich keine Luft mehr. Meine Kehle ist wie zugeschnürt.

Er nickt wie einer dieser Wackeldackel, die manche Menschen in ihren Autos haben.

„Wir lieben Lauren wie eine Tochter", spreche ich weiter.

„Das ist offensichtlich", erwidert Lorcan. „Sie haben großartige Arbeit geleistet, Sie und Jim. Dank Ihnen ist Lauren zu einem selbstbewussten, glücklichen Kind herangewachsen."

Mir ist gleichgültig, wie viele Komplimente er mir macht. Ich bin wütend, auf ihn, auf Jim. Ich bin wütend auf sie alle.

„Sie als Betreuer erwarten die Quadratur des Kreises", sage ich aufgebracht. „Erst sollen wir die Kinder wie unsere eigenen lieben, und dann glauben Sie, wir führen Freudentänze auf, wenn Sie kommen und uns was von Zusammenführung erzählen."

Mit bösen Blicken warne ich Lorcan, mich ja nicht zu unterbrechen, und er hält tatsächlich den Mund.

„Für Alicia mag das gut sein. Aber leider hält sich meine Freude darüber in Grenzen, dass Lauren uns verlassen wird", sage ich erschüttert. „Ich sehe jetzt nach dem Auflauf."

„Belle …", setzt Lorcan an und will mir folgen.

„Lassen Sie sie", hält Jim ihn auf. „Sie braucht Zeit, um das zu verdauen."

Ich wende mich noch einmal zu Lorcan um. „Hören Sie auf meinen Mann, und lassen Sie mich in Ruhe."

Keine Ahnung, wie ich den Abend überstanden habe. Irgendwie muss ich allen vom Auflauf aufgefüllt, Schüsseln und Teller herumgereicht haben, als wir alle zusammen um den Tisch saßen wie die Walton-Family. Die ganze Zeit habe ich Jims Blicke gespürt, er macht sich wie immer Sorgen um mich. Ihm fällt das auch schwer, ich sollte mich auch um ihn kümmern. Aber das kann ich nicht. Ich will gar nicht wissen, ob er traurig oder froh über die Entwicklung ist. Im Moment kann ich nur an mich selbst denken.

Gott sei Dank lenkt Bobby uns mit seinen Geschichten von seinen Liebschaften ab.

Lorcan sieht mich an. Ich werfe einen vernichtenden Blick in seine Richtung. Das sitzt, und er schiebt sich eine Gabel voll Auflauf in den Mund und schaut weg.

„Du bist so still“, sagt Tess, als wir nach dem Essen die Spülmaschine füllen. „Ich mache mir Sorgen. Denn immer wenn du so schweigsam bist, bedrückt dich etwas. Was ist los?“

„Sie wollen mir Lauren wegnehmen“, bringe ich hervor.

Tess lehnt sich zu mir. Auf ihrem Gesicht lese ich Verständnis. „Ich hatte das befürchtet und dass du es nicht gut aufnimmst. Ach, das tut mir so leid für dich.“

Ich trockne meine Hände am Geschirrtuch und gehe in den Garten. Weg von den Stimmen und dem Gelächter.

„Das tut dir weh, nicht wahr?“ Tess ist mir in den Garten gefolgt.

„Ist das so erstaunlich?“, frage ich ungehalten. Tess verzieht das Gesicht, also fahre ich fort: „Ja, ich bin außer mir. Ich habe eben erst erfahren, dass das Kind, das ich liebe wie mein eigenes, gehen wird. Ich brauche Zeit, das zu verdauen.“

„Ja, das brauchst du“, sagt Tess verständnisvoll. „So erging es mir, als Jim gegangen ist. Wochenlang habe ich geweint, so sehr habe ich ihn vermisst.“

Ihr Geständnis überrascht mich. Ich hatte keine Ahnung, dass sie das damals so mitgenommen hat. Sie hat mir das nicht gezeigt, und heute verstehe ich, warum. Sie wollte mich schonen und vor der Traurigkeit bewahren.

„Wenn ein Kind gehen musste, habe ich mir immer gesagt, dass das Glück des Kindes meine Trauer aufwiegt“, sagt sie.

Darauf weiß ich keine schlaue Antwort. „Du und deine Lebensweisheiten, Tess“, ist alles, was mir einfällt.

„Ich habe Leute oft sagen gehört, dass sie auf gar keinen Fall Pflegekinder aufnehmen könnten, weil sie ihnen zu sehr ans Herz wachsen würden“, erzählt Tess.

Ich nicke. Das stimmt. Das habe ich auch oft sagen gehört.

„Es lässt sich einfach nicht ändern. Wenn ein Kind lange bei dir gelebt hat, mit all dem Herzblut, das du in die Erziehung gesteckt hast, dann tut es verdammt weh, wenn es dein Haus verlässt“, fährt Tess fort. „Es ist furchtbar, aber so ist es nun mal, und wir müssen damit leben.“

Tess hat so recht, aber ich schmolle dennoch.

„Glaubst du denn, dass Lauren und Alicia zurechtkommen?“, fragt Tess.

„Ich denke schon“, gestehe ich. „Alicia scheint sich gefangen zu haben. Sie liebt Lauren, keine Frage. Aber ich kann einfach nicht vergessen, in welchem Zustand Lauren war, als sie hier ankam. Heute mag es Alicia gut gehen. Sie ist so perfekt wie Bree aus ‚Desperate Housewives‘ mit ihren selbst gebackenen Keksen. Aber ich weiß noch, wie schlecht es Lauren damals ging. Sie hatte wochenlang nur trockene Cornflakes gegessen, weil ihre Mutter nicht aus dem Bett kam und nicht einkaufen und kochen konnte.“

„Ich verstehe dich ja“, sagt Tess. „Aber du musst einfach Vertrauen in Lorcan und das Amt haben. Sie werden schon noch ein Auge auf Alicia werfen.“

Sie hat recht. Trotzdem bin ich beunruhigt. Ich will das Beste für Lauren und sorge mich darum, was aus ihr wird, falls es doch schiefgeht.

„Ihr hattet einen guten Einfluss auf Lauren und Alicia. Das

ist wirklich unglaublich. Du und Jim, ihr habt Alicia geholfen, gesund zu werden. Du warst ihr auch als Mutter ein Vorbild, indem sie hier in deinem Haus zu Besuch war. Sie konnte dir und Jim einiges abschauen", sagt Tess.

Ich nicke. Wieder einmal hat Tess recht. Lorcan hat uns wiederholte Male versichert, dass Alicia auch deshalb so gute Fortschritte macht, weil sie ihr Kind in guten Händen weiß. So konnte sie sich auf ihre Krankheit konzentrieren und darauf, wieder auf die Beine zu kommen, ohne sich auch noch um Lauren kümmern zu müssen.

„Dass die beiden wieder zusammenkommen, ist großartig. Das macht den Schmerz über den Verlust, den du jetzt empfindest, wett. Das darfst du nicht vergessen", fährt Tess fort.

Jedes Wort aus ihrem Mund ist wahr. Und doch spricht mein Herz eine andere Sprache als mein Verstand.

„Du musst sie gehen lassen", fordert Tess. „So ist das nun mal mit Pflegekindern. Das habe ich euch damals auch gesagt, als du und Jim mich um Rat gefragt habt."

„Müssen, müssen, ich muss gar nichts", murmel ich trotzig und würde am liebsten wie Rumpelstilzchen mit den Füßen auf den Boden stampfen.

Stattdessen wende ich mich an Tess und weihe sie in meinen Plan ein, den ich am Esstisch gefasst habe. Ich bin gespannt, was sie dazu sagt.

„Weißt du was? Jim und ich könnten sie mit in die Staaten nehmen. Wir könnten noch mal von vorn anfangen. Jim hat ja die amerikanische Staatsbürgerschaft", sage ich.

„Belle, weißt du überhaupt, was du da sagst? So funktioniert das nicht! Du bist kein kleines Kind mehr, das schmollt und dumme Sachen macht. Du bist erwachsen und musst Abschied nehmen, wenn die Zeit gekommen ist. Irgendwann heißt du ein neues Kind willkommen. So ist das und nicht anders."

Leichter gesagt als getan.

18. KAPITEL

Dezember 2015

Zum x-ten Mal sehe ich auf die Uhr. Vor fünf Minuten habe ich zuletzt nachgeschaut. Um Himmels willen, wo bleibt der denn? Ich hatte Jim doch gesagt, dass es ein Notfall ist. Wo treibt er sich so lange rum?

Vor einer Stunde hat Bobby angerufen und mich benachrichtigt. Es kommt mir viel länger vor. Ich will endlich wissen, was Jim davon hält. Gleich gehe ich noch die Wände hoch. Wieder sehe ich auf die Uhr und beschließe, ihn noch einmal anzurufen, falls er nicht in den nächsten fünf Minuten nach Hause kommt.

Na endlich! Jemand schließt die Haustür auf. Das muss Jim sein.

„Was ist los?", fragt Jim atemlos, als er verschwitzt und mit rot angelaufenem Gesicht in den Flur stürzt.

Mist. Er muss gedacht haben, es gehe um Leben oder Tod. Offenbar ist er den ganzen Weg von der Schule bis hierher gerannt.

„Bobby hat angerufen. Er sagt, er hat Alicia gestern Abend in der Kneipe gesehen. Sie war mit einem Mann zusammen", platzt es aus mir heraus.

„Na und? Darf sie das nicht?", fragt Jim. Er krümmt sich und hält sich die vom Laufen stechende Seite.

Stimmt, so wie ich das gesagt habe, klingt das harmlos. Aber er weiß noch nicht alles.

Wir gehen in die Küche, wo ich ihm ein Glas Wasser einschenke.

„Hier, trink einen Schluck. Nein, sie darf das nicht. Zumindest dann nicht, wenn der Typ ein Exknacki ist und ein ellenlanges Strafregister hat", sage ich voller Genugtuung.

Diese Nachricht ändert alles. Jetzt habe ich guten Grund, Lauren nicht gehen zu lassen. Immerhin steht ihre Sicherheit auf dem Spiel.

„Okay, ich bin ganz Ohr, erzähl, was du weißt“, fordert Jim mich auf, nachdem er das Glas Wasser in einem Zug geleert hat.

„Bobby meint, das sei ein sehr zwielichtiger Typ und sehr gefährlich. Ziemlich durchgeknallt. Bobby sagt, er sei in der Szene sehr berüchtigt. Ist mehrmals wegen schwerer Körperverletzung verknackt worden. Wir müssen Lorcan anrufen und ihm das erzählen“, sage ich und halte Jim mein Handy hin.

„Einen Moment, Belle. Weiß denn Bobby mit Sicherheit, dass die beiden zusammen sind? Und wie lange sie schon zusammen sind? Wie ernst die Beziehung ist?“, fragt Jim. „Wir brauchen knallharte Fakten, bevor wir wie die Elefanten in den Porzellanladen stürmen.“

„Mit den Details von Alicias Liebesleben kenne ich mich nicht aus“, räume ich ein. „Eins weiß ich aber: Ich will nicht, dass Lauren Umgang mit solchen Typen hat. Ich will nicht, dass sie irgendeiner Gefahr ausgesetzt ist. Wir haben auch eine Fürsorgepflicht ihr gegenüber.“ Jetzt habe ich mich in Rage geredet.

Der Gedanke, dass sich Lauren in der Gesellschaft von gewaltbereiten Menschen aufhält, macht mich wahnsinnig. Unser kleines sensibles Mädchen! Das hat sie nicht verdient. Ich muss sie beschützen. Es geht nicht um mich, es geht um sie.

„Gut, ich rufe Lorcan an. Du nicht, Belle“, sagt er und nimmt mir das Telefon ab, „du regst dich zu sehr auf.“

„Das klingt, als sei das etwas Schlechtes. Selbstverständlich rege ich mich auf!“, erwidere ich und merke dabei, wie meine Wut langsam verfliegt.

Jim wählt Lorcans Nummer und scheucht mich lachend fort, als ich mich mit ihm über das Handy beugen will. Ruhig berichtet Jim Lorcan, was Bobby mir erzählt hat.

„Sie verstehen bestimmt, dass wir uns Sorgen machen. Unser Interesse gilt dem Wohlergehen unseres Pflegekindes."

Ich nicke zustimmend. „Sag, dass wir uns *große* Sorgen machen", flüstere ich deutlich vernehmbar.

„Haben Sie das gehört? Ja, sie ist sehr aufgebracht. Was? Ja, ich weiß." Jim lacht.

„Was hat er gesagt?", frage ich. Ich habe das mulmige Gefühl, dass sie über mich lachen. Jim hebt den Arm, um mich von dem Handy fernzuhalten, und beendet das Gespräch. „Sie erkundigen sich? Gut."

„Wird er Alicia sagen, dass sie Lauren doch nicht nehmen kann? Macht er das? Vielleicht bleibt die dann doch bei uns?", sprudelt es aus mir heraus.

„Lass das", sagt Jim. Er lacht nicht mehr, sondern sieht todernst aus.

„Lass was?", stelle ich mich dumm.

„Glauben, dass das etwas ändert. Wir wissen nicht, was Alicia macht. Wir müssen ihr vertrauen. Wir müssen ihr zutrauen, dass sie im Sinne ihrer Tochter handelt", erklärt Jim. „Und dass sie weiß, welche Menschen gut und welche schlecht sind."

„Aber Bobby hat gesagt …"

Bevor ich weiterreden kann, unterbricht Jim mich.

„Was Bobby sagt, zählt nicht. Er kennt Alicia doch gar nicht, oder? Lorcan wird sich erkundigen und dem nachgehen."

„Womöglich gehen bei ihr wer weiß was für Typen ein und aus", versuche ich es noch einmal.

„Sie macht auf mich nicht den Eindruck, als sei sie der Typ Frau, bei dem Männer ein und aus gehen", schilt Jim mich sanft.

Auf mich auch nicht. Aber kennen wir sie gut genug? Da bin ich mir nicht sicher. In Dolores haben sich auch viele getäuscht.

„Wenn Lauren bei uns bleibt, hat sie eine Zukunft. Sie kann

studieren, alles machen, was sie will. Alle Türen stehen ihr offen." Nervös laufe ich im Flur auf und ab. Dann gehe ich in die Küche und schalte den Wasserkocher ein. Dann wieder aus. Ich will keinen Tee. Ich will Kaffee. Nein, Kaffee auch nicht. Alles, was ich will, ist, dass Lauren hierbleibt, verdammt noch mal. Hier, wo es sicher ist. Ich will nicht zulassen, dass ihre Mutter sie noch einmal hängen lässt und sie noch einmal verletzt. Ich will es einfach nicht.

Voller Sorge sieht Jim mich an. „Wenn Lauren bei uns bleiben würde, könnte sie studieren, aber sie kann ebenso gut studieren, wenn sie zurück zu Alicia geht", sagt Jim liebevoll.

Manchmal könnte ich meinen Ehemann erwürgen. Warum muss er immer so verdammt gerecht und gutmütig sein?

„So schön, wie es ist, sich mit dir zu streiten, ich muss jetzt zurück zur Arbeit", sagt Jim. „Kommst du zurecht?"

„Entschuldige", nuschele ich zerknirscht. Ich weiß, dass es nicht seine Schuld ist. Schnell gebe ich ihm zur Versöhnung einen Kuss.

„Ich weiß, dass es dir schwerfällt. Aber es ist für uns beide schwer, vergiss das nicht."

„Ja", bringe ich an seine Brust gedrückt hervor.

„Ich muss jetzt los. Ich habe gleich ein Treffen mit einem Schüler wegen seiner Hochschulbewerbung." Jim arbeitet jetzt als Berufsberater an einer Fachhochschule in unserem Viertel. Mit seiner lockeren Art kommt er gut bei den Schülern an. „Beruhige dich, Belle."

Wenn einem jemand sagt, man soll sich beruhigen, passiert ... genau: das Gegenteil! Wieder spüre ich Wut in mir hochsteigen.

Doch damit nicht genug. Er spielt noch eine Runde russisches Roulette und richtet den Trommelrevolver auf mich. Sehr mutig von ihm. „Vielleicht ist es gut so, wenn man es genau bedenkt."

Ungläubig starre ich ihn an. „Gut? Spinnst du? Was soll denn daran gut sein?"

„Überleg doch mal. Wenn wir Lauren verlieren, merken wir vielleicht, dass wir selber Kinder kriegen sollten. Das heißt nicht, dass wir keine Pflegekinder mehr aufnehmen. Wir könnten doch beides haben."

Nicht schon wieder. Abwehrend hebe ich die Hände, um ihn vom Weiterreden abzuhalten. Ich bin so aufgebracht, dass ich kein Wort rausbringe. Er weiß doch, wie schmerzhaft der Gedanke für mich ist. Allein die Erinnerung tut so weh, dass ich keuchen muss.

Als der kalte Glibber meinen Bauch berührt, winde ich mich ein wenig, obwohl ich doch weiß, wie sich das anfühlt. Ich halte den Atem an, während die Hebamme das Ultraschallgerät über meinen Unterleib bewegt. Bis auf Jims Atem ist es still in dem Zimmer. Jetzt merke ich, dass ich noch immer die Luft anhalte, und atme schnell aus, damit mein Baby keinen Schaden nimmt.

Da dum, da dum. Da dum, da dum.

„Hören Sie das?", fragt die Hebamme und lächelt uns an.

Ich nicke, unfähig, „Ja, ich höre dieses wunderschöne Geräusch" zu sagen.

„Ist das der Herzschlag unseres Babys?", fragt Jim und drückt dabei meine Hand so fest, dass es schmerzt.

„Meiner ist es jedenfalls nicht", witzelt die Hebamme und zeigt auf den Monitor. „Hier sind der Kopf, die Arme, die Beine. Ein lebhaftes Kerlchen, würde ich sagen. Zehn Wochen etwa noch, nach dem, was ich hier auf dem Bild sehe."

Gebannt sehen wir auf unser Kind auf dem Monitor. Es schlägt Saltos in meinem Bauch. Es sieht aus, als würde es extra für uns eine Show hinlegen.

Liebe wie in diesem Moment habe ich noch nie vorher empfunden.

„Belle“, holt mich Jims Stimme zurück in die Gegenwart, zurück in unsere Küche. „Du kannst das nicht ewig verdrängen. Ich habe auch Gefühle … und Wünsche. Du musst mir zuhören.“

Als er mir ins Gesicht sieht, sagt er ein wenig sanfter: „Wir reden später darüber, in Ordnung?“

Bevor ich ihm antworten kann, ist er gegangen.

Ein Blick auf die Uhr verrät mir, dass ich noch eine Stunde Zeit habe, bevor ich Lauren von der Schule abholen muss. Ich muss raus. Wenn ich hierbleibe, fange ich an zu weinen und kann nicht wieder aufhören. Also ziehe ich mir was Warmes über, draußen ist es kalt. Lauren wartet schon sehnsüchtig darauf, dass es schneit. Und so wie der Himmel aussieht, kann der Schnee nicht mehr weit sein.

Eilig trete ich aus dem Haus. Als ich auf dem vereisten Gehweg ausrutsche, verlangsame ich meine Schritte. Ich weiß, wo ich hinwill. Zum Park. Bei der Kälte werden dort kaum Menschen sein. Und genau diese Einsamkeit suche ich.

„Guten Tag, Belle.“ Ich bin so in Gedanken versunken, dass ich fast mit Mrs. O'Leary und ihrem Hund Missy zusammengestoßen wäre.

„Tut mir leid“, rufe ich, „keine Zeit.“

Schon fühle ich mich schuldig. Sie ist eine einsame Frau, die gerne ein Schwätzchen hält, wenn wir uns über den Weg laufen. Aber jetzt ist mir nicht nach Gesellschaft zumute.

Ich hatte recht. Der Park ist menschenleer. Nur ein Hund läuft auf der Suche nach etwas Essbarem schnüffelnd umher. Ich habe Mitleid und durchsuche meine Jackentaschen nach etwas Trockenfutter, das ich sonst immer dabeihabe.

„Tut mir leid“, höre ich mich schon wieder sagen, „wir haben heute kein Glück.“ Enttäuscht und hungrig trabt der Hund davon.

Ich gehe zu der Schaukel und wische den Sitz trocken. Doch

ich stehe auf verlorenem Posten, das Taschentuch verklumpt sofort. Also setze ich mich auf den kalten, nassen Sitz. Mir wird schon warm werden.

So weit wie möglich lehne ich mich zurück und hole Schwung. Dann strecke ich die Beine lang in die Luft und rudere wieder zurück. Jede Schaukelbewegung trägt mich höher und höher. Die kalte Luft beißt mir in der Nase und brennt auf den Wangen. Mit geschlossenen Augen genieße ich die Bewegung, das Auf und Ab, wieder und wieder.

Wie oft habe ich das in den letzten Jahren gemacht? Meine Sorgen einfach weggeschaukelt? Ja, so kann man das nennen. Ich komme oft her, manchmal mit den Kindern, manchmal ohne sie.

Ich höre den Hund bellen und öffne widerwillig die Augen. Ein Gruppe Skateboarder taucht auf. Die Jungs sind vielleicht achtzehn oder neunzehn. Fast keine Jungs mehr, sondern junge Erwachsene. Sie tragen alle die typische Kleidung: Kapuzenshirt und Jogginghosen. Bobby könnte einer von ihnen sein. Es kommt mir vor, als gehörte er erst gestern noch zu der Gruppe der Skateboarder, die hier im Park abhängen.

Eine Welle von Stolz erfasst mich. Jim und ich haben dabei geholfen, diesen Park zu errichten. Es war meine Idee, eine meiner wenigen guten. Den Geistesblitz hatte ich, kurz nachdem Bobby zu uns kam und ich entsetzt feststellte, dass es für die Jugendlichen in unserem Viertel keine Freizeitangebote gab, dass sie nach der Schule und am Wochenende nirgendwohin gehen konnten. Der nächstgelegene Park lag zehn Minuten mit dem Bus entfernt. Und in dem Jugendclub war auch nicht viel los, weil die Jugendlichen und ihre Eltern sich nicht dafür interessierten. Deshalb bin ich von Tür zu Tür getingelt, um die Nachbarn als Unterstützer zu gewinnen. Wir haben ein Aktionskomitee gegründet, Jim und ich haben ein Jahr lang das nötige Geld zusammengetrommelt, mit den Behörden und

Jungendgruppen gesprochen und die Schulen im Ort zur Mitarbeit bewegt.

Der Einsatz hat sich gelohnt. Jetzt haben wir einen aktiven Jugendclub im Gemeindehaus. Und diesen tollen Park. Bobby fand beides richtig gut. Ebenso wie alle anderen Jugendlichen, die bei uns gelebt haben.

Jim sagt manchmal scherzhaft, dass ich den Park für mich habe einrichten lassen. Ich schaukle höher und höher und denke, dass er so unrecht nicht hat.

Lauren gefällt es hier auch. Sie liebt unsere Picknicks im Park. Sonntags packen wir oft etwas zu essen ein und verbringen den Nachmittag auf dem Spielplatz oder gehen in der schön gestalteten Anlage spazieren.

Unseren Pflegekindern hat der Park jedenfalls geholfen. Beim Spielen an der frischen Luft können sie nicht nur Dampf ablassen, sie können auch frei herumlaufen, was ihnen eindeutig guttut. Endlich können sie unbeschwert Kind sein. Oft habe ich erlebt, wie die seelische Last den Kindern auf diesem Spielplatz von den Schultern zu fallen scheint.

Und das ist gut so. Schließlich gibt es so viele schlechte Menschen auf dieser Welt. Wie geht der Witz? Einen Hund muss man anmelden, fürs Fernsehen Gebühren zahlen, aber Kinder? Die kann jeder einfach so bekommen.

Obwohl, ich glaube nicht, dass Alicia ein schlechter Mensch ist. Mein Bauchgefühl sagt mir, dass sie es auf die Reihe kriegen wird. Trotzdem bin ich beunruhigt. Was, wenn sie es doch vergeigt? Wider besseres Wissen mache ich mir Sorgen. Was, wenn sie wie Dolores ist? Ich habe mir geschworen, Lauren jeden Tag ein Lächeln aufs Gesicht zu zaubern. Ich kann nicht zulassen, dass sie noch einmal enttäuscht und verletzt wird. Endlich hat sie es gut, bei uns.

Es ist schon spät, merke ich. Ich muss sie von der Schule abholen. Der Gedanke schmerzt, dass es eines der letzten Male sein wird. Ein so simples Vergnügen, das ich sehr vermissen werde. Ihre kleine Hand in meiner, springt sie neben mir und versucht, mit mir Schritt zu halten. Ich höre ihr gerne zu. Sie erzählt und erzählt, jedes Detail ihres Tages. Während sie fröhlich schnattert, wird mir klar, dass wir es richtig gemacht haben und dass sie glücklich ist.

Mein Handy vibriert in meiner Hosentasche. Jim ist dran.

„Hallo. Ich hole gerade Lauren von der Schule ab", begrüße ich ihn.

„Lorcan hat angerufen. Er hat mit Alicia gesprochen, sie hat kein Verhältnis mit diesem Mann", erklärt Jim.

„Was soll sie auch sonst sagen", erwidere ich seufzend.

Allerdings ist sie keine Lügnerin.

„Offenbar hat sie sich nur einmal mit ihm getroffen, nicht mehr. Sie hat selbst gemerkt, dass er nichts für sie ist. Lorcan war übrigens nicht gerade begeistert. Er sagte, dass Alicia sich treffen kann, mit wem sie will. Und dass wir unsere Grenzen nicht überschreiten sollen."

„Was?", frage ich ärgerlich und spüre wieder Wut in mir aufsteigen. „Wie kann er nur?"

„Es ist nicht an uns, über andere zu richten. Unsere Aufgabe ist es, anderen zu helfen und sie zu unterstützen", beschwichtigt mich Jim.

Er klingt so vernünftig, am liebsten würde ich laut schreien. Meine Ausgeglichenheit, die ich auf der Schaukel zurückgewonnen hatte, ist verschwunden. „Ich kann jetzt nicht darüber sprechen, Jim, Lauren kommt gerade aus der Schule. Wir reden nachher weiter."

19. KAPITEL

„Leizse riezselt der Zsnee,
Zstill und zstarr ruht der Zsee,
Weihnachtlich glänzset der Wald:
Freue dich, Zsristkind kommt bald!“

Lauren singt aus voller Kehle, und ich muss schmunzeln. Ihr Lispeln ist so unglaublich süß. Die Klänge von der Weihnachts-CD füllen das Wohnzimmer. Die Schachteln, die ich vorhin vom Dachboden geholt habe, liegen überall verstreut: auf dem Sofa, auf dem Fußboden, auf dem Tisch. Ich trete einen Schritt zurück und bewundere unseren Christbaum, die über zwei Meter hohe Douglastanne, die Jims Eltern uns vor ein paar Jahren geschenkt haben.

Wir waren auf Hochzeitsreise in Indiana, und Jims Mutter wusste, wie sehr mich die amerikanischen Tannen faszinieren. Sie sind so viel größer als unsere, und ich wollte unbedingt eine haben.

Der Baum ist eines der schönsten Geschenke, die ich zu Weihnachten bekommen habe.

Es dauert zwar einen ganzen Nachmittag lang, ihn aufzustellen, aber das ist die Mühe wert, und ich genieße die Arbeit. Der Baum ist so mächtig und ausladend, selbst wenn er noch gar nicht geschmückt ist.

Schon meine Vorfreude ist jedes Jahr groß. Den Baum zu schmücken ist etwas ganz Besonderes. Die Vorbereitung auf Weihnachten, die erwartungsvolle Stimmung in der ganzen Familie.

Tess und Bobby werden da sein, wie jedes Jahr. Außerdem ist es Laurens letztes Weihnachten bei uns, deswegen muss es ganz besonders schön werden.

In ein paar Wochen werden wir in die Berge bei Dublin fahren, um unseren echten Baum zu fällen. Am Anfang hielt mich Jim für verrückt, weil ich auf zwei Bäume bestehe. Mittlerweile ist er genauso schlimm wie ich. Weihnachten wäre nicht Weihnachten ohne die zwei Bäume. Die Nordmanntanne kommt in den Flur, sodass es sofort nach Nadeln duftet, wenn man unser Haus betritt. Aus Erfahrung weiß ich, dass man die echte Tanne erst kurz vor Weihnachten aufstellen darf, nicht gleich Anfang Dezember, wenn sie bis ins neue Jahr halten soll.

Ich weiß gar nicht, welche mir besser gefällt. Die echte Tanne oder die aus Kunststoff. Beide sind auf ihre Art schön.

Jetzt geht es aber erst mal um die unechte Schönheit. Bei mir ist das so: Wenn die bis an die Spitze geschmückt im Wohnzimmer steht, läute ich offiziell die Weihnachtszeit ein.

Oft beschweren sich Menschen ja, dass Weihnachten viel zu früh anfange. Ich gehöre zu denen, die andere nerven. Denn ich singe schon im November „Jingle Bells“ und erwarte sehnsüchtig die Weihnachtswerbung im Fernsehen. Mit Katzen, Hunden, kleinen Kindern, viel Schnee und noch mehr Kitsch.

Zum Glück ist Jim mindestens genauso närrisch wie ich, wenn es um Weihnachten geht. Wenn du deine Feinde nicht besiegen kannst, dann mache sie zu deinen Freunden, sagt er gern. Dabei weiß ich, dass das nur die halbe Wahrheit ist. Eigentlich ist er ein großer Fan von der Weihnachtszeit. Jetzt gerade ist er auf dem Dachboden und singt schön schief zu unserer CD mit.

Da oben sucht er nach einem Karton mit dem Engel für die Baumspitze, der verschwunden ist. Was merkwürdig ist, weil ich mich genau erinnere, wie ich ihn zusammen mit dem restlichen Weihnachtsschmuck verstaut habe. Aber der Engel bleibt verschwunden, und ich weiß beim besten Willen nicht, wohin.

„Es sieht aus, als hätten Gremlins dort oben ihr Unwesen getrieben“, sagt er, als er wieder runterkommt. „Ich gebe auf. Ich kann ihn nicht finden. Obwohl ich überall gesucht habe.“

Ich reiche ihm ein Glas Glühwein. Selbst trinke ich ihn nicht gern, aber ich liebe den Geruch, den das würzige Getränk im Haus verströmt. In dem Jahr, in dem wir geheiratet haben, hat Tess uns eine Flasche gegeben. Seitdem haben wir es uns zur Tradition gemacht, beim Schmücken des Baumes und der Wohnung Glühwein zu trinken. Verzweifelt betrachte ich das Knäuel von Lichterketten.

„Wieso verknäulen die sich immer? Obwohl ich sie doch jedes Jahr sorgfältig zusammenrolle, bevor ich sie auf den Boden bringe?“, murre ich.

So viel also zu dem Trick mit dem Kleiderbügel. Letztes Jahr im Januar hatte ich die Lichterketten in stundenlanger Kleinarbeit mühsam auf Bügel gewickelt. Das hatte ich im Internet gesehen und hielt es für eine super Idee. Mit dem Ergebnis, dass jetzt in dem Geknäuel aus Lichtern und Kabeln auch noch ein Kleiderbügel steckt. Richtig super! Nächstes Jahr werde ich einfach neue Lichterketten kaufen.

„Ich! Ich will! Lass mich mal versuchen“, sagt Lauren und nimmt mir die Lichterkette aus der Hand. Das bisschen Ordnung, das ich eben da reingebracht habe, ist damit auch hinüber.

Ach, egal. Ich gebe ihr das Lichterknäuel, dann ist sie eine Weile beschäftigt, und ich kann in der Zeit den restlichen Schmuck sortieren. Meine Sammlung ist mit den Jahren beachtlich gewachsen. Ich reiche Jim die Girlande für den Kaminsims. Auf den grünen Krepp ist ein beerenförmiges hellrotes Muster gestanzt. Außerdem winden sich kleine weiße Lichter um die Girlande. Wie durch ein Wunder haben die sich nicht verheddert.

„Unsere Strümpfe müssen wir auch noch aufhängen“, erinnert uns Lauren an den guten alten Brauch.

Ich hoffe, dass sie Weihnachten hier verbringt. Fciert Alicia Weihnachten? Mein sorgenvoller Blick streift Lauren. Hoffentlich wird sie auch in Zukunft all diese kleinen Rituale erleben, die wir hier pflegen. Alicia feiert das Fest wahrscheinlich auf ihre Weise. Ich will nur, dass es für Lauren etwas Besonderes bleibt. Jim blickt zu mir rüber. Er sieht besorgt aus. Kein Wunder, meine Stimmung ist in den vergangenen Tagen Achterbahn gefahren. Weil mich die Sorge um Lauren beschäftigt.

Meine Ängste dürfen aber auf keinen Fall den heutigen Tag verderben. Schließlich soll Lauren ihn in guter Erinnerung behalten. Meine Stimmung darf ihn nicht überschatten. Also werfe ich Jim ein möglichst unbesorgtes Lächeln zu. Erleichtert erwidert er es.

„Guck! Bald bin ich so groß wie die Tanne!“, sagt Lauren und stellt sich auf die Zehenspitzen.

„Na, über zwei Meter, das wäre zu groß“, gibt Jim lachend zurück.

„Mein erster Weihnachtsbaum war so groß wie du jetzt“, erzähle ich ihr.

Damals, als ich allein gelebt habe, in der winzigen Wohnung. Das mickrige Bäumchen war etwa einen Meter groß. Insofern hat es perfekt in die Bude gepasst. Kein Vergleich zu diesem Prachtexemplar.

Tess wollte nicht verstehen, dass ich mir einen eigenen Baum aufgestellt habe, da ich doch in den Ferien sowieso die meiste Zeit bei ihr war. Aber ich habe halt gern meine eigenen Sachen.

„Erzähl mir davon“, bittet mich Lauren. „Ich erinnere mich nicht an deinen Baum.“

Ich lache und erkläre Lauren, dass sie ihn nicht kennen kann, weil sie zu dem Zeitpunkt noch gar nicht geboren war. „Er war ganz klein und kahl. Die zwei Handvoll hässlicher Christbaumkugeln, die es gratis dazugab, konnten das auch nicht vertuschen.“

„Stimmt“, sagt Jim. „Der Baum war echt erbärmlich.“

„Und du hast ihn noch nicht einmal im Originalzustand

gesehen. Da hatte ich die ursprünglichen Kugeln bereits gegen schönere getauscht.“ Ich wühle in einem der Kartons und finde, wonach ich suche.

„Guck mal!“, sage ich und halte ein silbernes Glöckchen an einem roten Seidenband in die Höhe. „Das ist eine ganz besondere Glocke. Die hat Jim mir geschenkt, als er mir einen Heiratsantrag gemacht hat.“

„Zeig mal!“ Aufgeregt greift Lauren mit ihrer kleinen Patschhand danach. „Süß!“ Sie rennt um die Kartons und klingelt dabei mit der Glocke. In dem Moment beginnt das nächste Lied auf der CD.

Kling, Glöckchen, klingelingeling,
kling, Glöckchen, kling!
Lasst mich ein, ihr Kinder,
ist so kalt der Winter,
öffnet mir die Türen,
lasst mich nicht erfrieren!
Kling, Glöckchen, klingelingeling
kling, Glöckchen, kling!

„Das hätte man kaum besser planen können“, meint Jim und schüttelt ungläubig den Kopf.

„Stimmt. Lauren, häng die Glocke doch hierhin“, sage ich und nehme sie auf den Arm, damit sie die Glocke auf etwa halber Höhe an einen Zweig hängen kann. Die Glocke hänge ich immer als Erstes in den Baum und schaue sie stets als Erstes an, wenn ich das Wohnzimmer betrete.

„An all den Glocken und Kugeln hängen die Erinnerung eines ganzen Lebens“, stelle ich fest.

„Bereust du’s?“, fragt Jim und kommt zur mir.

Ich drehe mich um und lege meine Arme um seine Schulter. „Nein, ich liebe dich noch immer.“

Hinter meinem Rücken raschelt es, und ich drehe mich um. Lauren hat ihre Nase tief in einen der Kartons gesteckt. Eine nach der anderen kramt sie die Kugeln und die Anhänger hervor, begutachtet sie und lässt sie dann unbedacht und völlig vertieft, wie nur Kinder es sein können, auf den Boden neben sich fallen.

„Lauren, pass auf, die Sachen können kaputtgehen", ermahne ich sie und erwische eine Figur aus Glas, kurz bevor sie auf dem Boden auftrifft.

„Nur gut, dass der Baum so groß ist, bei all den Kugeln und Kringeln", sagt Jim. Wir haben wirklich viel. Aber einige „Kugeln und Kringel", wie er sagt, müssen ja später auch noch an die Nordmanntanne.

Bedächtig bestücken wir drei die Tanne mit den Kugeln und Anhängern. Lauren behängt die unteren Zweige, ich die mittleren und Jim die unter der Spitze. Diese Arbeitsteilung hat sich in den Jahren bewährt. Dabei singen und summen wir zu der CD. Hin und wieder erzählen wir uns Anekdoten, die wir mit bestimmten Kugeln oder Anhängern verbinden.

Jim knufft mir in die Seite und zeigt auf das „Bitte nicht stören"-Schild, das wir in dem Hotel mitgingen ließen, in dem wir unsere Flitterwochen verbracht haben. Es ist rund und aus rotem Samt – ziemlich dekadent – und macht sich jetzt ganz hervorragend als Weihnachtsdeko an unserem Baum.

„Zu diesem Schild fallen mir so einige Anekdoten ein", sagt Jim und zwinkert mir zu.

„Benimm dich, und ich beschere dir nachher den Stoff für neue Anekdoten", gebe ich lachend zurück.

Nach nur wenigen Minuten sieht unser Baum umwerfend aus. Manch einer würde vielleicht behaupten, das Sammelsurium sei kein Vergleich zu perfekt gestylten Bäumen, die ganz in Gold oder Lila oder in Rot und Weiß gehalten sind. Aber dieser hier passt perfekt zu uns, zu unserer Familie. Die Mischung aus albernem Plastikschmuck neben eleganten Preziosen in Schwarz und Weiß ist unterm Strich irgendwie stimmig.

Seufzend trete ich zurück, um unser Werk besser betrachten zu können. Unser Baum ist der schönste auf der ganzen Welt. Und damit basta.

Dann holt Jim den Karton mit den Figuren hervor. Auf den Porzellanfiguren stehen all unsere Namen. Die erste stellt Braut und Bräutigam dar, darunter stehen Jims und mein Name und unser Hochzeitstag. Das haben uns Jims Eltern geschenkt. Mir gefiel die Idee. Und als Bobby zu uns kam, habe ich ihm auch eine Porzellanfigur besorgt. Seitdem haben wir für jedes Kind eine, die wir jedes Jahr zu Weihnachten aufstellen.

Jetzt hält Jim den winzigen Engel aus Glas in der Hand. Ein Heiligenschein aus Rauschgold schwebt über seinen goldenen Locken. Jim hält inne. Der Engel sitzt auf seiner Handfläche, nicht größer als sein kleiner Finger. Ich kann ihm seine Gefühle und Gedanken vom Gesicht ablesen. In Mitgefühl krümmt sich mein Herz ebenfalls schmerzhaft zusammen. Ich gehe zu ihm, er sieht mich an, Schmerz und Sehnsucht stehen ihm ins Gesicht geschrieben.

Den Engel haben wir in Andenken an unser Kind, das jetzt im Himmel ist, geschenkt bekommen. Vorsichtig stellt Jim die winzige Figur neben die anderen mit all den Namen drauf. Den Engel stellt er neben die Figur, auf der „Jim & Belle“ steht.

Ein Kind, das ich nie im Arm halten konnte, ein Kind, das ich nie küssen konnte. Ein Kind, das ich jedoch bis zum letzten Moment seines Lebens geliebt habe, seit ich wusste, dass ich schwanger bin. Wie ein Dieb in der Nacht stahl uns eine Fehlgeburt unser Kind und unser Herz.

Jim haucht mir einen Kuss aufs Haar. Einen Moment lang verharren wir so. Bis Lauren unsere Aufmerksamkeit fordert.

„Häng das hier auch auf! Das hab ich gemacht“, sagt sie. Ich drehe mich zu ihr.

Während wir beide ihr Rentier bewundern, das sie aus Pappe ausgeschnitten hat, hält Jim meine Hand.

„Das bekommt einen Ehrenplatz, gleich hier vorn“, sage ich.

„Neben deiner Glocke?“, fragt sie.

„Ja, neben der Glocke.“ Schon flitzt sie wieder aufgeregt und vor Glück sprühend durchs Zimmer. Ihre Heiterkeit ist ansteckend.

„Sehr schön!“, kommentiert Jim, als die letzte Kugel ihren Platz im Baum gefunden hat.

„Dieser Baum ist wie ein Tagebuch oder eine Biografie, jede Kugel, jeder Anhänger erzählt eine Geschichte aus meinem Leben“, sage ich.

„Das ist wunderschön. Und ich bin froh, dieses Leben mit dir zu teilen.“ Liebevoll lächelt Jim mich an.

Ich bin auch froh. Das darf ich nicht vergessen. Schnell gebe ich ihm einen Kuss und versuche, Lauren nicht zu beachten, die an meinem Pullover zerrt.

„Wir haben den Engel für die Spitze noch nicht gefunden“, quengelt Lauren und lenkt wieder die Aufmerksamkeit auf sich.

„Ich suche gleich weiter. Irgendwo muss er ja sein“, meint Jim. „Engel lösen sich schließlich nicht einfach in Luft auf.“

„Lasst uns zuerst die Kerzen anmachen“, werfe ich ein. „Lauren, du hast die ehrenvolle Aufgabe, den Schalter zu betätigen.“

Jim legt seinen Arm um meine Schulter, und ich lehne mich gegen ihn, wie ich es schon Hunderte von Malen gemacht habe. Herrje, ich liebe diesen Mann so sehr, meinen besten Freund, meinen Kumpel, der mit mir durch dick und dünn geht. Ich schäme mich, dass ich in den letzten Wochen so widerspenstig war.

„Vielleicht steht hier nächstes Jahr eine Krippe“, flüstert er mir ins Ohr.

Das hat er schon einmal gesagt. Genau dieselben Worte. Ist er sich dessen bewusst? Ach Gott, wie war ich doch glücklich, als er das sagte!

Ich halte Jim die Schwangerschaftstests entgegen. Alle zeigen zwei Striche, zwei wunderschöne Striche, die bestätigen, was ich bereits weiß. Ich bin schwanger.

„Das … du bist … das heißt … wir kriegen ein Kind?“, stottert Jim.

„Ja.“ Ich lächle stolz.

„Ein Mädchen, es wird ein Mädchen, das weiß ich einfach. Und sie wird aussehen wie du“, sagt Jim.

„Wissen kann man das nicht“, erwidere ich lachend. Aber insgeheim wünsche ich mir auch ein Mädchen, das aussieht wie ich. In meinem Leben gab es noch nie jemanden, der aussah wie ich.

„Du weinst ja.“ Ich sehe Tränen auf meinen Schwangerschaftsteststreifen fallen.

„Du auch“, sagt Jim und wischt mir eine Träne von der Wange. Dann küsst er mich. Aus meinem Mund dringt Lachen an seine Lippen. Er stimmt in mein Lachen mit ein, und wir tanzen überglücklich zusammen um den Weihnachtsbaum.

„Vielleicht steht hier nächstes Jahr eine Krippe“, sagt Jim.

Ich seufze. Warum ist das Leben so grausam? Es gab keine Krippe. Und kein Baby. Dafür ein Loch in meinem Herzen, so tief, dass ich am liebsten hineingefallen und gestorben wäre.

20. KAPITEL

Dezember 2015

Wie erklärt man einer Sechsjährigen, dass sie ihr Zuhause verliert? Keine noch so netten Worte können solch einen Schock abmildern.

Das weiß ich, weil ich selbst so ein Kind war. Ich musste so viele Pflegefamilien verlassen, ich könnte ein ganzes Buch darüber schreiben. Voller Sätze wie: „Es hat nichts mit dir zu tun“ oder „Es ist nur zu deinem Besten“, „Du bleibst in unseren Herzen“ und mein Favorit: „Ich bin richtig neidisch, ein neues Leben, wie toll!“

Das Gute daran ist, dass ich weiß, was man *nicht* sagen sollte. Bloß wussten selbst die liebevollen, die guten Pflegeeltern nicht, wie sie sich verabschieden sollten.

So viel weiß ich immerhin: Ein Abschied ist immer schmerzhaft. Egal, wie alt man ist und was die Gründe dafür sind.

Es ist komisch, plötzlich auf der anderen Seite zu stehen. Jetzt bin ich die Erwachsene, diejenige, die Auf Wiedersehen sagen soll.

Ein bisschen Übung habe ich darin. Mit den Kindern, die nur übergangsweise bei uns gelebt haben. Kinder, die ich trotz ihres kurzen Aufenthalts bei uns immer noch liebe, deren Auszug ich betrauert habe und die ich bis auf den heutigen Tag vermisse.

Jeden Tag muss ich an das eine oder andere Kind denken und frage mich, wie es ihnen allen geht.

Wenn ich doch schon Übung darin haben, warum fällt es mir bei Lauren so schwer? Und warum ist es so anders als bei den anderen Kindern? Das ist die große Frage.

Weil es um Lauren geht, darum.

Weil ich wünschte, sie könne für immer bleiben.

Weil sie, wenn auch nicht meine leibliche, so doch meine Tochter ist.

Weil ich vor Stolz platze, wenn jemand meint, sie sei mir wie aus dem Gesicht geschnitten, und weil ich dann nicht sage, dass sie „nur“ mein Pflegekind ist.

Und weil sie meine Rettung war.

Mein Blick fällt auf unser überbordendes Regal. Unsere Bücher sind bunt zusammengewürfelt, von Krimis über Frauenromane zu Kinderbüchern. Dazwischen steht ein besonderes Buch. *Unser* Buch. Jim hat es eines Abends angeschleppt, nachdem wir unsere Qualifizierung als Pflegeeltern abgeschlossen hatten. Er sprühte vor Aufregung und Vorfreude auf die Zukunft, die vor uns lag.

„Eine Seite für jedes Kind, das wir aufnehmen. Egal, ob sie kurz und lange bleiben, jedes Kind soll einen Eintrag bekommen.“

Er hat so ein weiches Herz, mein Mann ist so ein Softie. Auf die erste Seite haben wir ein Foto von unserer Hochzeit geklebt.

Jim Looney, der Goldjunge, mein Ehemann. Das Gefühl der Liebe beim Betrachten des Fotos ist so stark, dass ich ihn am liebsten aus dem Foto reißen und an mich drücken möchte.

Beim Durchblättern des Buchs holen mich die Erinnerungen an all die glücklichen Momente ein. Die Säuglinge, die ich im Arm hielt und in den Schlaf gesungen habe. Die Kinder, die ich in schlaflosen Nächten durch Albträume, durch Mumps und Masern begleitet habe. Und all die Tränen, die ich weggeküsst habe, und all die Wehwehchen, die ich weggepustet habe.

Lächelnd betrachte ich Bobbys Pausbacken, die sich mit einem breiten Grinsen der Kamera zuwenden. Ich wusste gleich, dass er bleiben würde. Und Imelda, unser pubertierender

Teenie, die uns an die Grenzen unserer Geduld trieb. Gelächelt hat sie nie, egal, was wir versuchten. Ich bin sicher, dass sie uns auf diesem Foto insgeheim den Stinkefinger zeigt. Immerhin, ich bin froh, dass sie sie selbst ist und kein falsches Lächeln aufsetzt. Dazu sollte sich niemand gezwungen fühlen. Und hier sitzt die widerspenstige Erin neben mir. Nachdem sie aufgetaut war, wich sie mir nur selten von der Seite. Von Zeit zu Zeit meldet sie sich noch bei uns. Ich freue mich jedes Mal. Ach, und hier die Murphy-Jungs, alle drei. Die hatten es faustdick hinter den Ohren. Auf dem Foto lachen sie, obwohl sie von Kopf bis Fuß mit Windpocken übersät sind.

„Das war eine höllische Woche“, höre ich Jim plötzlich sagen.

„Wie lange bist du schon hier?“, frage ich, sobald mein Puls sich wieder normalisiert hat. Ich fühle mich ertappt, weil er mich beobachtet hat.

„Seit ein paar Minuten. Ich habe oft gedacht, wenn die Murphy-Jungs unsere ersten Pflegekinder gewesen wären, hätten wir womöglich nicht weitergemacht. Wir haben die ganze Woche lang kein Auge zugekriegt.“

„Ich glaube, es gab keine Stelle an ihren kleinen Körpern, die nicht von Windpocken bedeckt war. Die Ärmsten.“ Mich juckt es noch immer, wenn ich daran zurückdenke.

Das Beste war, dass sie nur wenige Wochen bei uns bleiben sollten, um ihre Eltern eine Weile zu entlasten. Es muss Murphy's Law gewesen sein, wonach schiefgeht, was schiefgehen kann. Denn sie waren während ihres gesamten Aufenthalts bei uns krank. Dabei hatten wir viel Schönes geplant, um sie hier zu verwöhnen. Stattdessen bekamen sie kalte Kompressen und Medikamente.

Dann blicke ich auf die nächste, noch leere Seite. Hier soll ein Bild von Lauren rein. Sie ist die Nächste. Bald wird ihr Gesicht nur eine Erinnerung auf einem Foto sein.

„Ich weiß nicht, ob ich stark genug bin, sie gehen zu lassen", sage ich.

Jim hockt sich neben mich und legt sein Kinn auf meine Schulter. „Ich auch nicht."

Seltsam, dass einem manche Menschen näher sind als andere. So wie Lauren. Als sie schüchtern hinter Lorcan durch unsere Tür trat, kam es mir vor, als würde ich sie kennen. Als sie an dem Tag meine Hand nahm, gab ich ihr auch mein Herz.

Damals, als sie kam, war ich am Boden zerstört. Sie hat mich aufgerichtet. Vermutlich habe ich auch sie aufgerichtet. Sosehr ich es verdrängen möchte, so gut weiß ich, dass sie ihre Mutter braucht. Der Schmerz darüber, diese Tatsache, ist unerträglich.

„Ich werde sie vermissen. Ich liebe sie fast so sehr wie dich, Belle. Du bist in deinem Schmerz nicht allein", versucht Jim mich zu trösten.

Ich sehe meinen Ehemann an und habe absolut keinen Zweifel daran, wie schwer ihm der Abschied fällt. Aber ich bezweifle, dass er versteht, wie viel schwieriger es für mich ist.

„Mir geht eine Zahl nicht aus dem Kopf, Jim." Ich will ihm helfen, mich zu verstehen.

Fragend sieht er mich an. „Erzähl."

„Einhundertsechs", sage ich.

„Einhundertsechs?" Jim scheint zu lächeln. Er denkt, das sei ein Spiel.

„Einhundert und sechs Mal musste ich mich von anderen verabschieden. Lauren wird Nummer einhundertsieben sein", erkläre ich.

Die Zahl lastet schwer auf meinen Schultern. Das sind sehr viele Menschen. Und ich habe die Nase so voll davon. Tess hat oft nach einem langen Tag, als wir noch klein waren, geklagt, sie sei todmüde. Heute verstehe ich das. Ich bin so erschöpft, dass kein Leben mehr in mir übrig zu sein scheint. Ich fühle mich, als hätte ich ewig nicht mehr geschlafen.

„Ich hatte keine Ahnung, dass du das zählst", sagt Jim schockiert. „Mein Gott, sind das viele Abschiede!"

Vermutlich würde es ihn noch mehr schockieren, wenn er wüsste, dass ich nicht nur die Summe im Kopf habe, sondern auch die Zahlen für einzelne Kategorien. Die Anzahl meiner Pflegeeltern. Die Zahl meiner Pflegegeschwister, mit denen ich die glückliche Familie gegeben habe. Die Zahl meiner eigenen Pflegekinder steht jetzt auch auf meiner Liste.

Nicht zu vergessen: meine Mutter und mein Vater. Wenngleich ich fairerweise einschränken muss, dass ich ihnen nie Auf Wiedersehen sagen musste, weil sie mir nie Hallo sagen wollten.

Genau genommen ist das hier also nur ein weiterer Abschied, einer von vielen.

Das sollte mich nicht so mitnehmen. Doch dieser Abschied ist der schwerste. Ich blinzle. Dann kneife ich mir in den Arm. Ich muss damit aufhören.

„Du machst mir Sorgen, Belle", sagt Jim und runzelt die Stirn. Ich hasse es, der Grund dafür zu sein.

„Bist du es nicht müde? Dieses unaufhörliche Drama, das unser Leben ausmacht?"

„Es ist doch nicht alles schlecht, oder?" Meine Worte haben ihn verletzt.

„Es ist nicht alles gut", erwidere ich, obwohl ich weiß, dass ihn das treffen wird.

„Das ist nicht fair. Wir haben ein gutes Leben, ein schönes Haus. Wir konnten vielen Kindern zu einem besseren Leben verhelfen. Und wir haben uns."

„In meinem Kopf sieht es anders aus. Du verstehst nicht, wo ich herkomme. Ja, wir haben ein gutes Leben. Ja, ich liebe dich. Aber zurzeit komme ich mir vor wie in einem schlechten Roman", sage ich. „Eine Seifenoper ist nichts gegen das, was ich gerade durchmache."

„Niemand bestreitet, dass du es sehr schwer in deinem Leben hattest, Belle. Aber hier geht es um etwas anderes. Was ist los mit dir?"

„Ich habe Angst. Unablässig mache ich mir Sorgen. Was passiert, wenn Alicia es doch nicht schafft? Weißt du noch, wie Lauren war, als sie hier ankam? Sie hatte sich wer weiß wie lange von alten Cornflakes und trockenem Brot ernährt. Und ich weiß, wie das ist. Ich kann den Gedanken nicht ertragen, dass Lauren das womöglich noch einmal durchmachen muss. Ich weiß nicht, ob ich heulen oder schreien soll bei der Erinnerung daran."

„Mich macht die Erinnerung daran auch wütend. Aber es gibt keine Garantien im Leben. Das weißt du so gut wie ich. Wir müssen schlicht daran glauben, dass Alicia es schafft. Außerdem bekommt sie jetzt Unterstützung, das hatte sie vorher nicht", erklärt Jim.

„Bei uns ist sie glücklich", werfe ich ein.

„Ja, aber bei ihrer Mutter kann sie auch glücklich werden. Sie will das", hält Jim dagegen. „Lauren ist nicht dumm, sie merkt, dass wir uns Sorgen machen. Und das ist nicht fair ihr gegenüber."

Dem kann ich nicht widersprechen.

„Wenn ich glauben würde, dass es nicht richtig ist, dass Lauren zurück zu ihrer Mutter geht, dann würde ich kämpfen, notfalls vor Gericht. Aber Alicia ist jetzt wieder so weit. Und wir wissen das. Genau wie Lauren. Wir haben hier gute Arbeit geleistet, Belle. Wir geben ein glückliches und fröhliches Mädchen an seine Mutter zurück, die es mit offenen Armen empfängt."

Ich nicke. „Jim Looney, du schaffst es immer wieder, mich zur Vernunft zu bringen. Du hast recht, wir haben gute Arbeit geleistet. Ich will versuchen, meine Vergangenheit nicht Laurens Gegenwart überschatten zu lassen."

„Ich werde immer an deiner Seite sein und dich zur Vernunft bringen, wenn es nötig ist. So wie du mich. Du bist nicht allein. Du wirst wahrscheinlich noch öfter Auf Wiedersehen sagen müssen. Aber du bist damit nicht allein. Du nimmst mit mir zusammen Abschied. Und weißt du was? Du wirst nie von mir Abschied nehmen müssen. Das verspreche ich." Jim nimmt mein Gesicht zwischen seine Hände und sieht mir in die Augen.

Seufzend schlinge ich ihm die Arme um den Nacken und drücke ihn fest an mich.

„Wir stehen das zusammen durch. Verstanden? Was sagen wir immer? Wenn du eine Kröte schlucken sollst, küss sie, und es wird ein Prinz draus." Jim und seine Sprüche.

„Lass uns mit Lauren reden. Wir beide", sage ich und nehme seine Hand. „Mein Prinz", füge ich augenzwinkernd hinzu.

Lauren hockt im Schneidersitz in ihrem Zimmer und puzzelt mit größter Konzentration und ausgestreckter Zunge. Sie hält ein Puzzlestück in der Hand und sucht die passende Stelle.

„Toll machst du das", lobt Jim sie und betrachtet den fertigen Teil des Puzzles.

„Ich bin gut im Puzzeln!", sagt Lauren ernst, und wir müssen lachen.

„Kannst du trotzdem eine Pause machen, bitte? Wir müssen uns unterhalten", sagt Jim.

Sie springt auf, läuft zu Jim und umarmt ihn.

„Nasi-Nasi!", ruft sie. Das ist ihr neuestes Ding: Nasenküsse mit uns beiden. Vor Rührung zieht sich mein Herz zusammen, als die zwei Menschen, die ich am meisten liebe, kichernd ihre Nasen aneinanderreiben.

„Ich habe Hunger", sagt sie und macht ihren typischen Schmollmund. „Darf ich Gummibären?"

„Nee, keine Gummibären. Ich hole dir was zu essen“, sage ich und gehe zur Tür.

„Später“, sagt Jim und berührt mich am Arm. „Du kriegst Milch und einen Keks. Aber erst nachdem wir uns unterhalten haben.“

„Prinzenkeks mag ich am liebsten“, lässt sie uns wissen und neigt den Kopf zur Seite.

„Ich weiß“, sage ich schuldbewusst.

Haben sich meine Pflegeltern damals auch so gefühlt wie ich jetzt?

Der Unterschied ist, dass Lauren zurück zu ihrer Mutter geht. Ich konnte nicht zurück zu meiner Mutter. Lauren wird nie wieder umziehen müssen. Nur dieses eine Mal noch. Ich sehe Jim an, und plötzlich wird mir klar, dass ich immer dachte, Lauren sei mir ähnlich, dabei ist sie Jim viel ähnlicher.

„Dir hat es gefallen, deine Mutter zu treffen, stimmt's?“, frage ich und ringe mir ein Lächeln ab.

„Ja. Sie gibt mir auch immer Prinzenkekse“, antwortet Lauren. „Und sie ist gut im Ausmalen. Sie malt nicht über die Striche, so wie ich.“

„Das ist toll“, sage ich.

„Würdest du gerne länger mit deiner Mutter zusammen sein?“, fragt Jim. „Willst du vielleicht mal bei ihr übernachten?“

Auf ihrem Gesicht breitet sich ein so strahlendes Lächeln aus, dass mir das Herz zu brechen droht. Es ist nicht schwierig, ihre Antwort zu erraten.

„Ja!“ Sie hüpft auf und ab, außer sich vor Freude. „Kann ich heute bei ihr schlafen?“

„Nicht heute“, sagt Jim. Er lächelt, obwohl seine Augen verräterisch schimmern. „Wie wäre es dieses Wochenende? Wenn du magst, würde deine Mutter es gut finden, dich für immer bei sich zu haben. Ist das nicht toll? Wenn du wieder mit deiner Mutter zusammenwohnst?“

„Aber ich wohne doch hier, du Dummi!“, ruft Lauren entrüstet. Sie sieht Jim und dann mich an. Dann lacht sie. „Das geht nicht, hier *und* da wohnen.“

„Stimmt, das geht nicht“, pflichte ich ihr bei und ziehe sie zu mir auf den Schoß. Ich atme ihren Duft ein und frage mich, wie ich ihr das erklären soll.

Wieder sieht sie Jim und mich an. „Ich wohne dann nicht mehr hier?“

„Nein, meine Süße. Aber das ist gut so. Du wirst so viel Spaß mit deiner Mutter zusammen haben, jeden Tag“, sagt Jim und hält ihre Hände zwischen seinen.

„Aber ich komm mit euch und such den Weihnachtsbaum mit aus! Ich hab was für den Weihnachtsbaum gebastelt. Einen Stern!“, sagt Lauren. „Das habt ihr versprochen. Und was man verspricht, muss man auch halten.“

„Ja, das machen wir. Und wenn wir wieder nach Hau…“ Ich halte inne. Ich darf nicht vergessen, dass das hier bald nicht mehr ihr Zuhause sein wird. „Wenn wir hierher zurückkommen. Wahrscheinlich darfst du auch deiner Mutter beim Schmücken helfen. Toll, oder? So viele Weihnachtsbäume kannst du schmücken.“ Offenbar gefällt ihr die Vorstellung. Und offenbar funktioniert mein Trick, von Tränen ist bei ihr keine Spur.

„Darf ich meinen Teddy mitnehmen, wenn ich bei Mama schlafe?“, fragt sie.

„Natürlich darfst du das. Du darfst alles mitnehmen, was du möchtest. Außer das Bett. Das passt nicht in deinen Koffer.“ Sie lacht über meinen Witz.

„Kannst du auch mitkommen?“, fragt sie und guckt mich an. Trauer erfasst jede Zelle meines Körpers.

„Nein, Liebling, das geht nicht. Aber Jim und ich werden immer für dich da sein. Unser Haus steht dir immer offen, wenn du uns brauchst“, flüstere ich an ihrem Ohr.

Das scheint sie zufriedenzustellen. Sie seufzt und kuschelt sich an mich.

„Gut. Dann müssen wir noch eins machen: Kekse essen!“, ruft Jim und rennt aus der Tür. Quietschend vor Lachen rennt Lauren ihm in die Küche hinterher.

Das war’s also.

21. KAPITEL

Vor wenigen Minuten hat Lauren das Haus verlassen, um testweise ein Wochenende bei ihrer Mutter zu verbringen, bevor sie dauerhaft bei ihr einziehen soll.

„Kann ich mit dir sprechen?“, fragt Jim.

„Ich mache uns einen Kaffee“, antworte ich und schalte den Wasserkocher ein.

„Es trifft mich härter, als ich dachte“, sagt Jim. „Als wir unsere Kurse absolviert hatten und auf unser erstes Pflegekind warteten, dachte ich, ich würde das alles im Griff haben und wüsste, worauf ich mich einlasse. Aber auf das hier kann dich nichts und niemand vorbereiten.“

Er versteht es also. Ich bin erleichtert. Gott sein Dank versteht er es.

Obwohl mein Verstand mir sagt, dass Lorcan recht hat und dass Lauren zu ihrer Mutter gehört, schreit mein Herz eine andere Wahrheit heraus. Stundenlang kann ich äußert sinnreich über Familienzusammengehörigkeit, Familienzurückführungen und wie unglaublich wichtig das alles ist dozieren. Aber mein Herz sagt etwas ganz anderes. Ich kann mich einfach nicht über diesen Verlust, diesen Schmerz freuen.

Seit Wochen beschäftigt mich ein Gedanke. Ein Gedanke, den ich vorher nicht für möglich gehalten hätte. Aber er will nicht mehr aus meinem Kopf. Ich muss Jim davon erzählen. Dank seiner Beichte eben habe ich weniger Bedenken, es ihm mitzuteilen.

„Ich glaube, ich kann das nicht mehr.“ So, jetzt ist es draußen. „Es ist einfach zu schmerzhaft.“

Oh, vielleicht versteht er es doch nicht, denn der Schock über meine Worte steht ihm ins Gesicht geschrieben.

„Du willst eine Pause, meinst du? Wir können das Lorcan sagen. Dass er uns ein paar Wochen lang keine Kinder in Pflege gibt, damit wir mal zur Ruhe kommen.“

„Ich weiß nicht." Ratlos zucke ich mit den Schultern. Ich will ehrlich zu ihm sein, lügen kann ich nicht. „Ich bin so müde. Wir haben immer nahtlos weitergemacht, seit wir die Kurse absolviert haben. Erst mussten wir im Haus klar Schiff machen, dann die Besuche der Sozialarbeiter, all die Hürden, die wir nehmen mussten, um alles unter Dach und Fach zu kriegen und alles kindersicher zu machen."

„Ja, das war lästig", pflichtet Jim mir bei. „Manchmal wünschte ich auch, ich wäre mehr Herr im Haus und müsste mir nicht vorschreiben lassen, wo wir die Scheuermilch aufzubewahren haben."

„Wir haben es so gewollt." Ich seufze.

„Ja, und ich mag es so. Ich dachte, dir gefällt es auch." Offensichtlich ist Jim gekränkt. Wir haben eigentlich nie Meinungsverschiedenheiten. Wie sagt Tess immer? Wir seien ein Herz und eine Seele.

Jims Blicken nach zu urteilen, bringt mich Ehrlichkeit hier nicht weiter, so scheint es. Ich will, dass er mich versteht.

„Was, glaubst du, passiert als Nächstes? Lorcan ruft an und teilt uns mit, dass er ein neues Pflegekind für uns hat. Wir kümmern uns um das Kind, kuscheln und knuddeln. Ich kann das nicht ohne ein Quäntchen Mutterliebe. Dafür bin ich nicht geschaffen."

„Gott sei Dank, dass du so bist, wie du bist", erwidert Jim. „Für dein großes Herz und deine Fähigkeit zu lieben, liebe ich dich."

Deinem Schicksal kannst du nicht entrinnen.

Dolores' Worte verfolgen mich noch immer. Sie hat mich ja auch erschaffen. Was, wenn ich ihre Gene habe? Meine Gedanken purzeln durcheinander und treiben mich noch in den Wahnsinn. Ich glaube, ich verliere den Verstand.

„Macht dich die Ohnmacht nicht auch wahnsinnig, Jim? Wir haben absolut kein Mitspracherecht, was die Zukunft der Kinder angeht. Da werden einfach Entscheidungen getroffen, die wir akzeptieren müssen." Das ist so ungerecht.

„Du hast wirklich geglaubt, Lauren gehöre zu uns, nicht wahr?", fragt Jim.

„Ja", gestehe ich, und Jim stößt einen langen Seufzer aus. Dabei runzelt er die Stirn. Waren diese Sorgenfalten gestern auch schon da? Er geht auf mich zu.

„Ich möchte auch ein Kind, das für immer bleibt. Vielleicht sollten wir es noch mal versuchen. Es ist jetzt drei Jahre her. Was meinst du?"

Drei Jahre? Mir kommt es vor, als sei es gestern gewesen.

„Rede mit mir, Belle! Schweig nicht wieder", fleht er. „Ich kann das nicht ertragen. Wir müssen darüber reden."

Was soll ich sagen, Jim? Dass kein Tag vergeht, an dem ich nicht an unser Kind denke? Dass es Quatsch ist, dass die Zeit alle Wunden heilt? Denn auch nach drei Jahren tut es immer noch so weh wie an dem Tag, als unser Baby in meinem Bauch starb. Noch nicht einmal so etwas Einfaches, wie unser Kind am Leben zu halten, habe ich geschafft.

„Ich will verstehen, was in dir vorgeht. Sagst du, dass du nie wieder ein Pflegekind aufnehmen und auch kein eigenes Kind haben willst?" Da ist dieser schneidende Ton in seiner Stimme, der in den letzten Wochen immer schärfer geworden ist.

„Ich weiß es nicht. Es tut mir leid, Jim", sage ich. Meine Worte hängen schwer in der Luft und senken sich genau zwischen uns.

22. KAPITEL

Man könnte die Luft zwischen uns schneiden, so angespannt ist die Stimmung. Jims Enttäuschung ist beinah greifbar, ich spüre sie in jeder Pore, jeder Zelle meines Körpers. Die Vorfreude auf Weihnachten ist hinüber. Ich enttäusche ihn, aber ich kann nichts daran ändern.

Er lauert und wartet darauf, dass wir reden. Das Ding ist bloß: Ich muss mich nicht mit ihm zusammensetzen und mir haarklein von ihm erklären lassen, was er von mir will.

Die Geister der Vergangenheit, die seit Jahren heimlich ihr Unwesen treiben, reißen jetzt ihre hässlichen Fratzen auf.

Allerdings bin ich so geladen, dass ich die blöden Geister eigenhändig erwürgen könnte.

„Hör auf damit", sage ich Jim, worauf er mich überrascht ansieht.

„Womit?", fragt er unschuldig. Dabei weiß er das genau.

„Das geht so nicht, Jim. Ich weiß, dass dir etwas auf der Zunge liegt. Das Unausgesprochene will unbedingt aus dir raus. Aber nicht heute. Dies ist Laurens letztes Wochenende bei uns. Lass uns ihr das nicht kaputtmachen", sage ich.

„Du hast recht", lenkt er sofort ein.

„Dann sind wir uns einig, dass wir das Thema erst mal ruhen lassen? Also keine Anspielungen, keine Bemerkungen über Krippen und Ähnliches?"

„Einverstanden", antwortet Jim. Schweigend sitzen wir eine Weile da und lauschen Lauren, die mit ihrem „Baby" redet. Ihr aktuelles Baby ist ein brauner Stofftieraffe.

„Sollen wir ein Weihnachtsvideo gucken? Lauren kann es aussuchen. Das lenkt uns ab", schlägt Jim vor.

„Gute Idee." Ja, das klingt perfekt.

Lauren ist auch einverstanden. Nach einer längeren Diskussion über die Auswahl des Films entscheidet sie sich für den „Polarexpress". Ein Film, der in diesem Haushalt schon länger hoch im Kurs steht.

„Soll ich uns eine heiße Schokolade machen, bevor wir den Film einlegen?", fragt Jim.

„Mit Schaumküssen?" Aufgeregt springt Lauren auf dem Sofa auf und ab.

„Das heißt also Ja. Ich wollte mein Spezialrezept zubereiten: heiße Schokolade mit Schaumküssen, Sahne und Schokoraspeln obendrauf", erklärt Jim.

„Dann noch ein Mon Chéri dazu, und meine ewige Liebe ist dir gewiss", sage ich.

„Mach ich."

„Alle einsteigen!", tönt es kurz darauf aus dem Fernseher, und wir sinken mit dem Becher Kakao in der Hand in die Kissen auf unserem großen Sofa.

Als die Lok durch die verlassene Straße des kleinen Jungen dampft, halten wir die Luft an. Das Bild ist überwältigend, auch nach dem x-ten Male kriege ich bei der Szene immer noch eine Gänsehaut.

„Sie trägt dasselbe Nachthemd wie ich", ruft Lauren, zeigt auf das Mädchen im Zug und guckt zur Sicherheit an ihrem eigenen Nachthemd hinunter.

„Das stimmt", pflichte ich ihr bei.

Über unsere Kakaobecher hinweg betrachten wir die wundervolle blaue Winterlandschaft auf dem Bildschirm. Ich wünschte, wir könnten für immer hier sitzen bleiben, Kakao trinken und Videos schauen.

Je näher der Zug dem Nordpol kommt, desto größer wird die Aufregung in unserem Wohnzimmer. Lauren springt von mir zu Jim und kommentiert ohne Unterlass das Geschehen im Fernseher.

Als der Zug in halsbrecherischem Tempo über die Schneelandschaft fegt, kuschelt sie sich ängstlich an mich. An dieser Stelle bekommt sie immer Angst. Das muss ich Alicia sagen. Lauren scheint so furchtlos zu sein, aber manche Dinge ängstigen sie ungemein.

Sie kann Leitern nicht ausstehen und hat Höhenangst. Aber sie springt in jedes Schwimmbecken, als sei nichts dabei. Sie fürchtet sich vor Spinnen, Mäuse allerdings findet sie „süß“ oder vielmehr: „szüsz“. Ja, ich werde Alicia eine Liste schreiben.

Jetzt will ich mich aber lieber auf den Film und diesen Augenblick konzentrieren. Auf meine Familie, die zusammen auf dem Sofa sitzt. Bei der Szene mit den Rentieren, an deren Zaumzeug die silbernen Glocken klingeln, halten wir alle fasziniert den Atem an.

„Dasz ist dasz zschönste Geräuzsch auf der ganszen Welt“, lispelt Lauren. Und ich muss ihr zustimmen.

Sie rennt zu ihrem Weihnachtsbaum und sucht nach der silbernen Glocke. Als sie sie entdeckt, streckt sie sich nach ihr. Aber selbst auf Zehenspitzen kommt sie nicht heran. Daher geht Jim zu ihr und hebt sie hoch. Selig lächelnd umfasst sie mit ihren kleinen Händen die Glocke und klingelt. Genau in dem Moment betritt der Weihnachtsmann in dem Film den Hof, auf dem die Elfen und Kinder versammelt sind.

„Warum hört er die Glocken nicht?“, fragt sie in völligem Unverständnis darüber, dass der Junge auf dem Bildschirm nicht hört, was alle anderen hören.

„Weil er nicht an den Weihnachtsmann glaubt“, erkläre ich ihr. „Nur wer an den Weihnachtsmann und an Wunder glaubt, hört die Glocken läuten.“

„Ich glaube daran“, sprudelt es aus ihr heraus. Ihre Augen leuchten. „Glaubst du auch daran, Belle?“

„Ja, ich glaube daran.“

Wäre ich Pinocchio, würde mir die Nase lang wachsen.

Früher habe ich an Wunder geglaubt. Jetzt weiß ich, dass sie nur in Märchen vorkommen. Ich wünschte, ich wäre wieder zehn und könnte mir etwas von meinem Glauben an Wunder bewahren.

Noch vor dem Abspann werden Laurens Lider schwer, und sie sinkt schlaftrunken an meine Schulter. Jim hebt sie auf die Arme und trägt sie in ihr Bett. Der Anblick meines Ehemanns mit einem kleinen Kind auf dem Arm versetzt mir einen Stich.

Jim ist ein toller Vater. Wenn es je einen Mann gab, der zum Vatersein geboren wurde, dann ihn. Was, wenn ich ihm seinen Wunsch nicht erfüllen kann?

„Glaubst du wirklich noch daran?“, fragt Jim, als er zurück ins Wohnzimmer kommt. Mittlerweile ist es dunkel geworden. Nur die letzten Flammen im Kamin werfen Licht auf den Fußboden vor uns.

Ich zucke die Schultern. Dann sehe ich zur Tür und gähne. Ich gehe lieber ins Bett, bevor er weiterredet. Vorhin hatte er doch versprochen, das Thema ruhen zu lassen. Jetzt sieht er aber sehr entschlossen aus.

„Früher hast du an Wunder geglaubt“, sagt er. „Das habe ich als Kind am meisten an dir geliebt. Dass du unerschütterlich daran geglaubt hast, dass alles gut wird.“

Tatsächlich kommt es mir vor, als sei das eine Ewigkeit her.

„Deinetwegen habe ich auch an Wunder geglaubt und daran, dass alles gut wird“, sagt Jim.

„Ich glaube, Tess war damals näher an der Wahrheit dran. Sie sagte, das gibt es nur im Märchen“, erwidere ich.

„Nein, ich glaube fest daran, dass wir unser Happy End wie im Märchen erleben werden und glücklich und zufrieden bis ans Ende unserer Tage leben werden. Und das Glück ist ganz nah, ich kann es schon spüren“, sagt Jim. „Wir müssen nur den Mut haben, es am Schlafittchen zu packen.“

„Vielleicht sind wir schon glücklich und zufrieden. Wir haben geheiratet, wir hatten Pflegekinder. Reicht uns das nicht? Reicht *dir* das nicht?", frage ich.

„Es bedeutet mir die Welt. Und es ist reichlich. Das ist mehr, als die meisten Menschen haben", antwortet Jim. „Dennoch glaube ich, dass ein anderer glücklicher Ausgang vor uns liegt. Ich glaube, dass wir ein Kind bekommen sollten."

Unterschiedlicherer Meinung könnten wir zu diesem Thema nicht sein. Das ist schon nicht mehr lustig. Hat Jim denn nicht bedacht, was auf dem Spiel steht?

„Was hat der alte Mann in dem Film eben gesagt?", frage ich Jim.

„Weiß ich nicht." Jim scheint über den Themenwechsel verwirrt.

„Man glaubt nur, was man sieht. Das hat er zu dem kleinen Jungen gesagt. Man glaubt nur, was man sieht. Was ich sehe, wenn ich an uns und ein Baby denke, ist der Tag im Krankenhaus. Und der hat mir jeden Glauben an Wunder geraubt", sage ich.

„Es muss nicht wieder so sein", gibt Jim zu bedenken.

„Ich habe nicht die Kraft, das noch einmal durchzumachen. Das würde ich nicht ein weiteres Mal überstehen."

„Du bist doch nicht schwach", sagt Jim.

Er versteht es nicht, und ich seufze. „Ich bin müde. Ich gehe zu Bett."

Aufgebracht steht Jim auf und läuft im Wohnzimmer auf und ab, dabei wirft er mir gekränkte, vorwurfsvolle Blicke zu.

„Ja, geh zu Bett, und lauf vor unserem Problem davon", bricht es aus ihm heraus.

„Ich bin müde", sage ich und sehe ihn nun meinerseits gekränkt an.

„Bevor du gehst, lass mich aber auf deinen Vorwurf eingehen", sagt Jim.

Wovon redet er? Was habe ich ihm vorgeworfen?

„Ich verstehe dich also nicht, ja?", fragt er.

Aha, das werfe ich ihm vor, ja.

„Ja, klar, was weiß ich schon davon? Ich bin ja nur der Vater.“ Er unterbricht sich, holt tief Luft und fährt dann fort. Wie eine Lawine, die sich vom Hang löst und ins Tal stürzt, sprudeln die Worte aus ihm heraus.

„Weißt du, was ich gedacht habe, wenn wieder jemand sagte: ‚Es sollte wohl nicht sein‘ oder ‚Vielleicht war es besser so‘?“, fragt er, und mit jeder Silbe wird seine Stimme höher.

Stocksteif vor Anspannung schüttele ich den Kopf, statt zu antworten.

„Ich dachte: Verfluchte Idioten! Haltet eure Klappe! Das dachte ich. Gesagt habe ich das natürlich nicht, sondern den Leuten für ihr Mitleid gedankt.“

Wahrscheinlich sagen wir beide bei diesem schmerzvollen Thema nicht immer das, was wir denken. Beschämt gestehe ich mir ein, womöglich so sehr in meiner eigenen Trauer gefangen gewesen zu sein, dass ich mich nicht gefragt habe, wie es Jim geht. Seit wann bin ich so selbstsüchtig?

„Ich hatte nur dich und deinen Schmerz im Blick und habe darüber meine Wut auf die Welt ausgeblendet.“

Beschwichtigend will ich Jim die Hand auf den Arm legen, ich will ihn berühren. Er ist am Boden zerstört. Aber er weicht mir aus und läuft weiter im Zimmer auf und ab.

„Ich hatte auch Albträume. Du bist nicht die Einzige. Jetzt kommen sie nicht mehr so oft, aber in dem ersten Jahr danach hatte ich regelmäßig welche.“

„Das hast du mir nie erzählt“, sage ich und schäme mich, davon nichts gewusst zu haben. Hätte ich es merken sollen? Ja, verdammt, das hätte ich.

„Ich wollte dich nicht noch mehr belasten, Belle. Du warst zu sehr mit deiner eigenen Trauer beschäftigt. Aber heute, von meinem jetzigen Standpunkt aus, denke ich, dass ich dir vielleicht davon hätte erzählen sollen. Damit du weißt, dass ich sehr wohl verstehe, wie es ist, Angst zu haben. Um ehrlich zu sein, habe ich wahnsinnige Angst. Trotzdem glaube ich, dass es das wert ist, dass wir es wenigstens noch einmal versuchen sollten. Und ich glaube, dass wir es schaffen können."

Endlich hört er auf, hin und her zu rennen, und lässt sich aufs Sofa fallen.

Eine Weile sitzen wir beide schweigend da, gefangen in unserer Trauer.

„Denkst du manchmal darüber nach, wie es wäre, wenn unser Kind leben würde?", frage ich ihn.

Jim nickt. „Ständig. Manchmal stelle ich mir vor, dass wir in einem anderen Leben jetzt eine drei Jahre alte Tochter hätten. Sie würde im September in die Kita kommen. Sie wäre so eigenwillig wie ihre Mutter. Sie hat ein freundliches Wesen und Humor und ist bildhübsch. Wie ihre Mutter", sagt er.

„Wie heißt sie in diesem anderen Leben?", flüstere ich.

„Rose. Wie meine Großmutter."

„Ein schöner Name. Ich dachte, das würde nur ich tun", sage ich überrascht. „Mir vorstellen, was sie jetzt machen würde, wenn sie am Leben wäre, meine ich."

Ich rücke näher an ihn ran und berühre sein Haar, streiche ihm die Strähne aus der Stirn, eine Geste, die so alt ist wie wir.

„Wir sind sehr gut", sagt Jim.

„Worin?"

„Wir sind gute Eltern. Wir haben alles durch. Jedes Alter und jede Befindlichkeit. Vom Neugeborenen zum Pubertier und jede Phase, die dazwischen kommt. Wir haben's einfach drauf. Meinst du nicht?", fragt er und zwinkert mir zu.

„Sooo schlecht sind wir wohl nicht", sage ich und stupse ihn an. „Na ja, einmal ist uns Erin im Supermarkt abhandengekommen."

„Das war ein kleiner Teufel. Wir hätten sie chippen lassen sollen, wie einen Hund. Ständig war sie auf und davon. Aber abgesehen davon, dass uns ein Kind im Supermarkt weggelaufen ist, sind wir ganz gut. Wir können einem Kind so viel bieten. Das musst du zugeben."

Ich nicke.

„Ich möchte es nur noch einmal versucht haben. Wenn es dann nicht klappt, haben wir uns nichts vorzuwerfen", sagt Jim. „Bitte überlege es dir."

„Ich denke zurzeit an kaum etwas anderes."

Er verzieht das Gesicht. Der junge, fröhliche Jim, den ich kannte, ist verschwunden. Er sieht alt und vergrämt aus. Und das ist meine Schuld. Meinetwegen hat er Sorgen und Kummer und altert. Direkt vor meinen Augen.

„Bitte, Belle …" Flehentlich schaut er mich an.

Am liebsten würde ich zu ihm sagen: Hopp, hopp, lass uns sofort anfangen mit dem Kinderkriegen. Doch ich kann nicht. Die Angst lähmt mich.

Die Angst davor, was alles passieren könnte, wenn ich nicht schwanger werde. Die Angst davor, was alles passieren könnte, wenn ich doch schwanger werde. Und das Baby verliere. Die Angst, dass ich so bin wie meine Mutter. Und dass ich die Generation wäre, die wünschte, nie ein Kind geboren zu haben.

Ich wünschte, ich könnte diese Gedanken wegwischen. Ich wünschte, ich könnte diese Gedanken, von denen ich weiß, dass sie irrational sind, einfach ausmerzen. Aber ich bin vor Angst wie versteinert. Die Gedanken haben längst Wurzeln geschlagen und wuchern jetzt wild wie Unkraut.

Zärtlich lege ich die Arme um ihn und halte ihn ganz fest. Ich wünschte, die Dinge wären anders. „Es tut mir so leid, dass ich nicht für dich da war, als du mich gebraucht hast."

„Du warst da. Jeden Tag. Mit dir zusammen zu sein, dich zu lieben, von dir geliebt zu werden, das hat mich gerettet", erwidert Jim.

„Ich liebe dich, Jim. Vergiss das nie."

23. KAPITEL

Ich stehe in unserer Auffahrt und lächle wie blöd. Fühlt es sich nur so an, oder sieht man mir den Irrsinn an? Wie von Sinnen winke ich. Meine Schulter schmerzt schon. Immerhin lenkt sie mich ab. Ich höre Jims schweren Atem und spüre ihn in meinem Nacken.

Der Tag, vor dem wir uns so gefürchtet haben, ist nun gekommen. Bereit bin ich nicht, kein bisschen.

Das Glück des Kindes wiegt meine Trauer auf.

So hat Tess das gesagt. An diesen Satz klammere ich mich wie eine Ertrinkende an einen Rettungsring. Er gibt mir Halt. Nur so kann ich lächeln und winken, obwohl sich mein Herz schmerzhaft zusammenzieht.

Lauren dreht sich auf dem Rücksitz des Wagens, um Jim und mich besser sehen zu können. Sie lächelt und winkt ebenfalls. Ich habe sie den Vormittag lang genau beobachtet, und es besteht kein Zweifel: Ihr Lachen ist echt, auch ihre Augen lachen. Ich freue mich für sie. Denn nur das zählt.

„Das ist das Schwerste. Der Abschied“, meint Jim.

„Für uns ja, aber nicht für Lauren. Sie nimmt nicht Abschied, sondern fängt gerade ein neues Leben an. Das ist der Unterschied.“ Ich schließe die Augen, und eine Zahl flackert in meinem Geiste auf. Mir wird schwindelig.

Einhundertsieben.

Das war’s. Ich bin am Ende.

24. KAPITEL

Dezember 2015

Das geht so nicht weiter, Belle. Seit Lauren weg ist, hast du kein einziges Wort mehr gesprochen. Ich vermisse sie doch auch!", sagt Jim.

„Entschuldigung", murmle ich und frage mich, wie er es, um alles in der Welt, mit mir aushält. Ich an seiner Stelle würde das nicht schaffen.

„Du brauchst dich nicht zu entschuldigen. Ich verstehe es, ich verstehe dich. Aber bitte denke daran, dass ich auch noch hier bin. Du ignorierst mich, du schließt mich aus. Und ich vermisse dich, ich vermisse *uns*", sagt Jim. „Vielleicht sollten wir mal rausfahren, Zeit zu zweit verbringen. Nur wir beide. Und ein bisschen Spaß haben."

Ich sehe ihn an und wünschte, ich könnte etwas sagen, damit alles wieder in Ordnung kommt. Er verdient das hier einfach nicht.

„Wir könnten den Weihnachtsbaum holen, den für den Flur. Es sieht hier so kahl aus", schlägt er vor. „Danach gehen wir essen oder nehmen einen Drink." Er bemüht sich so sehr. Das Mindeste, was ich tun kann, ist Begeisterung mimen.

„Das klingt gut", sage ich. Als ich ihn lächeln sehe, nehme ich mir fest vor, irgendwie aus diesem Tief herauszukommen. Den Christbaumkauf habe ich nur deshalb aufgeschoben, weil Lauren nicht mehr hier ist.

Offenbar machen sich meine Mitmenschen dieser Tage Sorgen um mich. Und das geht gar nicht. Tess war gestern Abend hier. Die Soldaten stellen sich auf, ich werde umzingelt. Ich konnte sie und Jim im Flur flüstern hören. Sie sollten an ihrer Taktik arbeiten, ich konnte jedes einzelne Wort verstehen.

Vielleich hat Jim recht, und es täte mir gut, rauszukommen und abzuschalten.

„Gib mir fünf Minuten. Ich ziehe mich an, und dann gehen wir den Baum holen“, sage ich.

„Zieh dich warm an. Es ist arschkalt da draußen!“ Jim lächelt mich an.

Als ich kurze Zeit später runterkomme, steht Jim schon im Flur. Er trägt seinen bunten Doctor-Who-Schal.

Jim Looney, mein Goldjunge.

„Den hast du getragen, als du mich das erste Mal geküsst hast“, sage ich.

„Was glaubst du, warum ich ihn all die Jahre aufbewahrt habe?“, fragt er kokett. „Hoffentlich bekomme ich heute Abend dank dieses wunderbaren Schals einen Kuss.“

Ich hauche ihm einen Kuss auf die Lippen. Lachend wie die Teenager springen wir ins Auto. Unsere Regenstiefel verstauen wir hinter den Sitzen. Auf den Feldern der Baumschule wird es matschig sein. Im Wagen schalte ich Christmas FM ein, meinen Lieblingssender, der ausschließlich Weihnachtslieder spielt. Die Musik passt perfekt zu unserem Trip. Laut singen wir mit. Wenn man aus voller Kehle „Last Christmas“ von Wham schmettert, kann man keine schlechte Laune haben. Ich linse zu Jim rüber, und auch er grinst sich einen.

Die Baumschule ist gut besucht, mindestens ein Dutzend Autos stehen vor der Einfahrt Schlange. Ich bin ein bisschen aufgeregt, ich liebe dieses alljährliche Erlebnis einfach.

„Besorgen wir einen Baum am Stand, oder sollen wir mit der Axt losziehen und selber einen fällen?“, will Jim wissen.

„Das fragst du noch?!“, rufe ich gespielt empört und ziehe die Säge unterm Sitz hervor.

Er lacht. „Frau Försterin, dann kommen Sie! Lass uns einen Baum schlagen!“

Bedächtig gehen wir die Reihen auf und ab und begutachten

Baum für Baum. Als alte Hasen, die das jedes Jahr machen, wissen wir, worauf wir achten müssen. Wir suchen eine sattgrüne, üppige Tanne. Gerade gewachsen, etwa zwei Meter hoch, gern auch größer.

„Wie das duftet! Und wie wunderschön die Nadeln sind …", schwärme ich.

„Dieser! Wie wär's mit diesem hier?", ruft Jim zwischen Zweigen hindurch. „Duftet der wunderschön genug für dich?"

„Nicht schlecht, aber auch nicht perfekt. Irgendwie zu spitz. Lass mal da drüben gucken."

„Hier! Dieser! Der Hammer!", ruft Jim vor einem riesigen Oschi.

„Wahnsinn! Passt der in unseren Flur?", frage ich und zücke das Maßband, das ich in meiner Manteltasche dabeihabe. Zwei Meter und zehn. „Weißt du noch, wie wir das erste Mal zusammen einen Baum ausgesucht haben?"

„Ein Kettensägenmassaker!" Jim lacht. „Hat ewig gedauert, bis wir den zurechtgestutzt hatten. Zwischendurch dachten wir, der passt nie. Stimmt, lass uns weitersuchen."

„Jim, guck mal hier!", rufe ich aufgeregt und zeige auf einen Baum zu unserer Linken. „Der ist perfekt." Ich renne hin und rieche daran. Jim hebt einen Zweig und klopft fachmännisch gegen die silbrige Rinde am Stamm. Ich weiß genau, dass er keinen blassen Schimmer hat, warum man das tut. Aber er macht das, seit wir in unserem ersten Jahr einen Mann bei ebendiesem Klopfen an einen Stamm beobachtet haben.

Während ich noch die Tanne messe, die auf den Millimeter genau zwei Meter hoch ist, sagt Jim im Brustton der Überzeugung: „Die hier ist es!"

Schon kniet er sich auf den Boden und fängt zu sägen an.

„Los, erzähl ihn, deinen Witz!", fordere ich ihn auf.

Mit seinem Kleiner-Junge-Blick sieht er mich an: „Was sagt ein Holzfäller zum anderen?"

„Keine Ahnung. Sag es.“ Ich lache, obwohl ich die Antwort natürlich auswendig kenne.

„Ich hab auch keine Ahnung. Fräg die Säg’.“ Er bricht über seinen lahmen Witz in schallendes Gelächter aus.

„Jedes Jahr derselbe blöde ...“ Ich stimme in sein Lachen mit ein.

„Ich bin halt ein beständiger Typ. Außerdem lachst du ja auch jedes Jahr“, verteidigt er sich, und dann, als der Baum fällt, ruft er wie jedes Jahr im Tone eines Förstermeisters: „Baum fällt!“

Höchst zufrieden tragen wir den Baum zur Kasse und dann ins Auto.

„Hast du Hunger?“, fragt Jim mich.

Zum ersten Mal seit Tagen habe ich tatsächlich einen Bärenhunger. „Und ob!“, antworte ich.

„Ich auch. Lass uns auf dem Heimweg irgendwo einkehren, und zu Hause genehmigen wir uns dann einen Drink.“

Nach wenigen Meilen finden wir einen Pub abseits der Hauptstraße. Er ist klein, aber in der Mitte des Gastraums lodert ein großes Kaminfeuer. Der Laden ist voll, offenbar wollen wir wie viele Gäste ein spätes Mittagessen.

Eine Weile sitzen wir nur still da und genießen die lebhafte Atmosphäre. Es ist laut, aber nicht zu laut, um sich unterhalten zu können.

„Eine gute Idee“, sage ich, als unser Essen kommt. Eine andere Umgebung, raus aus dem Trott und dem Haus, das tut uns zur Abwechslung gut. „Ich will gar nicht mehr nach Hause“, entfährt es mir.

Schon springt Jim auf. „Bin gleich zurück.“

Zehn Minuten später kommt er mit einem Bier und einem Gin Tonic zurück.

„Ein Bier vor vier?“, sage ich in gespielter Empörung.

„Irgendwo auf diesem Planeten ist es nach vier.“ Er klingt sehr aufgeräumt.

Was hat mein Mann vor?

„Du hast gesagt, du möchtest hierbleiben. Zaubern kann ich zwar nicht, aber wir können eine Nacht blaumachen. Die haben hier B&B. Ich habe uns ein Zimmer gebucht. Sodass wir jetzt ein paar wohlverdiente Drinks zu uns nehmen können."

„Genial!" Begeistert beuge ich mich über den Tisch und drücke ihm einen Kuss auf die Lippen.

„Ich geb mein Bestes", lächelt er. „Ich meine es ernst. Wir arbeiten hart. Das haben wir uns verdient. Lass uns diesen Abend einfach genießen."

25. KAPITEL

„Ich bin nicht dick, nur ein bisschen schwanger", liest Shelly, unsere Hebamme, den Spruch auf meinem T-Shirt, das sich um meinen stetig größer werdenden Bauch spannt.

Nee, ich hätte auch nie gedacht, dass ich Schwangerschafts-T-Shirts mit lustigen Sprüchen tragen würde. Jetzt habe ich etliche davon. Auf meinem Lieblings-T-Shirt steht: „Ich bin ein Baby, holt mich hier raus."

„Das hat Jim mir geschenkt", sage ich und lächle meinen Mann an, der seinerseits breit grinst. Heute erfahren wir, ob es eine Junge oder ein Mädchen wird. Es ist der große Gesundheits-Check in der zwanzigsten Woche, also nach der Hälfte der Schwangerschaft.

„Wie geht es Ihnen?", fragt Shelly und hebt mein T-Shirt, um das kalte Gel auf meinem Bauch aufzutragen.

„Wunderbar!", antworte ich. „Wenn man mal vom Sodbrennen, dem Gerenne aufs Klo und der Müdigkeit, die mich überall überfällt, absieht."

„Shelly, fragen Sie nicht, wie es mir *geht. Ich muss nachts zum Kiosk flitzen, weil Madame Schokolade braucht oder eine Capri-Sonne. Letzte Nacht um Viertel vor zwölf, um Mitternacht!, wollte sie unbedingt Kartoffelpüree haben!", beschwert sich Jim.*

Dabei lächelt er. In Wahrheit genießt er es, mir jeden Wunsch von den Augen abzulesen. Ich fühle mich umsorgt und umhegt, geliebt und geschätzt wie noch nie.

Shelly stimmt in unser Lachen mit ein. Dann fährt sie mit dem Ultraschallgerät über meinen Bauch. Wir hören auf zu lachen und blicken gespannt auf den Monitor und unser Baby. Jim drückt meine Hand, und wir halten beide den Atem an. Gleich wird wieder das wunderschöne Geräusch, das „Ba Bamm Ba Bamm" zu hören sein.

Aber warum ist es so still? Irgendetwas fühlt sich anders als beim letzten Mal an. Ich sehe Jim an. Er lächelt immer noch. Jeder Nerv in meinem Körper spannt sich unheilvoll an.

Shelly schaltet das Gerät aus und wieder an, so wie einen alten flackernden Fernsehapparat.

„Ach, die Technik!", spöttelt Jim. Doch seine Stimme verrät ihn. Sie klingt leicht erstickt. Das Lächeln steht noch in seinem Gesicht, aber nicht in seinen Augen.

Es ist zu still. Ich möchte wegrennen, mit dem blauen Glibber auf meinem Bauch, einfach nur weg und so lange rennen, bis ich nicht mehr kann.

In dem Behandlungszimmer ist es jetzt so ruhig, dass man eine Stecknadel fallen hören könnte. Shelly sucht immer noch meinen Unterleib ab und bewegt mechanisch die Sonde über meinen Bauch. Das einzige Geräusch ist das stumme Rauschen der Maschine.

„Ich hole den Arzt. Er soll sich das angucken", sagt Shelly.

„Stimmt etwas nicht?", will Jim wissen.

„Ich bin gleich zurück", gibt Shelly zurück und verlässt das Zimmer, ohne uns anzusehen.

Ich sehe auf den blauen Glibber auf meinem Bauch. Kalt ist er jetzt nicht mehr. Stumm harren wir aus. Auszusprechen, was uns durch den Kopf geht, trauen wir uns nicht. Ich werfe noch einen Blick auf den Monitor und strecke die Hand nach dem Baby aus, das da noch zu sehen ist.

Du schläfst, du ruhst dich nur ein bisschen aus. Hast keine Lust, deinen Eltern hier etwas vorzuturnen, in Ordnung. Aber jetzt solltest du doch mal aufwachen, Kleines. Du machst Mama und Papa Angst.

Abrupt setze ich mich auf. Ich bin schweißgebadet.

„Ein Albtraum, es war nur ein Albtraum", sage ich zu Jim, der mich besorgt ansieht.

„Wieder der mit dem Feuer?", fragt er.

„Nein. Diesmal nicht", sage ich und wische mir eine Träne von der Wange.

Ich stehe auf, um ins Badezimmer zu gehen. Dabei stoße ich mir den Zeh an dem Nachttisch.

„Verda...", schreie ich vor Schmerz auf.

„Wie spät ist es?", fragt Jim und sieht auf die Uhr. „Schon zehn! Dann sollten wir in die Hufe kommen. Check-out ist um halb elf. Ui, mein Kopf. Vielleicht habe ich gestern ein Bier zu viel getrunken."

„Aber es hat Spaß gemacht", sage ich und knuffe ihm in die Seite. „Das hat mir gutgetan. Danke."

Zwanzig Minuten später sitzen wir im Auto und machen uns auf den Heimweg. „Wenn wir zu Hause sind, mache ich den Kamin an und brutzle dir ein herzhaftes Frühstück. Und liegen da nicht noch stapelweise DVDs, die wir schon längst gucken wollten?", sagt Jim.

„Das klingt herrlich. Schön gemütlich. Das sollten wir öfter machen. Nur wir beide", gebe ich zurück.

„Finde ich auch. Wir wissen ja nicht, was noch auf uns zukommt."

Sehnsüchtig sieht er mich an. Ich unterdrücke ein Stöhnen. Nein, ich will das jetzt nicht diskutieren. Ich will keinen Streit und die gute Stimmung zwischen uns nicht kaputtmachen.

Aber Jim funkt offenbar auf einer anderen Wellenlänge und will reden. „Um Gottes willen, Belle, bitte sag was!" In dem Moment rastet in meinem Kopf etwas aus.

Dennoch gelingt es mir, halbwegs ruhig zu sagen: „Muss das unbedingt jetzt sein?"

„Ich will doch nur mit dir reden. Was soll daran schlimm sein?"

„Reden ist nicht schlimm. Schlimm ist, dass ich dir bereits

x-mal gesagt habe, dass ich das nicht mehr kann. Und du hackst fröhlich weiter auf mir herum. Ein Baby. Ein Pflegekind. Hör auf, Lauren nachzuweinen. Hack, hack, hack", platzt es aus mir heraus.

„Das ist ungerecht", sagt Jim und hebt abwehrend die Hand, als könne er sich so vor meinen Worten schützen. Ich weiß, dass ich ihm Unrecht tue. Aber was ist schon gerecht?

Wenn er doch nur ansatzweise verstünde, wie es mir geht, würde er mich endlich in Ruhe lassen.

„Ständig redest du auf mich ein. Du hast doch keine Ahnung. Ich bin diejenige, die das am eigenen Leib erleben musste. Das Baby ist in meinem Bauch gestorben. Nicht in deinem", fahre ich ihn an.

Sein entsetzter Gesichtsausdruck sagt mir, dass ich zu weit gegangen bin.

„Und ich bin derjenige, der mit ansehen musste, wie du durch die Hölle gegangen bist. Und ich stand völlig hilflos daneben und konnte nichts tun. Sag nicht, dass es mich nicht berührt hätte!", schreit er mich an und wendet dabei den Blick von der Straße. „Das habe ich dir schon einmal erzählt. Hörst du mir denn nicht zu?"

„Wenn du weißt, wie es sich angefühlt hat, wie kannst du dann wollen, dass ich das noch mal durchmache?", schreie ich zurück.

„Wie ich das hasse, Belle. Wir streiten uns über etwas, das eigentlich schön ist, ein Baby, um Gottes willen!"

„Wir hatten ein Baby. Aber es ist gestorben. Sie ist nicht mehr aufgewacht, Jim. Es war meine Aufgabe, sie zu schützen, und ich habe versagt. Vielleicht bin ich doch wie Dolores", sage ich. Mir ist nicht mehr nach Kämpfen zumute.

„Sag so was nicht. Du bist überhaupt nicht wie sie. Es war nicht deine Schuld. Es ist einfach passiert", beteuert Jim.

Wie oft habe ich das schon gehört? Warum kann ich es immer noch nicht glauben? Die Scham und die Schuld, das Gefühl, dass es doch mein Fehler war, werde ich nicht los.

„Tu dir das nicht an“, sagt Jim. Die Kampfeslust ist auch aus ihm gewichen. Ich sehe nur Liebe und Sorgen in seinen Augen.

„Ich weiß nicht, wie ich aufhören soll“, sage ich resigniert und fühle mich dabei wie unser Tannenbaum, der umfällt. Der, wenn er erst ins Fallen gerät, nicht mehr zu halten ist. Ich weiß, dass ich Jim gegenüber ungerecht und grausam war. Er hat so viel Geduld, und ich vertröste ihn immer wieder.

„Du würdest es also noch nicht einmal mehr versuchen wollen?“, fragt er und klingt jetzt ebenfalls resigniert.

„Ich glaube nicht, dass ich dazu in der Lage bin“, antworte ich und muss mit ansehen, wie sich Jim endgültig verschließt.

„Ich gebe auf“, sagt er und tritt aufs Gaspedal.

Seufzend schalte ich das Radio ein, um das Schweigen damit zu übertönen. Jim starrt stur geradeaus, auf die sich windende Landstraße vor uns. Ich möchte die Hand auf seinen Unterarm legen und ihm sagen, wie leid es mir tut. Aber ich tue es nicht.

Im Hintergrund singt Frank Sinatra ein schnulziges Weihnachtslied. Ich unterdrücke ein Schluchzen. Das Lied erinnert mich an all die Male, die ich es mit Jim zusammen gehört habe, als wir glücklich und fröhlich waren. Jetzt lastet nur die Traurigkeit schwer auf uns.

Sinatra singt weiter vom Fest der Liebe. Jim dreht sich zu mir und sieht mich so enttäuscht an, dass ich erschaudere.

Ich habe mich noch nie so einsam gefühlt wie jetzt. Und das soll was heißen.

Plötzlich gerät der Wagen ins Schleudern. „Jim!“, höre ich mich schreien. Fluchend greift er ins Lenkrad und versucht, den Wagen unter Kontrolle zu bringen. Wir schlittern über die Fahrbahn und schaben über den Graben am Straßenrand. Als der Wagen wieder auf der Straße landet, glaube ich kurz, dass Jim das Auto wieder unter Kontrolle hat.

Doch dann höre ich Reifen auf dem nassen Asphalt quietschen. Noch nie hatte ich solche Angst.

„Jim!", rufe ich noch einmal, als der Wagen sich überschlägt und auf einen dicken Baumstamm zurast.

Das kann nicht das Ende sein. Es liegt doch noch so viel vor uns …

26. KAPITEL

Wo bin ich? Ich sehe mich um und versuche, mich zu besinnen.

Ein Auto…unfall. Wir hatten einen Autounfall. Jim … Ich kann nicht sprechen, meine Stimme ist weg.

Ich drücke den Airbag beiseite und drehe mich atemlos nach rechts zum Fahrersitz. Lass es Jim gut gehen, Jim darf nichts passiert sein. Sein Gesicht ist blutbedeckt, seine Augen sind geschlossen. Ein Baum liegt quer zwischen uns, halb auf seiner Schulter.

Ein *was*? Ein Baum? Es dauert eine Weile, dann hab ich's. Es ist unser Weihnachtsbaum. Die Spitze ist durch die Windschutzscheibe gebrochen, überall liegen Glasscherben. Ich sehe auf meine Hände, sie sind voller Schnittwunden, Blut leckt von den Fingern. Der Anblick von all dem Rot lässt mich röcheln.

„Jim", bringe ich schluchzend hervor. „Jim!"

Nach einigem Geruckel habe ich meinen Sicherheitsgurt gelöst. Ich schiebe den Baum nach hinten und beuge mich zu Jim rüber. Der Wagen ist voll Rauch, und es riecht nach Schwefel. Ich muss uns hier rausholen, und zwar schnell.

Meine Augen brennen, und mein Kopf schmerzt. Wahrscheinlich bin ich bei dem Aufprall gegen das Seitenfenster gestoßen. Aber die Muße, über meine eigenen Verletzungen nachzudenken, habe ich nicht. Ich muss Hilfe holen. Jim liegt reglos da, aber sein Atem geht, wenn auch leise. Ich kann ihn atmen hören … er lebt.

Ich versuche, mich zurechtzufinden, aber das ist schwer bei all dem Rauch. Durchs Fenster sehe ich grüne Zweige und einen Baumstamm. Die Motorhaube ist verschwunden, zusammengequetscht wie ein Akkordeon.

Aus Angst will ich Jim nicht anfassen. Gleichzeitig möchte ich zu ihm, ihn küssen, ihn halten, irgendetwas machen, damit er die Augen aufschlägt. Aber meine Glieder sind taub, und ich habe so große Angst wie noch nie in meinem Leben.

„Ich will dich nicht verlieren, Jim!“ Ich schluchze. Verdammt, Belle, reiß dich zusammen. Du musst Hilfe holen. Du musst Jim hier rausholen.

Er darf nicht Nummer 108 werden. Bitte, lieber Gott, ich flehe dich an, Jim darf mich nicht auch noch verlassen.

Die Türen lassen sich nicht öffnen, sie müssen sich beim Zusammenstoß verkantet haben. Ich klettere über den verfluchten Weihnachtsbaum auf die Rückbank des Wagens und versuche, die Tür hinten rechts zu öffnen. Einen Spalt breit öffnet sie sich, aber nicht weiter. Also versuche ich es mit der linken Tür. Sie bewegt sich keinen Millimeter.

Mein Handy, wo ist mein Handy? Damit kann ich Hilfe holen. Wo habe ich es bloß gelassen? Wahrscheinlich auf dem Armaturenbrett. Da legen wir beide gern unsere Handys hin. Also klettere ich wieder nach vorn. Dabei gebe ich acht, Jim nicht zu bewegen. Er ist blass, noch bleicher als vorhin. Und da ist mehr Blut, oder bilde ich mir das nur ein? Ich ziehe meinen Pulli aus und tupfe ihm damit vorsichtig das Blut vom Gesicht. Dann lange ich auf den Boden und versuche, dort das Handy zu ertasten. Zu meinem Glück halte ich es wenige Minuten später in der Hand.

Das Glück währt nicht lange, denn ich merke, dass ich keinen Empfang habe. Wir befinden uns auf einer kleinen Landstraße mitten in den Wicklow Mountains südlich von Dublin. Wir sind auf dem Land, das Netz ist hier nicht gut. Entschlossen klettere ich zurück auf den Rücksitz und trete mit aller Kraft gegen die rechte Tür.

Ich trete, so doll ich kann, und mit jedem Tritt öffnet sich die Tür einen Tick weiter. „Jim, halte durch, ich hole uns hier raus.“ Ich wische mir Schweiß, Tränen und Rotz aus dem Gesicht und trete noch einmal mit ganzer Kraft gegen die Tür.

„Hallo, alles in Ordnung?“, höre ich da plötzlich eine Stimme.

„Hilfe! Bitte helfen Sie uns!“, rufe ich zurück.

Dann sehe ich einen Mann am Fenster. Er zieht von außen an der Tür, während ich weiter von innen mit meinen Beinen dagegendrücke. Endlich geht sie auf.

„Rufen Sie einen Rettungswagen. Mein Mann ist verletzt.“

„Das habe ich schon. Der Rettungswagen kommt gleich. Ich fuhr direkt hinter Ihnen, habe den Unfall gesehen und gleich einen Krankenwagen gerufen“, sagt der Mann und reicht mir seine Hand. „Kommen Sie, kommen Sie aus dem Auto.“

„Ich lasse Jim nicht allein“, sage ich. Das muss sehr bestimmt geklungen haben, denn er lässt die Hand sinken und ruft stattdessen die Einsatzzentrale an, um sich zu erkundigen, wann die Rettungssanitäter eintreffen.

Einige Minuten später höre ich die Sirenen in der Ferne. An Jims Kopf rinnt jetzt noch mehr Blut herab. Je öfter ich es abtupfe, desto mehr Blut tritt aus. Als die Sanitäter endlich am Auto ankommen, bin ich außer mir. Ich will mich zusammenreißen, aber die Tränen lassen sich nicht zurückhalten. Ich zittere am ganzen Leib.

Eine Frau, die sagt, sie heiße Jacinta, führt mich behutsam vom Auto weg und versichert mir, dass ihre Kollegen sich um Jim kümmern. Sie legt mir eine Decke um die Schultern und untersucht mich. Sie meint, ich hätte großes Glück gehabt, nur mit einigen Kratzern und Schrammen davongekommen zu sein.

Mein Zeitgefühl ist verloren gegangen. Aber es dauert nicht lange, und sie holen Jim aus dem Wrack, legen ihn vorsichtig auf die Trage und bringen ihn zum Krankenwagen.

„Belle, steigen Sie ein“, sagt Jacinta freundlich, aber bestimmt. Ich setze mich neben Jims Trage und sehe ihn an. Und dann, als die Sirene ertönt, öffnet Jim die Augen. „Belle …“ Er ächzt. Aufschluchzend nehme ich seine Hand.

„Er hat eine schwere Kopfverletzung. Er braucht Ruhe", sagt Jacinta.

Ich nicke, beuge mich trotzdem zu ihm und flüstere: „Es tut mir leid, Liebling."

Er hebt ein Lid, lässt es aber sofort wieder sinken. Ich flüstere: „Es ist gut. Mach dir keine Sorgen. Ruhe dich aus, Jim Looney. Hörst du? Tu, was ich dir sage. Reden können wir noch unser ganzes restliches Leben lang."

Er drückt meine Hand, und ich bin erleichtert. Dass er das kann, ist ein gutes Zeichen. Ich wende mich an Jacinta.

„Wird er wieder gesund?", frage ich. „Er ist mein Ein und Alles."

„Er muss so schnell wie möglich ins Krankenhaus. Die Ärzte dort werden es schon richten. Er ist stabil. Aber er hat eine Menge Blut verloren", meint sie.

Die Sirenen heulen, und das Blaulicht flackert durchs Fenster. Als ich das letzte Mal in einem Krankenwagen saß, war ich vier. Ich wurde aus dem Haus geholt, weg von meiner Mutter, die mich nicht geliebt hat und mich allein ließ, weg von dem Feuer, in dem ich beinahe umgekommen wäre.

So darf das nicht zu Ende gehen. Dass ich wieder allein bin und den Menschen verliere, den ich am meisten liebe.

Ich blicke auf Jim hinab und hauche: „Bereust du's?"

Aber er antwortet nicht.

„Gehen Sie nach Hause, Mrs. Looney, Sie brauchen Schlaf", sagt die Krankenschwester. Aber ich schüttle den Kopf.

„Es ist schon spät. Gehen Sie wenigstens nach Hause, und duschen Sie und machen sich frisch. Wir rufen Sie an, sobald sich etwas tut. Sie sind schon seit vierundzwanzig Stunden hier."

Ich sehe an mir hinunter. Meine Kleidung ist blut- und schmutzverschmiert. Eine heiße Dusche klingt verheißungsvoll. Tess und Bobby waren hier, ich habe sie letzte Nacht wieder nach Hause geschickt. Die Krankenschwestern waren so nett und haben mich hier übernachten lassen. Allerdings habe ich kaum geschlafen. Stattdessen habe ich den typischen Krankenhausgeräuschen gelauscht. Jim ist ein- oder zweimal aufgewacht, aber nur kurz, und jedes Mal hat er nach mir geschaut.

„Bitte, Mrs. Looney. Gehen Sie nur für ein paar Stunden", sagt sie erneut. Wie hieß sie gleich? Stimmt, Annette Hoyne. Eine nette Frau.

Ich stehe auf. Mein Körper schmerzt. Es fühlt sich an, als sei ich – trotz allem muss ich lachen, als mir bewusst wird, was ich denke –, als sei ich frontal mit einem Baum zusammengestoßen. Mein Körper schmerzt an Stellen, von denen ich noch nicht einmal wusste, dass es sie gibt. Meine Schultern, mein Hals fühlen sich wabbelig an. Bewegen kann ich mich nur langsam. „Gut, ich gehe kurz nach Hause. Aber Sie rufen mich an, wenn Jim aufwacht?"

Ich steige in ein Taxi, denn es ist noch sehr früh am Morgen. Zehn Minuten später bin ich zu Hause. Die Haustür zu öffnen fühlt sich plötzlich fremd und falsch an. Der Tannenkranz an der Tür entlockt mir sonst immer ein Lächeln, heute scheint er fehl am Platz zu sein. Er ist zu bunt und zu fröhlich, vollkommen unangemessen, wenn Jim im Krankenhaus liegt.

Ich gehe nach oben, ziehe mich aus und lasse die Kleider achtlos zu Boden fallen. Ich werde sie nicht waschen, ich werde sie wegwerfen. Sie würden mich immer an den Unfall erinnern.

Das heiße Wasser prasselt in vollem Strahl auf meine schmerzenden Glieder. Das tut gut. Die Krankenschwester hatte recht. Genau das brauche ich jetzt. Ich bleibe eine ganze Weile unter der Dusche und versuche, mich ausschließlich auf das Wasser zu konzentrieren.

Schließlich stehe ich in Jeans und T-Shirt im Schlafzimmer. Jims Buch liegt aufgeschlagen auf dem Nachttisch. Bis zur Hälfte ist er gekommen. Wird er es je zu Ende lesen können? Ich sinke auf den Boden und weine. Die Schluchzer erschüttern meinen Oberkörper, und ich lasse es zu. Mit jeder Träne bete ich zu welchem Gott auch immer, dass Jim leben möge und sein Buch zu Ende lesen kann, sein Leben mit mir zu Ende führen kann.

„Bitte, nimm ihn mir nicht weg … bitte … ich brauche ihn“, bringe ich laut schluchzend hervor. Der Wunsch, ihn zu berühren, überwältigt mich. Ich muss zurück ins Krankenhaus, sofort. Schnell wische ich mir die Tränen aus dem Gesicht und gehe zum Schrank, um einen Pullover zu holen. Ich werde einen von Jim nehmen. Und ich weiß auch schon, welchen. Ein graues Kapuzenshirt, das er oft in der Zeit anhatte, als wir uns wiederbegegnet sind. Heute trägt er es kaum noch. Wo mag er es gelassen haben? Ich hole einen Stuhl und lange in unserem begehbaren Kleiderschrank auf das oberste Regalfach. Dort wühle ich mich durch einen Haufen alter Pullis, die ich schon längst zur Altkleidersammlung bringen wollte. Ah, da ist er, ganz hinten. Als ich danach greife, stoße ich an einen Karton.

Mein Schuhkarton mit den alten Erinnerungen.

Ich weiß, dass ich ihn einfach liegen lassen sollte. Jetzt ist ganz bestimmt nicht der richtige Zeitpunkt, um ihn zu öffnen und die alten Erinnerungen heraufzubeschwören. Aber meine Hände scheinen ein Eigenleben zu führen. Ohne es zu wollen, lange ich danach, ich halte den Atem an und sehe dann den Brief meiner Mutter. Ich überfliege die Zeilen, wie schon unzählige Male zuvor. Beim letzten Absatz birst mein Herz in tausend Teile, wie jedes Mal.

Du hast mein Leben zerstört. Für immer.
Ich wünschte, du wärst nie geboren.

Das ist alles meine Schuld. Wenn wir uns nicht gestritten hätten, wenn ich nicht so mit meinen eigenen Problemen beschäftigt gewesen wäre, hätte Jim sich nicht ablenken lassen.

Vielleicht hat Dolores recht. Und es wäre besser für alle, wenn ich nicht geboren worden wäre. Natürlich würde Jim das nie sagen, noch nicht einmal denken. Schließlich weiß ich, dass er mich liebt. Und doch: Wäre sein Leben anders ohne mich?

Ich falte den Brief zusammen und stecke ihn in die Hosentasche. Während ich in den Flur gehe, spuken mir Dolores' Worte im Kopf herum. Im Wohnzimmer blicke ich mich um und betrachte unseren Weihnachtsschmuck. Es kommt mir so fremd vor wie die Tür beim Betreten des Hauses vorhin. Die festlichen, farbenfrohen Figuren und die glitzernden Kugeln scheinen mich zu verhöhnen.

Was, um Himmels willen, habe ich zu feiern? Ich bin allein, kein Kind, keine Lauren und kein … Schon allein den Gedanken kann ich nicht ertragen. Was, wenn es keinen Jim mehr gibt? Zorn steigt in mir auf. Das Adrenalin überdeckt meine Schmerzen. Die Wut ist mir willkommen, und ich lasse die heiße Glut Besitz von mir ergreifen.

Wie besessen renne ich durchs Wohnzimmer und reiße die Figuren und Anhänger zu Boden.

„Weihnachten fällt dieses Jahr aus!", brülle ich und laufe zum Baum und zerre mit aller Kraft daran, bis er umstürzt.

Christbaumkugeln kullern über den Boden, und die kleine silberne Glocke rollt mir klirrend vor die Füße.

27. KAPITEL

Mater Hospital, Dublin

„Es tut mir so leid, Jim." Ich streiche ihm sein lockiges Haar aus der Stirn und flüstere noch einmal: „Es tut mir so leid." Mittlerweile muss er meine Entschuldigungen längst überhaben. Ich gebe acht, die Schläuche, die aus seinem Mund und seiner Nase kommen, nicht zu berühren. Eine blutunterlaufene Schnittwunde unter seinem Auge ist genäht und mit weißen Pflastern beklebt worden. Der Bluterguss zeichnet sich bereits dunkel auf seiner blassen Haut ab. Die Arme hat man an seinem Oberkörper fixiert. Außerdem sind mehrere Rippen gebrochen.

Im Zimmer ist es still. Nur im Flur höre ich Schritte, Gesprächsfetzen und Krankentragen, die den Gang entlanggeschoben werden. Jim schläft tief und fest. Die Schwester meint, die Medikamente täten ihre Wirkung, er sei jetzt allerdings außer Gefecht.

Das ist alles meine Schuld.

„Wenn ich bloß mit dir tauschen könnte", sage ich und meine es genau so. Ich würde für ihn sterben. Ob er das weiß?

Schwester Annette betritt das Zimmer und überprüft seine Werte. Sie misst seinen Puls und schreibt etwas auf das Klemmbrett. Dann tauscht sie mit geübten Handgriffen den Tropf mit der Kochsalzlösung.

„Es wird noch eine Weile dauern, bis er zu sich kommt", sagt sie zu mir. „Gehen Sie lieber nach Hause."

Ich schüttele den Kopf und denke an die Verwüstung, die ich zu Hause angerichtet habe. Wahrscheinlich ist es sicherer, wenn ich bleibe, wo ich bin.

„Soll ich jemanden für Sie benachrichtigen?", fragt sie, und ich lehne dankend ab.

Ich nehme mein Handy und überlege, seine Eltern in den Staaten anzurufen. Das habe ich schon die ganze Zeit aufgeschoben, aber jetzt ist es dort mitten in der Nacht, und sie schlafen bestimmt. Ich warte besser bis morgen früh. Tess und Bobby waren schon hier. Die Sorge um Jim war ihnen regelrecht ins Gesicht gefurcht. Vielleicht sollte ich Tess noch einmal anrufen und sie bitten zu kommen. Ihre Gesellschaft täte mir gut, und sie wäre innerhalb weniger Minute hier.

Plötzlich, noch bevor ich weiter über mögliche Anrufe nachdenken kann, fangen die Maschinen an zu piepsen. In dem vorher so stillen Zimmer klingt das Piepsen nur umso lauter. Und dann reagiert Jim auf das, was den Alarm ausgelöst hat. Ruckartig bewegt er sich in dem Bett. Ich schreie laut um Hilfe und suche verzweifelt den Notrufknopf.

Dann renne ich nach Hilfe rufend zur Tür. Noch bevor ich sie erreiche, wird die Tür aufgestoßen, und zwei Schwestern stürzen ins Zimmer.

„Gehen Sie zur Seite!" Eine von ihnen schiebt mich aus dem Weg, während ich unablässig seinen Namen rufe. „Jim, Jim, ich bin hier."

„Warten Sie draußen", sagt die Krankenschwester. „Lassen Sie uns unsere Arbeit machen, Mrs. Looney."

Das darf nicht sein, das kann nicht sein. Auf keinen Fall darf ich meinen Ehemann verlieren. Das würde ich schlicht nicht überleben.

Ich stehe unter Druck wie ein Schnellkochtopf, jeden Moment könnte ich in die Luft gehen. Ich sehe zur Tür und wieder zu Jim, den die Krankenschwestern jetzt festhalten, um ihm irgendetwas zu spritzen.

Du hast mein Leben zerstört. Für immer.

Ich wünschte, du wärst nie geboren.

Stopp! Ich kann nicht mehr. Aufhören! Das muss aufhören.

Ich renne den weißen langen Gang runter, nur noch weg.

Weg von dem Geräusch der Maschinen und weg von meinem Mann.

„He, passen Sie doch auf!“, ruft ein Mann, den ich aus Versehen angerempelt habe.

„Tut mir leid“, rufe ich im Vorbeilaufen und renne weiter, schneller und schneller. Auch am Eingang bleibe ich nicht stehen, sondern rausche durch die Schiebetüren nach draußen.

Ein eiskalter Windzug streift mein Gesicht. Aber das hält mich auch nicht auf. Wie von Sinnen renne ich weiter, ohne Ziel, ohne Richtung. Ich will einfach nur weg. Über die Stufen vorm Eingang springe ich kurz entschlossen. Dann bin ich auf der Straße und laufe vorbei an Krankenwagen, Autos, Häusern und den Menschen, die sich fragen müssen, was in die wie wahnsinnig rennende Frau gefahren sein mag.

Wenn ich immer weiterlaufe, wenn ich nicht aufhöre zu rennen, wird Jim gesund. Vollkommen bescheuert, aber mit jedem Schritt auf dem Asphalt bete ich, dass Jim nicht stirbt. Lieber Gott, lass ihn am Leben.

Ich sollte da drin liegen, nicht er. Er verdient das nicht.

Jetzt verlierst du den Verstand, flüstert eine Stimme in meinem Kopf. Vielleicht stimmt das.

Ich sehe auf und entdecke ein Straßenschild. Ich bin in der O'Connell Street. In den Bäumen längs der Straße leuchten festliche Lichterketten. Menschen in bunten Wollpullis mit Rentieren und Weihnachtsmännern darauf kommen mir entgegen.

„Warum die Eile?“, fragt ein Taxifahrer aus seinem Wagen heraus. „Wo wollen Sie hin?“

Mal links, mal rechts weiche ich den mit Taschen voller Weihnachtsgeschenken bepackten Passanten aus. Ich renne, bis meine Lungen brennen.

Ich renne, bis ich nicht mehr kann, bis meine Prellungen wie Feuer schmerzen. So will ich das, das fühlt sich gut an. Der körperliche Schmerz überdeckt das schmerzliche Gefühl der Schuld, das mir ebenfalls in den Gliedern brennt.

Ich wünschte, du wärst nie geboren.

Noch einmal sehe ich suchend auf. Wo bin ich, jetzt, da ich am Ende bin? Klar, ich stehe an der Ha'penny Bridge. Die Brücke, auf der die Geschichte von mir und Jim begann. Die Looneys. Die Lichter, die das Brückengeländer schmücken, spiegeln sich auf dem Wasser. Schwer atmend betrete ich die Brücke, lehne mich gegen das schmiedeeiserne Geländer und betrachte den schwarzen Abgrund zu meinen Füßen.

Ich hätte dich loswerden sollen, solange es noch ging.

Du hast mein Leben verpfuscht.

Jahrelang habe ich versucht, diese Sätze zu vergessen. Aber womöglich lag ich all die Jahre falsch. Was ist, wenn Dolores recht hat?

Wenn ich nie geboren worden wäre, würde Jim jetzt glücklich mit seinen Eltern in Amerika leben. Mit seiner eigenen Familie. Er könnte das Kind haben, das er sich so sehnlich wünscht. Und er würde jetzt nicht im Krankenhaus liegen, sein Leben würde nicht am seidenen Faden hängen.

Ich wünschte, du wärst nie geboren.

Ein kalter Windstoß weht mir das Haar ins Gesicht. Meine Augen tränen wegen der Kälte, der Schmerzen oder des Verlustes. Durch den Tränenschleier blicke ich zu den grau marmorierten Wolken empor.

Die Zeit scheint stillzustehen, es gibt nur mich und den finsteren Himmel. Zu meinen Füßen fließt das braune Wasser der Liffey. Ich muss nur über das Geländer steigen und loslassen.

Die Farbe des Flusses ändert sich, von Schlammbraun zu Eisblau. Ich rücke näher ans Gitter und hebe ein Bein. Das ruhige Wasser flüstert mir zu. Es ist an der Zeit, flüstert es, Zeit zu gehen.

Ich schließe die Augen, verschließe mich vor der Welt und fühle mich so ruhig wie selten zuvor.

„Es ist wirklich sehr kalt." Die Stimme reißt mich aus meiner Ruhe. Aufgeschreckt blicke ich vom Waser auf, zurück zur Brücke. Ein Mädchen, vielleicht elf oder zwölf Jahre alt, sieht mich lächelnd an. Ich beachte sie nicht, sondern überlege, was ich tun soll.

Ich wünschte, du wärst nie geboren.

Ich werfe noch einen Blick zum Wasser.

„Mir ist kalt. Dir nicht?", fragt das Mädchen unbeirrt. Ich drehe mich zu ihr und sehe sie an. Tatsächlich, sie fröstelt.

„Wo sind deine Eltern?", frage ich und blicke suchend die Brücke auf und ab. Aber da ist niemand, der infrage käme.

Sie zittert, und ihr Gesicht ist blau gefroren. Ach je. Ich eise mich vom Geländer los und springe – zurück auf den Gehweg der Brücke.

„Hier", sage ich, während ich mir den Schal vom Hals wickele und ihn ihr um die Schultern lege.

„Der wärmt dich ein wenig", sage ich. „Wo sind denn nun deine Eltern?"

Außer uns ist niemand auf der Brücke. Ich schaue auf die Straßen links und rechts am Ufer. Aber da ist niemand, der ein Kind zu vermissen scheint. Es ist schon spät, um diese Uhrzeit sind kleine Mädchen nicht allein auf der Straße unterwegs. Irgendetwas stimmt hier nicht.

„Mir gefällt's hier", sagt sie. „Das ist die schönste Brücke in ganz Dublin. Ich komme oft her und lausche der Musik. Kannst du sie auch hören?"

Wie durch ein Wunder, als hätte sie das bestellt, höre ich plötzlich einen Chor. Die Stimmen der Sternensänger dringen von der Dame Street zu uns herüber. Die ergreifende Melodie von „Tochter Zion" dringt zu uns herüber.

„Ich mag das Lied. Obwohl es nicht mein Lieblingslied ist. ‚Stille Nacht, Heilige Nacht' mag ich am liebsten", sagt sie.

„Ich auch", sage ich und sehe sie mir genauer an. Irgendetwas an ihr erinnert mich an jemand anderen. Was ist es, und an wen erinnert sie mich? Lebt sie in Artane? Geht sie vielleicht mit Lauren in eine Klasse? Ich habe sie definitiv schon einmal gesehen.

„Wie alt bist du?“, frage ich.

„Rate.“

Ich habe mit genug Kindern zu tun gehabt, um zu wissen, dass sie meiner Frage ausweicht. Dabei lächelt sie mich an wie eine kleine irritierende Mona Lisa.

„Elf?“, sage ich fragend. Oder dreißig, denke ich.

„Ich bin viel älter“, antwortet sie und strahlt mich an.

„Wissen deine Eltern, wo du bist?“, frage ich, und das nagende Gefühl, dass ich sie von irgendwoher kenne, lässt mich nicht los.

„Ich habe keine Eltern“, sagt sie. Für einen kurzen Moment verschwindet ihr Lächeln, und Traurigkeit umhüllt sie.

„Jeder hat Eltern“, antworte ich sanft.

„Das stimmt nicht.“ Jetzt lächelt sie wieder dieses verflixte Lächeln. Als reiße sie einen Witz, der so einen langen Bart hat, dass ihr vollkommen unverständlich ist, warum ich ihn nicht raffe.

„Wohl wahr. Aber wer passt dann auf dich auf? Pflegeeltern? Verwandte?“

„Viele Menschen kümmern sich um mich.“ Schon wieder dieses Grinsen.

Verwahrlost sieht sie wahrlich nicht aus. Ihr Mantel ist tipptopp, ihr Haar glänzt seidig und ist zu einem frechen Bob geschnitten. Ihre Wangen schimmern rosig. Unterernährt ist sie bestimmt nicht.

„Warum bist du so gerannt?“, fragt sie jetzt. „Bist du vor irgendwas davongelaufen?“

„Ja, ich glaub, ja“, antworte ich. Auf dieser Wellenlänge könnten wir uns treffen. Vielleicht ist sie auch weggelaufen.

„Und warum bist du aufs Geländer geklettert?“, fragt sie unbeeindruckt weiter. „Das ist gefährlich.“

Ich laufe schamrot an. In einem Augenblick der Hilflosigkeit und Verzweiflung war ich eben drauf und dran, ins eiskalte Wasser zu springen.

„Wie heißt du?“, frage ich sie. Denn was soll ich erwidern, wenn ich selbst die Antwort auf ihre Frage nicht kenne?

„Nora“, sagt sie arglos lächelnd.

„Ein schöner Name. Heute ist er leider nicht mehr so verbreitet.“

„Als ich geboren wurde, war er sehr verbreitet“, gibt sie zur Antwort.

„Und wie heißt du mit Nachnamen?“

„Habe ich nicht. Früher hatte ich mal einen. Den benutze ich aber nicht mehr. Nora reicht völlig.“

Der einzige Mensch, der jetzt wüsste, was zu tun ist, ist Jim. Ich muss zu ihm. Ich habe schon so manche Dummheit begangen, aber von dem Mann wegzurennen, den ich liebe, ist mit Abstand die größte.

Das Geräusch der piependen Maschinen kommt mir wieder in den ohnehin überreizten Sinn, und ich erschaudere bei dem Gedanken daran, was mich im Krankenhaus erwarten mag.

Ich muss sofort zurück. Aber ich kann doch das Mädchen hier nicht allein lassen. Zwar kann ich mich jetzt nicht um sie kümmern, aber ich kenne jemanden, der das übernehmen kann. Lorcan. Er wird schon wissen, wie man die kleine Ausreißerin zurück nach Hause kriegt. Wenn ich mich mit ihm im Krankenhaus treffe, könnte ich ihm dort das Problem mit diesem doch ein bisschen anstrengenden Mädchen namens Nora überantworten.

„Hör mal, Nora. Ich muss zurück zu meinem Mann. Er hatte einen Unfall und liegt jetzt im Krankenhaus“, sage ich.

Ich will sie nicht unnötig beunruhigen. Aber sie scheint völlig unbeeindruckt.

„Lorcan, ein Bekannter von mir, arbeitet mit Jungen und Mädchen wie dir. Er wird dir helfen, jemanden zu finden, der sich um dich kümmert“, erzähle ich weiter.

Ich wünschte, sie würde mich nicht ansehen, als sei ich geistesgestört. Ich drücke die Wiederwahltaste auf meinem Handy. Aber, komisch, da sind keine gewählten Nummern gespeichert. Dabei weiß ich ganz sicher, dass ich Tess heute schon mehrere Male angerufen habe. Ich scrolle im Telefonbuch nach Lorcans Nummer. Merkwürdig, hier ist kein einziger Eintrag, da, wo sonst ein Name nach dem anderen steht, ist jetzt: nichts.

„Stimmt was nicht?“, will Nora wissen.

„Nee.“ Mir wird mulmig. Erlaubt sich irgendjemand einen blöden Scherz? Jims Mutter hatte doch gerade erst was von Handybetrügern erzählt. Was genau hatte sie da gesagt? Hätte ich doch bloß besser zugehört. Beobachten mich die Betrüger, die die Daten von meinem Handy geklaut haben, jetzt womöglich?

Verwirrt schüttele ich den Kopf.

Gut, egal, ich kenne Lorcans Nummer zum Glück auswendig, so oft habe ich sie schon gewählt.

Plötzlich durchfährt mich der Gedanke, dass zwischen meinen geklauten Daten und dem Mädchen vor mir ein Zusammenhang bestehen könnte. Doch gleich darauf komme ich mir ob meiner Verschwörungstheorien irgendwie albern vor.

Wie lautet seine Nummer? Streng dich an. Ich gebe acht Ziffern auf der Tastatur ein und hoffe, dass es die richtigen sind. Doch nach ein paarmal Klingeln meldet sich zum Glück Lorcan, kurz angebunden wie immer.

„’n Abend, Lorcan Colter hier.“

„Gott sei Dank, Sie sind es. Hier ist Belle. Ich brauche Ihre Hilfe.“

„Belle? Welche Belle?"

„Belle Looney. Aus Artane. Wie viele Belles kennen Sie denn?", sage ich und frage mich, ob er getrunken hat. Um diese Jahreszeit wird ja viel gefeiert und getrunken, vielleicht ist er gerade auf einer Party.

„Sind Sie sicher, dass Sie die richtige Nummer gewählt haben? Ich kenne keine Belle Looney."

„Sie sind doch Lorcan Colter vom Jugendamt, nicht wahr?", frage ich, während mir kalter Schweiß ausbricht.

„Ja, das bin ich. Wie kann ich Ihnen helfen?" Er klingt misstrauisch.

„Ich bin's, Belle. Jim Looneys Frau." Keine Reaktion. Jetzt mache ich mir ernsthaft Sorgen.

„Wir sind Pflegeeltern. Sie haben uns in den letzten fünf Jahren Dutzende von Pflegekindern vermittelt", sage ich.

„Davon weiß ich nichts", erwidert er. „Wollen Sie mich auf den Arm nehmen?"

Was, um Himmels willen, geht hier vor?

„Lorcan, warum erinnern Sie sich nicht an mich? Ich bin die Pflegemutter aus Artane, im Norden Dublins. Mein Mann Jim hatte einen Unfall", erzähle ich möglichst bedächtig, damit er mir folgen kann und sich hoffentlich gleich wieder an uns erinnert. „Ich brauche Ihre Hilfe."

„Sind Sie verletzt?", fragt er.

„Nein." Herrje, ist das zu glauben. „Mir geht es gut. Jim ist im Krankenhaus. Aber jetzt habe ich hier dieses kleine Mädchen, etwa zehn oder elf ist sie und heißt Nora. Sie weiß nicht, wohin. Und ich kann sie hier nicht allein lassen. Sie sagt, sie habe keine Eltern. Ich muss jetzt zurück zu Jim. Ich weiß nicht, was ich mit dem Mädchen machen soll. Können Sie kommen und sich um sie kümmern?"

„Wo sind Sie?", fragt er mich, und ich höre, wie er nach Zettel und Stift kramt.

„Ich stehe auf der Ha'penny Bridge, aber ich bin auf dem Weg zum Mater Hospital. Ich kann das Mädchen dahin mitnehmen, wenn wir uns dort treffen", sage ich.

Er willigt ein, und ich wende mich an Nora, die in den Chorgesang aus der Dame Street einstimmt und jetzt „Stille Nacht, Heilige Nacht" singt.

„Er weiß nicht, wer du bist, stimmt's?", kommentiert sie.

„Es gehört sich nicht, Telefongespräche zu belauschen", weise ich sie zurecht, während sich sämtliche Härchen auf meinem Unterarm aufstellen.

Sie achtet nicht auf meine Worte und erklärt mir stattdessen: „Er kann dich nicht kennen, weil du nicht mehr existierst."

Keine Frage, hier geht etwas sehr Merkwürdiges vor sich. Ich blicke mich um, vielleicht ist dies Teil einer Fernsehshow, so eine Art „Versteckte Kamera".

„Du existierst nicht, Belle. Lorcan hat dich nie kennengelernt", wiederholt sie.

„Sei nicht albern", sage ich. „Hör auf, mich zu veräppeln."

„Wünschst du dir wirklich, du wärst nie geboren?", fragt sie und sieht mich traurig an. Das habe ich doch nicht laut ausgesprochen. Woher weiß sie, was ich denke?

„Woher weißt du das? Wer bist du?"

„Ich bin Nora", sagt sie und lächelt. „Das habe ich dir schon gesagt. Dir ist dein Wunsch erfüllt worden, Belle."

„Wieso kennst du meinen Namen?", sage ich ein wenig zu laut. Auf der Suche nach dem Strippenzieher hinter diesem Verwirrspiel sehe ich mich erneut um. Schwebe ich in Gefahr? Sollte ich besser fliehen?

„Ich mag deinen Namen", sagt das Mädchen. „Auf Englisch heißt ‚bell' Glocke. Und jedes Mal, wenn ein Glöckchen klingt, bekommt ein Engel seine Flügel."

„Ich weiß. Aber woher kennst du meinen Namen?"

„Ich weiß alles über dich, Belle. Ich beobachte dich schon

seit Langem“, tut Nora kund. „Genau genommen schon dein ganzes Leben lang.“

„Sei nicht albern. Du bist ein … Kind, und ich bin fünfunddreißig.“

Sie zuckt mit den Schultern.

Dies ist irgendeine Art von Trickbetrügerei. Keine Ahnung, worin genau der Trick besteht, aber wahrscheinlich will sie sich Geld ergaunern. Geld erklärt fast alles, habe ich mal irgendwo gelesen.

„Was willst du von mir?“, frage ich sie ungehalten. „Los, raus damit. Ich hab jetzt keine Zeit für diesen Quatsch. Ich muss zu meinem Mann.“

„Doch“, erwidert sie ungerührt und lächelt dabei zugleich wissend und geheimnisvoll. „Du hast alle Zeit der Welt, Belle.“

„Was soll das heißen?“ Wieder schaue ich mich nervös um. Gleich kommt jemand und raubt mich aus. Obwohl ich noch nicht einmal meine Handtasche dabeihabe. Fette Beute bin ich nicht gerade.

„Ich habe keine Ahnung, was hier gespielt wird. Aber ich mache da nicht mehr mit.“

„Das ist kein Spiel.“ Sie nimmt mich am Arm. „Und ich beklaue dich schon nicht. Keine Tricks, kein TV oder was immer du denkst, ehrlich.“

Hatte ich irgendwas von Trickbetrüger oder TV-Show gesagt? Ich bin verwirrt, weil ich nicht weiß, ob das hier eine Art Zusammenbruch ist oder eine Wahnvorstellung, jedenfalls mache ich mir ernsthaft Sorgen.

Dabei ist sie nur ein Kind, ein sehr niedliches obendrein. Trotzdem macht sie mir Angst.

Ich gehe los in Richtung Krankenhaus, und sie folgt mir.

„Wo gehen wir hin?“, will sie wissen.

„Ins Krankenhaus. Dort treffen wir Lorcan, und du wirst

dann mit ihm gehen, während ich bei meinem Mann am Bett sitze und warte, dass er aufwacht und wir nach Hause können."

„Das hat keinen Zweck", sagt Nora. „Jim ist nicht mehr im Krankenhaus."

Bin ich gestürzt und habe mir den Kopf gestoßen? Träume ich? Ich kneife mir in den Arm. Höchste Zeit, zu Verstand zu kommen.

„Du träumst nicht", sagt Nora, die wieder einmal meine Gedanken gelesen haben muss. „Und du solltest mit dem Kneifen aufhören. Eine schreckliche Angewohnheit von dir."

„Wie machst du das? Hast du da so eine Art Computerprogramm, mit dem du Gedanken anderer Leute lesen kannst?"

Das klingt verdammt irre, merke ich, aber was soll ich sonst sagen?

Sie findet das anscheinend urkomisch, denn sie lacht lauthals.

Entnervt schaue ich sie an.

„Das war dein Ernst, oder?", fragt sie unschuldig. „Du hast gewünscht, dass du nie geboren worden wärst."

Ich nicke. „Aber ich hab's nicht so gemeint", sage ich und komme mir ziemlich dämlich vor. Warum diskutiere ich hier überhaupt mit ihr?

„Dafür hast du das in letzter Zeit aber reichlich oft gedacht", gibt sie zurück. „Da kam ziemlich viel Ach und Weh und ‚Mein Leben ist so schrecklich, ich Ärmste' bei uns an."

„Hör auf. Das denke ich gar nicht."

„Zu blöd. Dann hättest du dich deutlicher ausdrücken sollen. Denn jetzt habe ich dir deinen Wunsch erfüllt. Ich dachte, das würde dich glücklich machen. Voilà: Du wurdest nie geboren." Wieder lächelt Nora, als hätte sie einen Sechser im Lotto.

„Vorsicht!", ruft ein Passant, als ich abrupt stehen bleibe. Ich weiche zur Seite. Habe ich das eben richtig gehört? Das Kind braucht dringend Hilfe. Es ist nicht nur nervtötend, sondern hat auch noch eine höchst eigenwillige Fantasie.

„Jetzt hör mir mal gut zu, Nora, oder wie auch immer du heißen magst, ich habe für diesen Unsinn keine Zeit. Ich werde jemanden holen, der sich um dich kümmert. Warum hältst du nicht einfach den Mund, bis wir beim Krankenhaus angekommen sind?"

„Wie du willst", sagt sie.

Ich fange wieder zu laufen an. Diesmal in Richtung des Krankenhauses. Nora läuft neben mir her. Ich versuche, noch schneller zu rennen. Merkwürdigerweise tun mir meine Glieder nicht mehr weh. Meine Prellungen und Schürfwunden – wie weggeblasen. Ich blicke auf meine Hände: Die Kratzer und Schrammen sind verschwunden.

Ich will nur noch zu Jim, weg von diesem Irrsinn. Ich renne durch den Eingang und immer weiter, bis ich an Jims Station ankomme.

„Kann ich Ihnen helfen?", fragt eine Krankenschwester im Flur.

„Ja", sage ich außer Atem, „ich will zu meinem Mann, er liegt in Zimmer 108."

Zimmer 108? Warum war mir das nicht schon vorher aufgefallen? Mein Puls wird langsamer, und plötzlich habe ich es gar nicht mehr eilig, in das Zimmer zu kommen. Entsetzen ergreift mich.

Es ist, als führe meine Hand ein Eigenleben. Ich beobachte, wie meine Finger den Griff umfassen und die Tür öffnen. Mein Blick wandert zur Zimmermitte, wo das Bett steht. Doch das Bett ist leer.

Ich laufe zum Schwesternzimmer. Alles in mir schreit: nein, nein, nein! Das darf nicht wahr sein.

„Jim Looney. Wo ist er?", frage ich Annette, die Schwester, mit der ich die letzten Tage hier verbracht habe.

Verwundert sieht sie mich an. Oh nein, nicht schon wieder! Sie wirft einen Blick in ihre Unterlagen. „Wir haben hier keinen Jim Looney. Tut mir leid."

Und das von Annette, der Krankenschwester, die mir erst vor einer Stunde gesagt hat, ich soll nach Hause gehen.

„Erinnern Sie sich nicht an mich? Mein Mann, Jim. Er war doch hier. In Zimmer 108."

Sie schaut mich an, scheint mich aber nicht zu erkennen. „Es tut mir leid, ich sehe hier jeden Tag so viele Menschen kommen und gehen, da kann ich mich nicht an jeden Einzelnen erinnern. Und Sie sind sicher, dass ich Ihren Mann betreut habe?"

„Ja, hundert pro. Das waren Sie. Heute Mittag war das", sage ich. Komm schon, du musst dich erinnern, das kannst du doch nicht vergessen haben, denke ich verzweifelt.

„Vielleicht haben Sie sich in der Station geirrt?", sagt sie und bedeutet mir zu gehen.

Ich drehe mich zu Nora um, die mit den Schultern zuckt. „Ich hab's dir doch gesagt."

28. KAPITEL

Ich brauche Antworten. Dringend. Ob nun Kind oder nicht, Nora muss mir sagen, was hier vorgeht. Auf der Suche nach einem Raum, in dem wir reden können, scanne ich den Flur ab. Hier ist allerdings viel los. Ärzte, Schwestern und Patienten wuseln von Zimmer zu Zimmer. Dann sehe ich ein Wartezimmer. Ich öffne die Tür und schiebe Nora vor mir in den Raum.

„Okay, Nora, stell dir ein Seil vor, dünn, ausgefranst, verschlissen. Es kann jeden Moment reißen“, sage ich.

„Oh, toll. Ich liebe Ratespiele. Das Seil kann ich mir gut vorstellen.“

„An diesem Seil hangle ich mich seit Jahren entlang. Nach vorn will ich kommen, manchmal gelingt das, manchmal, so wie in den letzten Tagen, rutsche ich nach unten. Und weißt du was? Ich bin unten, ich bin am Ende meiner Kräfte angelangt.“

Das Lächeln auf Noras Gesicht erstirbt, und voller Mitgefühl sieht sie mich an.

„Du musst mir helfen. Keine Spiele mehr. Was geht hier vor? Wo ist mein Mann?“, frage ich.

„Das habe ich dir doch schon gesagt …“ Noch bevor sie zu Ende sprechen kann, packe ich sie am Arm.

„Nein, sag es, wo ist Jim?“

„Ich glaube, er sitzt jetzt gerade in einem Pub in Artane“, verkündet Nora.

„In einem Pub?“ Fast kreische ich die Worte. Mein Mann, der zuletzt an irgendwelche Krankenhausmaschinen angeschlossen war, vergnügt sich gerade in einer Kneipe?

„Ja, ich glaube schon“, wiederholt sie.

Denk nach, Belle. Das ergibt keinen Sinn. Noras Geschichte über Wünsche, die in Erfüllung gehen, lasse ich außen vor. So’n Blödsinn. Ich fahre mir mit der Hand durchs Haar. Da muss irgendwo eine Schwellung sein. Womöglich habe ich mich bei dem Unfall doch schwerer verletzt als angenommen. Ja, klar, eine Kopfverletzung, ein Schaden am Hirn, der jetzt zu komischen Wahnvorstellungen führt.

„Lass uns zur Sache kommen. Was willst du?“

„Nichts.“ Und wieder lächelt sie. Am liebsten würde ich schreien.

„Alle wollen irgendetwas“, sage ich und taste nach dem Brief meiner Mutter, der immer noch hinten in meiner Hosentasche steckt. So hat sie das gesagt, und sie hatte recht. „Ich zum Beispiel will meinen Mann sehen.“

„Okay, das beschäftigt dich wirklich. Ehrlich gesagt ist das ja auch ganz schön viel auf einmal. Gut, soll ich dich zu ihm bringen?“, fragt Nora.

Na endlich! Jetzt kommen wir weiter. „Ja, bitte, bring mich zu ihm. Sofort.“

Ich hoffe bloß, dass er nicht in Lebensgefahr schwebt. Wenn ich ihn so schnell wie möglich zurück ins Krankenhaus bringe, ist es vielleicht halb so schlimm.

„Aber du darfst nicht vergessen, dass er nicht weiß, wer du bist, Belle. Du existierst ja nicht. Folgerichtig hast du ihn auch nie geheiratet“, erläutert Nora.

Herrjemine, von der Geschichte will sie offensichtlich nicht lassen, muss wohl eine fixe Idee von ihr sein. „Immer noch das Ammenmärchen mit dem Wunsch, den du mir erfüllt hast, ja?“

„Das ist kein Märchen, sondern Fakt“, erwidert sie und schüttelt den Kopf über so viel Unglauben meinerseits.

Da kommt mir der Gedanke, dass ich einem offensichtlich verwirrten Kind Glauben schenke. Warum spiele ich bei ihrer verrückten Geschichte überhaupt mit? Wenn Jim nicht im Krankenhaus ist, kann das nur heißen, dass sie ihn nach Hause entlassen haben.

Mit großer Wahrscheinlichkeit ist die Krankenschwester

überarbeitet und kann sich noch nicht einmal mehr an ihren eigenen Namen erinnern, geschweige denn an all die Patienten, die eingeliefert werden. Klar, Jim ist unverwüstlich. Er war nie krank. Seine letzte Erkältung muss bestimmt zehn Jahre her sein. Er hat sich halt wahnsinnig schnell von dem Unfall erholt. Und das Krankenhaus braucht jedes Bett. Außerdem weiß er ja, wie sehr ich mich um ihn sorge.

Wenn ich ganz logisch darüber nachdenke, dann kann es eigentlich nur einen Ort geben, an dem er jetzt ist. Nämlich in unserer Küche in unserem Haus, wo er sich fragt, wo ich denn bleibe.

Mit zitternden Fingern wähle ich seine Nummer. Er geht nicht ran. Nur die Mailbox läuft.

„Hier ist Jimbo. Hinterlassen Sie bitte eine Nachricht." Ist das wirklich Jims Stimme? Sein amerikanischer Akzent ist verschwunden, jetzt spricht er nur einen sehr starken Dubliner Dialekt.

In Windeseile haspel ich meine Nachricht runter.

„Jim, bitte ruf mich an. Hier ist Belle. Ich mache mir Sorgen. Wie geht es dir? Ich liebe dich …" Ich lege auf und warte bereits auf den Rückruf.

Aber ich kann hier nicht sitzen und warten. Adrenalin pulsiert durch mein Blut, und meine Nervosität wächst. Ich muss hier raus. Das geht einfach nicht, in diesem Wartezimmer zu hocken. Ich muss dieses Chaos irgendwie in den Griff bekommen.

Als ich zum Ausgang gehe, kommt mir Lorcan durch die Schiebetür entgegen. Ihn hatte ich bei all der Panik ganz vergessen. Was für eine Erleichterung, ihn zu sehen. Er schaut sich um und sieht glatt durch mich durch. Ich winke, doch sein Blick ist schon weiter geschweift.

„Lorcan", rufe ich. Und lauter: „Hier drüben!"

Als sein Blick mich trifft, laufe ich in seine Richtung. „Sind

Sie die Frau, die mich wegen des Mädchens angerufen hat?", fragt er.

„Ich bin's. Belle, Sie Trottel!", sage ich und breite die Arme aus. Ich brauche jetzt dringend eine Umarmung. Aber er tritt einen Schritt zurück. Panik zeichnet sich auf seinen sonst so ebenmäßigen Gesichtszügen ab.

Oh nein. Das bedeutet nichts Gutes. „Erkennen Sie mich nicht?", flüstere ich heiser.

„Nein, tut mir leid. Sollte ich das?", fragt er zurück. „Hören Sie, ich bin so schnell wie möglich gekommen. Sie sagten, ein Kind bräuchte Hilfe. Wo ist es?"

Ich drehe mich um und will auf Nora zeigen. Aber sie ist weg.

„Sie heißt Nora. Ich habe sie vorhin auf der Ha'penny Bridge aufgelesen. Sie ist ungefähr elf Jahre alt. Ja, älter wird sie kaum sein. Sie ist ein bisschen nervig und ziemlich verwirrt. Sie sagt, sie hat keine Eltern, macht aber keinen verwahrlosten Eindruck. Ich weiß nicht, aber irgendetwas stimmt da nicht. Ich mache mir Sorgen ihretwegen, vielleicht steckt sie in Schwierigkeiten." Schnell sehe ich mich im Eingangsbereich um, aber nirgends ein Zeichen von ihr. „Eben gerade war sie noch hier."

Minuten später haben wir sie immer noch nicht gefunden.

„Und sie weiß wirklich nicht, wo sie hinsoll?", fragt Lorcan. „Besteht vielleicht die Möglichkeit, dass sie zurück zu ihren Eltern gegangen ist? Womöglich haben die sie hier gefunden, als wir beide geredet haben, und sind jetzt nach Hause gegangen?"

„Sie sagte, sie hätte keine Eltern", erwidere ich. Aber möglich ist das, was Lorcan sagt, sicherlich. Ob ich ihm von der „Du existierst nicht"-Sache erzählen soll?

„Sie glauben, dass sie in einer Pflegefamilie lebt? Ist das der Grund, warum Sie mich angerufen haben?", will er wissen.

„Irgendetwas stimmt nicht mit ihr. Sie sagte immer wieder, dass sie mir einen Wunsch erfüllt hätte."

„Was für einen Wunsch?"

„Sie sagte, sie hätte es irgendwie fertiggebracht, dass ich nie geboren wurde", antworte ich.

Er sieht mich an, als wäre mir ein zweiter Kopf gewachsen. „Das klingt wirklich besorgniserregend."

Und das ist noch längst nicht alles. Warte, bis du den Rest hörst, Lorcan. Wer A sagt, muss auch B sagen und so weiter.

„Das Komische ist, dass ich Sie kenne. Und Sie mich. Erst letzte Woche waren Sie bei mir zum Essen. Sie kommen öfter auf Ihrem Nachhauseweg von der Arbeit bei uns vorbei. Wir sind sehr gut miteinander bekannt", erkläre ich ihm.

„Belle, so heißen Sie, ja?", fragt er besorgt und betont freundlich.

Ich nicke.

„Ich kenne Sie nicht. Ich habe Sie noch nie gesehen. Klar, ich werde auch älter und ein bisschen vergesslich. Heute Morgen zum Beispiel habe ich meine Autoschlüssel verlegt. Aber ich würde niemals eine Bekannte vergessen." Er klingt sehr bestimmt. „Ich kenne Sie nicht."

Er denkt, ich spinne. Hält mich für verrückt. Natürlich. Klar, mittlerweile halte ich mich ja selbst für verrückt.

„Ich muss meinen Mann finden", sage ich. „Er hatte einen Unfall, und jetzt ist er nicht mehr hier." Dicke Tränen rollen mir über die Wange.

Mitleidig sieht Lorcan mich an. „Bitte hören Sie auf zu weinen. Ich kann damit nicht gut umgehen."

„Ich weiß. Ihre Mutter hat oft geweint. Und geschluchzt wie ein Seehund. Wenn Sie heute jemanden heulen hören, müssen Sie an Ihre Mutter denken und drehen durch."

Sofort wird er misstrauisch. „Woher wissen Sie das?"

„Das haben Sie mir vor Jahren mal bei einer Flasche Wein

erzählt, an dem Abend, als wir mit Jim Karten gespielt haben."

„Ich habe keinen blassen Schimmer, was hier vor sich geht. Alles, was ich weiß, ist, dass es mir keinen Deut gefällt."

„Mir auch nicht", sage ich und gehe zum Ausgang. „Ich muss jetzt meinen Mann finden. Falls Sie ein Mädchen in einem roten Mantel und mit dunklen Haaren sehen, das ist Nora. Helfen Sie ihr."

„Wissen Sie was? Ich muss eh ein paar Telefonate führen. Das mache ich hier im Eingangsbereich. Sollte sie zurückkommen, sehe ich sie sofort und werde ihr helfen", sagt er. „Vielleicht brauchen Sie selber Hilfe? Sie scheinen mir ein wenig neben der Spur zu sein."

So höflich. Neben der Spur. Ja, das kann man wohl sagen.

Schnell verlasse ich das Krankenhaus und springe in ein Taxi. Ich nenne dem Fahrer meine Adresse in Artane. Ich werde nach Hause fahren, und hoffentlich sitzt Jim in unserer Küche, trinkt Kaffee und isst ein Sandwich. Der Wagen will gerade anfahren, da öffnet sich die Tür, und Nora steigt ein. „Vergiss mich nicht."

„Wo kommst du denn her? Mein Bekannter, Lorcan, wollte dich holen. Er ist noch drinnen und wartet auf dich."

„Ja, ich weiß. Er sieht nett aus. Ich habe ihn schon immer gemocht. Er ist so viel liebenswürdiger als Mrs. O'Reilly, die war so sachlich und kühl. Trotzdem kann ich nicht mit Lorcan mitgehen. Meine Aufgabe ist es, bei dir zu bleiben", erklärt Nora.

Ich weiß nicht, was ich darauf erwidern soll. Immer wieder nehme ich mir vor, mich von ihr nicht mehr aus der Fassung bringen zu lassen. Dann sagt Nora erneut etwas, das mich vollkommen aus der Bahn wirft.

Eine Weile fahren wir schweigend durch den Feierabendverkehr. Wir kommen nur im Schneckentempo voran. Alle

Ampeln scheinen sich gegen uns verschworen zu haben. Sie schalten just dann auf Rot, wenn wir sie erreichen. Mir ist übel, mein Magen dreht sich. Mir ist kalt und meine Hände sind eisig.

„Vielleicht kann ich das Ganze etwas beschleunigen", sagt Nora und lehnt sich nach vorn zum Seitenfenster auf der Fahrerseite. Es passiert etwas Merkwürdiges. Die Ampeln springen plötzlich auf Grün. Die Autos fahren an, und der Korso gewinnt langsam, aber sicher an Fahrt. Auf der ganzen restlichen Strecke müssen wir an keiner Ampel mehr halten. Es wird jedes Mal grün, wenn wir uns einer Kreuzung nähern.

„Eine grüne Welle!", sagt der Fahrer. „Und den ganzen Weg lang. Total verrückt! Das ist mir noch nie passiert. Vielleicht sollte ich nachher Lotto spielen."

„Total verrückt", pflichte ich ihm bei und werfe einen Seitenblick auf Nora, die nicht auf uns achtet, sondern in Gedanken versunken aus dem Fenster sieht.

Ich bezahle den Fahrer und gehe die Auffahrt zu unserem Haus hoch. Wo habe ich meine Schlüssel gelassen? Ich wühle in meinen Jackentaschen. Da sind sie. Meine Hände zittern vor Aufregung, und ich kann den Schlüssel im Schloss nicht drehen. Ich atme tief ein und versuche es noch einmal. Nee, der blöde Schlüssel passt ja noch nicht einmal ganz in das Schloss rein. Das ist wie mit dem Kamel und dem Nadelöhr.

Ah, Gott sein Dank. Jemand hat das Licht angemacht. Das muss Jim sein. Er kommt zur Tür. Ich höre, wie das Schloss von innen geöffnet wird. Was für ein schönes Geräusch!

Ich wusste doch, dass du zu Hause bist, Jim.

„Kann ich Ihnen helfen?", fragt eine junge Frau. Sie sieht müde und gestresst aus. Ein laut quengelnder Säugling hängt auf ihrer Hüfte.

Ich sehe zurück zu Nora, die an der Pforte steht. Überrascht, die Frau hier anzutreffen, scheint sie nicht zu sein. Ihre Miene spricht deutlicher als Worte: Hab ich's dir nicht gesagt?

„Kann ich Ihnen helfen?“, fragt die junge Mutter noch einmal und versucht, ihr Kind zu beruhigen.

„Ist Jim da?“ Meine Stimme ist kaum mehr als ein Flüstern. Ist sie womöglich seine Frau? Das schreiende Baby seins? Der Gedanke lässt mich nur noch mehr erschaudern.

„James? Meinen Sie James?“, fragt sie. „Der ist da, ja.“

Nein, das kann nicht wahr sein.

„Wie geht es ihm?“, frage ich. „Kann ich ihn sehen?“

„Ihm geht's super. Klar, er steht ja nachts auch nicht auf, um den Kleinen zu füttern. Der faule Sack. Kleinen Moment, ich hole ihn. Wie heißen Sie?“

„Belle, meine Name ist Belle.“

Die Frau lässt meine Haustür zufallen, als sie zurück ins Haus geht.

Meine Haustür ...? Diese ist rot. Meine hatte ich letzten Sommer gelb gestrichen.

Die Tür öffnet sich wieder, und die Frau erscheint mit einem verschlafenen Mann an ihrer Seite, der nicht mein Ehemann ist. Ich weiß nicht, was ich denken soll.

„Ja?“, sagt der Mann schläfrig.

„Sie sind nicht Jim“, sage ich perplex.

„Hab ich auch nie behauptet.“

„Es ... es tut mir leid. Ich ... ich habe mich geirrt“, stammle ich, und er verschwindet wieder im Haus, dabei kratzt er sich geistesabwesend an seiner verwaschenen Jogginghose.

Die junge Frau verzieht abfällig das Gesicht und mustert mich von oben bis unten. „Sind Sie eine der Mütter aus der Krabbelgruppe? Ich bin nicht ganz obenauf, wissen Sie, ich krieg kaum noch Schlaf, der Kleine hier ...“

„Nein. Keine Krabbelgruppe. Ich habe hier mal gewohnt. Und ich suche jemanden. Ich dachte, er sei hier. Kann ich Sie was fragen? Wie lange leben Sie schon in diesem Haus?“

„Seit ungefähr zwei Jahren.“ Sie sieht sehr erschöpft aus.

Alle Menschen, denen ich begegne, machen so einen erschöpften Eindruck.

Ich trete einen Schritt zurück und nuschele eine Entschuldigung. Erst Lorcan, jetzt das hier.

„Komm“, sagt Nora, nimmt meine Hand und führt mich in Richtung des Einkaufszentrums am Ende der Straße. Ich schließe die Augen und bilde mir ein, Lauren und ich gingen Hand in Hand unsere Straße entlang.

Stattdessen lasse ich mich von diesem merkwürdigen Mädchen durch die Gegend führen, vorbei an den Häuserzeilen, den Nachbarn und Freunden, die mich nicht mehr kennen.

Meine Nachbarin Mrs. O'Leary geht an uns vorbei, ihr Hund Missy bellt. Die alte Dame sieht durch mich hindurch. Das ist noch nie passiert, sonst ist sie immer stehen geblieben, um ein Schwätzchen zu halten.

Als wir am Gemeindehaus ankommen, muss ich blinzeln, um mich zu vergewissern, dass ich richtig sehe. Das Haus ist vernagelt. Wie kann das sein? Ich habe hier doch erst letzten Freitag beim Jugendtreff ausgeholfen. Ich gehe zur Tür und rüttele – vergeblich – an dem Vorhängeschloss.

„Was ist los? Der Jugendtreff findet doch jetzt statt.“

„Es gibt keinen Jugendtreff. Dass du nicht in diesem kleinen Teil der Welt unterwegs bist, hat vielfältige Auswirkungen. Du und Jim, ihr habt nie ein Gemeindezentrum oder einen Jugendtreff aufgebaut“, erklärt Nora. „Was schade ist. Weil die Jugendlichen jetzt abends nirgendwo hingehen können.“

Ich sehe mich um. Kinder und Jugendliche hocken lustlos auf der Mauer vorm Einkaufszentrum. Genau deshalb wollten wir den Jungendtreff, um so etwas zu verhindern.

Wir gehen in ein kleines Café. Dort war ich unzählige Male zu Kaffee und Kuchen. Wir setzen uns in den hinteren Teil des Raums, und Nora bestellt zwei heiße Schokoladen.

„Könnten Sie uns bitte eine Extraportion Sahne geben?", bittet Nora.

Die Kellnerin lächelt: „Ihre Tochter ist aber wohlerzogen."

Das hier ist surreal.

Nora holt einen Notizblock hervor und beginnt, darin zu schreiben. Ich beobachte meine Umgebung und versuche, möglichst wenig zu denken. Ich habe Angst. Ganz eindeutig stecke ich in Schwierigkeiten. Und ich habe keine Ahnung, wie ich da wieder rauskommen soll.

Nora häuft zwei großzügige Löffel Zucker in beide Becher. Dann steckt sie Strohhalme in das heiße Getränk und schiebt mir meine Tasse über den Tisch. Irgendwie kommt es mir so vor, als sei sie die Erwachsene und ich das Kind.

Ich lege meine Hände um den heißen Becher und genieße die Wärme.

Die süße Schokolade schmeckt besser, als ich dachte, und beruhigt meinen Magen. Mir wird wärmer.

„Ein heißes Getränk tut gut", sagt Nora.

Mir ist nicht nach harmlosem Geplauder zumute. „Lass uns die Situation zusammenfassen. Du hast heute Abend gehört, wie ich wünschte, ich wäre nie geboren worden. Daraufhin hast du mir den Wunsch erfüllt, und jetzt sitze ich hier ohne meinen Mann, ohne ein Dach überm Kopf und ohne einen Menschen, der mich kennt."

„Korrekt", sagt sie und lächelt dabei breit wie die Glücksfee bei der wöchentlichen Hauptziehung.

Ich lasse das mal so auf sich beruhen. „Und wer bist du?", frage ich stattdessen.

„Nora."

„Sehr schlau. Dass du Nora heißt, weiß ich. Woher kommst du?"

„Die klügere Frage wäre: Was bist du?", erwidert sie ungerührt.

„Okay. Was bist du?“, gebe ich mich gehorsam.

„Pass auf, das wird dir gefallen: Ich bin ein Engel“, antwortet sie.

Ja klar. Nee gut, dann machen wir halt nicht mehr auf normal. „Ich glaube nicht an Engel“, erwidere ich.

„Du glaubst an vieles nicht mehr. Das ist das Problem.“

„Glaubst du an Wunder, Belle?“, fragt Lauren und läutet das silberne Glöckchen.

„Glaubst du wirklich noch an Wunder?“, fragt Jim.

„Na schön. Und wo sind deine Flügel?“, will ich wissen.

„Nicht alle Engel haben Flügel. Das hängt davon ab, in welcher Abteilung wir arbeiten. Außerdem muss man sich seine Flügel verdienen. Die kriegt nicht jeder so mir nichts, dir nichts“, erklärt sie.

Führe ich diese Unterhaltung wirklich? Es hat zumindest den Anschein. Denn jetzt höre ich mich fragen: „Und in welcher Abteilung bist du?“

„Ich gehöre zu den, tja, Normalo-Engeln, könnte man sagen. Zu den Schutzengeln. Ich passe schon auf dich auf, seit du klein warst.“

Das würde mein Gefühl erklären, sie schon einmal gesehen zu haben. Ihr Gesicht, ihr Lächeln kommen mir bekannt vor. Ich kann mich nicht erinnern, wo, aber dass ich sie gesehen habe, weiß ich mit Sicherheit.

Sie nickt wissend. „Einige nennen das Déjà-vu. Gedächtnis finde ich persönlich besser.“

„Könnten Sie Musik anmachen?“, fragt Nora die Kellnerin.

„Kein Problem.“ Die Kellnerin schaltet das Radio ein. Es erklingt „Stille Nacht, Heilige Nacht“ in einer Version von Mariah Carey. Und jetzt fällt es mir wieder ein. Endlich erinnere ich mich.

„Du warst das Mädchen auf der Ha’penny Bridge. In der Nacht, als Jim mir den Heiratsantrag gemacht hat. Du hast dieses Lied gesungen“, sage ich. Dabei ist mir schleierhaft, wie das möglich sein soll.

„‚Eine Stimme wie ein Engel‘, hast du gesagt. Ich muss gestehen, dass ich da ganz schön kichern musste“, erzählt Nora.

Dann erinnere ich mich an das Mädchen in dem roten Mantel, das mich ansah, als ich bei Tess oben auf dem Fenstersims saß.

„Und du warst da, an dem Tag, als Jim uns verließ“, sage ich.

„Ach, war das schrecklich. Und es gab so einige schreckliche Momente in deinem Leben, das muss ich zugeben. Es war schlimm, du warst am Boden zerstört. Und ich konnte nichts tun. Jim musste nach Hause gehen. Das war sein Schicksal, das war so vorbestimmt.“

All die Hoffnungen und die große Einsamkeit, die ich als Kind so oft gespürt habe, sind mit einem Schlag wieder da.

„Ich habe aber hart daran gearbeitet, ihn zurück nach Irland zu holen. Damit ihr wieder zusammenkommt“, erzählt Nora. „Ewig und drei Tag lag ich ihm im Ohr und habe deinen Namen geflüstert.“

Das beruhigt mich. Sie scheint auf meiner Seite zu sein. „Jim lebt doch noch? Ihm geht es gut? Bitte sag, dass er nicht verletzt ist.“

„Ich kann dir versichern, dass Jim lebt, dass er wohlauf und quicklebendig ist. Obwohl, es könnte ihm sehr viel besser gehen. Er ist ein wenig einsam.“

Das klingt gar nicht nach Jim. Er ist doch so gesellig und immer der Mittelpunkt jeder Party. Die Menschen suchen geradezu seine Gesellschaft. Das war schon immer so.

„Er hat dich nie kennengelernt. Er ist nicht verheiratet. Hatte auch keinen Unfall. Vergiss das nicht. Das heißt, er ist anders als der Jim, den du kennst“, sagt sie.

Aber er lebt. Dann hatte mein Wunsch doch was Gutes. Mein Mann hängt nicht an Schläuchen und Maschinen im

Krankenhaus und kämpft um sein Leben. Er ist gesund und munter. Nur das zählt.

„Ich will ihn sehen“, sage ich.

„Du kannst tun und lassen, was du willst“, erklärt Nora. „Schließlich bist du Herrin deines Schicksals.“

„Ich habe kein Geld.“

„Keine Sorge. Ich habe jede Menge Knete. Ich sagte doch schon, dass man sich gut um mich kümmert. Und jetzt kümmere ich mich um dich.“ Sie zieht ein Bündel Geldscheine hervor und zwinkert mir zu.

Ich glaub, es piept. Das müssen hundert Euro sein. „Steck das wieder ein!“, rufe ich sie zur Vernunft.

„So mütterlich und fürsorglich wie immer“, murmelt sie. „Das ist eine besondere Eigenschaft von dir, Belle. Du bist die geborene Mutter. Gut, dann lass uns austrinken und zu Jim gehen.“

29. KAPITEL

Als wir bei der Kneipe ankommen, sehe ich auf die Uhr. Sieben. Mist.

„Du darfst nicht rein“, sage ich zu Nora. „Kinder dürfen nach sieben Uhr nicht in Kneipen.“

„Theoretisch stimmt das, praktisch nicht. Im Mai werde ich zweihundertdreiundneunzig Jahre alt. Ich darf also überall rein“, erwidert sie lächelnd.

Dass ich auch diesen Brocken schlucke, ohne mit der Wimper zu zucken, bereitet mir mehr Kopfzerbrechen als die Tatsache selbst, wenn es denn eine ist.

„Das kann schon sein, Nora, aber ich bezweifle, dass der Wirt dir das abnimmt. Du siehst wie ein Kind aus, und Kinder dürfen nach sieben Uhr abends nun mal nicht in die Kneipe“, sage ich so sachlich wie möglich. „Wir haben hier also ein Problem.“

Sie geht zu der Bank, die unter dem Kneipenfenster steht. Zigarettenstummel liegen auf dem Gehweg, Nikotingeruch hängt in der kalten Luft. Sie setzt sich. „Geh rein, und such deinen Jim. Ich warte hier solange. Obwohl ich nur ungern euer Wiedersehen verpasse. Das wird bestimmt lustig“, sagt sie.

„Ich kann dich hier draußen doch nicht allein lassen“, protestiere ich. Das ist zu gefährlich für ein Kind, auch wenn das Kind eigentlich ein Engel und mehrere Hundert Jahre alt ist. Außerdem habe ich es plötzlich nicht mehr sonderlich eilig, reinzugehen. Mich verfolgt immer noch Lorcans leerer Blick. Wenn auch Jim mich nicht erkennt – das ertrage ich nicht.

„Husch, husch, geh schon! Ich pass auf mich selber auf“, sagt sie. „Damit du dich nicht aufzuregen brauchst, haue ich einfach ab.“ Sie lacht und löst sich vor meinen Augen in Luft auf.

„Nora?“, rufe ich. Das ist schon nicht mehr verrückt, das ist … total verrückt.

„Supi, oder?“, sagt sie und taucht auf ebenso wundersame Weise auf der Bank wieder auf. „Du solltest dein Gesicht sehen! Immer wieder lustig, die Gesichter der Leute, wenn ich das mache.“ Verschwörerisch nickt sie mir zu.

„Entschuldige, dass ich ein wenig verstört reagiere, wenn ein vorwitziger Schutzengel sich einfach in Luft auflöst.“

Sie hat das schon öfter getan, wird mir klar. Keine Ahnung, ob das ein beruhigender Gedanke ist oder nicht. Wie viele Menschen sind jetzt gerade in Dublin unterwegs, deren Leben dank eines schusseligen Engels aus den Fugen geraten ist?

Pass auf, was du dir wünschst. Das sagt sich so leicht, nie hat sich das schwerer angefühlt. Ein Trupp angetrunkener, lautstarker junger Männer kommt aus der Kneipe, um sich eine Zigarette anzuzünden. Engel hin oder her, ein kleines Mädchen ist hier fehl am Platze. „Lös dich wieder in Luft auf! Ich geh rein zu Jim“, raune ich ihr zu. Wie absurd das klingt, merke ich schon nicht mehr.

Und schon ist sie verschwunden.

In diesem Pub saß ich unzählige Male und habe mit Jim ein Bier getrunken. In dieser Version meiner Nichtexistenz sieht es hier ähnlich aus. An den Wänden prangt allerlei Krimskrams vom Flohmarkt. Trikots der Dubliner Fußballmannschaft mit Unterschriften der Spieler hängen dazwischen. Von der Bar dringen Wortfetzen und leises Lachen herüber. Um die großen runden Tische sitzen Männer und Frauen nach Feierabend beieinander. Zwei ältere Männer mit Schiffermützen hocken schweigend an der Bar und trinken Guinness. An der Jukebox lehnen mehrere junge, kichernde Frauen – zu jung, um derart hohe Stöckelschuhe zu tragen.

Aber wo in all dem Trubel ist mein Ehemann?

Mit Blicken suche ich die Kneipe ab. Dort eine Gruppe Frauen, die Wein und Wodka trinken. Da ein Pärchen, das sich über seinen Biergläsern in die Augen schaut. Eine etwa fünfzigjährige Frau sitzt an einem Einzeltisch vor ihrem Rotwein. Sie sieht traurig aus. Was hat sie für eine Geschichte zu erzählen? Ich schaue zu den Billardtischen. Eher unwahrscheinlich, Jim spielt nicht gern Billard. Allerdings stehen da viele Menschen, Jim könnte einer von ihnen sein oder ihnen zusehen. Ich dränge mich durch eine kleine Menge Menschen, die alle Gläser in der Hand halten, reden und lachen. Von links nach rechts scanne ich den Raum ab. Von meinem Mann nirgends eine Spur.

Zu meinem eigenen Erstaunen bin ich erleichtert. Vielleicht ist es besser, wenn ich ihn nicht finde. Wenn Jim so auf mich reagiert wie Lorcan vorhin, ertrage ich das nicht. Andererseits muss ich an den Mann denken, den ich liebe, meine große Liebe, mein Ehemann. Jim. Für mich gibt es nur ihn. Es kann unmöglich ein Leben geben, in dem er mich nicht kennt.

Mein Blick fällt auf die Herrentoilette. Ob ich da mal nachschauen soll? Vielleicht ist er jetzt gerade auf dem Klo. Ich stelle mir sein Gesicht vor, wenn ich reinplatze, während er am Pinkelbecken steht. Doch dann geht die Tür auf, und ein stämmiger älterer Mann kommt heraus, die Hand noch am Hosenschlitz. Nee, lieber nicht. Das Männerklo bleibt tabu.

Nora war sich doch sicher, dass er hier ist. Und bislang lag sie immer richtig. Mir wird klar, dass ich irgendwann nach der Begegnung mit Lorcan und der jungen, überforderten Mutter angefangen haben muss, Noras Geschichte zu glauben. Ich hoffe also inständig, dass „mein Engel“ auch diesmal Bescheid weiß und Jim wirklich hier ist. Kurz entschlossen greife ich mir einen Hocker und setze mich an die Bar. Wenn ich aufhöre, ihn zu suchen, findet er mich vielleicht.

Genau genommen habe ich jetzt richtig Lust auf einen Gin Tonic. Große Lust sogar. Jim meinte immer: „Mach nicht so ein saures Gesicht, nimm ’ne Zitrone, und mach lieber einen Gin Tonic.“ Recht hat er. Neben den alten Guinness-Käuzen ist noch ein Platz frei. Der Barmann steht mit dem Rücken zu mir, er tippt etwas an der neumodischen Kasse ein.

Sein Rumpf ist leicht nach vorn gebeugt, seine Schultern hängen. Auch von hinter der Theke kann ich erkennen, dass sein einer Fuß leicht abgewinkelt steht. Diese Pose kenne ich. Ich erkenne ihn so zweifelsfrei wieder, wie ich mein eigenes Spiegelbild erkennen würde.

Aber das kann nicht sein.

Der Barmann, der immer noch mit dem Rücken zu mir steht, hat einen kahl rasierten Kopf. Doch die Figur stimmt. Breite Schulter, muskulöse Oberarme, schlanke Hüften. Ich lasse den Blick zu seinem Hintern wandern. Keine Frage, das ist er.

Sein fuchsrotes Haar ist zwar weg, und es ergibt auch keinen Sinn, dass er an der Bar arbeitet, aber als er sich umdreht, durchzuckt es mich. Es ist Jim. Da besteht gar kein Zweifel. Es ist bloß eine andere Version von ihm.

„Hi, was bekommen Sie?“, sagt er mit demselben Dubliner Dialekt wie vorhin auf der Mailbox. Wo ist sein amerikanischer Einschlag geblieben?

„Jim?“, frage ich.

„Der bin ich“, sagt er und lächelt breit. Erkennt er mich? Nein.

„Ich bin Belle.“ Ich sehe ihm in die Augen und beschwöre ihn lautlos, mich zu erkennen. Die Liebe zwischen uns zu erkennen. Das ist wichtig, Jim, verdammt wichtig. Enttäusche mich jetzt bloß nicht.

Er beugt sich über die Theke zu mir, ich rücke näher. Hoffnung flammt in mir auf wie ein Funke aus der Glut.

„Haben Sie vorhin diese wirre Ansage auf meiner Mailbox hinterlassen?“, fragt er.

Ich nicke, und die Flamme erlischt. Er mustert mich von oben bis unten und schüttelt den Kopf. Er weiß wirklich nicht, wer ich bin.

„Du erkennst mich wirklich nicht“, sage ich. Was jetzt? Drehe ich jetzt völlig durch? Oder mache ich einfach so weiter, schon okay, dass mein Mann mich vergessen hat?

„Haben wir, also, sind wir beide …?“ Er pfeift und zwinkert mir zu. Eine Geste, die ich meinen Jim nie habe machen sehen. Ich komme mir vor wie in einer dieser komischen Sendungen, die nachmittags im Fernsehen laufen. Nur die Titelmelodie und das vom Band eingespielte Klatschen der Zuschauer fehlen.

Ja, Jim. Wir „haben, also, sind“ beide schon ziemlich oft miteinander, du weißt schon, was.

Aber ich halte lieber den Mund.

Während ich noch überlege, was ich tun soll, muss mich der Ausdruck auf meinem Gesicht verraten haben. Jedenfalls sagt Jim jetzt voller Mitgefühl und so etwas wie Bedauern: „War ich betrunken? Ich will wirklich kein Arschloch sein, aber ich erinnere mich beim besten Willen nicht an dich. Es tut mir echt leid.“

„Nein. Du warst nicht betrunken“, sage ich. Wenigstens duzt er mich jetzt, registriere ich halbwegs erleichtert.

Seine Miene verrät mir, dass er mir nicht glaubt. „Ich muss betrunken gewesen sein. Du gehörst zu den Frauen, die ich nüchtern nicht vergessen würde.“

Unter seinem kritischen Blick laufe ich rot an und wünschte, ich hätte mir etwas anderes angezogen. Wie verquer ist das denn?

„Was trinkst du? Nein, sag nichts. Lass mich raten. Gin Tonic! Du bist der Gin-Tonic-Typ. Stimmt's?“

„Stimmt.“ Er erinnert sich an meinen Lieblingsdrink. Wenn das nichts heißt.

„Du hast ein schönes Lächeln. Du solltest öfter lächeln.“

„Bist du verheiratet?“, falle ich gleich mit der Tür bei meinem Ehemann ins Haus.

„Du machst wohl keine Gefangenen." Er lacht, und mein Herz macht einen Satz. Dieses Lachen, das ist mein Jim. Der lebenslustige, liebenswürdige Jim, der mich liebt.

Er stellt einen Gin Tonic vor mir auf die Theke. „Ich bin nicht verheiratet. Ich werde auch nie heiraten."

„Das klingt aber sehr bestimmt."

„Es ist die Wahrheit. Ehe und Familiengründung, das ist nichts für mich", sagt er. „Da bin ich einfach nicht der Typ für."

Doch, das bist du. Und fürs Protokoll: Du bist ein großartiger Ehemann. Und du wirst nicht müde, mir zu sagen, dass dein Heiratsantrag die beste Entscheidung deines Lebens war. Aber ich bin erleichtert, dass er keine andere Frau geheiratet hat.

„Bist du glücklich?", frage ich ihn.

„Überglücklich", sagt er trocken. „Du stellst viele Fragen, Fräulein."

Er räumt leere Gläser von der Theke, nimmt Bestellungen entgegen und zapft Bier, aber immer wieder lässt er den Blick zu mir wandern. „Ich werde aus dir nicht recht schlau. Verrückt bist du nicht. Aber ganz bei Verstand scheinst du auch nicht zu sein", sagt er, als er zu mir zurückkommt.

Nicht verrückt? Da bin ich mir selbst nicht so sicher.

„Ich habe ein gutes Gedächtnis und kann mir Gesichter merken", fährt er fort. „Ich würde mich daran erinnern, wenn wir uns schon einmal begegnet wären."

Ich lehne mich zu ihm, blicke ihm tief in die blauen Augen und suche darin meinen Ehemann. Unzählige Male haben wir uns so angesehen, Nase an Nase. Ich bin ihm jetzt so nah, ich könnte ihn mühelos küssen.

„Mit dir könnte ich Pferde stehlen." Bevor ich etwas Unüberlegtes tun kann, tritt er einen Schritt zurück.

„Man hat mir schon Schlimmeres gesagt", erwidere ich. Der Gin schmeckt mir hervorragend. Vielleicht sollte ich hier sitzen bleiben, bei meinem Mann, der nicht mein Mann ist, und mich betrinken.

„Was willst du von mir?“, fragt er.

„Die ehrliche Antwort?“

Er nickt.

„Ich möchte, dass du dich an mich erinnerst.“

Er seufzt und wischt zum wiederholten Male über die Theke. „Belle, du scheinst mir ein nettes Mädchen zu sein. Es tut mir aufrichtig leid, dass ich mich nicht an dich erinnere. Aber so ist es nun mal.“

Ich weiß nicht, was ich tun soll. Das habe ich mir so gewünscht. Ich habe gewünscht, dass ich nicht mehr da bin. Aber unter einem Leben ohne mich habe ich mir nicht vorgestellt, dass mein Mann mich vergisst.

„Wir kannten uns als Kinder“, sage ich.

Überrascht blickt er auf. „Bist du von hier?“

„Wir haben bei derselben Pflegemutter gelebt.“

Seine Miene verändert sich abrupt. Das Lächeln ist verschwunden. Misstrauisch sieht er mich an.

„Du hast auch bei Tess gelebt?“, fragt er. „Daran kann ich mich nicht erinnern.“

Ich nicke. „Doch. Wir haben viel Zeit miteinander verbracht. Wir waren im Park, haben eine Höhle aus Bettlaken gebaut. Wir haben Senso, dieses elektronische Spielzeug mit den vier Farben, gespielt. Stundenlang“, erzähle ich.

Er schüttelt den Kopf. „Ich denke nicht gerne an meine Kindheit zurück. Da war nichts, an das ich mich gerne erinnern würde.“

„Das tut mir leid.“

„Du musst mich mit jemandem verwechselt haben. Du bist anders als die anderen, dich würde man nicht einfach vergessen. Als ich bei Tess gelebt habe, waren da zwar auch andere Kinder, aber keins sah aus wie du.“

„Mag sein“, gebe ich zurück und versuche es auf anderem Weg. „Der Jim, den ich kannte, ist mit seiner Mutter nach Amerika gezogen, die einen Mann namens Sam geheiratet hatte. Bist du dieser Jim?“

„Was, zum …?!“ Entsetzt sieht er mich an. „Du verwechselst mich. Ich habe nicht in Amerika gelebt. Meine Mutter hat nie geheiratet. Sie ist zu Hause, in Ranelagh, sie arbeitet Teilzeit an der Supermarktkasse. Ich bin nicht der, den du suchst.“

Er wendet sich ab und bedient zwei kichernde Teenager. Ich versuche seinen Blick zu fangen, aber er sieht geflissentlich weg. Stattdessen ist er ganz der Barmann und flirtet mit den beiden jungen Frauen. Durch lange, künstliche schwarze Wimpern mustern sie ihn von oben bis unten und tuscheln. Am liebsten möchte ich nach Hause und ins Bett gehen und diesen Tag vergessen.

Leider gibt es dabei ein Problem. Ich habe kein Zuhause mehr.

Erneut sehe ich zu Jim rüber. Als ich eben den Namen Sam erwähnte, huschte ein merkwürdiger Ausdruck über sein Gesicht. Mein Bauch sagt mir, dass ich da nachhaken muss. Nachdem er die beiden Mädels bedient hat, kommt er zu mir und lehnt sich über die Theke.

„Aber es gab einen Sam in deinem Leben“, sage ich.

„Schon möglich. Sams gibt es wie Sand am Meer“, erwidert er. „Das ist kein ungewöhnlicher Name.“

„Erzähl mir von dem, den du kennst. Bitte.“

Er seufzt. Mit größter Konzentration schneidet er eine Zitrone in Scheiben. „Als ich klein war, hatte meine Mutter kurze Zeit einen Freund, der Sam hieß.“

„Und?“, hake ich nach.

„Ich mochte ihn nicht. Allerdings konnte ich damals niemanden ausstehen. Meine Mutter war nicht lange mit ihm zusammen, sie hat Schluss gemacht.“

Es macht mich traurig, das zu hören. Denn sie geben ein großartiges Paar zusammen ab. Verliebt wie am ersten Tag, auch nach all den Jahren. „Wie geht es deiner Mutter?“, frage ich ihn.

„Völlig durchgeknallt, Belle, sie ist total verrückt. Sie hat Depressionen und Angststörungen. Sie nimmt Medikamente, die so stark sind, dass sie kaum noch ihren eigenen Namen kennt, geschweige denn meinen.“

Ich nehme seine Hand und drücke sie. Am liebsten würde ich hinter die Theke steigen und Jim in den Arm nehmen, bis die Trauer aus seinem Gesicht weicht. „Das tut mir so leid, Jim.“ So hätte es nicht kommen dürfen.

Aufmerksam sieht er mich an. Mir wird schwindelig. Ich kenne das Gefühl. So habe ich mich gefühlt, als er damals bei Tess aufgetaucht ist, als wir uns wiedergefunden haben.

„Hey, Jimbo, hör auf zu flirten, und gib mir noch ein Bier!“, ruft ein Mann. „Gleich!“, ruft Jim zurück, ohne den Blick von mir abzuwenden. „Gleich? Ich verdurste gleich!“, lässt der Mann nicht locker.

„Vielleicht gehen die gestohlenen Pferde mit dir durch.“ Kaum merklich streicht er mir über die Wange. „Dass du nicht ganz einfach bist, habe ich mir schon gedacht, als ich dich in die Bar kommen sah.“

Er muss es auch gespürt haben. Da bin ich sicher. Während er den ungeduldigen Mann bedient, guckt er immer wieder zu mir rüber. Von mir aus kann ich die ganze Nacht hier sitzen blieben, Jim Looney. Ich habe Jahre auf dich gewartet, auf ein paar Stunden kommt es da auch nicht mehr an. Ich warte, bis er Feierabend hat, dann können wir irgendwo hingehen und reden. Ich werde ihm alles erzählen, auch von Nora.

„Ich werde aus dir nicht schlau“, sagt er. „Aber ich muss jetzt meinen Job machen.“

„Ich warte, bis du fertig bist. Können wir dann reden?“

Einen Augenblick denkt er nach. „Leider nein. Ich hab später 'ne Verabredung." Dann deutet er auf die größere der beiden Frauen mit den falschen Wimpern.

Mein Herz sinkt allein bei der Vorstellung, dass mein Mann mit so einer Frau Tisch oder Theke teilt. Gar nicht auszumalen, wenn sie auch noch zusammen ins Bett steigen.

„Hoffentlich findest du deinen Jim", sagt er über die Schulter, bevor er sich ganz von mir abwendet.

„Ja, hoffentlich", erwidere ich leise. Ich warte, ob er sich doch noch umdreht. Nein. Okay, das war ein Korb. Ich verlasse die Kneipe. Draußen spüre ich, wie sich eine kleine Hand in meine schiebt. Nora steht neben mir und zieht mich fort von dem Getümmel.

„Er wusste nicht, wer ich bin. Er war anders. Irgendwie der Alte, aber gleichzeitig anders. Wie kommt das?", frage ich.

„Sein Leben ist ohne dich anders verlaufen", sagt Nora. „Er war ein schwieriger Junge, als er zu Tess kam. Er hatte keine Freundin namens Belle, die ihn zum Lachen gebracht hat. Stattdessen hatte er schlechten Umgang."

Ich erinnere mich noch an ihn, wie er damals bei Tess in der Tür stand. Wie ein waidwundes Tier, bereit, sich auf jeden zu stürzen, der ihm blöd kam.

„Ohne dich und deine Freundschaft hat er Sachen gemacht, die er besser nicht hätte tun sollen. Als er dann zurück zu seiner Mutter ging, war es nicht leicht mit ihm. Der arme Sam hatte keine Chance. Jim hat alles darangesetzt, die beiden auseinanderzubringen", erzählt Nora.

In meinem Kopf dreht sich alles. Und mir tut diese Geschichte in der Seele weh.

Mit Tränen in den Augen schaut Nora mich an. „Willst du Tess sehen?", fragt sie.

Stimmt, hatte ich vergessen, Nora ist ein verflixter Engel und kann Gedanken lesen.

„Ja“, antworte ich trotzdem.

Also folge ich diesem zweihundertzweiundneunzig Jahre alten Wesen, das in dem Körper einer Elfjährigen steckt und jetzt einen Daumen rausstreckt. Und natürlich hält augenblicklich ein Taxi neben uns.

30. KAPITEL

Als wir an dem Park vorbeifahren, für den Jim und ich Geld gesammelt hatten, bittet Nora den Taxifahrer, das Tempo zu drosseln. „Was für eine Schande, dass der Park in diesem Zustand ist."

An der Mauer längs des brachliegenden Geländes prangt Graffiti. Bierdosen und Scherben liegen am Eingang, Plastiktüten und Müllreste wehen über die aufgesprungenen Asphaltwege.

„Eigentlich ist der Park ganz anders", bringe ich ein wenig hilflos hervor.

„Hilfe! Zu Hilfe!", höre ich plötzlich jemanden rufen.

„Hast du das gehört?", frage ich und öffne den Sicherheitsgurt. „Bin gleich zurück …", sage ich und springe aus dem Taxi. Ich renne zu dem verwahrlosten Park, wo Mrs. O'Leary sich mit ihrem Gehstock gegen zwei Jugendliche zur Wehr setzt. Ihr Hund Missy bellt wie von Sinnen und beißt nach den Beinen der Jungs, die nach der Handtasche der alten Dame greifen.

„He!", schreie ich und laufe auf sie zu. Der größere der beiden Jungs ruft seinem Kumpan im Kapuzenpulli zu: „Los, hauen wir ab!", und rennt weg. Der jüngere stolpert und fällt, sodass ich ihn am Kragen packen kann.

„He, du Frechdachs …" Ich halte ihn fest, während er um sich tritt und schlägt, um sich zu befreien. „Mrs. O'Leary, alles in Ordnung?"

„Diese Lümmel! Ich war mit Missy Gassi gehen, da springen die beiden Unholde plötzlich aus dem Gebüsch!"

„Setzen Sie sich auf die Bank da, erst mal muss ich mich um den hier kümmern", sage ich zu ihr. Dann reiße ich dem Jungen die Kapuze vom Kopf.

Es ist gar kein Junge. Das dachte ich nur wegen der schlabberigen Jeans und des ausgebeulten Sweatshirts.

„Lauren! Was, um Himmels willen, tust du hier?“, rufe ich entsetzt.

Geschockt fragt sie: „Wieso weißt du, wie ich heiße?“

„Weil ich dich kenne. Aber das hätte ich nicht von dir gedacht! Warum überfällst du Mrs. O’Leary?“

„Nu’ mach ma’ kein’ Aufstand“, sagt sie herablassend.

Aufstand? Na warte, ich zeig dir gleich, was ein Aufstand ist.

„Wer war der andere? Oder war das auch ein Mädchen?“, will ich wissen.

„Geht dich nichts an“, raunzt sie.

„Wo ist Alicia?“

Als ich ihre Mutter erwähne, hört sie auf, sich aus meinem Griff zu winden.

„Lebst du bei Alicia oder bei Pflegeeltern?“, frage ich weiter.

„Verpiss dich!“, ruft Lauren. Unmöglich, in diesem Wildfang meine kleine unschuldige Lauren wiederzuerkennen.

„Ich werde mich nicht ‚verpissen‘, wie du sagst, bevor du mir nicht ein paar Fragen beantwortet hast. Soll ich Lorcan anrufen, Lauren?“

Jetzt horcht sie auf. „Nein, nicht Lorcan“, sagt sie. „Er steckt mich bloß wieder zu einer anderen Familie, wenn ich Ärger mache.“

„Gut, ich rufe ihn nicht an, wenn du dich hier zu mir auf die Bank setzt und mir erzählst, was los ist. Wenn du wegläufst, rufe ich Lorcan an. Verstanden?“

Anscheinend glaubt sie mir, denn sie setzt sich auf die Bank, am anderen Ende von Mrs. O’Leary, die gespannt unsere Unterredung verfolgt hat.

„Mit denen muss man streng sein“, sagt Mrs. O’Leary.

„Guter Tipp“, erwidere ich. „Sind Sie verletzt?“

„Keineswegs. Ich bin schon mit ganz anderen Dingen in meinen Leben fertiggeworden, junge Frau“, sagt sie. „Aber jetzt gehe ich lieber nach Hause und mache mir einen Tee.“

„Passen Sie auf sich auf", rufe ich ihr hinterher und wende mich dann Lauren zu.

„Wo lebst du zurzeit?"

„Bei meiner Mutter. Alicia. In einer Wohnung in Beaumont."

Ich nicke. Das klingt gut. „Alicia wird aber nicht glücklich sein, wenn sie hiervon erfährt."

Lauren zuckt mit den Schultern und schweigt.

„Du meintest, Lorcan könnte dich in eine neue Pflegefamilien stecken?", frage ich. „Ist das schon mal vorgekommen? Dass du Ärger gemacht hast, wie du sagst?"

Wieder zuckt sie mit den Schultern. Ich sehe schon, das wird eine Weile dauern.

„Dann komm. Ich bringe dich nach Hause." Ich nehme ihren Arm und führe sie auf die Straße zum Taxi, das dort auf uns wartet.

„Hi, Lauren!", begrüßt Nora sie breit lächelnd. „Schön, dich wiederzusehen."

Lauren bedenkt sie lediglich mit einem finsteren Grummeln.

„Wir bringen Lauren nach Hause. Ich nehme an, du weißt, wo ihre Mutter wohnt?"

„Klar", sagt Nora und nennt dem Taxifahrer die Adresse.

Kurz darauf halten wir vor einem Mehrfamilienhaus neben einem kleinen Supermarkt. „Schön ist es hier", stelle ich fest. „Geh vor, zeig uns den Weg."

Ich folge Lauren, die langsam auf das Haus zugeht. Auf der dritten Etage klingelt sie an der rechten Wohnungstür. Es dauert einige Minuten, bis Alicia öffnet. Als sie endlich im Türrahmen erscheint, ist sie der Inbegriff der unglücklichen Mutter.

„Wo, zum Teufel, warst du?", schreit sie, greift Laurens Arm und schüttelt sie. Als sie mich erblickt, fragt sie: „Was hat sie diesmal angestellt?"

„Sie wollte einer alten Dame im Park die Handtasche klauen."

Böse blickt Alicia ihre Tochter an. „Ich schäme mich für dich. Wie konntest du nur, Lauren?“

„Was geht dich das an?“

„So redet man nicht mit seiner Mutter, Lauren“, weise ich sie zurecht. „Vergiss deine Manieren nicht!“

Daraufhin drehen sich sowohl Alicia als auch Lauren zu mir um und sehen mich an, als wüchsen mir zwei Köpfe auf den Schultern.

„Danke, dass Sie sie nach Hause gebracht haben. Ich werde ein Wörtchen mit ihr wechseln“, sagt Alicia.

„Darf ich reinkommen?“, erkundige ich mich.

„Sind Sie vom Jugendamt?“, entgegnet Alicia und sieht mich misstrauisch an.

„Nein. Das bin ich nicht. Ich bin Pflegemutter und weiß, dass es nicht immer leicht ist. Vielleicht kann ich Ihnen helfen.“

Mit einem lauten Krachen schlägt sie mir die Tür vor der Nase zu.

So viel dazu.

Schon wieder weiß ich nicht, was ich tun soll. Soll ich bleiben? Vielleicht lässt sie mich doch noch rein. Oder soll ich gehen, weil ich kein Recht dazu habe, sie zu bevormunden?

„Die beiden sind nicht gerade sehr glücklich zusammen“, höre ich Nora hinter mir sagen.

„Scheint ganz so“, sage ich. „Und ich konnte Lauren noch nicht einmal in den Arm nehmen.“

„Es ist auch nicht ganz einfach, jemanden zu umarmen, der beißt und tritt“, meint Nora.

„Was ist das Problem der beiden?“

„Na ja, Lauren war in den letzten Jahren bei vielen Pflegefamilien untergebracht. Mit niemandem ist sie allerdings so gut zurechtgekommen wie mit dir und Jim. Also ist sie ziemlich rumgekommen. Jedes Mal ist sie wütender geworden und unbändiger. Alicia weiß, dass es ihrer Tochter nicht gut geht, was sie wiederum sehr belastet. Noch bevor sie wieder ganz gesund war, hat sie Lauren zu sich geholt. Das war zu früh, damit nahm das Unglück seinen Lauf. Und es wird immer schlimmer, ein böses Ende scheint vorprogrammiert“, erzählt Nora tonlos.

„Aber Alicia geht es doch so gut, sie hat sich sehr gut gemacht in letzter Zeit“, wende ich ein.

„Ja, weil du und Jim da wart. Sie hat euch erlebt und gesehen, wie ihr mit den Kindern umgegangen seid. Sie hat sich mächtig angestrengt, um Lauren eine bessere Mutter zu sein.“

Das haut mich um.

„Sie ist kein schlechter Mensch. Aber manchmal wachsen ihr die Probleme einfach über den Kopf. Blöd nur, dass sich dabei so viel Wut in Lauren angestaut hat. Das macht alles nur noch schwerer.“ Nora zuckt die Schultern.

Alle meine Sorgen und Ängste um Lauren und ihre Mutter sind wahr geworden. Aber in dieser Welt, in der ich nicht mehr existiere, bin ich machtlos und kann ihnen nicht helfen.

„Siehst du, wie sich dein Leben auf andere auswirkt? Was du im Leben anderer Menschen ausrichten kannst?“, fragt Nora. „Und jetzt komm, lass uns zu Tess gehen.“

Unser Taxi wartet draußen. Kaum dass ich sitze, überkommt mich bleischwer die Müdigkeit. Auf der Fahrt nach Drumcondra schließe ich die Augen. Ich weiß, dass Tess mich nicht erkennen wird. Auf gewisse Weise habe ich die absurde Welt, in der ich mich zurzeit bewege, akzeptiert. Aber ich kenne eine andere Wahrheit.

Tess ist der freundlichste und herzensbeste Mensch, den ich kenne. Ich bin mir sicher, dass sie mich reinbitten und mit mir reden und mir zuhören wird.

Ich versuche, mir die Szene auszumalen. Wie wir uns hinsetzen und „Grey’s Anatomy“ gucken. Wie wir kannenweise schwarzen Tee mit ordentlich Zucker und Sahne trinken. Und Schokolade naschen. Nachdem wir von den Halbgöttern in

Weiß geschwärmt haben, verziehe ich mich nach oben in mein altes Schlafzimmer. Sie hat in all den Jahren nichts daran verändert. Wenn mir die Augen zufallen, steckt mich Tess ins Bett. Und morgen lasse ich mir einfallen, was ich in dieser aus den Fugen geratenen Welt anstellen soll. Tess hat vielleicht sogar eine Idee, wie ich mein altes Leben zurückbekommen kann.

Simsalabim, dreimal schwarzer Kater. Ich stelle mir Tess als gute Fee mit einem Zauberstab in der Hand vor und muss kichern.

Nora seufzt. Der Seufzer reißt mich aus meinen Träumen. Keine Halbgötter in Weiß, keine Schokolade, keine gute Fee. Ich öffne die Augen. Das ist nicht die Gegend, in der Tess wohnt.

„Wo sind wir?“, frage ich. Aber ich will die Antwort gar nicht hören. Vor Angst stellen sich mir die Nackenhaare auf.

„Wir sind gleich da“, sagt der Taxifahrer Kaugummi kauend.

„Aber hier geht es nicht nach Drumcondra“, sage ich. Ich hätte das nicht Nora überlassen sollen, sie muss dem Fahrer eine falsche Adresse genannt haben.

Allerdings macht Nora nichts falsch. So viel weiß ich bereits.

Der Fahrer überhört meinen Einwand und fährt weiter in entgegengesetzter Richtung. Dabei kaut er die ganze Zeit lässig auf dem Kaugummi.

„Tess lebt nicht mehr in Drumcondra“, erklärt Nora und starrt dabei aus dem Fenster, um mir nicht in die Augen sehen zu müssen.

Will ich wirklich wissen, wo Tess lebt? Ja, das will ich. Vielleicht ist sie in dieser anderen Welt verheiratet und hat eigene Kinder. Vielleicht lebt sie irgendwo vergnügt und munter mit ihrem Mann und einer Schar Söhne und Töchter. Ich muss ja nicht immer das Schlimmste vermuten.

„Du hast deine Zeit bei Tess sehr genossen, nicht wahr?“, fragt Nora. „Du warst glücklich bei ihr.“

„Ja“, antworte ich. „Wir hatten viel Spaß. Tess lacht sehr viel.“

In meiner Erinnerung sehe ich Tess vor mir – mit ihren über hundert Kilo in einem bunten Nylon-Trainingsanzug und einem Baseball-Cap, das sie schräg auf dem Kopf trägt.

Es war der Tag, nachdem Jim uns verlassen hatte und zu seiner Mutter gezogen war. Ich war todunglücklich und nichts, was sie tat, konnte daran etwas ändern. Und sie hat weiß Gott alles Mögliche versucht, um mich zum Lachen zu bringen. Aber ich blieb in meinem Unglück gefangen.

Dann kam sie in mein Zimmer, in diesem knallengen, albernen Outfit. Dabei hat sie ganz ernst geguckt.

„Du siehst albern aus", sage ich entsetzt, als ich sie sehe. So will sie jetzt doch hoffentlich nicht immer rumlaufen.

Sie zwinkert mir zu und vollführt mit den Händen eine aberwitzige Drehung in der Luft.

„Was machst du da?", frage ich sie.

Die Hose spannt an ihrem Hinterteil. Die Nähte sehen aus, als würden sie jeden Moment reißen. Sie nimmt den Kassettenrecorder, der im Flur steht, und drückt auf Play. Während ich sie mit offenem Mund anstarre, fängt sie laut zu singen an.

„Walk this way!", singt sie aus voller Kehle. Sie kennt das Lied von Run-D.M.C. und Aerosmith auswendig. Den Text rappt sie fehlerfrei runter. Dabei bewegt sie sich so, wie wir es auf MTV zusammen gesehen haben. Ich muss lachen.

Je mehr ich lache, desto wilder tanzt und singt sie. „Walk this way! Like this!" Mein Bauch tut mir vom Lachen weh, und ich wälze mich auf dem Boden herum.

Meine Tess. Meine Retterin.

„Du weißt, warum sie das gemacht hat?", fragt Nora.

Das weiß ich. Sie wollte mich zum Lachen bringen. Und das ist ihr auch gelungen. „An dem Tag, als ich Tess begegnet bin, war mir das Glück hold."

„Und ich dachte, der Tag würde nie kommen", entgegnet Nora. „Ich wusste natürlich, dass du für immer bei ihr bleiben und endlich glücklich werden würdest, aber es war ein langer Weg dahin und nicht einfach, das mit ansehen zu müssen."

Sehnsucht nach Tess erfasst mich. Ich will ihr sagen, wie sehr ich sie liebe. Weiß sie eigentlich, dass sich mein Leben damals nur ihretwegen zum Besseren gewendet hat? Ich glaube, ich habe ihr das schon einmal gesagt. Aber ich möchte es ihr noch mal sagen. Ich möchte mit ihr zusammen lachen, so wie ich nur mit Tess lache, bis wir Bauchschmerzen haben.

Ich möchte alles vergessen, nur ihre Arme um mich spüren und wie sie mich an ihre warme, weiche Brust drückt.

„Das wusste sie", versichert mir Nora, greift nach meiner Hand und drückt sie.

Der Taxifahrer zeigt nach links, und das Blut weicht aus meinem Gesicht.

„‚Wusste'?", frage ich geschockt. „Nein!", flüstere ich, als der Wagen zum Stehen kommt. Nora sieht mich so traurig an, da weiß ich, dass meine Befürchtung wahr ist. Da kann ich betteln und bitten, so viel ich will.

„Fahren Sie weiter!", sage ich zu dem Taxifahrer. „Ich gehe da nicht rein."

Ich will nicht. Ich kann es nicht ertragen. Aber Nora bezahlt den Fahrer und steigt aus. Wie ferngesteuert öffne ich die Tür, obwohl sich alles in mir sträubt, und blicke zum Eingang des Friedhofs. Ich folge Nora den Kiesweg entlang. Wir gehen an jahrhundertealten Gräbern vorbei, weiter hinten stehen die neueren Grabsteine. Fieberhaft überlege ich, wer außer Tess hier liegen könnte.

Schließlich bleibt Nora stehen. Ich schließe die Augen, ich will die Grabinschrift nicht lesen müssen.

„Mach die Augen auf", fordert Nora sanft.

Ich atme tief durch.

Ungläubig starre ich auf den grauen Marmorstein und lese laut die Inschrift.

Hier ruhen
Teresa (Tess) McNulty
11. Februar 1945–24. Dezember 2005
und ihre Eltern Eileen und Joseph.
Ihr Leben war ein großes Sorgen,
war Arbeit, Liebe und Verstehen,
war wie ein heller Sommermorgen –
und dann ein stilles Von-uns-Gehn.

Hier stehe ich vor Tess' Grab. Meiner Mutter. Meine Retterin. Sie ist nicht mehr.

Sie starb vor zehn Jahren. Oh, Tess, es tut mir so leid. Ich hoffe, dass du nicht allein warst in deinen letzten Stunden. Dass du keine Schmerzen hattest. Dass du deinen Frieden gefunden hast. Ich hoffe, dass du wusstest, wie sehr du geliebt wurdest.

Ich wische mir die Tränen aus den Augen und wende mich zu Nora um. Jeder Muskel in meinem Körper spannt sich an, mein Gesicht ist steinhart. Dieser kleine Engel verlangt mir mehr ab, als ich ertragen kann.

„Das ist nicht lustig", sage ich traurig. „Tess ist tot. Das geht zu weit. Du hast den Bogen überspannt."

Zugegeben, Nora sieht auch nicht gerade glücklich aus. Im Gegenteil, sie weint.

„Nimm das wieder zurück. Sie muss doch nicht für meine Fehler bezahlen. Nur weil ich den dummen Wunsch geäußert habe, nie geboren worden zu sein, musst du das doch nicht an Tess auslassen", sage ich aufgebracht.

„Du verstehst das immer noch nicht." Seufzend schüttelt Nora den Kopf. „Du hast keine Schuld an Tess' Tod. Dafür hat sie selber gesorgt. Weil sie nicht mit dem Rauchen aufgehört hat."

„In deiner Welt lebt Tess nur deinetwegen noch", spricht Nora weiter. „In dieser Welt, in der du nicht geboren wurdest, gab es niemanden, der ihr ins Gewissen geredet hat, mit dem Rauchen aufzuhören. Niemand, dem sie etwas hätte beweisen wollen."

„War es Krebs?", frage ich. „Ist sie an Krebs gestorben?"

Davor hatte ich immer Angst. Deshalb habe ich immer wieder auf sie eingeredet, das Rauchen aufzugeben und sich gesünder zu ernähren.

Nora nickt.

Ich kann Tess vor mir sehen, wie sie im Krankenhaus mit all den Schläuchen in ihrem geschundenen Körper liegt. Die Vorstellung versetzt mir einen schmerzhaften Stich.

„Es tut mir so leid, Tess", flüstere ich dem kalten Grabstein zu.

„Ohne dich sah sie keinen Grund, sich besser um sich selber zu kümmern", sagt Nora. „Was wirklich schade ist, weil sie so viel zu geben hatte."

„War sie allein, als sie starb?", will ich wissen. Aber ich bin nicht sicher, ob ich die Antwort hören will. Der Gedanke, dass sie in ihren letzten Stunden allein war, ist unerträglich.

„Ich war bei ihr. Bis zum letzten Moment. Sie starb in einem Hospiz in Clontarf. Sie ist friedlich entschlummert."

Meine Beine brechen unter der Last der Schuld zusammen, und ich sinke auf die kalte Erde. Ich hätte das verhindern können.

Ich will in keiner Welt leben, in der Tess nicht mehr lebt. Ich will nicht hier sein. Hört mich denn niemand?

„Das reicht. Mach das wieder rückgängig", flehe ich Nora an. „Das hier soll aufhören."

„Das geht nicht so einfach, Belle", erklärt sie. „Es tut mir leid, ich wünschte, ich könnte das. Aber es liegt nicht an mir, wie das hier ausgeht."

„Dann möchte ich denjenigen sprechen, der dafür verantwortlich ist!", fordere ich.

„*Du* bist dafür verantwortlich. Du hast bekommen, was du wolltest."

„Aber *das* wollte ich doch nicht!", rufe ich. „Du glaubst doch nicht, dass ich *das* wollte?!"

„Lass uns weiterfahren", sagt Nora ungerührt.

Mit den Fingern fahre ich die goldene Grabinschrift entlang.

Tess McNulty, Auf Wiedersehen, lebe wohl. Es tut mir so leid. Ich, dein Schützling, werde alles tun, um das wiedergutzumachen.

Ich stehe auf und folge Nora die Gräber entlang. Wie vorhin scheinen die Rollen vertauscht zu sein, als sei ich das Kind und sie die Erwachsene. In dieser Welt steht alles Kopf, und nichts ergibt einen Sinn.

Als wir durch das schmiedeeiserne Friedhofstor treten, hebt Nora die Hand. Wie durch ein Wunder biegt ein Taxi in die Straße und hält vor uns.

„Toller Trick", sage ich und frage mich, was sie noch alles kann.

„Allerhand kann ich", sagt sie stolz. „Noch viel tollere Tricks als den mit dem Taxi."

Diese Gedankenleserei fängt an, mich zu nerven.

„Ja, das nervt", sagt sie.

„Wo geht's jetzt hin? Bitte keine weiteren schlechten Nachrichten mehr."

Wieder überkommt mich bleierne Müdigkeit. „Kennst du ein Hotel in der Nähe, das ein Zimmer für uns hat?"

„Kein Hotel", antwortet Nora. „Ich bringe dich woanders hin. Das lenkt dich hoffentlich ein bisschen von deinen Sorgen ab."

Wir fahren etwa eine halbe Stunde lang schweigend im Taxi. Im Radio singt Michael Bublé Weihnachtslieder. Ich versuche, an nichts Böses zu denken und die Erinnerung an Jim, Tess und Lauren zu verdrängen. Zum einen, weil es schmerzt, und zum anderen, weil Noras Gedankenleserei lästig ist. In meiner Kindheit waren meine Gedanken das Einzige, was mir gehörte. Und jetzt muss ich sie andauernd mit jemandem teilen.

Während das Taxi durch die Straßen rollt, döse ich ein. Ich erwache von den flackernden Lichtern, die ins Wageninnere fallen. Wir sind an der O'Connell Street angekommen. Ist es wirklich erst wenige Stunden her, dass ich diese Straße panisch entlanggerannt bin, weg von Jim und dem Krankenhaus? Jetzt würde ich alles darum geben, wieder zu ihm hinlaufen zu können. Unbegreiflich, dass so viel in so kurzer Zeit geschehen ist.

Meine Uhr zeigt neun an. Die letzten Menschen mit ihren Einkäufen sind schon heimgegangen, doch die Straßen sind nicht leer. Die ersten Nachtschwärmer sind unterwegs. Junge Frauen auf hohen Absätzen und in kurzen Mänteln, Männer mit puscheligen roten Ohrwärmern ziehen lachend von Pub zu Pub. Sie sehen so unbeschwert und fröhlich aus. Neidisch frage ich mich, was passieren würde, wenn ich aus dem Taxi steigen und mich zu ihnen in die Kneipe setzen würde.

Ich würde neue Freundschaften schließen, und der Gin Tonic würde mich vergessen lassen, dass Belle Looney nicht mehr existiert.

Das Taxi hält. Nora bezahlt den Fahrer und flüstert ihm etwas ins Ohr, das ihn zum Lachen bringt. Ich raffe mich auf und folge ihr die Straße runter. Wo will sie hin?

Sie biegt in eine Seitengasse, und mein Beschützerinstinkt erwacht. Hat sie denn vor nichts Angst? Sie weiß zwar viel und kann tolle Tricks, aber dennoch ist sie ein Kind. Im Laufen rufe ich ihren Namen, aber sie bleibt verschwunden.

Verdammt, Nora, wo steckst du?

Ich biege um die Ecke und stoße direkt auf eine Schlange wartender Menschen. Etwa zwei Dutzend Leute reihen sich hintereinander. Es sind hauptsächlich Männer. Worauf warten sie? Rechter Hand steht ein Gebäude. Wahrscheinlich wollen sie da rein.

Ich gehe an der Schlange vorbei nach vorn. Über der geöffneten Tür hängt ein Schild.

Es ist eine Suppenküche.

Oh, ich hatte keine Ahnung, dass hier eine Hilfsorganisation arbeitet. So lange lebe ich nun schon in Dublin und kenne diese Einrichtung nicht.

„Belle, hier drüben!", ruft jemand, und ich blicke erstaunt auf. Ein etwa vierzigjähriger Mann steht in der Tür und winkt mich heran.

„Wie geht's? Nora ist schon drin. Sie sagte, du kommst gleich. Da lang", bedeutet er mir und zeigt in den Raum.

Wo hast du mich hier hingeschleppt, Nora?

Ich betrete das Gemeindezentrum. In der Mitte des Raumes stehen lange Tische. Nach und nach kommen die Männer und suchen sich einen Platz auf den Bänken. Sie tragen ein Tablett mit Essen, das sie vor sich auf den Tisch stellen.

Auch hier tönen Weihnachtslieder aus dem Radio. In der Tat ist die Atmosphäre an diesem Ort sehr weihnachtlich.

Lametta hängt von den Dachbalken, in Rot, Lila, Weiß und Grün. In der Ecke steht ein großer Christbaum mit bunten Lichtern, Kugeln und noch mehr Lametta.

Jung und Alt scharen sich um die Tische. Einige darunter sind höchstens fünfzehn oder sechzehn. Ein schockierender Anblick. Sind die Jugendlichen etwa auch obdachlos?

Das versetzt mir einen Stich, und ich habe einen Kloß im Hals. Ich weiß ja, wie es ist, keine Familie zu haben. Aber ich hatte zumindest immer ein Zuhause und ein Dach über dem Kopf.

Auf der Suche nach Nora gehe ich durch den Raum.

„Sie müssen Belle sein", höre ich eine Frau sagen. Ich nicke der Frau hinter der Theke zu, die Suppe und belegte Brote ausgibt.

„Sie arbeiten heute mit mir zusammen“, fährt sie fort. „Ich heiße Sophie.“

Sie deutet auf eine Schürze und ein Paar dünne Handschuhe. Auch gut, kein Hotelbett für mich, sondern Arbeit.

„Was soll ich tun?“, erkundige ich mich und binde mir die Schürze um.

„Ist das Ihr erstes Mal?“ Fragend sieht Sophie mich an. „Sie sind noch nie hier gewesen?“

„Nora hat mich mitgenommen. Ich springe hier sozusagen ins kalte Wasser.“

„Wenn Sie Suppe auffüllen könnten, wäre das eine große Hilfe. Ich mache die Brote und Kaffee und Tee. Heute gibt's Schinken- und Thunfischbrote. Und das hier ist Gemüsesuppe. Haben wir eigentlich immer. Der Einfachheit halber. Und gut für die Vegetarier.“

Nach ein paar Kellen geht mir das Ausschenken flüssig von der Hand. Ich fülle die deftige Suppe in Plastikschalen, lege einen Deckel drauf und reiche sie den Wartenden in der Schlange.

Die Karottensuppe schimmert orange, grüne Petersilie schwimmt darin. Sie riecht lecker. In einem Korb stapelt sich mit Butter bestrichenes Graubrot. Die Männer dürfen sich zu ihrer Suppe ein Stück nehmen. Hungrig langen sie zu.

Am Kopf des Tisches stehen eine Dose voller Kekse und eine Kiste mit Äpfel und Bananen. Die Männer legen das Obst auf ihr Tablett oder stecken es in ihre Taschen. Zügig und bestimmt bewegen sie sich an den Tischen längs. Ich vermute, dass sie tatsächlich der Hunger treibt.

Sophie hat für jeden Wartenden in der Schlange ein Wörtchen übrig. Die meisten kennt sie mit Namen. Einige antworten, andere nehmen wortlos ihr Essen entgegen. Doch gleich, wie ihr Gegenüber reagiert, sie lächelt freundlich und hat für jeden ein nettes Wort. Ich bewundere sie und versuche, es ihr gleichzutun.

Im Nu ist eine Stunde um, während wir einen nach dem anderen bedienen.

„Danke, Belle, du hast ganze Arbeit geleistet", lobt mich Sophie, während sie die letzte Scheibe Brot ausgibt.

„Gern geschehen. Es freut mich, dass ich helfen konnte." Und das ist die Wahrheit. Nora hatte recht, es hat mir sogar Spaß gemacht. Es tat gut, anzupacken, etwas zu tun und eine Stunde lang nicht grübeln zu müssen.

Ich sehe mich in dem Speisesaal um. Die meisten Obdachlosen essen schweigend ihr Mahl von den Plastiktellern. Am hinteren Ende stehen zwei Tische, an denen es lebhafter zugeht. Vermutlich sind es Freunde, die sich dort versammelt haben. Denn sie reden so miteinander, wie es nur Menschen tun, die sich kennen.

Ihnen ist die Freude über das Essen und das Beisammensein mit ihren Freunden anzusehen. Da merke ich, dass ich von ihnen lernen kann. Ich habe verlernt, die einfachen Dinge im Leben zu schätzen und zu genießen. Ich sollte mich mehr auf das Gute in meinem Leben konzentrieren, denn davon ist reichlich vorhanden. Meine Familie, meine Freunde, meine Nachbarschaft. Es gibt so viel, wofür ich dankbar sein sollte.

„Du kommst mit mir und Stu. Wir machen die zweite Tour mit dem Versorgungsbus. Zum Glück ist es heute trocken, aber leider auch sehr kalt", sagt Sophie.

„Wo ist Nora?", frage ich. Ich habe sie nicht mehr gesehen, seit wir bei der Suppenküche angekommen sind.

„Sie ist vor einer Stunde zu einer früheren Tour mit dem Bus aufgebrochen. Ich soll dir ausrichten, dass ihr euch später trefft", antwortet sie mir. „Wir müssen jetzt los. Zum Glück hat Stu den Transporter schon beladen. Er ist so ungeduldig, typisch Mann halt."

31. KAPITEL

Ich setze mich zwischen Sophie und Stu in den Transporter, und wir fahren in die dunkle Nacht.

„Du sagtest, dies sei die zweite Tour. Wie viele gibt es insgesamt?“, erkundige ich mich.

„Wir halten an fünf verschiedenen Orten in Dublin. An dreihundertfünfundsechzig Tagen im Jahr“, antwortet Sophie.

„Bei Wind und Wetter sind wir unterwegs“, fügt Stu hinzu.

„Auch an Weihnachten?“ Staunend sehe ich die beiden an.

„Das ist der wichtigste Tag von allen“, erklärt Stu, während er die Dame Street zur Christchurch hochfährt.

„In Dublin schlafen jede Nacht fünftausend Menschen auf der Straße“, klärt Sophie mich auf. „Ganz schön viele, oder?“

Ich wusste nicht, dass es so viele Obdachlose in meiner Heimatstadt gibt. Ich mag mir kaum vorstellen, wie es ihnen ergeht, besonders in eiskalten Nächten wie dieser.

„Die meisten von ihnen essen ihre erste und einzige Mahlzeit bei uns, wenn wir nachts ankommen“, sagt Stu. „Einige schlafen, dann stellen wir ihnen etwas hin.“

„Was habt ihr an Essen dabei?“, frage ich.

„Wir bringen ihnen belegte Brote, Suppe, Tee und Kaffee. Außerdem verteilen wir Regencapes. Einige brauchen das, um nicht nass zu werden. Ein paar Süßigkeiten haben wir auch dabei, für unsere Naschkatzen.“ Stu lacht. „Obwohl, wenn Sophie mitfährt, ist die Schokolade schnell weg.“

„He!“ Spielerisch knufft Sophie ihn in die Seite. Dann zückt sie einen Schokoriegel aus ihrer Tasche und verkündet: „Schokolade ist gut für die Seele.“

„Und fahrt ihr beide jede Nacht diese Tour?“, frage ich, immer noch erstaunt.

„Um Himmels willen, nein. Wir sind so an die hundert

ehrenamtliche Helfer. Wir wechseln uns ab", antwortet Sophie. „Ich bin mindestens einmal die Woche dabei."

„Da wären wir." Stu fährt in eine Parkbucht direkt vor der Kirche. Zu unserer Rechten sehe ich ein paar Schlafsäcke auf der Straße liegen.

Mit den großen Töpfen und Thermoskannen im Arm gehen wir zu ihnen.

„Essen fassen, Leute!", ruft Stu. Aus den Schlafsäcken schälen sich drei Gesichter hervor. Schwer zu sagen, wie alt die Männer sind, eher über vierzig, schätze ich. Ihre Gesichter sind vom Wetter gegerbt, die Haut runzelig und rot vor Kälte. Doch sie lächeln, als wir ihnen die warmen Getränke und das Brot reichen.

Sprüche werden geklopft. Die Stimmung ist gut, und ich bin froh dazuzugehören.

Auf der Suche nach weiteren Obdachlosen gehen wir um die Kirche herum. Und tatsächlich, da ist einer.

Der Mann sitzt auf einem Stück Pappkarton, den Kopf hat er zwischen seine Knie gelegt.

„Möchten Sie etwas essen?", frage ich ihn.

Er sieht nicht hoch und hebt den Kopf nicht von den Knien.

„Wir stellen dir hier etwas hin, Kumpel", sagt Stu. Er hockt sich neben den Mann und legt einen Packen in Butterbrotpapier gewickelte Brote und etwas Obst neben ihn. Ich schenke Suppe in einen Plastikbecher und stelle ihn daneben.

Kein einziges Mal sieht der Mann auf. Er hält seinen Kopf gesenkt, und wir gehen weiter. Doch als ich mich zurückdrehe, sehe ich, dass er den Becher Suppe in der Hand hält und vorsichtig daraus trinkt.

Wir suchen weiter. Mittlerweile komme ich mit dem Zählen nicht mehr nach. Ein Mann bittet mich um ein Paar saubere Socken. Ich entschuldige mich umständlich, dass ich keine frischen Socken dabeihabe. Da zaubert Stu ein Paar aus seiner Jackentasche.

„Ich habe immer mehrere Paar Socken dabei", sagt Stu. „Hier, Kumpel. War 'n Sonderangebot."

Ich mache mir eine mentale Notiz, dass ich ab jetzt alle dicken Wollsocken im Sonderangebot kaufe und immer ein oder zwei Paar dabeihabe, wenn ich aus dem Haus gehe. Damit ich sie einem Obdachlosen geben kann, der welche braucht.

Haus? Ich hab gar keins. Zurzeit bin ich auch obdachlos. Ich habe kein Zuhause und mit den Obdachlosen mehr gemein, als sie ahnen.

Auf dem Weg zurück zum Transporter entdecke ich einen kleinen Haufen Taschen und Decken in einem Ladeneingang. Vor einer Stunde war der noch nicht da.

Der Mann zittert, trotz mehrerer Schichten Kleider übereinander. So kalt ist es. Über dem Kapuzenshirt trägt er eine Weste, seine zu weite Stoffhose macht ihn nur noch dünner. Seine Hände sind wie zum Gebet ineinander verschränkt.

„Möchten Sie etwas essen?", frage ich ihn.

Er sieht auf, und plötzlich wird mir klar, warum ich hier bin. Natürlich gab es einen Grund dafür, dass Nora mich zu der Essensausgabe mitgenommen hat.

Auf dem Karton vor mir sitzt mein Junge.

„Bobby!"

Mit trübem Blick sieht er voller Angst und Misstrauen zu mir auf. Fluchtbereit ergreift er seine sieben Sachen.

„Bobby, du brauchst keine Angst zu haben. Ich tue dir nichts", beruhige ich ihn.

Ich krame ein Brot und einen Schokoladenriegel aus meiner Tasche und stelle sie neben ihn auf den Boden. Dann schenke ich Suppe in einen Becher und reiche sie ihm.

„Du siehst hungrig aus. Die wird dich wärmen."

Er nimmt den Becher. Dabei huscht sein ängstlicher, gehetzter Blick von links nach rechts.

„Ich bin noch hier", sage ich zu Sophie und Stu, die zum

Transporter gehen und mir bedeuten, dass sie auf mich warten werden.

„Du hast schon bessere Zeiten gesehen, nehme ich an."

Er zuckt mit den Schultern.

„Lebst du schon lange auf der Straße?"

„Seit ein paar Jahren", antwortet er. Ich muss all meine Willenskraft aufbringen, um ihn nicht augenblicklich in die Arme zu nehmen. Er trinkt einen Schluck Suppe und umklammert wärmesuchend den Becher.

„Hast du noch Kontakt zu deiner Familie?", will ich von ihm wissen.

„Ich habe keine Familie, da ist niemand", sagt er.

„Und Paul?", frage ich.

Er sieht mich an. „Woher kennen Sie Paul?"

„Tue ich gar nicht. Ich kenne dich und weiß, dass Paul dein Bruder ist."

„Er ist nicht mehr mein Bruder. Vor zwei Jahren hat er sich eine Kugel in den Kopf gejagt", sagt Bobby. „Hat ins Gras gebissen. Leistet jetzt den Würmern Gesellschaft."

Oh, Bobby, mein armer Junge.

„Vielleicht war das gar nicht so verkehrt", sagt er ausdruckslos.

Vorsichtig strecke ich die Hand aus und lege sie auf seine. Er will sie wegziehen, doch ich halte sie fest.

„Ich will dir helfen", beteuere ich. „Du bist nicht allein. Da ist jemand."

Er sieht mich an und sagt: „Ich kenne Sie nicht."

„Mag sein. Aber ich kenne dich, Bobby. Und ich hab dich lieb."

Er zieht die Hand zurück und stopft das Brot und den Schokoriegel in seine Plastiktüte.

„Sie sind verrückt."

„Vielleicht", erwidere ich. „Aber ich kenne dich."

Er steht auf. Ich stelle mich neben ihn und sage schnell: „Die Munchkins im ‚Zauberer von Oz' jagen dir eine Heidenangst ein."

Abrupt hält er inne und starrt mich entsetzt an: „Woher wissen Sie das?"

„Ich weiß noch mehr. Du magst kein Weißbrot, du hasst Fisch, deswegen habe ich dir gerade ein Schinkenbrot gegeben, das liebst du. Dein Lieblingslied ist die Titelmelodie von den ‚Ghostbusters'. Du kannst perfekt den schottischen Akzent nachahmen. Überhaupt bist du ein guter Schauspieler und perfekt darin, Prominente zu imitieren", erkläre ich.

Statt weglaufen zu wollen, hört er mir jetzt fasziniert zu.

„Über deinem linken Knie hast du eine Narbe. Als du acht warst, hast du mit Pauls Taschenmesser gespielt und dich dabei geschnitten. Eigentlich hätte die Wunde genäht werden müssen, aber weil du Angst vor der Spritze hattest, hast du einfach ein paar Pflaster auf dein Knie geklebt."

„Woher wissen Sie das alles?", fragt er.

„Das ist eine lange Geschichte, Bobby. Du musst mir einfach glauben, dass ich dich kenne und du mir nahestehst."

Er sieht mir in die Augen und nickt dann.

„Würdest du mit mir kommen?", frage ich ihn. Wieder nickt er.

„Wir müssen einen Schlafplatz für Bobby finden", sage ich zu Sophie und Stu.

Zum Glück stellen sie keine Fragen.

„Ich werde ein paar Leute anrufen und sehen, wo er unterkommen kann", meint Stu.

Es dauert nicht lange, und er hat ein freies Bett in einem Obdachlosenheim aufgetan.

„Komm, wir fahren dich hin, Bobby." Gemeinsam steigen wir in den Wagen.

Kurz darauf kommen wir bei dem Heim an.

„Kannst du mir einen Gefallen tun?“, bitte ich ihn.

„Kommt drauf an.“

Ich schreibe Jims Namen und den Pub, in dem er arbeitet, auf einen Zettel. „Geh morgen zu Jim. Sag ihm, dass ich dich geschickt habe. Mein Name ist Belle. Jim wird dir helfen.“

„Bist du morgen auch da?“, fragt Bobby.

„Ich versuch's. Wenn nicht, treffe ich dich wann anders“, verspreche ich ihm.

„Wer bist du? So eine Art Engel?“

Ich lache. Ausgerechnet ich ein Engel, zum Piepen. „Ich bin kein Engel. Ich bin eine Freundin. Als ich vorhin sagte, du bist nicht allein, da ist jemand, meinte ich genau das. Tust du, was ich dir sage, und gehst morgen zu Jim?“

„Hm“, macht er. Dann guckt er auf den Zettel und wieder zu mir und sagt: „Ja, das mache ich. Danke.“

„Soll ich dich mitnehmen?“, fragt Stu, als wir das Heim verlassen. Sein Angebot kommt mir mehr als gelegen, denn ich weiß genau, wo ich hinwill.

„Kannst du mich nach Artane fahren, Stu?“

„Klar, kein Ding. Steig ein, Belle.“

Ich muss unbedingt meinen Ehemann sehen.

32. KAPITEL

Die letzten Nachtschwärmer verlassen den Pub, als ich dort ankomme. Die Kneipe ist leer, der Geruch von abgestandenem Bier und Spirituosen hängt in der Luft. Jim steht hinter der Theke und stapelt leere Gläser. Als er die Tür hört, ruft er: „Wir haben geschlossen!"

„Hallo, ich bin's", begrüße ich ihn.

„Ah, die Pferdediebin. Und ich dachte, ich hätte dir einen Laufpass gegeben", sagt er. Aber statt das Gesicht zu verziehen, lächelt er. Er freut sich, mich zu sehen. Das weiß ich.

„Und ich dachte, du hättest ein Date."

„Ich habe meine Meinung geändert", erwidert er. „Schließ die Tür hinter dir. Ich mache dir einen Drink. Ich brauche selber auch einen, das war eine lange Nacht."

Ich gehe zurück zur Tür und schiebe das Schloss davor. In der Zwischenzeit hat Jim einen Gin Tonic auf die Theke gestellt. Er kommt hinter der Theke hervor, setzt sich neben mich auf einen Barhocker und nimmt einen großen Schluck aus seinem Glas Bier.

„Was hast du heute Nacht gemacht?"

„Ich habe in einer Suppenküche ausgeholfen."

„Logo", sagt er. Dann erst merkt er, dass das kein Witz war. „Okay, gut. Ich wusste nicht, dass du der Typ Mutter Teresa bist."

„Es hat Spaß gemacht", versichere ich ihm. „Es war mein erstes Mal, aber bestimmt nicht mein letztes. Ich habe einiges gelernt."

„Das ist gut."

Schweigend sitzen wir da und trinken. „Darf ich Musik auflegen?", frage ich und zeige auf den CD-Spieler.

„Nur zu. Da ist eine CD mit Weihnachtsliedern. Is' ja jetzt die Zeit dafür."

Ich beuge mich über die Theke und drücke auf Play. „Do They Know It's Christmas?" von Band Aid ertönt.

„Also ich weiß, dass Weihnachten ist. Heute Abend hatte ich hier drei Weihnachtsfeiern. Die Gruppe aus dem Einkaufszentrum war heftig. Die haben ganz schön viele Kurze gesoffen", erzählt er lachend.

„Was ist dein Lieblingsweihnachtslied? Lass mich raten. ‚Last Christmas' von Wham."

„Ertappt!", sage ich. „Ich liebe den Song. Tolles Video. Aber mein Lieblingslied ist es nicht."

„Aber du magst es schmalzig. Etwas von Michael Bublé vielleicht?"

„Fast. Ich mag die noch ältere Schule."

„Frank Sinatra? Oder Tony Bennett?", fragt er. „Du lächelst. Also ist es Tony Bennett?"

„Ja, den mag ich. Besonders ‚I'll be home for Christmas'. Aber die Nummer eins ist es nicht."

Er beugt sich über die Theke und nimmt die CD-Hülle. „Hier, Song Nummer einundzwanzig." Er sucht das Lied, und dann singt Tony Bennett.

„Warum magst du es so gern?"

„Ach, die übliche Geschichte. Das Lied lief bei meiner ersten Verabredung mit dem Mann meines Lebens. Deswegen bedeutet es mir so viel."

„Du liebst ihn noch immer, den Mann deines Lebens. Du wirst rot."

„Ja, ich liebe ihn noch immer", antworte ich. „Von ganzem Herzen."

„Dann sollte er besser nicht von den Liebesbotschaften erfahren, die du vorhin auf meine Mailbox gesprochen hast", erwidert Jim und lacht. „Wenn ich er wäre, würde ich das nicht gut finden."

Ich lächle und frage mich, was er sagen würde, wenn er wüsste, dass er der Mann meines Lebens ist.

„Lass mich raten, was dein Lieblingslied ist", sage ich.

„Dann rate mal. Ich bin sicher, dass du nicht drauf kommen wirst."

„Du erzählst allen, dein Lieblingssong sei ‚Rockin' Around the Christmas Tree'", platze ich heraus und freue mich über den erstaunten Ausdruck auf seinem Gesicht.

„Aber in Wirklichkeit hast du ein weiches Herz und stehst auch auf Schnulzen. Du liebst ‚All I Want for Christmas Is You', und zwar die Originalversion aus den Sechzigern von Carla Thomas." Sein Gesicht spricht Bände. Ich habe ins Schwarze getroffen.

„Ich werde nicht schlau aus dir", sagt Jim verdutzt. „Du hast irgendetwas an dir ... ich weiß nicht, was es ist."

Ob ich alles auf eine Karte setzen und ihm alles erklären soll?

„Soll ich dir eine Geschichte erzählen?", frage ich ihn.

„Ja, bitte." Lächelnd trinkt er noch einen Schluck Bier.

„In einem anderen Leben waren wir Freunde. Wir haben uns bei Tess kennengelernt. Man kann sagen, dass wir uns gegenseitig gerettet haben." Ich sehe ihm in die Augen, um zu gucken, wie er das aufnimmt. So weit ganz gut.

„Tess war ein guter Mensch", sagt er.

„Ja, sie war mir die Mutter, die ich nie hatte." Ich hole tief Luft. „Ich war heute Abend an ihrem Grab. Sie ist vor zehn Jahren gestorben."

„Das tut mir leid. Sie war sehr gut zu mir, obwohl ich in der Zeit bei ihr ein Teufelsbraten war und ihr nichts als Ärger beschert habe."

„In meiner Welt hast du niemandem Ärger beschert."

„Das hört sich nicht nach mir an. Ich habe oft Schlägereien angezettelt und bin von zig Schulen geflogen."

So einen Jim kann ich mir kaum vorstellen. „Du hast dich ein- oder zweimal meinetwegen geprügelt", erzähle ich ihm. „Andere Schüler hatten mich gehänselt. Aber du bist nie von der Schule geflogen."

„Wir waren also richtig dicke Freunde? Und haben immer bei Tess gelebt?“, fragt er.

„Nein. Ich bin bei Tess geblieben. Aber du bist zurück zu deiner Mutter gekommen, als du zehn warst. Sie hatte einen Mann namens Sam kennengelernt. Der war ganz nett. Sie haben sich verliebt und geheiratet, und er hat dich adoptiert. Du hast ihn gemocht, hast ihn sogar Papa genannt.“

Jims Gesicht verrät nicht, was er denkt. „Deine Mutter und Sam haben zwei Kinder gekriegt. Du hast einen kleinen Bruder und eine Schwester, die dich anhimmeln. Ihr seid in die Staaten, nach Indiana, gezogen. Du warst da sehr glücklich, Jim.“

„Du hast eine blühende Fantasie.“

„Mag sein“, sage ich und trinke einen Schluck Gin Tonic.

„Und wie geht es in deiner Welt weiter? Lebe ich immer noch in Amerika?“, will er wissen.

„Nein. Du bist zu mir zurückgekommen. Mit fünfundzwanzig bist du zurück nach Irland gegangen und hast mich wiedergefunden. Als Kind habe ich halb im Scherz gesagt: ‚Eines Tages wirst du auf Knien um meine Hand anhalten.‘ Als kleiner Junge fandest du das bescheuert. Aber drei Wochen nach unserem ersten Wiedersehen, an Heiligabend, bist du auf der Ha’penny Bridge auf die Knie gesunken und hast mir einen Heiratsantrag gemacht.“

„Und was hast du gesagt?“

„Ich habe natürlich Ja gesagt. Ich hatte keine Zweifel. Wir haben geheiratet und leben in der Straße ein paar Ecken weiter. Unser Haus hätte mal einen neuen Anstrich vertragen. Aber dazu haben wir nie die Zeit gefunden. Das liegt wohl daran, dass wir Kinder zur Pflege bei uns aufnehmen. Das war übrigens deine Idee.“

Etwas blitzt in seinem Gesicht auf.

„Du hast schon mal darüber nachgedacht, wie es wäre, Pflegevater zu sein, nicht wahr? Du hast dich gefragt, wie du Kindern, wie du eins warst, helfen kannst.“

Er steht auf und geht zur Bar, um uns eine neue Runde Getränke zu holen. „Wie machst du das?"

„Ich kenne dich, Jim", sage ich.

„Ich könnte einem Kind nichts bieten. Ich bin Wirt, lebe in einer winzigen Wohnung. Toll, genau das Richtige für ein Kind, was?"

„Du hast vielen Kindern geholfen. Du bist ein guter Mensch. Du könntest unterrichten. In meiner Welt bist du Lehrer. In Amerika warst du Fußballtrainer. Als du nach Irland kamst und mich geheiratet hast, bist du Berufsberater an der Schule in diesem Viertel geworden."

„Dieser Jim, von dem du sprichst, ist echt ein dufter Typ", witzelt Jim. „Nicht schlecht, das Leben hätte ich auch gern."

„Er ist echt cool. Du würdest ihn mögen. Alle mögen ihn, er ist sehr beliebt", füge ich ernst hinzu.

„Schön und gut, deine verrückten Fantasien, Belle. Aber wenn deine Welt so perfekt ist, was hast du dann hier in meiner zu suchen?"

„Ich hab's vermasselt."

„Wie das?" Aufmerksam sieht er mich an.

Ich entschließe mich, kein Blatt vor den Mund zu nehmen. Jetzt nicht offen und ehrlich zu sein ergäbe keinen Sinn. „Ich hatte eine Fehlgeburt und habe mich nie ganz davon erholt." Jim lehnt sich zu mir und wischt mir mit der altvertrauten Geste zärtlich die Tränen von der Wange.

„Das tut mir leid", sagt er. „Du wärst eine wundervolle Mutter."

Ich lächle. Dass ich eine wundervolle Mutter werde, hat er mir während der Schwangerschaft immer wieder gesagt.

„Wie hast du es dann vermasselt?", fragt er.

„Wir haben uns gestritten. Worüber, ist jetzt egal. Auf der Heimfahrt in den Wicklow Mountains haben wir uns gestritten. Du hast Gas gegeben, weil du dich über mich geärgert hast.

Dann geriet der Wagen ins Schleudern, und wir haben einen Unfall gebaut."

„Lebe ich noch?", fragt er und ist kreidebleich im Gesicht.

„Das weiß ich nicht." Ich entschließe mich, ihm die ganze Wahrheit zu sagen. „Im Krankenhaus hat mich die Panik gepackt, als die Maschinen, an die du angeschlossen warst, wie wild piepten und die Krankenschwestern angewirbelt kamen. Ich kann nicht erklären, warum, jedenfalls bin ich in Panik aus dem Krankenhaus gerannt, bis ich Seitenstiche hatte und nicht mehr konnte."

„Manchmal möchte ich am liebsten auch wegrennen", meint Jim.

„Ja?" Ich bin froh, dass er mich nicht verurteilt. Ich hätte nicht von seiner Seite weichen sollen.

Ich sehe ihm direkt in die Augen. Denn jetzt kommen wir zum springenden Punkt. „Pass auf, jetzt kommt's. Ich habe gewünscht, ich wäre nie geboren. Da ist ein Engel namens Nora erschienen und hat mir den Wunsch erfüllt. Und hier bin ich nun, in einer Welt, in der mich niemand kennt."

Was für eine Erleichterung, das laut auszusprechen. Allerdings scheint er mir das alles nicht abzukaufen.

„Und das glaubst du wirklich?" Verwirrt sieht er mich an.

Ich nicke, und er sagt: „Ich weiß nicht, ob ich dich umarmen oder in die Klapse schicken soll."

Ich kichere und hoffe, dass er sich für Ersteres entscheidet.

„Ich glaube auch fast, ich bin verrückt. Viel Sinn ergibt das für mich jedenfalls auch nicht. Alles ist verkehrt und aus den Fugen geraten." Dann blicke ihm fest in die Augen.

„Zuerst habe ich dich nicht erkannt. Du warst anders als mein Jim. Aber jetzt ..." Meine Gedanken driften ab, ich weiß nicht mehr, was ich sagen wollte.

„Jetzt was?", flüstert Jim.

„Jetzt erkenne ich dich."

Wir sitzen eine Weile da, trinken unser Bier und unseren Gin

Tonic und lauschen der Musik von dem CD-Spieler. Ich habe keine Ahnung, was ihm durch den Kopf geht. Immerhin wirft er mich nicht hinaus.

„Erzähl mir von unserem gemeinsamen Leben“, bittet er mich schließlich.

„Wir sind glücklich. Wir lieben uns. Fast wie im Film.“ Als er lacht, sage ich: „Ernsthaft. Wir arbeiten beide als Lehrer. Ich allerdings nur als Aushilfskraft, weil ich mich mehr um die Pflegekinder kümmern will. Wir leben in einem schönen Haus und engagieren uns beide in der Jugendarbeit und im Jugendzentrum. Es leben viele Kinder bei uns, einige nur vorübergehend, andere für längere Zeit.“

„Klingt toll.“

„In meiner Welt sagst du ‚cool‘. Wie ein echter Amerikaner“, necke ich ihn.

„‚Cool‘ sage ich nie und nimmer! Manchmal sage ich ‚super‘.“ Er grinst.

„Tess lebt noch in meiner Welt. Das war das Schlimmste, was ich heute schlucken musste. Ihren Tod. In unserem Haus tobt das Leben“, erzähle ich weiter.

Ich sehe Lauren vor mir. Glücklich lachend. Nicht ungezogen und wütend wie vorhin.

„Wir essen gern Italienisch, gehen oft am Strand spazieren und lieben amerikanische Fernsehserien. Wir sparen eisern auf einen Urlaub, du willst mir den Yosemite Park in Kalifornien zeigen und dort campen. Ich würde lieber in ein Wellnesshotel. Vielleicht machen wir beides“, erzähle ich.

„Klingt ‚cool‘!“, sagt er und strahlt. Ich lache, recke die Hand und streichle ihm übers Gesicht.

Es ist mehr als cool, unser Leben ist *megacool.*

„Und wie kommst du in dein altes Leben zurück?“, fragt Jim. Er sitzt mir jetzt wieder direkt gegenüber. „Das ist die Preisfrage, stimmt's?“

Ich zucke die Schultern. „Keine Ahnung. Ich bin mir nicht einmal sicher, ob ich das will. Denn ich weiß ja nicht, ob du überhaupt noch lebst. Wenn du tot bist, will ich nicht zurück. Ich kann nicht in einer Welt leben, in der es dich nicht gibt, Jim."

Wir sehen uns an. Der Augenblick wird zu einer Ewigkeit. Etwas passiert zwischen uns. Er spürt das auch, das kann ich in seinen Augen lesen.

Ich flüstere ihm zu: „Du ahnst nicht, wie sehr ich dich liebe. Ich weiß, dass du mich in deiner Welt nicht kennst. Und mir ist klar, dass ich dir vollkommen verrückt vorkommen muss."

Er nickt.

„Und ich weiß, dass du mich nicht liebst. Aber wenn ich in dieser verkehrten Welt bleiben muss, kann ich wenigstens jeden Abend herkommen und in deiner Nähe sein. Vielleicht bekomme ich dabei ein Alkoholproblem, aber wenn ich dich jeden Tag sehen kann, ist es das wert."

Adrenalin pulsiert durch meine Adern, meine Nerven liegen blank. Man könnte eine Stecknadel fallen hören. Endlos sieht mich Jim an. Dann lehnt er sich schließlich vor und küsst mich. Ganz zärtlich erst, dann mit größer werdender Gier. Ich verliere mich in dem Strudel der Gefühle, als seine Hände mein Gesicht berühren, meine Haare, meinen Körper.

33. KAPITEL

Noch bevor ich die Augen öffne, dringt der bittersüße Geruch von abgestandenem Bier in meine Nase. Der Alkohol, der in all den Jahren auf den Tischen und Sitzen verschüttet wurde, hat seine Spuren hinterlassen. Draußen höre ich einen Lastwagen vorbeirattern. Eine Autotür wird zugeschlagen. Jim liegt eng an meinen Rücken geschmiegt. Ich spüre seinen warmen Atem in meinem Nacken. Letzte Nacht hat Jim aus Decken und Tüchern ein notdürftiges Bett in der Kneipe für uns hergerichtet.

„Guten Morgen“, sagt er. Bei dem Klang seiner Stimme kribbelt es mir im Magen.

Ich drehe mich um und schenke ihm ein Lächeln. „Guten Morgen.“

„Letzte Nacht, das war … super.“ Er lächelt. „Und es kam so unerwartet.“

Wohl wahr. Wir haben uns schon tausendmal geliebt. Und doch hat es sich letzte Nacht angefühlt wie unser erstes Mal.

„Ich muss los“, sage ich.

Bedauern spiegelt sich in seinem Gesicht wider. „Ich mach dir Frühstück. Ohne einen Kaffee und eine Scheibe Toast lass ich dich nicht gehen“, sagt er und verschwindet in der kleinen Küche im hinteren Teil der Kneipe.

Wenig später sitzen wir bei Kaffee und Toastbrot wieder an der Bar. Das Brot ist genau richtig getoastet, nicht zu blass oder zu braun, die Erdnussbutter hat Jim gleichmäßig über die Scheiben gestrichen, so wie ich es mag. Ist das Zufall?

Ein wenig verlegen lächeln wir uns an.

„Ich möchte dich um einen Gefallen bitten“, sage ich.

„Schieß los.“

„Da ist ein junger Mann, er heißt Bobby. Er bräuchte deine Hilfe.“

„Gut. Erzähl!“

„In unserem anderen Leben war er unser Pflegesohn. Ein guter Junge. Wir haben ihn sehr lieb, er uns auch. Wir haben viele Gemeinsamkeiten. Zurzeit steckt er in Schwierigkeiten. Er büßt die Sünden seiner Eltern. Trotzdem ist er ein guter Kerl. Ihr würdet gut miteinander auskommen. Du würdest ihn mögen.“

„Was soll ich tun?“

„Ihm Arbeit geben. Hier in der Kneipe. Und einen Schlafplatz, auf deinem Sofa, bis er eine eigene Wohnung gefunden hat. Gib ihm einen Grund zu leben.“

„Das ist ganz schön viel auf einmal, Belle. Ich kenne ihn ja gar nicht.“

„Doch du kennst ihn. Außerdem hast du gestern Nacht gesagt, dass du gerne jungen Leuten helfen willst. Du wüsstest bloß nicht, wie. Jetzt weißt du, wie, du kannst in diesem Moment damit anfangen.“

Er schenkt sich noch einen Kaffee ein. Mit dem Kaffeebecher in der Hand geht er um die Bar herum und denkt nach.

„Du bringst mich ganz schön durcheinander, Belle. Seit du gestern den Laden betreten hast, ist nichts mehr so, wie es mal war.“

Ich habe Mitleid mit ihm. Er muss die Ereignisse von gestern Abend und das, was ich ihm erzählt habe, erst einmal verdauen.

„Es kommt mir vor, als würde ich dich kennen“, flüstert er.

Weil wir füreinander bestimmt sind. Egal, in welcher Welt und wie verkehrt sie auch sein mag. Du bist mein Mann und ich bin deine Frau.

„Und obwohl deine Geschichte von der ‚anderen Welt‘ so ziemlich das Verrückteste ist, was ich je gehört habe, möchte ich glauben, dass sie wahr ist“, sagt er.

Schweigend beobachte ich, wie Jim mit sich kämpft, mit dem, was er denkt und was er fühlt.

„Weißt du was?“, fragt er.

Ich schüttle den Kopf.

„Du scheinst zwar nicht ganz bei Trost zu sein, aber das macht mir nichts aus. Ich will dich wiedersehen.“

Ich jubiliere innerlich. Meine Welt, die gestern in tausend Teile zersprungen ist, setzt sich Stück für Stück wieder zusammen.

„Ich will dich auch wiedersehen. Aber jetzt muss ich los und zusehen, dass ich Ordnung in dieses Chaos bringe“, sage ich. „Ich muss zurück in die Innenstadt und nach Nora suchen.“

„Wie finde ich diesen Bobby?“

„Willst du ihm wirklich helfen?“, frage ich erleichtert darüber, dass er so warmherzig ist.

„Ich will's wenigstens versuchen. Mehr kann ich nicht versprechen. Ich könnte jemanden brauchen. Um Weihnachten ist in der Kneipe immer viel los“, antwortet er.

„Kann er auch bei dir schlafen? Er braucht dringend ein Dach überm Kopf und muss von der Straße weg.“

„Okay, Unterkunft gewähre ich ihm auch. Aber wehe, er beklaut mich! Wenn ich morgens aufwache und meine DVDs sind weg, dann bist du dran.“

Stürmisch laufe ich zu ihm und umarme ihn. Dabei schütte ich ihm aus Versehen seinen Kaffee auf den Bauch. Bevor er sich beschweren kann, hauche ich ihm einen Kuss auf die Lippen.

„Was stellst du bloß mit mir an? Du stiehlst nicht nur Pferde, sondern auch Herzen“, raunt er in mein Ohr. „Komm zurück, ich mag dich gar nicht gehen lassen.“

„Versprochen“, antworte ich. „Jetzt noch eine dreiste Bitte: Könntest du mir Geld leihen? Für die Busfahrt in die Stadt?“

„Wo musst du hin?“, fragt er und nimmt, ohne zu zögern, einen Fünfzigeuroschein aus der Kasse.

„Das gebe ich dir bald zurück“, erwidere ich.

Er nickt und wiederholt seine Frage: „Wo musst du hin?"

„Zur Ha'penny Bridge, da treffe ich eine Freundin", antworte ich.

„Nora. Den Engel", sagt er.

Ich nicke und bete, dass sie da ist.

„Kommst du zurück?", fragt er.

„Ich weiß es nicht, Jim. Aber ich werde alles daransetzen, zu dir zurückzufinden. In dieser Welt oder in der anderen. Das verspreche ich dir", antworte ich.

Auf den Straßen herrscht viel Verkehr. Die Pendler sind auf dem Weg zur Arbeit. Ich genieße das Nichtstun und nutze die Zeit im Bus, um nachzudenken, bevor ich Nora treffe. Hoffentlich ist sie nicht wieder verschwunden. Panik steigt in mir auf. Ich habe zwar Jim wiedergefunden, aber ich will nicht in dieser Welt bleiben. Ich will in unser altes Leben zurück.

In der Innenstadt angekommen, mache ich mich auf den Weg zur Brücke. Schließlich ist mir Nora dort das erste Mal begegnet. Mir ist kalt, ich ziehe den Parka, den ich mir von Jim geliehen habe, fester um den Körper. Ob Bobby schon wach ist? Und wird er Jim anrufen, wie er es versprochen hat? Ich hoffe inständig, dass ich ihm helfen konnte.

Die Wolken hängen tief und düster am Himmel. Sie scheinen schwerer als sonst zu sein, als würden sie jeden Moment mit einem lauten Knall auf den Boden vor meine Füße fallen. Tess würde sagen: Der Himmel hängt voller Schnee. Als Kind habe ich mir immer Schnee gewünscht und auch im kältesten Winter sehnsüchtig in die Wolken geschaut. Bei Schnee hatten wir schulfrei, und Jim und ich durften zu Hause bleiben und spielen.

Die Brücke ist menschenleer. Mir sinkt das Herz in die Hose. Wahrscheinlich muss Nora ausschlafen, denke ich hämisch. Ich gehe auf die Brücke, stelle mich ans Geländer und blicke auf den Fluss unter mir. So viel hat sich geändert, seit ich das letzte Mal hier stand.

„Ich weiß noch, wie die Brücke eröffnet wurde", höre ich Nora hinter mir sagen und erschrecke. „Das war im Jahr 1816. Seitdem ist sie einige Male umgebaut worden. Mir gefällt sie jetzt. Eine schöne Brücke, nicht wahr?"

„Menschenskind, fast hätte ich einen Herzinfarkt gekriegt!", sage ich, aber ich bin froh, sie zu sehen. Ich nehme sie in den Arm und drücke sie fest.

„Du dachtest, ich komme nicht?"

„Formulieren wir's mal so, und ich hätte nie gedacht, dass ich das mal sagen würde: Ich bin heilfroh, dich zu sehen."

„Sag ich doch. Du musst an Wunder glauben", tönt Nora.

Das versuche ich. Ich gebe mein Bestes.

„Kaum hat die Stadtverwaltung die Schlösser entfernen lassen, schon tauchen wieder neue auf." Lächelnd deutet Nora auf die Vorhängeschlösser an dem Geländer.

„Ich mag sie. Das ist so romantisch. Ein Zeichen der Liebe. Für immer vereint", sage ich mehr zu mir selbst. Auf die Schlösser haben die verliebten Paare ihre Namen geschrieben, bevor sie sie an dem Geländer angebracht haben. „John & Fiona", „Shelley & Anthony", „Evelyn & Seamus", „Mike & Tina", „Fiona & Michael", „Carmel & Roger", „Adrienne & George", „Ann & Nigel."

„Einige Pärchen werfen den Schlüssel in den Fluss. Als Symbol, dass sie nichts trennen kann", erklärt Nora.

„Ewige Liebe. Das klingt gut."

„Du und Jim, ihr habt das", bemerkt Nora.

„Genau darüber will ich mit dir reden. Ich muss zurück nach Hause. In mein Zuhause, zu Jim. Bitte, Nora, ich flehe dich an!"

„Das ist nicht so einfach. Und es liegt nicht in meiner Hand. Du hast hier noch etwas zu erledigen."

Womit kommt mir Nora nun schon wieder? Ich weiß nicht, ob ich noch eine ihrer Überraschungen ertrage. „Wird Bobby sich berappeln?“, frage ich sie.

„Zumindest hat er die Möglichkeit dazu. Du hast deinen Beitrag geleistet. Was du getan hast, war gut.“ Nora lächelt. „Und ich hab’s nicht kommen sehen. Ich mag Überraschungen.“

„Jim und Bobby sind sehr gut miteinander zurechtgekommen. Sie mögen sich und haben viel Zeit zusammen verbracht. Ich hoffe, das ist jetzt auch so“, sage ich.

„Das liegt an ihnen“, erwidert Nora. „Und übrigens: Wen willst du heute treffen?“

Niemanden.

Meine Nase wird länger.

Nora lüpft eine Augenbraue und lächelt allwissend. Ihre verdammte Gedankenleserei! „Komm mit“, fordert sie mich auf, und ich folge ihr.

34. KAPITEL

Dolores also. Was, glaubst du, treibt sie dieser Tage?", fragt Nora.

Ich will noch nicht mal an sie denken, herzlichen Dank auch. Andererseits, die ganze Wahrheit ist das natürlich nicht.

„Du hast dir gewünscht, nicht geboren worden zu sein, weil sie dir mit ihrem hässlichen Brief vor vielen Jahren diesen Floh ins Ohr gesetzt hat."

„Sie ist also nicht tot?"

Als Nora den Kopf schüttelt, bin ich trotz allem erleichtert. Vielleicht ist sie mir doch nicht so gleichgültig.

Was kümmert sie mich überhaupt? Schließlich habe ich keinen Kontakt zu ihr und fühle mich ihr nicht verbunden. Sie hat mir klipp und klar deutlich gemacht, dass sie keine Gefühle für mich hegt.

Und doch geht sie mich etwas an. Ich will wissen, wie es ihr geht. Wie war ihr Leben ohne mich?

„Ist sie glücklich?", frage ich weiter. „Ohne mich in ihrem Leben?"

„Du wirst schon sehen", sagt Nora in ihrer altklugen Art, die einem Kind eigentlich nicht gut steht.

„Du vergisst, dass ich kein Kind mehr bin, sondern zweihundertzweiundneunzig Jahre alt."

Noras Gedankenleserei ist wirklich eine Pest.

Wir fahren aus der Stadt raus, Richtung Süden. Hier bin ich selten, diesseits der Liffey. Ich habe hier schlicht nichts verloren. Wir passieren Ballsbridge, und dann sind wir da, wo ich herkomme, in Dun Laoghaire. Wir fahren die Straße lang, in der ich die ersten vier Jahre meines Lebens verbracht habe.

Nora nimmt meine Hand und drückt sie.

Ich wische mir die Tränen vom Gesicht, die mir unablässig die Wangen hinunterlaufen.

„Ich sollte mich nicht aufregen, nur weil ich hier in dieser Gegend bin. Das ist lächerlich", bringe ich hervor.

„Nein, ist es nicht. Man sagt, die Zeit heilt alle Wunden. Aber ich bin nicht sicher, ob das stimmt. Man lernt nur, mit den Wunden zu leben und sie notdürftig zu verarzten. Das hat auch etwas Gutes. Sich an die schlechten Zeiten zu erinnern. Weil wir dann die guten mehr schätzen."

Das Taxi hält vor einem Reihenhaus.

„Hier wohnt Dolores", erklärt Nora.

„Sie ist da drin." Beklommen blicke ich die Auffahrt hinauf. „Ich will sie nicht sehen." Mein Herz hämmert gegen meine Brust.

„Es ist zumindest ihr Haus", schränkt Nora ein. „Komm, das musst du dir ansehen."

Nora springt zur Haustür, noch bevor ich meinen Sicherheitsgurt gelöst habe. Ich klettere aus dem Auto und eile ihr hinterher. Sie klingelt und lächelt, als die Tür geöffnet wird.

„Ja?" Ein etwa fünfzigjähriger Mann steht in der Tür und sieht uns fragend an.

„Hallo", sagt Nora mit ihrem typischen Lächeln. „Sind Sie Don?"

Das ist Don? Der Freund, von dem Dolores mir geschrieben hat? Don, der sie heiraten wollte, doch dann kam ich, schwarz wie ich bin, auf die Welt und habe alles vermasselt.

Aha, dann hat sie ihn doch geheiratet, und jetzt wohnen sie hier. Ich weiß nicht, was ich sagen soll.

Noras superstrahlendes Lächeln wirkt, unwillkürlich muss Don zurücklächeln, und sein sorgenvoller Ausdruck verschwindet. Nora hat diese Wirkung, die Menschen reagieren immer positiv auf sie.

„Meine Mutter und ich sind mit Dolores verwandt. Wir haben sie vor Jahren zum letzten Mal gesehen. Und da wir gerade in der Gegend waren, dachten wir, wir schauen mal vorbei", sagt Nora. Und plötzlich schüttle ich seine Hand und lächle ebenfalls.

Manchmal habe ich versucht, mir vorzustellen, wie der Mann aussieht, den meine Mutter beinah geheiratet hätte. Als Kind habe ich gern „Was wäre, wenn ...?" gespielt. Was wäre, wenn ich nicht mit dieser Hautfarbe zur Welt gekommen wäre? Hätte er dann Dolores geheiratet, und wir hätten alle zusammen ein glückliches Familienleben geführt? Ich sehe mir das schöne Haus an. Hätte ich dieses Leben hier haben können?

Er sieht Nora unverwandt an und ein Ausdruck, den ich nicht einordnen kann, huscht über sein Gesicht. „Dann kommt rein", fordert er uns auf.

Der Flur mit den violetten Wänden führt in eine große offene Küche und in ein Ess- und Wohnzimmer, die gelb und orange gestrichen sind. Er mag Farben, so viel steht fest. Obwohl, wenn man ihn sich ansieht, scheint er eher auf Beige zu stehen. Er trägt einen Wollpulli und eine Leinenhose und sieht eher konservativ aus. Ein Weihnachtsbaum steht in einer Ecke des Zimmers, geschmückt ist er mit einer gelungenen Mischung aus selbst gemachtem Schmuck und Lametta. Alles, was Kinder über die Jahre im Kindergarten und in der Schule so basteln, hängt an den Zweigen. Auf der Spitze prangt ein weißer Stern.

„Ich steh mehr auf Engel", erklärt Nora und zeigt schelmisch grinsend zur Tannenspitze.

Links neben dem Weihnachtsbaum hängt eine ganze Galerie Fotos an der Wand. Schnell überfliege ich sie und zähle drei Kinder, die zu verschiedenen Zeitpunkten in ihrem Leben fotografiert wurden, vom pausbäckigen Säugling bis zum Erwachsenenalter. Der Rest der Wand hängt bis auf den letzten Quadratzentimeter voll mit Schwarz-Weiß-Fotografien und bunten Drucken.

„Sind das Ihre Kinder?", frage ich.

„Ja, ich brauche wohl bald eine neue Wand", gibt er zurück, und wir lachen. „Das ist meine Älteste, Siobhan." Er deutet auf das Bild einer hübschen Frau mit rotbraunem Haar, die ein Baby im Arm trägt. „Mit meinem Enkel Alfie."

„Ein schönes Bild", sage ich, und er nickt. Ein stolzer Vater, wie er im Buche steht.

„Dies hier sind die Zwillinge, Adelle und Ciaran." Das Foto zeigt die beiden auf ihrer Abschlussfeier in der typischen Universitätstracht. „Jetzt reisen sie ein Jahr lang um die Welt. Bei unserem letzten Gespräch über Skype waren sie auf Bali."

„Die haben's gut." Ich seufze leise. „Sie müssen sehr stolz auf Ihre Kinder sein, Don."

Während er an der Espressomaschine herumhantiert, pflichtet er mir bei: „Ich schätze mich sehr glücklich. Sie sind tolle Kinder, allesamt."

„Und die Mutter, Dolores?", frage ich mit Blick auf eins der Bilder. Ich bin mir sicher, dass sie die Mutter ist, auf den Fotos sieht Ciaran ihr sehr ähnlich, und auch Siobhan hat eindeutig Züge von Dolores.

„Ja." Seine Miene verändert sich, das Lächeln verschwindet, stattdessen sehe ich Verbitterung.

An der Wand hängt kein einziges Foto von ihr. Und ich habe den Verdacht, dass sie auch in dieser Welt nicht die perfekte Hausfrau und Mutter ist.

„Wo ist sie?", erkundige ich mich vorsichtig.

„Sie hat uns verlassen, als die Zwillinge keine zwei Jahre alt waren. Siobhan war noch im Kindergarten."

Oh.

„Die Mutterrolle wäre nichts für sie, sagte sie. Ich habe sie wohl auch enttäuscht." Dons Worte klingen verbittert.

„Das tut mir leid", sage ich und meine es ernst. Ich hatte gehofft, Dolores wäre in diesem Leben anders.

„Wir hätten nicht heiraten sollen. Sie hat mich nie geliebt. Mir ist schleierhaft, was sie vom Leben will, mich jedenfalls nicht."

„Wissen Sie, wo sie ist?"

„Sie sitzt immer wieder Haftstrafen ab. Wegen Betrugs, Missbrauchs von Sozialleistungen. Sie hat das Kindergeld bezogen, obwohl sie nicht hier lebt und sich nicht um die Kinder kümmert", erklärt er mir.

„Ist alles in Ordnung?", fragt er, und es dauert einen Moment, bis ich merke, dass er mich meint. „Sie sehen so blass aus."

Nichts ist in Ordnung. Gar nichts. Mein ganzes Leben lang habe ich mir die Schuld an dem Unglück meiner Mutter gegeben. Weil ich geboren wurde.

Du hast mein Leben zerstört.

„Setzen Sie sich doch", fordert Don mich freundlich auf.

Ich nehme auf dem Sofa Platz und lege meinen Kopf auf die Knie.

Ich hätte ein glückliches Leben führen können, wenn du nicht wärst.

Dolores, du wärst nie glücklich geworden. Dein Leben habe nicht ich kaputt gemacht. Das bringst nur du ganz allein fertig.

All die Jahre habe ich mir eine Welt ausgemalt, in der Dolores nicht mit mir schwanger gewesen wäre. In der sie Don geheiratet hätte. Sie wären in ein Reihenhaus in einem Vorort gezogen und hätten dort glücklich zusammen bis ans Ende ihrer Tage gelebt.

Don reicht mir ein Glas Wasser. Ich trinke einen Schluck und warte, bis mein Kopf aufhört, sich zu drehen.

„Standen Sie Dolores nahe?", fragt er. „Es tut mir leid, Sie mit den Neuigkeiten verstört zu haben."

„Wir standen uns nie nahe. Aber wir kennen uns. Ich war neugierig, was aus ihr geworden ist", antworte ich. „Mir tut es leid, dass sie sich nicht um ihre …“ Erneut lasse ich den Blick über die Familienfotos wandern und verstumme.

„Wir sind ganz gut zurechtgekommen“, sagt Don. „Die Kinder nehmen es meist nicht allzu schwer.“

Ich stehe auf. Ich muss hier raus. Plötzlich komme ich mir wie ein Eindringling vor, der Fremde ausspioniert.

„Vielen Dank, Don. Wir müssen jetzt gehen. Frohe Weihnachten!“, wünsche ich ihm und schüttle ihm die Hand. Nora umarmt ihn zum Abschied. Jetzt lächelt er wieder. Der Schatten, den Dolores geworfen hat, ist aus seinem Gesicht verschwunden.

„Wo feiern Sie Weihnachten? Mit Ihrer Familie?“, erkundigt sich Don.

„Das weiß ich noch nicht“, antworte ich wahrheitsgemäß. Ein Weihnachtsfest ohne Jim und Tess, Bobby und Lauren kann ich mir nicht vorstellen.

„Lass uns los“, ermahnt mich Nora und geht zur Haustür. Schweigend gehen wir die baumbestandene Straße hinunter. „Ich weiß, was dich aufmuntern wird“, sagt Nora.

Rechter Hand liegt ein Park mit einem Spielplatz, auf den Nora zusteuert. Dort setzen wir uns jede auf eine Schaukel. Wir schwingen auf und ab, immer höher und höher.

Die kalte Luft, die über mein Haar und mein Gesicht streicht, beruhigt mich. Ich öffne die Augen und sehe, dass Nora langsamer wird. Ich bremse ein wenig ab, bis wir im Takt schaukeln. „Unglaublich, was sie getan hat. Diese liebenswerten Kinder verlassen. Sie hätte es so gut haben können.“ Ich bin immer noch fassungslos.

„Sie ist früh auf Abwege geraten“, sagt Nora.

Ich hätte ein glückliches Leben führen können, wenn du nicht gewesen wärst.

Ihre Worte aus dem Brief tun mir noch genauso weh wie beim ersten Lesen.

„Und ich dachte immer, ich wäre der Grund dafür, dass sie so unglücklich ist.“

„Ich weiß. Dabei entspricht das nicht der Wahrheit. Für ihr Unglück gibt es nur einen einzigen guten Grund: Sie hat es sich selbst zuzuschreiben“, erklärt Nora.

Ich bin müde, unendlich müde. Und so erschöpft, dass ich mich am liebsten einkuscheln und für immer schlafen will.

„Und wem gibt sie in diesem Leben die Schuld an ihrem Unglück? Jetzt, wo ich nicht da bin?“

„Ihren Eltern, Don, den Kindern, ihren Freunden, dem Schicksal. Der Fehler liegt immer bei den anderen, glaubt Dolores.“

Und ich habe mich mein ganzes Leben lang schuldig gefühlt, verantwortlich dafür, dass sie im Leben gescheitert ist.

„Hör mir zu, Belle, hör mir gut zu. Dolores hat ihr Schicksal in der Hand. Das haben wir alle. Was ihr passiert, ist nicht deine Schuld.“

Wie viele Stunden habe ich damit zugebracht, mir Sorgen um meine Mutter zu machen?

„Alles geschieht aus gutem Grund“, fährt Nora fort. „Dolores hatte alle Möglichkeiten. Ja, ihr Leben war nicht einfach. Ihre Mutter war verbittert und nicht immer gut zu ihr.“

Dem Schicksal könne man nicht entkommen, hatte sie geschrieben.

„Du weißt nur zu gut, dass man die Umstände nicht unbedingt ändern kann. Ändern kann man aber die Art und Weise, wie man mit ihnen umgeht.“

Und all die Jahre habe ich ihre Stimme in meinem Kopf gehört, die mich zurechtwies, mich ermahnte und beschimpfte.

„Die Stimme solltest du langsam zum Schweigen bringen“, sagt Nora.

„Klappe zu, Affe tot“, kommentiere ich. Lauren liebt diesen Spruch.

„Du bist nicht wie deine Mutter." Sanft berührt Nora mich am Arm. „Du bist du. Und du bist gut so, wie du bist."

Ich habe nie laut ausgesprochen, dass ich fürchte, wie meine Mutter zu werden. Dass ihre schlechten Anlagen irgendwann bei mir zum Vorschein kommen. Laut und deutlich das Gegenteil zu hören ist ein Segen.

Ich bin nicht wie meine Mutter.

Sie ist lediglich der Mensch, der mich gezeugt hat. Dennoch bin ich nicht wie sie, und sie ist nicht wie ich.

Ich weiß, dass ich die Summe vieler Faktoren bin, dass mich mein Leben, alles, was ich getan und erlebt habe, geprägt und zu dem gemacht hat, was ich heute bin. Ein Teil davon – der, den ich nicht verarbeitet habe – ist meine frühe Kindheit bei Dolores.

Warum war ich ihr nicht gut genug? Warum hat sie mich nicht geliebt? Wieso war meine Hautfarbe so wichtig? Warum hat sich mich nicht einfach in den Arm genommen und gehalten? Warum hat sie mich nicht so geliebt, wie eine Mutter ihre Tochter lieben sollte?

„Sie ist meine Mutter, sie hätte mich lieben sollen", sage ich.

Nora nickt voller Verständnis und Mitgefühl.

„Als ich erfahren habe, dass ich schwanger bin, habe ich diese ursprüngliche, alles umfassende Liebe für das Ungeborene gespürt. Das Kind war mein Ein und Alles, seit ich es das erste Mal auf dem Ultraschallbild sah. Ich verstehe das einfach nicht. Warum erging es ihr nicht genauso? Sie hätte mich lieben sollen", wiederhole ich. Der Schmerz sitzt tief.

„Sie war unfähig zu lieben", erwidert Nora.

Als ich die Tränen kommen spüre, schaue ich nach oben in den Himmel.

„Alles, was wir tun, hat Folgen. Glaubst du ernsthaft, dass Dolores nicht auch bereut? Sie hat ihre Blessuren davongetragen. Sie ist eine gebrochene Frau", meint Nora. „Und heute ist sie außerdem sehr einsam."

Sachte schaukeln wir weiter. Ein junges Pärchen schiebt einen Kinderwagen über den Platz. Die beiden haben nur Augen für das kleine Bündel, das in Decken gewickelt schläft.

Nora dreht sich auf der Schaukel und sieht mich an. „Was ist mit dir? Was bereust du?"

Oh nein. Darüber rede ich nicht.

„Du gibst dir immer noch die Schuld", beharrt Nora.

Darüber rede ich nicht, Nora.

„Niemand trägt die Schuld daran, dass dein Kind gestorben ist", lässt Nora nicht locker.

Hör auf, ich will nicht darüber reden.

„Das musst du aber. Du kannst das nicht länger verdrängen, Belle." Behutsam streichelt Nora meine Hand.

Ich schließe die Augen und denke an die Zeit damals zurück.

Ich bin müde. Und riesig. Nur meine Blase ist anscheinend winzig. Drei Mal musste ich in den letzten dreißig Minuten aufs Klo.

Aber nie habe ich mich schöner gefühlt. Bislang habe ich meinen Bauch, meinen Hintern, meine Schenkel eher unter der Kleidung kaschiert. Aber zusammen mit dem ausladenden Bauch wächst auch mein Selbstwertgefühl.

Ich stelle mich vor den Kleiderschrank mit den großen Spiegeln und betrachte mich von der Seite. Gestern fragte mich jemand, wann es so weit sei, und wollte gar nicht glauben, dass mein Stichtag erst in zwanzig Wochen ist. Schon jetzt sehe ich aus, als sei ich im sechsten Monat. Na und? Ich finde es großartig. Wenn es nach mir geht, kann der Bauch gar nicht groß genug werden. Ich freue mich einfach nur.

Ich bin zwar müde und riesig und habe eine Miniblase, aber ich bin auch überglücklich.

Und jetzt ist es Zeit für ein Lied.

In dem Buch steht, dass ein Ungeborenes ab der dreiundzwanzigsten Woche Geräusche wahrnimmt. Mein Herzschlag und meine Stimme und Töne von außen sind sehr wichtig für die Entwicklung des Kindes.

Deswegen habe ich mich gestern mit Jim in die Haare gekriegt. Er saß vorm Fernseher und hat geschrien und geschimpft, weil seine Fußballmannschaft so schlecht gespielt hat. Das Baby hat sich wahnsinnig erschrocken, dass Jim so brüllt. Deshalb habe ich Brüllen verboten und Jim gesagt, dass ich keine Hooligans im Haus dulde. Mir doch egal, wie gut oder schlecht seine Mannschaft spielt.

In dem Buch steht außerdem, dass die werdenden Eltern dem Bauch, also dem Baby, etwas vorsingen sollen. So stärkt man die Bindung zu dem Kind. Es heißt, dann kennt das Kind die Stimme der Eltern, wenn es zur Welt kommt.

Also, meine Bindung kann kaum stärker werden. In bin total besessen von dem Baby in meinem Bauch. Trotzdem rede ich andauernd mit dem Kind und singe ihm vor. Jim überrede ich, dasselbe zu tun. Zuerst war er ein bisschen verlegen. Doch jetzt – ich bin hin und weg – beugt er sich über meinen Bauch und flüstert stundenlang mit dem Baby. Meistens geht es um Sport. Anstatt zu schreien, wird das Kind wahrscheinlich als Erstes „Tor, Tor!" rufen, wenn es zur Welt kommt.

Bei den Schlafliedern habe ich eine ganz besondere Auswahl getroffen. Jim meint, die sind schmalzig. Schmalz und Schmalzgebäck, genau mein Ding. Erst kommt das Wiegenlied von Brahms, „Guten Abend, gute Nacht, mit Rosen bedacht, guten Abend, gute Nacht, von Englein bewacht". Dann ein traditionelles irisches Lied, gefolgt von „La le lu, nur der Mann im Mond schaut zu" und, um dem Kind die ganze kulturelle Bandbreite zu bieten, „Shake it off" von Taylor Swift. Zum Schluss folgt „Der Mond ist aufgegangen", weil es so schön ist.

Der Mond ist aufgegangen,
Die gold'nen Sternlein prangen
Am Himmel hell und klar,
Der Wald steht schwarz und schweiget,
Und aus den Wiesen steiget
Der weiße Nebel wunderbar.

Als ich aufblicke, sehe ich, dass Jim mich beobachtet.

„Du wirst eine wunderbare Mutter", sagt er. „Was hat das Kind nur für ein Glück!"

Das hoffe ich sehr. Mein Kind soll das glücklichste Kind auf der ganzen Welt werden.

Wo war ich stehen geblieben?

Wie ist die Welt so stille,
Und in der Dämm'rung Hülle
So traulich und so hold!
Als eine stille Kammer,
Wo ihr des Tages Jammer
Verschlafen und vergessen sollt.

Mein Kreuz fängt an wehzutun. Ein dunkler, schwerer Schmerz.

„Ich gehe auch gleich schlafen", sage ich.

Dann spüre ich es. Ein Reißen. Irgendetwas in mir gibt nach.

Ich spüre, wie das Baby in mir loslässt.

In der Nacht träume ich wieder von Feuer, Hilflosigkeit und Verlust.

Aber als der nächste Tag anbricht, kommt mir meine Angst albern vor, und ich rede mir ein, mir unnötig Sorgen zu machen.

Das kalte Gleitmittel auf meinem Bauch. Das Gerät neben der Liege, der Bildschirm mit dem Baby. Ein steriles weißes Zimmer im Krankenhaus, Stille und unser ängstliches Atmen.

Kein Herzschlag.

Der Arzt kommt und sagt leise, aber sehr bestimmt, dass das Herz unseres Kindes aufgehört hat zu schlagen.

Ich weiß, wann das passiert ist. Ich habe es gespürt, das Reißen.

Es war meine Schuld. Es war allein meine Schuld.

„Es war meine Schuld."

Nora steigt von der Schaukel. Das zweihundertzweiundneunzig Jahre alte Kind nimmt mich in den Arm und hält mich.

„Es war nicht deine Schuld", versucht sie, mich zu trösten.

„Ich habe es gespürt. Ich habe es gespürt, als es passierte. Allerdings habe ich nicht gedacht, dass ich es verlieren würde", sage ich.

„Ob du im Bett gelegen oder in der Küche gestanden hättest, es wäre ohnehin passiert. Du hast nichts falsch gemacht."

„Warum fühle ich mich dann so schuldig?"

„Du willst irgendjemandem die Schuld geben. Und du bist dir selbst am nächsten."

Nora – so alt und so weise.

„Wenn es so einfach wäre, dass Wünschen, Wollen und Liebe eine Fehlgeburt verhindern könnten, dann hättest du jetzt eine dreijährige Tochter."

„Ich habe sie so geliebt."

Die Trauer schmerzt körperlich. Ich weine um das Kind, dem ich vorgesungen habe. Ich weine um das Kind, für das ich so viele Träume und Wünsche hatte. Ich weine wegen des Schmerzes, der seit seinem Tod nicht weggeht.

„Lass los", sagt Nora. „Die Last, die du dir aufgebürdet hast, brauchst du nicht zu tragen."

Ich habe die Trauer und den Verlust so lange mit mir herumgeschleppt, sie sind so sehr Teil von mir geworden, dass ich nicht weiß, wer ich ohne sie bin.

„Anderen gegenüber zeigst du viel Mitgefühl und Nachsicht“, meint Nora. „Du solltest auch dir gegenüber Nachsicht und Milde walten lassen.“

Das ist leichter gesagt als getan.

„Versuche es“, fordert Nora. „Sprich es laut aus, das hilft.“

„Es war nicht meine Schuld“, flüstere ich zaghaft.

„Es war nicht deine Schuld“, wiederholt Nora. „Ebenso wenig wie es Jims war.“

„Mein Kind ist gestorben, aber es war nicht meine Schuld“, sage ich noch einmal. Die laut ausgesprochenen Worte bringen die Mauer aus Schuld, die ich um mich herum errichtet habe, zum Bröckeln. Ich bin nicht mehr in meinen Schuldgefühlen gefangen.

Mein Kind ist gestorben, und niemand trägt die Schuld daran.

Ich habe keinen Einfluss darauf, wie meine Mutter zu mir steht. Und ich bin nicht verantwortlich für ihr Lebensglück.

Einfluss habe ich darauf, wie ich zu mir selbst stehe. Und verantwortlich bin ich für mein eigenes Lebensglück.

Einfluss habe ich darauf, wie ich lebe und wen ich liebe.

Ich liebe dieses Leben, und ich liebe Jim. Und ich möchte Kinder haben. Pflegekinder oder eigene. Ja, ich will ein Kind.

Ich glaube an das Gute im Leben, an den Zauber, der den Dingen innewohnt. Und ich glaube an Wunder. Als Kind, als ich so gern Märchen las, habe ich mir geschworen, bis ins hohe Alter, wenn ich faltig und gebeugt bin, an das Gute im Leben zu glauben. Und das werde ich.

Die Dämmerung senkt sich über den Park und taucht die Bäume und die Schaukel in Zwielicht.

„Na endlich.“ Nora lächelt mich an. „Ich wusste, du würdest die Kurve irgendwann kriegen.“

Voller Übermut und Lebensfreude hole ich Schwung und schaukel noch eine Runde. Die ersten Sterne blinken am dunklen Himmel auf, und zum ersten Mal seit langer Zeit fühle ich mich ruhig und ausgeglichen.

35. KAPITEL

Wo gehen wir hin?", frage ich.

„Du wirst schon sehen." Nora lächelt.

Ich schöpfe Hoffnung. „Gehe ich nach Hause?"

Sie summt „Stille Nacht, heilige Nacht", und ich werde ganz aufgeregt.

„Guck mal, da drüben ist ein Flohmarkt. Lass uns rübergehen, bevor wir ein Taxi nehmen."

Ich folge Nora in das Gemeindehaus, in dem die Menschen aus der Nachbarschaft ausgemistete Haushaltsgeräte und stapelweise Bücher verkaufen.

„Das könnte dir gefallen. Dieser Stand dort ist voller Spielzeug." Verschwörerisch zwinkert Nora mir zu.

Noch von Weitem sehe ich's: Senso. Und zwar das Originalspiel aus den Achtzigern, mit dem Jim und ich gespielt haben. Ich gehe zu dem Stand und nehme das runde Elektrospielzeug in die Hand. Das könnte genau das Gerät sein, das wir früher hatten.

„Wie viel wollen Sie dafür haben?", frage ich die Frau an dem Flohmarktstand.

„Ach, das. Einen Euro?" Fragend lächelt sie mir zu.

Ich lange in meine Tasche und ziehe einen Zehneuroschein hervor. „Hier. Nehmen Sie das. Es ist immer noch ein Schnäppchen", sage ich und nehme das Spiel an mich. Das ist das perfekte Wichtelgeschenk für Jim.

„Oh, vielen Dank. Warten Sie, ich gebe Ihnen eine Geschenktasche als Verpackung dazu."

„Schön. Danke."

Mit der Tasche in der Hand wende ich mich zu Nora um, die sehr zufrieden dreinblickt.

„Ich bin ganz schön gut, was?"

„Oh ja, das bist du", antworte ich.

Kurz darauf sitzen wir im Taxi. Ich bin so unbeschwert wie selten in den letzten Jahren. Alles wird gut. Es wird alles in Ordnung kommen. Ich kann es kaum erwarten, Jim zu sehen und ihm das zu sagen. Als wir an der O'Connell Bridge vorbeifahren, sehe ich, wie sich dort eine Menschenmenge versammelt. Was ist da los?

„Halten Sie an“, bitte ich den Fahrer, als mir klar wird, was dort geschieht.

„Wo willst du hin?“, ruft Nora mir hinterher, während ich aus dem Taxi springe.

„Da drüben, das ist Bobby“, sage ich und zeige auf die Menge. Ich dränge mich zwischen den Schaulustigen auf der Brücke hindurch und bete, dass ich Gespenster sehe. Doch nein: Hoch oben auf dem schmalen Geländer der O'Connell Bridge balanciert Bobby. Was, um Himmels willen, macht er da?

„Lassen Sie mich durch!“, rufe ich den Menschen zu, die eine Mauer gebildet haben. „Ich kenne den Mann.“

Endlich lassen sie mich durch. Gespannt verfolgen die Umstehenden das Drama, das sich live und in Farbe vor ihnen abspielt. Ich stehe nur wenige Schritte von dem jungen Mann entfernt, der mich nicht kennt, der aber nichtsdestotrotz mein Sohn ist.

„Bobby“, raune ich ihm zu – aus Angst, er könne ins Wasser stürzen, wenn ich laut rufe.

Er dreht sich zu mir und sieht mich an, erkennt mich aber nicht.

„Er ist da einfach da raufgeklettert“, meint eine Frau hinter mir. „Ich habe versucht, es ihm auszureden, aber er hört nicht.“

Während ich noch einen Schritt vortrete, suche ich nach den richtigen Worten.

„Bobby“, sage ich sanft. „Erinnerst du dich an mich? Wir sind uns letzte Nacht über den Weg gelaufen. Ich war bei der Essensausgabe im Bus.“

Er scheint mich wiederzuerkennen, denn er nickt. „Verschwinden Sie!“

„Das kann ich nicht, Bobby. Ich lasse dich nicht allein.“

Er sieht auf den grauen, trüben Fluss unter ihm und ist drauf und dran, zu springen, genau wie ich vor wenigen Tagen. Dann hat Nora mich allerdings davon abgehalten. Jetzt muss ich Bobby von seinem Vorhaben abbringen. Aber ich weiß nicht, was ich sagen oder tun soll.

„Du bist mein Sohn, Bobby!“, rufe ich. Entsetzt stöhnt die Menge um uns herum auf. Oben auf dem Geländer gerät Bobby ins Wanken, als er mit der Hand hinter sich greift.

„Ich habe eine Mutter, und das sind bestimmt nicht Sie“, bringt er unglücklich hervor und starrt nach unten auf das Wasser.

„Ich habe dir gestern eine Telefonnummer gegeben. Hast du da angerufen?“, frage ich ihn ruhig.

„Nein. Wozu? Das bringt doch alles nichts“, erwidert er niedergeschlagen.

„Selbstverständlich bringt das was“, halte ich dagegen. „Du darfst nicht aufgeben.“

„Ich will aber nicht.“

„Mein Freund Jim hat einen Job für dich“, sage ich. „Ich habe gestern Abend mit ihm darüber gesprochen. Er braucht eine Aushilfe in der Kneipe. Außerdem kannst du bei ihm in der Wohnung unterkommen.“

„Warum tun Sie das? Warum helfen Sie mir?“ Fragend sieht er mich an.

„Weil du mir wichtig bist. Weil ich in einem anderen Leben alles aufgegeben habe. In dem Leben gab es einen Jungen wie dich. Ich habe ihn wie einen Sohn geliebt.“ Wir sind jetzt beide den Tränen nahe. Beim Sprechen bin ich weiter auf ihn zugegangen. Uns trennt nur noch eine Armeslänge. Vorsichtig reiche ich ihm die Hand.

„Bitte, Bobby“, sage ich. „Nimm meine Hand.“ Er weigert sich und blickt starr weiter aufs Wasser, während ihm die Tränen über dic Wangen laufen.

„Was glaubst du denn, was passiert, wenn du springst?“

Er sieht auf den schwappenden Fluss und dann zu mir. „Dann verschwinde ich.“

Ach Bobby, was ist so schiefgelaufen, dass es so weit kommen musste? Ich sehe auf das kalte schwarze Wasser und fröstele. Jetzt kann ich mir kaum mehr vorstellen, dass es mir vor Kurzem genauso ging wie Bobby in diesem Moment.

„Ich sag dir, was passiert: Es ist bitterkalt. Der Aufprall auf dem Wasser tut höllisch weh. Und womöglich stirbst du noch nicht einmal.“

Er zuckt mit den Schultern und beugt sich weiter über das Geländer hinaus. Ich versuche es noch einmal, ich muss ihn retten.

„Ich hatte gewünscht, nie geboren worden zu sein“, erzähle ich ihm ruhig. „Das war ein blöder Wunsch. Denn jetzt habe ich alles verloren.“

Er rückt ein Stück vom Abgrund weg. „Wie kam das?“

„Mir ging es wie dir, ich war am Ende. Etwas brannte bei mir durch, ich konnte nicht mehr weiter. Also wünschte ich, nie geboren worden zu sein. Mein Wunsch wurde erfüllt. Jetzt lebe ich in einer Art Niemandsland, ich habe niemanden mehr, und es ist die Hölle“, sage ich.

„Ich lebe jetzt schon in einem Niemandsland und habe niemanden“, kontert Bobby.

„Doch, das hast du. Du hast mich. Ich kann dir helfen, da durchzukommen. Ich helfe dir, und du kannst mir helfen.“

Mit geröteten Augen sieht er mich an.

Die Frau hinter meinem Rücken flüstert mir zu, dass Rettungskräfte verständigt wurden und auf dem Weg hierher sind.

„Ich will nicht schon wieder allein sein an Weihnachten. Das halte ich nicht aus“, stößt er verzweifelt hervor.

Könnte ich ihn doch nur trösten.

„Das verstehe ich gut", sage ich, und es stimmt. Ich bin dieses Weihnachten ja auch allein, ohne die Menschen, die ich liebe.

Bobby dreht sich weg. Mir wird klar, dass ich sagen kann, was ich will, er ist verloren.

Oder? Mir bleibt nichts anderes, als das Geländer hochzuklettern. Die Umstehenden wollen mich davon abhalten. Aber ich bin schneller.

„Wenn du springst, springe ich auch", sage ich. Eine Hand strecke ich nach ihm aus, mit der anderen umklammere ich das Geländer.

„Das tun Sie nicht." Seine Stimme klingt unsicher.

„Doch, das werde ich. Bobby, alles, was du tust, hat Folgen. Auch wenn man die nicht immer sieht. Und jedes Leben hat seinen Wert. Auch deins, Bobby. Du kannst andere Menschen beeinflussen und Gutes bewirken."

Er rührt sich nicht. Immerhin hält er sich mit der Hand am Geländer fest. Vielleicht erreichen ihn meine Worte ja doch.

„Das war mir bis vor Kurzem auch nicht klar. Ich habe nicht gewusst, wie sehr sich das, was wir jeden Tag tun, auf andere auswirkt, wie viel Gutes wir bewirken können. Auch du, Bobby, bist wertvoll."

„Das fühlt sich aber nicht so an", grummelt er.

„Überleg doch mal, rein hypothetisch … Stell dir vor, dass deine beste Zeit noch vor dir liegt. Wenn du jetzt springst, wirst du das nie erleben."

Er hebt die Hand, und ich strecke ihm meine entgegen. „Nimm meine Hand. Ich halte dich und lasse dich nicht mehr los."

Er beugt sich nach vorn, unsere Finger berühren sich. Seine Hand ist eiskalt. Schnell schlinge ich meine Finger um seine. „Ich hab dich", sage ich und lächle erleichtert. Er lächelt zaghaft zurück und rückt zu mir heran. Die Menge johlt und jubelt.

Plötzlich rutscht sein Fuß auf dem glatten Geländer weg, und er kippt nach vorn. Ich greife nach ihm, rufe seinen Namen. Im Fallen sucht er Halt und kriegt mein Bein zu fassen. Ich rutsche ebenfalls, verliere den Halt und falle. Die Stille ist ohrenbetäubend. Ich höre nichts. Sekundenbruchteile später stürze ich in das eiskalte Wasser. Und dann wird alles schwarz.

36. KAPITEL

Heiligabend 2015

Ich öffne die Augen und blinzle in das grelle Licht. So ist das also. Ich bin tot. Werde ich ein Engel wie Nora? Das wäre vermutlich gar nicht mal so schlecht. Doch mit einem Schlag holt mich die schreckliche Erkenntnis ein: Wenn ich tot bin, werde ich Jim nie wieder im Arm halten können.

Jim, es tut mir so leid. Ich habe alles vermasselt. Ich wollte dich nicht verlassen, mein Liebling, es tut mir so schrecklich leid.

„Geben Sie ihr ein Beruhigungsmittel", höre ich jemanden sagen, bevor es erneut schwarz um mich herum wird. Alles tut mir weh. Als hätte mich ein Lastwagen überfahren. Langsam öffne ich die Augen und sehe wieder dieses grelle Licht.

Warum tut mir alles weh, wenn ich tot bin? Das ergibt keinen Sinn. Meine ganze rechte Hälfte brennt, vom Gesicht bis runter zu den Beinen ziehen sich die Schmerzen. Nora, wo bist du? Verlass mich jetzt nicht!

„Hier bin ich", höre ich Nora sagen und drehe mich nach rechts. Sie sitzt neben mir, ihr unglaublich schönes Lächeln auf dem Gesicht.

„Bin ich tot?", flüstere ich. Als sie den Kopf schüttelt, weine ich vor Erleichterung.

„Was ist mit Bobby?", frage ich und kann die Antwort kaum erwarten. Hoffentlich geht es ihm gut.

„Mit Bobby ist alles Ordnung", sagt Nora. „Keine Sorge. Er liegt in einem Zimmer ein paar Türen weiter. Aber er hat nur leichte Verletzungen."

„Ich hatte schon seine Hand gegriffen … Dann ist er abgerutscht und gefallen … und ich mit ihm." Ich zittere. Ich trage nur ein dünnes, kurzärmeliges Krankenhaushemd und friere.

„Deine Kleider waren ein wenig feucht, als du hier eingeliefert wurdest“, sagt Nora naseweis. „Das passiert, wenn man in die Liffey springt.“ Sie lacht und zieht die Decke fester um mich. Nicht zum ersten Mal kommt es mir vor, als sei sie die Erwachsene und ich das Kind.

„Du hast ihm das Leben gerettet“, erklärt sie. „Was du getan hast, war sehr mutig. Ich bin stolz auf dich.“

„Das ist doch selbstverständlich. Er ist mein Sohn. Natürlich würde ich mein Leben für ihn geben“, erwidere ich.

„Dabei warst du auf dem Weg nach Hause. Du hast geahnt, dass ich dich nach Hause bringe. Trotzdem hast du angehalten und Bobby geholfen. Die Liebe einer Mutter ist anscheinend unendlich groß. Wenn man jemanden mehr liebt als sich selber …“ Sie seufzt verträumt.

Ich habe also meine Chance vertan. Bereuen tue ich es nicht, dass ich für Bobby geblieben bin. Aber traurig bin ich. Vielleicht gibt es doch noch einen Weg, einen richtigen Weg nach Hause, in eine Welt, in der Bobby nicht so verzweifelt ist, in der Jim und ich zusammen sind. Eine Welt, in der Tess mit ihrer Schokolade vorm Fernseher sitzt und „Grey's Anatomy“ guckt und immer offene Arme für mich hat und mich auffängt, wenn ich falle. Ein Weg in eine Welt … in der ich davon träumen kann, ein Kind zu bekommen. Weil ich die geborene Mutter bin.

Das alles will ich Nora erzählen, doch sie legt sich einen Finger an die Lippen und sagt: „Scht … Ich wusste, dass du schließlich drauf kommen würdest.“ Ihr Lächeln ist verschwunden, stattdessen rollen ihr jetzt Tränen über die zarten Wangen.

„Aber zu spät? Ich bin zu spät drauf gekommen?“

Sie beugt sich über mein Bett und umarmt mich. Dieser weise Engel.

„Mutter zu sein erfordert sehr viel Mut, Belle. Ich kenne

kaum jemanden, der stärker und mutiger ist als du. Du hast dein ganzes Leben lang gekämpft. Darum geliebt zu werden, akzeptiert zu werden. Du brauchst nicht länger zu kämpfen. Du brauchst nur noch zu leben und das Leben in all seiner Herrlichkeit schätzen zu lernen."

Ich schließe die Augen und drücke Nora fest an mich. Mit aller Kraft wünsche ich, nach Hause gehen zu können. Ich will das so sehr. Ich will leben. Bitte, gib mir eine zweite Chance.

„Wir dachten schon, Sie wachen nie wieder auf", höre ich jemanden fröhlich sagen. „Sie waren sehr müde."

Eine Krankenschwester steht im Zimmer. Nora ist weg. Ich halte niemanden im Arm.

„Wie geht es Ihnen?", fragt die Schwester gut gelaunt.

„Gut", sage ich. Ich betaste meinen Kopf, mit dem ich aufs Wasser aufgeschlagen war. Die Schwellungen sind verschwunden. Mein Arm … Ich trage meine Kleider. Und sie sind knochentrocken. Bedeutet das …?

„Was ist geschehen?", will ich wissen.

„Erinnern Sie sich nicht?", fragt die Schwester. „Sie sind ohnmächtig geworden. Direkt vor Jims Zimmer sind Sie in Ohnmacht gefallen. Das muss der Schock gewesen sein. Das war einfach alles zu viel für Sie."

Ich halte die Luft an, bis es nicht mehr geht. Sie hat „Jim" gesagt. Das heißt, ich bin zurück? Aber wie steht es um ihn? „Lebt … lebt er?" Da, ich hab's ausgesprochen.

Die Krankenschwester kommt an mein Bett und sieht mich voller Mitleid an. „Ach, Sie armes Ding."

Er ist tot. Ich bin zurück, aber er ist tot. Ich komme zu spät. Ich konnte mich nicht von ihm verabschieden.

„Warum weinen Sie?", fragt die Krankenschwester. „Ihm geht es gut. Sie können ihn sehen, wenn Sie wollen. Er fragt nach Ihnen."

„Er lebt?"

„Natürlich lebt er. Er hat ein schweres Schädel-Hirn-Trauma, aber er ist stabil. Hören Sie auf zu weinen. Er wird sich erholen."

„Was ist heute für ein Tag?"

„Heiligabend." Sie lächelt. „Und es schneit. Wir werden wohl doch noch weiße Weihnachten bekommen."

Ich strecke die Beine aus dem Bett und stehe auf. Die Schwester will mich stützen, aber es geht auch ohne ihre Hilfe. Mir geht es gut, ich fühle mich fast schwerelos, gesund und bei Kräften. Eigentlich habe ich mich nie besser gefühlt. Ich schenke der Krankenschwester ein dankbares Lächeln und laufe zu Jim.

Seine Augen sind geschlossen, und er liegt regungslos da. Nervös stehe ich in der Tür und sehe ihn an. Mein Herz schlägt so schnell und laut, dass er es hören muss. Meine Beine wollen zunächst nicht gehorchen. Wie auf Watte gehe ich zum Bett und berühre sein Haar, sein wunderschönes, lockiges rotes Haar. Das ihm auch hier in die Stirn fällt. Mit der altvertrauten Handbewegung streiche ich ihm die Strähne aus dem Gesicht. Er öffnet die Augen und lächelt mich an.

„Nein, ich bereue es nicht. Ich liebe dich noch immer", antwortet er endlich flüsternd auf meine Frage.

Eine Weile später wache ich davon auf, dass Jim mir den Kopf streichelt. Ich muss ihn auf sein Bett gelegt haben und eingeschlafen sein.

„Na …", murmelt er.

„Ich muss dir so viel sagen", sprudelt es sofort aus mir heraus, und in Sekundenbruchteilen bin ich hellwach.

„Ich dir auch", sagt er. „Ich weiß, dass du Angst hast und deswegen um dich geschlagen hast, aber wir müssen …"

Schnell lege ich ihm den Finger auf die Lippen. „Darf ich zuerst was sagen?"

Er nickt.

„Ich habe keine Angst mehr, Jim."

Zweifelnd sieht er mir ins Gesicht. Er muss darin etwas entdeckt haben, denn er nickt und fordert mich zum Weitersprechen auf.

„Ich habe etwas sehr Wunderbares und zugleich Unglaubliches erlebt", fahre ich fort und halte dann inne. Verdammt, wie soll ich ihm das erklären?

„Den Autounfall?", fragt Jim lachend.

„Nein, das war der schrecklichste Moment meines Lebens. Dich da bewusstlos liegen zu sehen. Das ganze Blut in deinem Gesicht. Ich dachte, ich hätte dich für immer verloren. Und das hatte ich auch eine Zeit lang", füge ich leise hinzu.

„Na, da braucht es schon mehr als nur einen Schlag auf den Hinterkopf, um mich außer Gefecht zu setzen", sagt er und lächelt breit. „Ich bin aus hartem Holz geschnitzt."

„Ich liebe dieses harte Holz." Zärtlich streiche ich ihm über den Kopf. „Den Hinterkopf auch. Bitte versprich mir, dass du dir nie die Haare kurz schneidest."

„Ich schneide es schon deshalb nicht, weil es dich dazu zu animieren scheint, mich zu berühren. Und davon kann ich nicht genug kriegen." Er grinst. „Ich kann allerdings nicht garantieren, dass mir nicht irgendwann die Haare ausgehen und ich eine Glatze kriege. Wirst du mich dann trotzdem lieben?"

Ich muss an den anderen Jim denken, den mit dem rasierten Schädel. Auch ohne Haar war er wunderschön.

„Ja, ich kann dir versprechen, dass du auch ohne Haare sehr sexy bist", sage ich und gebe ihm einen Kuss.

„Und was hast du nun so Unglaubliches erlebt?", fragt Jim.

„Das ist schwer zu erklären. Eine lange Geschichte. Eines Tages werde ich sie dir erzählen. Lass mich jetzt nur so viel sagen: Eine gute Freundin hat mir gezeigt, wie schön das Leben wirklich ist."

„Na, das scheint aber eine weise Freundin gewesen zu sein",

spöttelt Jim. „Ich denke das jeden Tag!“

„Die meiste Zeit meines Lebens habe ich mich schuldig gefühlt. Ich dachte, es sei meine Schuld, dass meine Mutter mich nicht wollte und dass sie so unglücklich war.“

Wut flackert in Jims Augen auf. Doch bevor er etwas einwenden kann, rede ich weiter: „Hör mir zu. Das ist vorbei. Jetzt weiß ich, dass ich nicht für meine Mutter und ihr Lebensglück verantwortlich bin. Sondern nur für mein eigenes.“

„Glaubst du das ganz fest?“, fragt Jim.

„Ja. Und noch etwas.“

„Muss ich mich innerlich wappnen?“ Amüsiert zwinkert er mir zu.

„Ich bin gerne Pflegemutter. Und will damit nie aufhören. Ich will Kindern helfen, sei es kurzfristig oder länger, so wie Bobby und Lauren. Ich verkrafte das, was auch immer kommt. Weil ich weiß, dass die Welt dadurch einen kleinen Tick besser wird.“

„Gott sei Dank. Ich bin erleichtert, dich das sagen zu hören. Ich bin auch gerne Pflegevater und will es nicht aufgeben. Aber deinetwegen hätte ich es sofort getan. Es war fürchterlich, dich die letzten Wochen so leiden zu sehen“, sagt er.

„Ich weiß. Und ich bin dir sehr dankbar. Ich vermisse Lauren, wie du weißt. Mir ist jetzt klar, dass ich nicht nur darum getrauert habe, Lauren verloren zu haben. Sondern auch um unser Baby.“

Tränen treten Jim in die Augen, er nickt. „Das weiß ich.“

Ich hole tief Luft. „Und ich gebe mir nicht mehr die Schuld an der Fehlgeburt.“

„Der Arzt hat doch gesagt, es war nicht deine Schuld“, sagt Jim sofort.

„Ich weiß, Liebling, aber ich habe es nicht geglaubt. Ich werde mich nie ganz von dem Verlust erholen, aber es ist Zeit, nach vorne zu schauen.“

Er setzt sich auf und nimmt meine Hand: „Heißt das …?"
„Ich will ein Kind, nein: viele Kinder", sage ich.
Jim lächelt sein wunderschönes Lächeln. Dann fängt er an zu lachen und steckt mich an. Wir lachen und lachen und können vor lauter Glück nicht mehr aufhören.
„Ist hier alles in Ordnung?", fragt Annette, die Krankenschwester, und steckt ihren Kopf durch den Türspalt.
„Wir kriegen Kinder, ganz viele!", erklärt Jim lachend.
„Fangen Sie aber nicht gleich damit an!" Jetzt muss Annette auch lachen. „Die Oberschwester findet das bestimmt nicht so toll. Aber ich habe gute Neuigkeiten. Morgen Mittag werden Sie entlassen und können nach Hause gehen."
„Dann sind wir Weihnachten zu Hause." Jim strahlt.
„Genau. Frohe Weihnachten Ihnen beiden."

37. KAPITEL

„Wissen alle Bescheid, dass das Weihnachtsessen bei uns ausfällt?“, fragt Jim. Er sitzt in dem Rollstuhl, den ich zum Ausgang des Krankenhauses schiebe.

„Ja. Ich habe Tess und Bobby gestern Abend angerufen und ihnen gesagt, dass wir das Fest dieses Jahr verschieben. Vielleicht können wir sie stattdessen an Neujahr einladen. Bis dahin solltest du wieder auf den Beinen sein“, antworte ich. „Sofern du auf den Arzt hörst und dir Ruhe gönnst!“

„Jawohl! Ich will es mir eh nur noch mit meinem Mädchen vor dem Fernseher gemütlich machen. Abenteuer hatte ich dieses Jahr weiß Gott genug.“

Geht mir genauso. Ständig erwarte ich, Nora zu sehen. Dass sie plötzlich fröhlich winkend hinter einem Blumentopf hervorspringt und „Überraschung!“ ruft. Aber seit ich gestern im Krankenhaus aufgewacht bin, gibt sie Ruhe.

Was ich nicht gedacht hätte, ist: Ich vermisse sie.

„Wir feiern Weihnachten dieses Jahr mal anders“, sage ich.

So einen Heiligabend wie dieses Jahr hatten wir jedenfalls noch nie. Normalerweise bin ich doch immer so gut organisiert.

„Um diese Uhrzeit stehe ich sonst immer in der Küche und wirbele wie verrückt, der Truthahn, die Füllung, die Sauce …“, sage ich und schaue auf die Uhr.

Mein Magen grummelt bei dem Gedanken. Vielleicht kann ich uns morgen ein festliches Mahl zaubern. Hoffentlich hat der Laden um die Ecke noch auf, damit ich wenigstens noch Brot und Milch für heute besorgen kann.

Abgesehen von dem truthahnlosen Weihnachtsessen bereitet mir unser Haus Kopfzerbrechen. Wahrscheinlich ist es furchtbar kalt und ungemütlich. Bis die Heizung anspringt, dauert es immer eine Weile, und so kalt wie es die letzten Tage war, dürfte unser Haus eine einzige große Tiefkühltruhe sein. Eine Kühltruhe, in der ich vor Kurzem ein unchristliches Weihnachtsbaummassaker angerichtet habe, wohlgemerkt.

„Wenn wir nach Hause kommen, springst du am besten gleich ins Bett", sage ich.

„Langsam, Lady. Ich komme gerade aus dem Krankenhaus." Jim lacht.

„Sehr witzig. Du sollst gleich ins Bett, weil es dort am wärmsten ist. Ich bringe den Kamin im Wohnzimmer zum Laufen und schalte die Heizung an, sobald wir da sind. Und dann können wir es uns auf dem Sofa gemütlich machen, wie du es dir gewünscht hast", erkläre ich und gebe ihm einen Kuss. Hoffentlich dauert es nicht allzu lange, bis er wieder ganz hergestellt ist.

Ich hätte gestern schon nach Hause gehen und für Ordnung sorgen sollen. Wenigstens den Baum hätte ich retten sollen. Aber ich mochte Jim einfach nicht allein im Krankenhaus lassen. Ich habe Angst, ihn zu verlassen und plötzlich wieder in einer anderen Welt ohne ihn zu landen.

Zum Glück hatte Annette mir erlaubt, dass ich auf einem Stuhl in Jims Zimmer übernachte. Sie hat irgendwas gemurmelt von ihrer romantischen Ader und ihrem Faible für das Fest der Liebe. Und selbst als sie mich auf Jims Bettkante liegen sah, hat sie nicht mit den Wimpern gezuckt, sondern mitfühlend gelächelt.

Ich werde ihr Pralinen und einen Blumenstrauß vorbeibringen. Als Dankeschön.

„Wenn du jetzt nicht in der Küche wirbelst, was gibt es dann zu essen? Überbackenes Toastbrot?", fragt Jim.

„Vielleicht kann ich noch ein paar Reste zusammenkratzen. Ich habe so viel eingefroren. Verhungern müssen wir nicht." In Gedanken versuche ich, ein Menü zusammenzustellen. Hühnchen mit Pesto zum Beispiel. Oder mit Kartoffel-Rüben-Püree. Das mag Jim so gern.

„Waren Tess und Bobby sehr enttäuscht?“, will Jim wissen. „Dass so kurzfristig ihr Weihnachtsfest ausfällt, meine ich?“

Die beiden kommen jedes Jahr am ersten Weihnachtstag zu uns. Mir war es furchtbar unangenehm, ihnen absagen zu müssen. Die beiden haben sich allerdings nur Sorgen um Jim gemacht.

„Ich habe so eine Ahnung, dass die zwei nachher noch vorbeischneien. Bobby wird wohl bei Tess essen. Sie haben sich nur Sorgen um dich gemacht und ihre Hilfe angeboten.“

„Ich weiß. Übrigens, du verheimlichst etwas vor mir. Du warst schon immer eine schlechte Lügnerin“, sagt Jim.

Ich gehe nicht darauf ein. „Tess wollte, dass wir zu ihr zum Essen kommen. Sie wollte mein Nein kaum akzeptieren.“

„Wenn du möchtest, lass uns jetzt zu Tess gehen. Ich habe zwar gesagt, ich möchte nach Hause. Aber was willst du?“

„Es kommt mir vor, als sei ich seit einer Ewigkeit nicht zu Hause gewesen, Jim. Ich will auch nach Hause. In unser Haus, mit dir. Also lass uns heimgehen.“

Er sieht mich an, als wollte er noch etwas sagen, hält dann aber überrascht inne, als wir den Ausgang erreichen. „Guck mal!“, ruft er begeistert.

Es schneit. Weiße Flocken legen sich weich wie eine Decke über den Gehweg. Die Äste der Bäume auf dem Vorplatz tragen einen zarten Flaum.

„Oh“, entfährt es mir, als eine Schneeflocke auf meiner Nase landet.

„Schnee und Weihnachten gehören zusammen wie Arsch und Eimer. Dabei schneit es Weinachten eigentlich nie“, klopft Jim einen seiner Sprüche.

„Wie wunderschön!“ Ich seufze. „Oh, Jim, wie schön!“

„Ja, und das Schneegestöber wird stärker. Lass uns schnell nach Hause, bevor wir noch eine Nacht hier verbringen müssen.“

Annette hat bereits ein Taxi gerufen. Es steht ein paar Schritte weiter auf dem Platz.

„Frohe Weihnachten", sagt der Fahrer. „Tolles Wetter, was?"

„Frohe Weihnachten!", sage ich.

„Ja, ja, jetzt freuen sich noch alle. Weißes Wunder und so. Aber morgen, morgen, wenn aus dem ach so herrlichen weißen Wunder grauer Matsch geworden ist und die Autos stecken bleiben, dann quaken sie alle."

Der Taxifahrer scheint in bester Weihnachtsstimmung zu sein.

Jim hebt den Blick zu den dicken Wolken und lächelt verstohlen.

„Heute braucht uns der Matsch ja nicht zu kümmern. Jetzt genieße ich das weiße Wunder", erwidere ich und schenke ihm mein schönstes Lächeln. Meine Stimmung lasse ich mir von keinem mürrischen Taxifahrer dieser Welt vermiesen.

Bislang habe ich Jim nicht gebeichtet, dass ich unser Wohnzimmer verwüstet habe. Da wir uns unserem Zuhause nähern, wird es höchste Zeit, das nachzuholen.

„Jim, ich muss dir etwas sagen."

„Oh nein!"

„Nach dem Unfall bin ich ein bisschen durchgedreht."

„Aha, das sieht dir gar nicht ähnlich", sagt Jim belustigt.

Er hat recht.

„Und es war nicht nur ein bisschen, sondern ein bisschen mehr."

„Was hast du gemacht?", fragt er nun doch besorgt. „Unser Haus steht aber noch, oder?"

„Das Haus ja, aber der Christbaum … Ich habe sämtlichen Weihnachtsschmuck zerdeppert." Puh, jetzt ist es raus.

„Zerdeppert? Was heißt das?", fragt Jim jetzt wieder belustigt. Ich hoffe, dass er es immer noch lustig findet, wenn er unser Wohnzimmer sieht.

„Der Baum … den habe ich … er steht nicht mehr. Die Kerzen habe ich … runtergerissen. Und sagen wir mal so: Das Duell zwischen dem Adventskranz und mir ist eins zu null für mich ausgegangen."

Oh, Mann, jetzt tut es mir in der Seele weh, dass der schöne Kranz total zerpflückt ist.

„Okay, der Baum, der Kranz, die Kerzen, was noch?"

„Einige Figuren, vor allem die Schneemänner haben nicht überlebt."

„Hat es denn wenigstens geholfen? Das Kaputtmachen?"

„Hundert pro", sage ich ein wenig verschämt. Denn es hat tatsächlich großen Spaß gemacht. Besonders gutgetan hat das Klirren des Porzellans, als der Schneemann an der Wohnzimmerwand zerbarst.

Jim fängt an, laut zu lachen. Erleichtert stimme ich in sein Lachen ein.

„Du findest es also nicht schlimm, dass es zu Hause aussieht, als hätte eine Bombe eingeschlagen?"

„Mir ist wurscht, wie das Haus aussieht. Hauptsache, ich bin mit dir zusammen", sagt er und küsst mich. „Außerdem sparen wir uns so das Wegräumen und die Kisten auf dem Dachboden."

„Ich bin heilfroh, dass du nicht böse bist." Ich ärgere mich nur über mich selbst. Nach allem, was ich durchgemacht habe, weiß ich noch nicht einmal mehr, was mich dazu getrieben hat.

„Hätte ich meine Wut doch bloß an etwas anderem ausgelassen. Nicht an unserem schönen Weihnachtsschmuck."

„Gut durchdacht war deine Aktion nicht. Du hättest die altmodische Teekanne nehmen sollen, die Tess uns letztes Jahr geschenkt hat", sagt Jim.

„Oder das Gemälde, das wir von deiner Mutter haben. Mit dem niedlichen Kind, das sehnsüchtig aus dem Fenster schaut. Der Blick verfolgt mich durchs ganze Haus."

„Weißt du was? Wir zerdeppern die Kanne und das Bild

auch noch. Wir nennen das ‚posttraumatischer Heilschock'." Jim lacht schon wieder.

„Abgemacht!"

„Wir fahren an der Ha'penny Bridge vorbei", ruft Jim aufgeregt. „Wie schön die Brücke ist."

Der Fahrer hält und sagt: „Einen Augenblick."

„Ich habe ihn gebeten, einen Umweg zu fahren", erkläre ich Jim. „Wir konnten unseren traditionellen Spaziergang durch Dublin gestern nicht machen. Ich dachte, wir holen das heute in kürzerer Fassung nach."

„Schöne Idee", sagt Jim.

Hand in Hand gehen wir langsam auf die Brücke.

In der Mitte angekommen, sehen wir uns in die Augen. Ohne ein Wort zu sagen, wissen wir beide, dass Jim mir an dieser Stelle seinen Heiratsantrag gemacht hat.

Zärtlich lehne ich mich an meinen Ehemann und küsse ihn.

Jim Looney, der Goldjunge.

Ich überhöre das Hupen des Taxis und ziehe den Brief meiner Mutter aus der Tasche.

„Den schleppe ich schon viel zu lange mit mir herum. Der muss endlich weg", sage ich.

Ich entfalte den Brief und schaue ihm nach, wie er mit den Schneeflocken langsam auf die Liffey segelt.

Lautlos schluckt der Fluss Dolores' Worte.

So. Das fühlt sich gut an.

„Los, lass uns nach Hause", sagt Jim.

Kurz darauf biegt das Taxi in unsere Straße ein. Unter den weißen Flocken sieht sie ganz anders aus. Die Bäume glitzern silbrig, die parkenden Autos sind von einer dicken Schicht Schnee bedeckt. In Pudelmütze und Schal eingemummelte Kinder bauen in einer Einfahrt einen Schneemann. Ihr gedämpftes Lachen ist bis ans Ende der Straße zu hören.

„Das Licht ist an." Jim zeigt auf unser Haus.

Tatsächlich. Merkwürdig.

„Ich habe wohl vergessen, es auszuschalten“, sage ich. „Ich war ganz schön durcheinander.“

„Es muss schrecklich für dich gewesen sein. Dass du verletzt wurdest, ist mein schlimmster Albtraum“, beteuert Jim.

„Ja, lustig war es nicht gerade.“

Jim bezahlt den Fahrer, und wir rufen den Kindern auf der anderen Straßenseite ‚Frohe Weihnachten‘ zu. Ein Schneemann ist fast fertig, und sie rollen schon eine zweite Kugel über die Einfahrt.

„Toll!“, lobe ich sie begeistert. Sie winken fröhlich und stecken der obersten Kugel eine Karotte ins Gesicht.

Ich lege meinen Arm in Jims, als wir durch den Schnee auf unsere Haustür zugehen. Vorsichtig, damit Jim nicht fällt und sich was tut. Davon hatten wir genug.

„Hast du nicht auch den Kranz an der Tür zerdeppert?“, fragt Jim.

An der Tür hängt ein großer grüner Kranz, in den rote Beeren geflochten sind. Ein paar Schneekristalle glitzern darauf.

Mir wird komisch. Was geht hier vor? Ich habe dem Kranz doch den Garaus gemacht.

Da öffnet sich die Tür, und Tess und Bobby stehen breit lächelnd im Eingang.

„Willkommen zu Hause“, sagt Tess und winkt uns ins Haus. Vor Jahren hat sie mich mit derselben Geste an ihrer Haustür begrüßt. Damals hatte ich Angst. Heute empfinde ich bei dem unerwarteten Anblick der Frau, der ich so viel verdanke, nichts als Liebe.

„Tess“, sage ich und drücke ihren warmen, weichen Körper an meinen. „Ich habe dich so vermisst.“

„Schon gut“, flüstert sie an meinem Ohr. „Alles ist gut, Belle. Du bist jetzt zu Hause.“ Sie wischt mir die Tränen vom Gesicht.

Jim umarmt Bobby so innig, wie ich es noch nie vorher gesehen habe.

„Bobby", sage ich und lege ihm meinen Arm um die Schulter. „Wie geht es dir?"

„Ich bin nicht derjenige, der einen Autounfall hatte", antwortet er. Trotzdem umarmt er mich.

„Falls du jemals in Schwierigkeiten gerätst, kommst du sofort zu Jim und mir und holst dir Hilfe. Hast du mich verstanden?", ermahne ich ihn.

Jim sieht mich komisch an. „Belle hat einiges durchgemacht. Wunder dich nicht, wenn sie ein bisschen sentimental ist."

„Kommt rein, ins Warme", fordert Tess uns auf, und wir schließen die Tür hinter uns.

„Das riecht aber lecker! Was ist das?", fragt Jim, und schon knurrt sein Magen vernehmlich.

„Unser Weihnachtsessen! Was sonst?" Tess strahlt. „Ihr habt doch hoffentlich nicht geglaubt, dass wir euch hungernd und bibbernd in dem kalten Haus allein lassen, oder?"

Aus der Küche weht uns ein köstlicher Duft entgegen. Ich traue meinen Augen kaum, als ich die dampfenden Töpfe auf dem Herd sehe.

„Als Vorspeise gibt es eine selbst gemachte Süßkartoffelsuppe. Die kommt von den Kavanaghs nebenan", erklärt Tess.

„Gestern habe ich Catherine Kavanagh angerufen und sie gebeten, die Heizung anzustellen", sagt Bobby. „Als ich erzählte, was passiert ist, hat sie sich große Sorgen gemacht. Und heute Morgen hat sie die Suppe vorbeigebracht. Die hat sie extra für euch gekocht."

Vor Rührung treten mir schon wieder Tränen in die Augen. Obwohl, wundern tut es mich nicht. Catherine ist eine wirklich nette Nachbarin.

„Und es geht noch weiter", sagt Tess. „Die Haferflockenkekse hat Mrs. O'Leary vorhin gebracht. Sie hat nach dem Gottesdienst von dem Unfall gehört."

„Laurens Mutter habe ich auch angerufen", erzählt Bobby. „Es ging um die Geschenke für Lauren. Na ja, jedenfalls gab sie mir diesen Plumpudding für euch, als ich Laurens Geschenke bei ihr abgeliefert hab. Der sieht ziemlich lecker aus."

„Ich musste nur noch das Hauptgericht machen", sagt Tess. „Und ihr werdet begeistert sein: Ich bin ohne die Fritteuse ausgekommen."

„Es gibt Truthahn mit zwei verschiedenen Füllungen", fährt Tess fort. „Mit Schweinefleisch für Jim und mit Maronen für dich. Und der Braten dazu ist heute besonders knusprig."

„Der ist echt gut. Ich habe vorhin davon genascht, ich war so hungrig." Frech grinst Bobby uns an. Scherzhaft zieht Tess ihm mit ihrem Geschirrhandtuch eins über.

„Dazu gibt es ein Kartoffelpüree mit Rüben, gebackene Karotten und Kürbis, dazu Erbsen. Und Rosenkohl. Allerdings wollte Bobby unbedingt ein Rezept von Jamie Oliver ausprobieren, deshalb sind da jetzt Schinken und Walnüsse dran", sagt Tess und verzieht das Gesicht. „Das kommt davon, wenn man zu viel fernsieht und Kochsendungen schaut."

„Euer Kühlschrank ist bis obenhin voll", fügt Bobby hinzu. „Ihr braucht das Haus mindestens eine Woche lang nicht zu verlassen. Hungern müsst ihr bestimmt nicht."

Ungläubig öffne ich den Kühlschrank. Er platzt aus allen Nähten. Aufstrich, Käse, Sahne, Salat, Sekt und eine große Schüssel Pudding.

„Wow!", stoße ich hervor und muss schon wieder weinen. „Danke!"

„Jetzt hör auf damit. Wir sind deine Familie. Selbstverständlich helfen wir euch", sagt Tess.

„Mich hat übrigens der Schlag getroffen, als ich hier ankam." Bobby verdreht die Augen. „Ich dachte, hier wäre eingebrochen worden. Das Wohnzimmer und der Flur sahen aus, als hätte eine Bombe eingeschlagen."

„'ne Bombe war's nicht." Betreten schaue ich zu Boden.

„Ich hab ganze Arbeit geleistet", sagt Bobby stolz und schleift mich ins Wohnzimmer. Was geht hier ab?

„Schließt die Augen", fordert er uns auf, und Jim und ich gehorchen.

„Jetzt öffnet sie."

Ich öffne die Augen und bin wie geblendet.

Die Vorhänge sind zugezogen. Das Oberlicht ist aus, nur die kleinen Lampen an der Lichterkette blinken. In der Ecke steht unser Weihnachtsbaum, groß und grün, bis zur Spitze behangen mit Kugeln und Schmuck.

„Oh", bringe ich nur hervor und ergreife Bobbys Hand.

„Einige Kugeln waren zerbrochen, ich habe sie geklebt, so gut es ging. Es ist alles noch da. Ich habe versucht, es so zu machen wie du, Belle."

„Du hast es sogar besser gemacht als sich", sage ich und nehme ihn in den Arm.

„Nur deinen Engel konnte ich nirgends finden."

„Der fehlte schon vorher. Ich muss wohl einen neuen besorgen."

Im Kamin lodert ein Feuer, die Flammen tanzen knisternd über die Holzscheite.

„Danke, Kumpel", sagt Jim und wuschelt Bobby übers Haar.

„Setz dich, Jim, überanstrenge dich nicht", fügt Tess hinzu.

„Ich hole uns was zu trinken." Lächelnd geht Bobby in die Küche.

„In einer halben Stunde gibt es Essen. Könnt ihr so lange noch warten, oder wollt ihr ein Stückchen Schokolade?", fragt Tess und hält uns die Schachtel mit den Pralinen hin.

Jim und ich lächeln uns wissend zu. Manche Dinge ändern sich nie.

„Lass uns die Pralinen für später aufsparen, wenn wir es uns mit Sekt und Süßigkeiten vorm Fernseher gemütlich machen", schlage ich vor. Ein Vorschlag, der Tess offensichtlich gefällt. Bobby kommt mit Gläsern in der Hand zurück und entkorkt eine Flasche Sekt. Gekonnt schenkt er uns ein.

„Ich bin beeindruckt, ich dachte, du kennst dich nur mit Bier aus", neckt Jim ihn.

„Es stört euch doch hoffentlich nicht, dass wir da sind?", will Tess wissen. „Es war uns ... na ja ... unmöglich, heute nicht zu kommen."

„Nein. Ich würde es nicht anders wollen", sage ich und meine es genau so.

„Wer ist das denn?" Erstaunt sieht Tess auf, als das Telefon klingelt. „Bleibt, wo ihr seid, ich gehe ran."

Kurz darauf kommt sie mit dem Hörer in der Hand zurück. „Lorcan ist dran."

Ich nehme das Telefon und muss unweigerlich an unsere letzte Begegnung denken. „Ja?"

„Hallo, Belle! Jimbo hatte einen Unfall, habe ich gehört. Wie geht es ihm?"

„Er wird wieder. Er braucht ein bisschen Ruhe und viel Liebe, dann ist er wieder der Alte."

„Wie geht es Ihnen? Als wir das letzte Mal sprachen, waren Sie nicht sehr glücklich."

„Mir geht es gut. Ich weiß jetzt, dass Lauren dort ist, wo sie hingehört", sage ich ihm. Vermissen tue ich sie trotzdem. „Versprechen Sie mir, dass Sie ein Auge auf die beiden haben und Lauren sofort zu uns zurückbringen, falls Alicia Probleme bekommt."

„Das verspreche ich", sagt Lorcan. „Ich wollte Sie und Jim gestern schon erreichen. Ich habe hier eine Familie, die Hilfe braucht. Die Mutter kommt Mitte Januar ins Krankenhaus. Der Vater ist vor ein paar Jahren gestorben. Die Großeltern sind zu alt, und andere Verwandte haben sie nicht. Es sind vier Kinder. Alle im Teenageralter, dreizehn bis siebzehn Jahre alt. Drei Mädchen, ein Junge."

„Pubertiere", sage ich.

„Genau. Und für die suche ich kurzzeitig Pflegeeltern. Vier Wochen müssten die bei Ihnen bleiben. Könnten Sie das machen? Oder ist das zu früh nach Jims Unfall?"

Kann ich? Erst vor wenigen Tagen wollte ich nie mehr Pflegekinder aufnehmen. Ich sehe zu Bobby rüber und weiß, dass es nur eine mögliche Antwort gibt.

„Natürlich. Leiten Sie alles in die Wege. Und frohe Weihnachten, Lorcan! Schauen Sie bald mal wieder rein."

„Ihnen auch frohe Weihnachten! Vielleicht komme ich morgen oder übermorgen auf einen Sprung vorbei." Er legt auf. Erwartungsvoll sieht Jim mich an.

„Mitte Januar werden wir vier Teenager aufnehmen. Erhol dich schnell, damit du dann wieder fit bist. Und Bobby, könntest du die Hochbetten aufbauen?"

„Ihr nehmt also doch wieder Pflegekinder auf?", fragt Tess und lächelt zufrieden. „Ich dachte, du wolltest das nicht mehr."

„Quatsch. Wir sind nun mal die geborenen Pflegeeltern", erwidere ich.

„Fast hätte ich's vergessen. Vorhin kam ein Mädchen vorbei und hat ein Geschenk für dich gebracht, Belle. Ich weiß nicht, wer sie war", sagt Tess. „Ein entzückendes Mädchen. Sie wollte aber nicht reinkommen. Sie hat nur zwei Päckchen hiergelassen."

Tess geht zum Weihnachtsbaum und holt die Pakete darunter hervor. Eins ist in grün-weiß gestreiftes Papier gewickelt und hat eine rote Schleife. Das andere steckt in einer Geschenktasche. Kann das wahr sein?

Ich werfe einen Blick in die Tasche. Ja, da ist mein Geschenk für Jim. „Das ist für dich, vom Wichtel", sage ich zu Jim.

Jim öffnet die Tasche, und als er das Elektrospiel sieht, lacht er schallend auf. „Das gibt's doch nicht! Ich fasse es nicht. Danke, Belle!"

„Das blöde Spiel!" Tess lacht. „Ich erinnere mich noch sehr gut daran."

„Gefällt es dir?", frage ich und hole mir einen Kuss ab. Ja, es gefällt ihm.

„Und was ist in dem anderen Päckchen?", will Bobby wissen.

„Schön verpackt ist es schon mal. Mein erstes Geschenk dieses Jahr."

„Da liegen noch mehr Geschenke für dich unter dem Baum. Von mir und Tess und Lauren", erklärt Bobby.

„Ich muss deins noch einpacken", sagt Jim.

„Habt ihr eure denn schon ausgepackt? Sie waren irgendwo unter dem Baum." Fragend sehe ich Tess und Bobby an.

„Natürlich nicht. Sie liegen immer noch unterm Baum. Wir haben auf euch gewartet. Bescherung ist aber erst nach dem Essen", sagt Tess.

Als ich später die Schleife aufziehe und das Päckchen öffne, finde ich darin einen Engel. Die Puppe trägt ein langes weißes Kleid. Die Flügel sind aus weißen Federn. Er sieht nicht aus wie die Engel, die es im Laden zu kaufen gibt, mit blauen Augen und blonden Haaren.

„Der Engel sieht aus wie du", sagt Jim. Ich nicke verwundert. Er hat dasselbe Haar, dieselbe karamellfarbene Haut. Wie Dee-Dee, denke ich.

„So einen Engel habe ich noch nie gesehen", meint Tess.

„Von wem kommt der?", fragt Jim. In der Schachtel suche ich nach einer Karte. Sie ist winzig. Ich falte sie auf und lese.

Ich habe gehört, dass dir ein Engel für den Baum fehlt. Gesegnete Weihnachten, Belle! Denk immer daran: Du

hast ein gutes Leben. Genieße jeden einzelnen Augenblick.
In Liebe
Nora

„Danke, Nora“, flüstere ich mit bebenden Lippen. Ich gehe zum Baum, um den Engel oben auf die Spitze zu setzen.

„Brauchst du Hilfe?“, fragt Jim. Er nimmt den Engel und befestigt ihn vorsichtig an dem Zweig. In die Stille des Wohnzimmers hinein ertönt wie aus heiterem Himmel das zarte Klingeln unseres silbernen Glöckchens. Es klingt, als flöge ein Engel vorbei. Nora, Nora, du bist mir eine.

„Jetzt ist Weihnachten perfekt“, sage ich und lehne meinen Kopf an Jims Schulter. „Frohe Weihnachten, Liebling.“

38. KAPITEL

Nora

Ich bin ein Engel. Seit zweihundertzweiundneunzig Jahren geistere ich durch Dublin und kümmere mich um meine Schützlinge. Dabei habe ich so einiges erlebt. Ich erinnere mich noch an das Schreien des ersten Neugeborenen im Rotunda Hospital – ein Junge, der 1757, im Jahr der Gründung des Geburtshauses, geboren wurde. Bis zu seinem Tod fünfundfünfzig Jahre später bin ich ihm nicht von der Seite gewichen.

Ich habe miterlebt, wie Dublin 1881 elektrisches Licht bekam. Und habe mich mit den Männer, Frauen und Kindern gefreut, die das Wunder auf den hell erleuchteten Straßen bestaunten.

Als Patrick Pearse 1916 die unabhängige irische Republik in Dublin ausrief, habe ich gejubelt. So stolz war ich auf den Anführer des Osteraufstandes, den ich schon als kleinen Jungen kannte. Und ich weinte, als er und so viele andere in den folgenden blutigen Tagen ihr Leben ließen.

Allen Kindern, die auf die Welt kamen, allen meinen Schützlingen habe ich treu zur Seite gestanden, bis zu ihrem letzten Atemzug. Einige sind viel zu früh von uns gegangen, andere, wie Mary McEvoy mit ihren einhundert und ein Jahren, werden uralt.

Meine Aufgabe bestand darin, meine Schützlinge zu beobachten. Gelegentlich habe ich ihnen aufmunternde Worte zugeflüstert, meistens jedoch konnte ich mich zufrieden lächelnd zurücklehnen und zusehen, wie sie das Beste aus ihrem Leben gemacht haben.

107.212 Tage beobachten, aufmuntern und Liebe schenken. Und heute ist mein letzter Arbeitstag.

Jetzt übernimmt ein anderer Engel meine Aufgabe.

Mein Werk ist vollbracht.

EPILOG

„Oje, ist mir schwindelig“, sagt Tess und lässt sich schnaufend auf eine Parkbank sinken. „Der kleine Kerl bringt mich noch um. Immer wieder soll ich ihm auf dem Kreisel Schwung geben.“

Tess’ Gesicht ist stark gerötet. Ich bewundere ihre Ausdauer.

„Oma Tess, komm, noch ein Mal, bitteee!“, ruft George. Unser Pflegesohn ist acht Jahre alt, seit einem Jahr lebt er bei uns. Er ist ein aufgeweckter und recht ungestümer Junge. Vielleicht bleibt er dauerhaft bei uns. Aber ich nehme die Dinge jetzt eh so, wie sie kommen, und versuche sie nicht zu erzwingen. Heute sind wir eine kleine Familie, und das ist gut so.

„Bobby, Bobby, höher, höher!“ Beim Klang der aufgeregten Stimme zieht sich mein Herz jedes Mal vor lauter Liebe zusammen.

„Angst kennt sie nicht“, sagt Tess und lächelt dem fast drei Jahre alten Mädchen auf der Schaukel zu. So ist das immer: Die Menschen müssen lächeln, wenn sie sie sehen.

Ich springe auf und setze mich auf die Schaukel neben sie.

„Jim, schubs mich an!“

„Kann sie nicht endlich mal erwachsen werden!“, sagt er gespielt theatralisch zu Tess. Doch dann kommt er zu mir.

„Gib’s zu: Du magst mich so, wie ich bin“, bringe ich lachend hervor. Er umfasst meine Taille zieht mich ein Stück nach hinten, dann drückt er mich mit Schwung nach vorn.

„Höher, höher!“, rufe ich.

„Mami, guck mal“, sagt meine Tochter neben mir. Sie ist ein kleiner Wildfang, manchmal auch lammfromm. Ihr Dickkopf ist legendär, aber manchmal ist sie auch die Großherzigkeit in Person. Und das Beste: Sie gehört uns.

„Ich seh dich, Schätzchen“, sage ich und blicke voller Liebe auf das kleine Wesen, meine Tochter. „Fast bis zum Himmel schaukelst du."

Unsere Tochter Nora kam im September zur Welt. Ziemlich genau neun Monate nach dem Unfall an Weihnachten. Unser kleiner Engel. Ich staune jeden Tag, dass wir so ein perfektes Wesen in die Welt gesetzt haben.

„Sie sieht dir mit jedem Tag ähnlicher", meint Jim. Eigentlich ist es egal, nach wem sie kommt. Aber dass sie mir gleicht, gefällt mir natürlich.

„Lass mich runter", sage ich zu Jim, und er hält mit seinen starken Armen die Schaukel fest. Ich springe runter und rufe Bobby und Tess zu: „Wir sind gleich zurück. Ich entführe meinen Mann kurz auf einen Spaziergang."

Er legt den Arm um mich, und wir gehen aneinandergeschmiegt durch den Park. In unserem Rücken hören wir George und Nora lachen.

„Bist du glücklich?", fragt er.

„Glücklicher, als ich je für möglich gehalten hätte", antworte ich und fahre mir mit der Hand über den Bauch.

Ich habe da ein klitzekleines Geheimnis. Ein süßes Geheimnis, das ich im rechten Moment mit Jim teilen will.

„Was hast du dieses Jahr zu Weihnachten vor?", erkundige ich mich.

„Das fragst du jetzt schon? Wir haben doch erst Sommer."

„Du kennst mich doch. Ich plane gerne voraus. Außerdem werden wir dieses Jahr alle Hände voll zu tun haben."

„Warum?", fragt er und ist ganz Ohr.

Ich bleibe stehen und nehme seine Hand. Dann lege ich sie auf meinen Bauch. Er sieht zu seiner Hand auf meinem Bauch, dann blickt er auf und schaut mir in die Augen.

„Ein zweites Kind?"

Ich nicke. „Ein Geschwisterchen für George und Nora, der Stichtag ist der 24. Dezember."

„Belle!“ Er schlingt die Arme um mich und dreht sich mit mir im Kreis. „Ich liebe dich. Ausgerechnet am 24. Ein kleines Christkind. Wie hast du das denn geschafft?“

Tja, wie habe ich das geschafft?

„Bereust du's?“, fragt er.

„Nein, ich liebe dich noch immer.“

– ENDE –

DANKSAGUNG

Liebe Leserin,
lieber Leser,
wie Sie vielleicht wissen, hege ich schon seit Langem den Wunsch, einen Weihnachtsroman zu schreiben. Können Sie sich vorstellen, wie begeistert ich war, als meine Lektorin mir vorschlug, genau das zu tun? Ich war völlig aus dem Häuschen. Zu der Geschichte von Belle Bailey und Jim Looney hat mich einer meiner Lieblingsfilme inspiriert: „Ist das Leben nicht schön?". Kennen Sie den Klassiker von Frank Capra aus dem Jahr 1946? Falls nicht, sehen Sie sich den Streifen unbedingt an! Er ist … schön. Und rührt mich immer wieder zu Tränen. Mein Wunsch zu Weihnachten ist, dass Sie „Ist die Liebe nicht schön?" wenigstens ein bisschen so sehr mögen wie ich den Film.

Mein Dank gilt vielen Menschen. Allen voran Ihnen! Vielen Dank, liebe Leserin, vielen Dank, lieber Leser für Ihre Unterstützung und Anteilnahme, sei es auf Lesungen, auf Facebook und Twitter oder auf meiner Webseite. Ich schätze den Austausch mit Ihnen sehr, schließlich schreibe ich für Sie, meine Leser. Ihre aufbauenden sowie auch Ihre kritischen Anmerkungen sind mir immer willkommen.

Mein besonderer Dank geht an Charlotte Ledger, meine Lektorin und Freundin, von der nicht nur die Idee zu diesem Roman, sondern auch der Titel stammt. Für ihre beständige Begeisterung, ihre Leidenschaft und ihr Adlerauge bin ich sehr dankbar. Ich schätze mich glücklich, sie an meiner Seite zu wissen.

Dank gilt auch den Mitarbeitern bei HarperCollins in Irland und Großbritannien, die unermüdlich hinter den Kulissen dafür sorgen, dass die Bücher ihren Weg auf die Regale finden, seien es echte oder virtuelle Bücherregale. Ich freue mich, mit

Kimberley Young, Tony Purdue, Mary Byrne, Ann-Marie Dolan, Cait Davies, Katie Sadler, Jaime Frost, Rebecca Glibbery, Dawn Cooper, Lucy Vanderbilt und vielen mehr zusammenarbeiten zu dürfen.

Danke sage ich auch meiner Agentin Tracey Brennan, die hart für mich arbeitet und mich jeder Zeit unterstützt.

Ein Thema dieses Romans sind Pflegefamilien. Meine Recherchen für das Buch beruhen auf den Gesprächen mit meiner Freundin, der Pflegemutter Margaret Madden. Ihre Hilfe war von unschätzbarem Wert, und ich schulde ihr großen Dank. Ich bewundere die selbstlose Liebe und Hingabe, mit der sich Pflegeeltern wie Margaret und ihr Mann Declan tagtäglich um die Kinder kümmern.

Herzlichen Glückwunsch an Annette Hoyne, die Gewinnerin des Wettbewerbs, nach der ich eine Romanfigur benannt habe. Ich glaube, Krankenschwestern sind wahre Engel. Ich hoffe, Ihnen gefällt, dass ich einer liebenswerten Krankenschwester Ihren Namen gegeben habe.

Schreiben ist oft eine einsame Tätigkeit. Nicht für mich, denn meine talentierten schriftstellerischen Freunde haben mich – womöglich ohne ihr Wissen – oft davor bewahrt, verrückt zu werden. Sie haben immer ein offenes Ohr für mich, wenn ich über Abgabetermine, Textänderungen und Bestsellerlisten klage, sie geben mir Rat und haben stets Verständnis, Gin Tonic und Kuchen für mich parat. Toll! Danke, Lynn Marie Hulsman, Claudia Carroll, Alexandra Brown, Maria Nolan, Louise Hall, Paul O'Brien, Hazel Gaynor, Margaret Madden, Tanya Farrell, Catherine Evans, Sharon Thompson und Fionnuala Kearney! Auch wenn es euch vielleicht nicht bewusst war, ihr habt mir im vergangenen Jahr das Leben gerettet!

Grüßen will ich Elaine Crowley von der Fernsehsendung „Midday", die mich immer zum Lachen bringt. Das Team des Literaturfestivals in Wexford, das mich von Anfang an unterstützt hat. Und meine Schreibgruppe: Hört nie auf zu träumen und zu schreiben!

Ich danke meiner Familie für ihre Unterstützung und Zuneigung. Meinen Eltern Tina und Mike O'Grady, meinen Geschwistern Fiona und Michael Gainfort, John und Fiona O'Grady, Shelley und Anthony Mernagh, meiner Schwiegermutter Evelyn Harrington, meinen Schwägern und Schwägerinnen Adrienne Harrington und George White, Evelyn und Seamus Moher und Leah Harrington, meinen Nichten und Neffen Sheryl, Amy, Louis, Paddy und Matilda sowie meiner Tante Ann und Onkel Nigel Payne. Meinen Freunden, danke für das Lachen! Maria Murtagh, Liz McNulty, Siobhan Kirby, Davnet Murphy, Fiona Murray, Rosaleen Philpott und all die Mütter, die ich kenne, seit ich Amelia und Nate habe – zu viele, um sie namentlich zu nennen. Besonderen Dank möchte ich drei Freunden sagen, die immer für mich da sind: Sarah Kearney, Catherine Kavanagh und zu guter Letzt (das Beste kommt ja meist am Schluss) Ann Murphy (mein „besonderer Mensch").

Danke an meine Mutter, Tina O'Grady, von der das Rezept für den Weihnachtspudding kommt, den Tess in dem Roman backt. Und den Sie, liebe Leser, ebenfalls backen können. Ich hoffe, er schmeckt Ihnen so gut wie unserer Familie.

Schließlich geht mein Dank an die Harringtons: Roger, Amelia, Nate und Eva, denen ich dieses Buch widme. Dank für das Singen und Lachen, für das Kuscheln und Liebhaben! Ohne euch könnte und wollte ich das alles nicht machen. Dieses Weihnachten wird unvergesslich schön, das verspreche ich!

Bleibt mir nur zu sagen: Genehmigen Sie sich einen Drink und etwas zu knabbern, und genießen Sie die Lektüre!

Frohe Weihnachten wünscht Ihnen
Carmel Harrington

IRISCHER PLUMPUDDING NACH EINEM REZEPT VON TESS

Dieses Rezept stammt eigentlich von Tina O'Grady, meiner Mutter. Ich erinnere mich gut daran, wie wir ihr jedes Jahr beim Backen zugesehen und geholfen haben – mein Bruder John, meine Schwestern Fiona und Shelley und ich. Wir durften eine Silbermünze in Alufolie wickeln, sie unter den Teig rühren und uns dabei etwas wünschen. Meine Familie liebt diesen dunklen, gehaltvollen Pudding. Ich hoffe, Sie genießen ihn ebenfalls!

Zutaten

100 g Mehl
50 g Semmelbrösel
1 Teelöffel Lebkuchengewürz
1 Teelöffel Zimt
1 Teelöffel Muskat
100 g Butter
100 g brauner Zucker
100 g geriebener Apfel
100 g Orangeat und Zitronat
100 g Korinthen
100 g Sultaninen
200 g Rosinen
50 g getrocknete Aprikosen
2 Eier
Saft und abgeriebene Schale einer ½ Zitrone
abgeriebene Schale einer ½ Orange
1 Esslöffel Karamellsirup oder Zuckerrübensirup
100 ml Guinness
(wahlweise noch zusätzlich 100 g gehackte Mandeln, wir mögen's lieber ohne.)

Butter und Zucker glatt rühren. Mehl, Gewürze und Eier hinzufügen, rühren. Restliche Zutaten hinzufügen.

Teig über Nacht ruhen lassen. Umrühren.

Teig in gefettete Puddingform füllen. Glatt streichen und mit Brotpapier abdecken. (Der Tipp meiner Mutter: Papier beidseitig einfetten, damit die Puddingoberfläche nicht feucht wird!)

Ein großes Stück Brotpapier falten und den Rand der Puddingform damit abdecken. Alufolie falten und darüberlegen.

Mit Band befestigen. Aus dem Band Griffe formen.

Puddingform in einem großen Topf über köchelndem Wasser 6 Stunden garen. Das Wasser sollte bis zur Mitte der Puddingform reichen. Achtung, dass das Wasser nicht verkocht!

Wenn der Pudding gar ist, abkühlen lassen und Alufolie und Brotpapier entfernen.

Frische Alufolie und Brotpapier auf den Pudding legen.

Vor Verzehr 2 Stunden im Wasserbad erwärmen.

Auf einen Teller stürzen und Puddingform 5 Minuten stehen lassen, dabei löst sich der Pudding von der Form.

Vorm Servieren Pudding mit Brandy benetzen und anzünden.

Dazu eine großzügige Portion Schlagsahne oder Vanillesauce (oder beides) reichen.

Guten Appetit!

Deutsche Erstveröffentlichung

Band-Nr. 25961

9,99 € (D)

ISBN: 978-3-95649-602-8

400 Seiten

Sarah Morgan
Für immer und einen Weihnachtsmorgen

Skylar Tempest hat noch nie verstanden, warum der Fernseh-Historiker Alec auf der ganzen Welt geliebt wird. Schließlich verhält er sich ziemlich abgehoben und hat es sich in den Kopf gesetzt, sie nicht zu mögen. Als das Schicksal ihr am Ende des Jahres dazwischenfunkt, muss sie Heiligabend ausgerechnet an seiner Seite verbringen. Und obwohl ihr diese Weihnachtszeit zunächst nicht sehr gnadenbringend erscheint, könnten die Glocken auf Puffin Island nicht süßer klingen. Denn bei ihm und seiner Familie herrscht das schiere Festtagschaos. Und das kann manchmal ganz schön liebenswürdig sein ...

Deutsche Erstveröffentlichung

Julia Williams
Ein ganz besonderer Weihnachtswunsch

Band-Nr. 25967
9,99 € (D)
ISBN: 978-3-95649-598-4
432 Seiten
Auch als eBook erhältlich!

Seine Mum hat Joe beigebracht, dass er nur zum Polarstern hinaufsehen und ihm seinen Weihnachtswunsch entgegenschicken muss. Dann wird er wahr. Doch jetzt ist sie tot, und Joe vermisst sie unendlich. Aber manchmal spürt er sie an seiner Seite, hört ihm zu, wenn er mit ihr spricht, da ist er sich ganz sicher – obwohl ihm niemand glaubt. Und dieses Weihnachtsfest möchte er nichts mehr, als dass sie noch einmal eine richtige Familie sind. Ob ihm der Polarstern auch diesen Wunsch erfüllen kann?

Deutsche Erstveröffentlichung

Band-Nr. 25968

9,99 € (D)

ISBN: 978-3-95649-601-1

304 Seiten

Auch als eBook erhältlich!

Ira Panic

Die Liebe kommt auf Samtpfoten

Katze Kaila freut sich auf gemütliche Wintertage am Kamin. Vorher muss sie aber dafür sorgen, dass ihr Pflegefrauchen Miriam wieder glücklich wird – zum Beispiel mit dem netten Architekten Sascha? Kaila hat gleich gespürt, dass er der Richtige für Miriam sein könnte. Und so setzt die kluge Katzendame alles daran, diese zwei Menschen zum Fest der Liebe zu vereinen.